Première partie

LA MAISON SUR LA MER
1638

CHAPITRE 1

TROIS HOMMES DE DIEU

Attisé par le vent, le feu ronflait avec fureur, crachant dans le ciel des gerbes d'étincelles et des torrents de fumée. Le jour se levait. Un jour qui ne donnerait pas beaucoup de lumière et dont le seul soleil serait cet incendie expiatoire que les gens du village voisin, alignés sur un talus comme des oiseaux sur une branche, regardaient avec effroi. De temps en temps, l'une des charges de poudre disposées un peu partout dans le château explosait en générant de nouvelles flammes. Bientôt, La Ferrière ne serait plus qu'un tas de ruines sur lesquelles la forêt, avec son lierre et ses ronces, affirmerait ses droits. Seule la chapelle resterait debout, protégée par le large espace vide de son esplanade. Ainsi l'avait voulu François de Vendôme, duc de Beaufort, en allumant son autodafé.

En selle sur la butte derrière laquelle s'abritait le hameau, il regardait s'accomplir la brûlante vengeance dont il payait le martyre de Sylvie. Vengeance incomplète, d'ailleurs, puisque seul l'un des deux bourreaux était châtié, mais à chaque chose son

La maison sur la mer

temps et pour le moment François s'estimait satisfait.

Quand les flammes furent moins hautes, il dirigea son cheval vers le talus où les paysans étaient figés, le bonnet à la main. Ils se serrèrent davantage les uns contre les autres en le voyant approcher. Pour un peu ils se seraient mis à genoux, tant ils avaient peur. Il est vrai qu'avec ses habits souillés, son visage noirci et les taches de sang sur son épaule, le jeune duc n'était guère rassurant mais il leur sourit, montrant la blancheur de ses dents cependant que ses yeux clairs perdaient la dureté de tout à l'heure :

— Quand le feu sera éteint et les cendres refroidies, vous chercherez les restes de ceux qui sont là-dedans et vous leur donnerez sépulture chrétienne. En outre, ce que vous pourrez récupérer sera pour vous.

Un vieillard qui devait être leur chef vint jusqu'à l'encolure du cheval :

— Y a-t-il sûreté pour nous, monseigneur ? L'homme... qui habitait là, appartenait à...

— À M. le Cardinal ? Je le sais, mon ami. Ce n'en était pas moins un criminel et ce qui vient de passer sur cette demeure où le sang n'a que trop coulé, c'est la justice de Dieu ! Quant à vous, sachez que vous n'avez rien à craindre : je parlerai au bailli d'Anet et, à Paris, je verrai Son Éminence. Tiens ! ajouta-t-il en tendant sa bourse lourdement garnie. Partagez-vous cela ! Mais n'oubliez pas de prier pour les âmes en peine de ceux qui sont restés là-dedans.

Rassuré, le bonhomme fit un beau salut et rejoignit ses compagnons tandis que Beaufort, au petit

.trot, allait retrouver son écuyer Pierre de Ganseville, Corentin et les trois gardes qu'il avait pris avec lui en partant pour son expédition punitive.

— Rentrons, messieurs ! leur dit-il. Nous n'avons plus rien à faire ici.

Longtemps, les villageois restèrent là, plantés au bord du chemin, jusqu'à ce que le vent d'ouest apporte de gros nuages chargés de pluie. L'eau du ciel les trempa si bien, tout en faisant siffler l'énorme brasier, qu'ils se hâtèrent de rentrer chez eux pour se sécher en comptant leur fortune nouvelle. Il serait temps, plus tard, quand la pluie leur aurait rendu le service d'éteindre les braises, d'aller voir ce qu'il restait du château et d'ensevelir ses derniers habitants à grand renfort d'eau bénite pour éviter qu'ils ne reviennent hanter les lieux. On ferait aussi dire quelques prières.

Un matin d'avril, au château de Rueil, le cardinal-duc de Richelieu, ministre du roi Louis XIII, descendit dans ses jardins en compagnie de son surintendant des beaux-arts, M. Sublet de Noyers, pour surveiller ses jeunes plants de marronniers. Ces petits arbres — les premiers implantés en France — constituaient une grande rareté. Le Cardinal les avait payés fort cher à la Sérénissime République de Venise qui les avait importés d'Inde à son intention. Aussi leur accordait-il une attention quasi paternelle.

Ce jour-là était important : les jeunes marronniers allaient quitter l'orangerie et leurs grandes cuves de bois pour prendre place dans l'allée tracée à leur intention où les jardiniers venaient de creuser les trous destinés à accueillir les lourdes mottes de terre que l'on engraisserait avec du fumier de cheval.

Son Éminence était de charmante humeur. En dépit du temps frais et légèrement humide qui ne valait rien pour les rhumatismes, les nombreux maux dont elle souffrait lui accordaient une trêve bienfaisante et lui laissaient l'esprit libre pour une tâche si plaisante. Malheureusement, quelqu'un troubla la fête.

Le premier marronnier venait de gagner son logis définitif sous l'œil attendri du Cardinal quand le capitaine de ses gardes accourut pour annoncer un visiteur. Mgr le duc de Beaufort venait d'arriver et sollicitait un moment d'entretien en particulier.

Si la surprise fut extrême, si Richelieu se demanda ce que le neveu en lignée bâtarde de Louis XIII, ce jeune hurluberlu qui ne s'était jamais risqué chez lui, pouvait lui vouloir, il ne traduisit son sentiment que par un haussement de sourcils.

— Avez-vous dit que j'étais occupé ?

— Oui, monseigneur, mais le duc insiste. Cependant, s'il dérange par trop Son Éminence, il est tout prêt à attendre son bon plaisir le temps qu'il faudra.

Cela aussi c'était nouveau ! Beaufort la Tempête, Beaufort l'arrogant qui enfonçait les portes plus qu'il ne les ouvrait devait avoir commis quelque énorme sottise pour se montrer tellement civilisé. C'était une circonstance trop rare pour la manquer. Cependant, en dépit de la curiosité qu'il éprouvait, le Cardinal s'accorda le plaisir d'éprouver une sagesse si nouvelle.

Trois hommes de Dieu

— Conduisez-le dans mon cabinet et priez-le d'attendre. Avez-vous une idée de ce qu'il veut ?
— Aucune, monseigneur. Le duc s'est contenté d'annoncer qu'il s'agissait d'une affaire grave.

Richelieu éloigna l'officier d'un geste et rejoignit Sublet de Noyers qu'il trouva cette fois en compagnie d'un élève de Salomon de Caus, l'homme qui avait dessiné ses magnifiques jardins mais n'était plus de ce monde. Tous deux discutaient d'un nouvel aménagement et le Cardinal se joignit à eux tandis que les marronniers, un à un, prenaient leur place. Enfin, mais non sans regret, il se décida à les quitter pour regagner son cabinet de travail. En passant, il jeta un coup d'œil à la cour d'honneur, s'attendant à la voir occupée par un carrosse, des valets et un ou deux écuyers plus deux ou trois gentilshommes comme il convenait à un prince du sang, même si ce sang était bâtard. Or, il n'y vit que deux chevaux et un seul écuyer : Pierre de Ganseville qu'il connaissait bien. Décidément, une visite empreinte d'une telle modestie était de plus en plus curieuse ! Et sa récréation, à lui, était terminée.

Dans la vaste pièce où d'admirables tapisseries flamandes alternaient avec de précieuses armoires remplies de livres, François, indifférent à la splendeur du décor, regardait par une fenêtre en se rongeant l'ongle du pouce. Perdu dans ses pensées, il n'entendit pas la porte s'ouvrir et Richelieu s'accorda un instant pour considérer son jeune visiteur en pensant que, de tous les descendants d'Henri IV et de la belle Gabrielle, c'était sans doute le plus réussi et que l'on pouvait comprendre le penchant de la

La maison sur la mer

Reine... Sanglé dans un pourpoint de drap gris fort simple — habit de voyage plus qu'habit de cour ! — mais orné d'un col et de manchettes de dentelle d'une éclatante blancheur qui rendaient pleine justice à sa haute taille mince et à ses larges épaules, François de Beaufort, à vingt-deux ans, était sans doute l'un des plus beaux hommes de France. Avec ses longs cheveux clairs et souples qu'il dédaignait de friser et son visage bruni que l'arrogant nez Bourbon et le menton volontaire sauvaient de toute mièvrerie, comme il arrive lorsque les traits sont trop parfaits, il tournait la tête à bien des femmes sans même s'en donner la peine.

La porte en se refermant lui fit quitter sa pose nonchalante pour le profond salut signé par l'élégante trajectoire des plumes blanches du chapeau, mais les yeux d'azur clair, eux, ne se baissèrent pas et suivirent la marche du Cardinal jusqu'à sa grande table encombrée de papiers, de dossiers et de cartes, qui effaçait le reste du décor.

Arrivé à son fauteuil, Richelieu releva Beaufort d'un geste courtois mais ne l'invita pas à s'asseoir.

— On me dit, monsieur le duc, que vous souhaitez m'entretenir d'une affaire grave, commença-t-il. J'aime à croire qu'il ne s'agit d'aucun membre de votre auguste famille ?

— Pas tout à fait mais presque. De toute façon, s'il s'agissait de mon père ou de mon frère, vous l'auriez appris avant moi. Encore que vous ne sachiez pas toujours tout, monseigneur. Du moins je veux le croire.

Trois hommes de Dieu

— Éclairez donc votre lanterne ! fit Richelieu avec rudesse. De quoi voulez-vous me parler ?

— D'une jeune fille que vous avez connue sous le nom de Mlle de L'Isle et qui s'appelait en réalité Sylvie de Valaines.

Le Cardinal fronça le sourcil :

— S'appelait ? Je n'aime pas beaucoup cet imparfait.

— Moi non plus. Elle est morte. Tuée par des gens à vous.

— Quoi ?

Comme propulsé par un ressort, le Cardinal s'était levé. À moins qu'il ne fût un comédien génial, sa surprise était totale. Il ne s'attendait pas à cela, et Beaufort en éprouva un plaisir amer : il n'était pas donné à tout le monde de réussir à agiter l'impénétrable statue du Pouvoir. Mais le plaisir fut bref. Redevenu de glace, Richelieu se rasseyait.

— J'attends des explications. Vous accusez qui, au juste ? Et de quoi ?

— Le Lieutenant civil, Laffemas, et un ancien officier de vos gardes, monseigneur : le baron de La Ferrière. Ce qu'ils ont fait ? Le premier a enlevé Mlle de L'Isle ici même, alors qu'elle sortait d'une audience que vous lui aviez accordée. Au lieu de la ramener à Saint-Germain comme il l'annonçait hautement, il lui a fait boire de force une drogue et l'a emmenée au château de La Ferrière, près d'Anet, où jadis, sa mère, son frère et sa sœur ont été assassinés... par ce même Laffemas. Là, il y a eu simulacre de mariage avec le baron, après quoi La Ferrière, abandonnant ses droits d'époux — en admettant

La maison sur la mer

qu'il en eût vraiment ! — à son complice, a laissé celui-ci violer sauvagement ma pauvre Sylvie avant de repartir tranquillement pour Paris.

Le Cardinal tendit la main vers une carafe d'eau posée sur sa table, emplit un verre et le but d'un trait.

— Continuez ! ordonna-t-il.

— Blessée dans son corps mais moins cependant que dans son âme, la malheureuse enfant — elle n'a que seize ans souvenez-vous-en ! — a réussi à quitter le lieu de son supplice et s'est enfuie à travers la forêt pieds nus et en chemise malgré le froid... C'est là que je l'ai ramassée...

— C'est une habitude chez vous ? Ne l'aviez-vous pas recueillie une fois déjà de cette façon ?

— Après le massacre de ses parents, en effet. Elle avait quatre ans, moi dix, et c'est ainsi qu'elle a été élevée par ma mère sous un faux nom pour lui éviter le sort des siens.

— Très romantique ! Mais que faisiez-vous donc, ce jour-là, dans la forêt ?

— Cette nuit-là, précisa François. Je dois revenir en arrière afin de préciser que Mlle de L'Isle a été enlevée par Laffemas sous le nez même de son cocher, un fidèle serviteur de son parrain. Cet homme courageux s'est lancé à la poursuite du ravisseur...

— ... en volant le cheval d'un de mes gardes ? C'est bien ça ?

— Lorsque quelqu'un que l'on aime est en danger, on n'y regarde pas de si près, monseigneur, et je suis prêt à réparer ce dommage-là car le cheval

16

s'est tué pendant la poursuite. Grâce à Dieu, Laffemas avait brisé une roue, ce qui a réduit le retard de son poursuivant. Celui-ci, qui est un ancien serviteur de ma mère, a compris où on la conduisait. Il s'est arrêté à Anet pour demander main-forte et, par chance, je m'y trouvais. Mais tout cela avait pris du temps et le forfait, dont personne n'eût osé imaginer la cruauté, était déjà perpétré et Laffemas envolé quand nous sommes partis pour La Ferrière et avons retrouvé la pauvre enfant dans l'état que j'ai dit. Nous l'avons ramassée et ramenée à Anet.

— Et vous dites qu'elle est morte ? Les sévices subis étaient-ils si graves ?

— Ils étaient sérieux mais pas au point de la tuer. Le mal fait à son âme s'avérait beaucoup plus grave et c'est cela qu'elle n'a pu supporter. Pendant que j'allais demander raison à l'infâme pseudo-mari, elle est allée se jeter dans l'étang du château.

Un soudain silence s'abattit sur les deux personnages, comme il se doit lorsque l'aile de la mort vous effleure. À sa surprise, François vit l'ombre d'une émotion passer sur le visage sévère du Cardinal.

— Pauvre petit oiseau chanteur !... murmura-t-il. Qui pourra jamais sonder l'abîme de fange que cachent en eux certains hommes !

Mais, comme tout à l'heure la colère, il chassa l'émotion au bénéfice d'autres questions :

— Vous avez demandé raison à La Ferrière ? Est-ce à dire qu'il y a eu duel ?

— Il sortait d'une nuit de beuverie et j'aurais pu l'exécuter sans peine mais je ne suis pas un assassin, moi. J'ai commencé par bien le réveiller à coup d'eau froide avant de lui mettre l'épée dans la main. Hormis la peur qu'il éprouvait, il était en pleine possession de ses moyens quand je l'ai tué tandis que mes gens affrontaient les siens à un contre deux. Ensuite, j'ai fait sauter et incendier ce château du malheur. Ils sont restés dedans...

Le ton de Beaufort était calme, presque paisible : celui d'un simple chroniqueur, et Richelieu n'en croyait pas ses oreilles.

— Un duel !... Plusieurs, même, et l'incendie d'un château ? Et vous venez me dire cela à moi ?

— Oui, monseigneur, parce que j'estime qu'avant de vous demander la tête de Laffemas, je vous dois la vérité.

— Vous êtes bien bon ! Mais la loi est la loi et elle est pour vous comme pour les autres, si grands soient-ils !

— Même s'ils s'appellent Montmorency ! Je sais, fit François d'un ton léger.

— Aussi vais-je vous faire arrêter, monsieur le duc, et conduire à la Bastille en attendant votre jugement !

— Faites !...

Pareil sang-froid porta la colère du tout-puissant ministre à son comble. Il tendait déjà la main vers une sonnette, quand son visiteur reprit :

— N'oubliez pas de recommander que l'on me bâillonne ou mieux, que l'on m'arrache la langue, faute de quoi, je crierai si fort que le Roi m'entendra, moi son neveu !

— N'ayant jamais eu à se louer de la sienne, le Roi n'a pas l'esprit de famille. Mais, au fait, pourquoi donc, au lieu de venir ici, n'être pas allé lui porter votre plainte ?

François planta son regard droit dans celui du Cardinal avec une gravité qui impressionna celui-ci :

— Parce que, monseigneur, vous êtes le maître de ce royaume beaucoup plus que lui. En outre, j'ai, depuis quelque temps, l'impression que ma présence à Saint-Germain n'est pas vraiment souhaitée.

— Cela veut-il dire que la Reine ne veut plus vous voir ? fit Richelieu avec un mince sourire.

— Je ne le lui ai pas encore demandé mais il est vrai qu'elle reçoit peu. Et c'est bien naturel dans son état de grossesse. Alors que faisons-nous, monseigneur ? Suis-je arrêté ?

Richelieu aimait le courage. Habitué à voir les gens trembler devant lui, au point, parfois, de ne pas arriver à s'exprimer, il décida qu'il y avait mieux à faire que d'envoyer ce jeune fou à la Bastille. On connaissait aux armées son exceptionnelle bravoure. Elle devait être employée au service de l'État.

— Non. Étant donné les circonstances, j'oublierai ce que vous venez de... confesser. J'aimais bien... cette petite Sylvie : elle était fraîche, pure et droite comme une chute d'eau. Je dirai des messes pour elle mais vous, vous devrez vous contenter de la vengeance que vous avez tirée de La Ferrière. Je ne vous donnerai pas Laffemas !

François bondit :

— Vous ne punirez pas ce monstre ? Non seulement il a violé Sylvie et l'a mise dans un état déplorable, mais il a aussi assassiné la baronne de Valaines, sa mère, sans compter les ribaudes que l'on

La maison sur la mer

a retrouvées égorgées et marquées d'un cachet de cire rouge ces derniers temps...

— Je sais !

— Vous savez ? Cependant, vous gardez en prison un homme de bien, le parrain de Sylvie, Perceval de Raguenel que votre Laffemas a osé charger de ses propres crimes.

Le poing du Cardinal s'abattit sur son bureau :

— Assez ! Qui vous permet de hurler ainsi en ma présence ? Sachez ceci : le chevalier de Raguenel a quitté la Bastille depuis dix jours, je crois...

— Comment est-ce possible ?

— M. Renaudot qui avait été blessé dans la même affaire a retrouvé ses esprits et m'a dit la vérité. Il a beaucoup d'estime et d'amitié pour le chevalier de Raguenel.

— Et cependant Laffemas...

— J'en ai besoin ! gronda le Cardinal. Et tant que ses services me seront utiles je ne vous l'abandonnerai pas

— Il est vrai qu'on l'appelle le bourreau du Cardinal ! fit Beaufort avec amertume. Il ne doit pas être facile de le remplacer !

— Oh, pour ce genre de fonction il est toujours possible de trouver quelqu'un, mais Laffemas a d'autres qualités. Entre autres, celle-ci : il est probe !

— Probe ? émit Beaufort qui s'attendait à tout sauf à cela.

— Incorruptible si vous préférez. Il est à moi et personne, fût-ce au prix de la plus grande fortune, ne le pourrait acheter. Cela tient peut-être à son ascendance protestante, mais ces hommes-là sont rares. Son père fut un bon serviteur de l'État et lui-même rend de grands services.

— Serait-ce donc sur votre ordre qu'il a enlevé Mlle de L'Isle ?

Le poing du Cardinal s'abattit de nouveau sur la table :

— Ne soyez pas ridicule ! Cette enfant est venue ici demander justice pour son parrain et je l'ai accueillie favorablement. Sa visite achevée, je l'ai confiée à l'un de mes gardes pour la ramener jusqu'à sa voiture et le Lieutenant civil a agi de son propre chef lorsqu'il a prié M. de Saint-Loup de lui céder la place.

— Donc, il n'obéit pas toujours ?

— Il n'a pas désobéi, puisque j'ignorais sa présence ici. Il faut en prendre votre parti, monsieur le duc. Tant que je vivrai, je vous interdis de vous en prendre à lui. Ensuite, vous ferez ce que vous voudrez.

— Il va donc pouvoir continuer à assassiner de pauvres filles dans les rues de Paris les nuits de pleine lune ?

Richelieu haussa les épaules.

— À ses risques et périls. La nuit, tous les chats sont gris mais je lui parlerai. Et, à ce propos, je veux votre parole de gentilhomme de ne rien tenter avant ma mort. Il est possible, en effet, que ces malheureuses trouvent un vengeur parmi les hommes de l'ombre. Il me déplairait de vous accuser, vous ou quelqu'un des vôtres !

— Monseigneur, gronda Beaufort, vous me faites regretter d'être venu vous demander justice. Si j'étais allé l'égorger chez lui par une nuit bien sombre vous n'auriez jamais imaginé que j'étais le coupable.

— Ne vous y fiez pas ! Je sais toujours ce que je veux savoir et, Laffemas mort, il me restait Laubardemont qui est redoutable. Votre coup d'éclat de La Ferrière a bien eu des témoins : il aurait passé tous les paysans à la question pour connaître le vrai et il vous aurait trouvé sans grande peine. Alors vous auriez senti le poids de ma colère, tout prince que vous êtes. Vous avez, au contraire, agi avec plus de sagesse que vous ne l'imaginez.

Pour échapper au terrible regard qui semblait vouloir le fouiller jusqu'au fond de l'âme, le jeune duc détourna la tête. Un combat se livrait en lui : jurer de ne pas étrangler ce misérable la première fois qu'il l'apercevrait, c'était trop lui demander. Comment répondre des forces violentes dont il se savait habité ? Sauraient-elles patienter encore... quelques années ? Mais Richelieu lisait en lui comme dans un livre ouvert :

— Ma santé est toujours aussi détestable, dit-il avec un demi-sourire. Ce ne sera peut-être pas aussi long que vous le craignez...

— Cette pensée, Éminence, ne m'a même pas effleuré.

— Vous êtes un homme d'honneur. C'est pourquoi je veux votre parole !

Beaufort le regarda droit dans les yeux :

— Je n'ai pas le choix. Vous avez ma parole de gentilhomme et de prince français !

Puis, esquissant un salut qui n'avait rien de protocolaire, il vira sur ses talons et s'enfuit en courant avec une impression qu'il ne connaissait pas encore et qui était celle de la défaite. Il se sentait vaincu par ce serment qu'on lui avait arraché et qu'il n'aurait jamais prêté s'il avait été seul en cause. Mais les siens, tous ceux de sa maison, pouvait-il jouer avec leur liberté ou même leur vie ? Le plus dur, pourtant, c'était peut-être l'impression sourde qu'il emportait avec lui : Richelieu n'était pas mécontent qu'on lui annonce la mort de Sylvie. L'un des témoins de la naissance du Dauphin ne le soucierait plus...

Il souffrit plus encore lorsque, atteignant le grand vestibule, il aperçut une noire silhouette, la dernière qu'il souhaitât rencontrer : le Lieutenant civil venait sans doute donner à son maître les dernières nouvelles de Paris. Le sang du jeune duc ne fit qu'un tour, et, machinalement, il porta la main à la garde de son épée, puis pensa qu'il venait de donner sa parole. Il s'accorda quand même une petite satisfaction : fonçant droit sur le personnage, il le bouscula si rudement que l'autre perdit l'équilibre et tomba sur les marches avec un cri. Avec la superbe d'un prince du sang pour qui la canaille n'existe pas, François, sans seulement tourner la tête, passa son chemin et rejoignit ses chevaux.

— Eh bien, monseigneur, soupira Ganseville, je commençais à me demander si l'Homme rouge ne vous avait pas jeté dans quelque oubliette [1] ou

---

1. On disait que, sous le château de Rueil, le Cardinal avait fait creuser des cachots et même des oubliettes.

La maison sur la mer

envoyé à la Bastille. Je m'attendais à vous voir paraître désarmé entre quatre gardes.

— Qu'aurais-tu fait alors ?

— J'aurais suivi, bien sûr, car ce pouvait être aussi Vincennes. Ensuite, je serais allé rameuter tout l'hôtel de Vendôme ainsi que tous vos amis, et même un peu de populaire, pour qu'ils aillent en corps assiéger le Roi et nous aurions clamé partout ce qui s'est passé à La Ferrière.

Beaufort savait qu'il l'aurait fait. Entré à son service comme écuyer au moment de sa première campagne militaire, ce Normand blond qui lui ressemblait un peu par la taille et la couleur des cheveux possédait les qualités de son terroir : obstination dans la fidélité et fidélité dans l'obstination, plus l'art consommé de ne dire ni oui ni non et une vraie passion pour les chevaux. Joyeux compagnon, au demeurant, aimant les filles et doué d'un magnifique appétit, il s'entendait assez mal avec l'autre écuyer de Beaufort, Jacques de Brillet, un Breton calme et froid dont les mœurs s'apparentaient plutôt à celles d'un moine. Brillet se méfiait des femmes, ne buvait pas, mangeait juste ce qu'il lui fallait, priait beaucoup, connaissait la Bible comme un protestant et ne perdait pas une occasion de citer les Évangiles. Ce qui ne l'empêchait pas d'avoir aussi mauvais caractère que son confrère. En fait, ces deux garçons de vingt-trois et vingt-quatre ans s'accordaient seulement sur un point : leur dévouement total et entièrement dépourvu de jalousie mutuelle à leur jeune duc.

— Si Richelieu ne m'a pas embastillé, il s'en est

fallu d'un cheveu. Encore ne m'a-t-il laissé libre que contre ma parole de ne pas attenter à la vie de Laffemas jusqu'à ce que lui-même ait quitté ce monde ! J'ai un peu honte de moi...

— Faut pas ! J'en aurais fait tout autant. On dit que la vengeance a meilleur goût si on la mange froide...

— Brillet te dirait que la vengeance appartient au Seigneur.

— Il le dirait, oui, mais n'en penserait pas un mot ! Votre emprisonnement n'aurait servi à personne et aurait fait de la peine à trop de monde.

— Ce n'est pas une raison suffisante. Je ne sais pas si je parviendrai à ne pas me parjurer. Tu as vu, il y a un instant ? Le seul aspect de ce misérable me rend fou !

— Calmez-vous, mon prince, et écoutez-moi un peu : vous avez juré à Richelieu de ne pas tuer son Lieutenant civil ?

— Je viens de te le dire.

— Mais vous n'avez juré à personne de ne pas tuer Richelieu ?

Ganseville avait émis son conseil avec un si bon sourire que Beaufort ne comprit pas tout de suite :

— Qu'est-ce que tu viens de dire ?

— Vous avez très bien entendu. Et ne faites pas l'effarouché ! Vous ne ferez jamais que grossir le nombre de ceux qui rêvent chaque nuit de délivrer le Roi de son ministre. Demandez plutôt au duc César, votre père !

Soudain, François éclata d'un rire énorme qui le

La maison sur la mer

libéra de son angoisse. Allongeant une bourrade dans l'épaule de son écuyer, il sauta à cheval :

— Quelle idée magnifique ! J'aurais dû y penser plus tôt ! Ah, j'allais oublier : le chevalier de Raguenel a été reconnu innocent des meurtres dont on l'accusait. Il a dû rentrer chez lui.

— Y allons-nous ?

Le visage de François s'assombrit de nouveau :

— Non !... Non, pas encore. J'ai besoin de réfléchir un moment... et puis de me confesser !

Ganseville faillit lancer une plaisanterie, mais il pensa d'expérience qu'elle serait mal venue. C'était toujours ainsi quand le visage de son maître revêtait certaine expression de gravité proche de la sévérité. Sans être aussi pieux que Brillet, François ne transigeait jamais avec ses devoirs de chrétien et sa foi était profonde, même si sa vie quotidienne montrait quelque tendance à malmener certains des dix commandements.

— En ce cas, nous allons à l'hôtel de Vendôme d'abord et chez les Capucins ensuite ?

— Non. Nous allons d'abord à Saint-Lazare. Je veux m'entretenir avec monsieur Vincent.

Tout de suite inquiet, Ganseville demanda :

— Est-ce à cause de... ce que je viens de proposer ? L'idée ne vient pas de vous, monseigneur. Vous n'avez pas à vous en accuser.

François tourna vers lui un regard las.

— De quoi parles-tu ?... Ah ! De la mort du... Je n'ai encore rien tenté dans ce sens et je ne suis pas certain d'en avoir vraiment envie. Non, j'ai d'autres péchés. Ainsi, ces derniers temps j'ai beaucoup menti. Et je n'aime pas ça...

Sise hors la ville, dans le faubourg Saint-Denis, la maison de Saint-Lazare possédait sans doute, en comparaison de ses pareilles, le plus vaste domaine religieux sous le ciel de Paris. C'était aussi, par sa composition, la plus étrange, à la fois hôpital, léproserie — cela depuis sa fondation —, lieu de retraite, séminaire et maison de correction, car l'on y enfermait les jeunes gens trop turbulents dont les parents avaient à se plaindre. En outre, seulement séparé de la rue par un petit jardin, il y avait là un logis royal où les rois ne s'arrêtaient que deux fois dans leur vie : la première lors de leur « joyeuse entrée » dans leur capitale, l'autre lorsque leur dépouille mortelle se dirigeait vers Saint-Denis.

Sur ce vaste ensemble régnait un homme proche de la soixantaine mais robuste encore. Dans le visage plein, un peu allongé par la barbiche mise à la mode par Henri IV, s'affirmaient un nez puissant, des yeux petits et vifs sous les profondes arcades sourcilières, une grande bouche sans cesse plissée d'un sourire malicieux. Il s'appelait Vincent de Paul, né dans un pauvre village des Landes, un simple paysan dont il n'avait jamais voulu abandonner l'apparence, à la seule exception d'une soutane, toujours la même et que le temps n'arrangeait pas, mais il était le plus beau cadeau que le Sud-Ouest eût fait à la France avec le bon roi Henri. Une tournure rustre, mais une âme lumineuse habitée par un véritable amour de Dieu et des hommes.

La maison sur la mer

Son chemin dans la vie était lui aussi surprenant. La prêtrise très tôt, permettant les études en dépit du peu de biens, une culture acquise à force de travail lui avaient valu d'être choisi comme précepteur des enfants de Philibert de Gondi, duc de Retz, général des galères, dont il était devenu l'aumônier. Le plus étrange d'ailleurs qu'on eût jamais vu : un homme qui, voyant vaciller un galérien sous le fouet d'un comite, avait exigé qu'on l'enchaîne à sa place ! Cependant il refusait les honneurs et, un beau jour, abandonnant la haute famille dont il était le confesseur, il était parti avec son baluchon pour devenir curé d'un village perdu dans la Dombes marécageuse, Châtillon, où régnaient en permanence les fièvres, la misère, l'indifférence des nantis. Et là, en six mois, il avait tout changé, s'attirant même l'amitié des protestants. Cependant, les Gondi ne l'oubliaient pas : la duchesse morte, son époux entrait à l'Oratoire en léguant à « monsieur Vincent » — le pays tout entier allait lui donner ce nom comme un sacre ! — assez d'or pour fonder sa congrégation des Prêtres de la Mission. Une mission qui n'était pas encore tournée vers les terres lointaines mais vers celles, souvent misérables, des villages et des hameaux — à commencer par ceux qui entouraient Paris — où il était davantage question de subsister que de vivre et pour qui Dieu paraissait bien lointain. Sans doute les hommes de monsieur Vincent apportaient-ils la parole divine, mais ils s'efforçaient de soulager les souffrances les plus criantes et, au besoin, de donner un coup de main aux travaux des champs...

C'est à cet étonnant personnage qu'il connaissait

Trois hommes de Dieu

depuis longtemps et que la maison de Vendôme révérait que François souhaitait confier les tourments de son esprit et de sa conscience.

Il le trouva dans l'apothicairerie, les manches retroussées sur ses bras musculeux et occupé à malaxer des feuilles de chou avec de l'argile. Malheureusement il n'était pas seul et le jeune homme qui lui tenait compagnie était bien le dernier que François désirât rencontrer. Ce fut celui-ci, d'ailleurs, qui accueillit le nouveau venu en lançant d'une voix claironnante :

— Voyez donc un peu qui nous arrive, monsieur Vincent ! L'astre des belles de Paris éclipsé depuis des semaines ! Où donc étiez-vous passé, mon cher duc ?

Celui-ci commença par saluer le maître de la maison avec un grand respect avant de répliquer :

— Si j'avais su vous trouver là, monsieur le bel esprit, je serais venu plus tard.

Sans interrompre son travail, Vincent de Paul se mit à rire :

— Quelle belle entrée en matière ! Vous n'allez pas, mes enfants, confondre la maison du bon Dieu avec la place Royale !... Soyez le bienvenu, François ! Il y a longtemps que je ne vous ai vu. Et vous, mon garçon, faites-lui place !

Il avait une voix chaude, un peu rude, mais combien rassurante et compréhensive, teintée d'un joyeux accent gascon.

— Ce que c'est que d'être duc ! soupira l'interpellé, mais Beaufort haussa les épaules, pas dupe un seul instant de cette fausse humilité. Il connaissait en effet Paul-François-Jean de Gondi, neveu de l'archevêque de Paris et frère de l'actuel duc de Retz, depuis l'enfance où ils s'étaient retrouvés à plusieurs reprises à Belle-Isle pour quelques jours d'été insouciants. Et il ne l'aimait guère. Non à cause de son physique bizarre : petit, noiraud, le nez en pied de marmite, toujours mal peigné, les jambes torses et d'une maladresse presque passée à l'état de proverbe, car il était incapable de boutonner seul son pourpoint, mais à cause d'un esprit vif et affûté comme un rasoir qui pétillait dans ses yeux aussi noirs que le reste de sa personne. Destiné à l'Église par un père fort pieux, il en suivait les études avec dans la tête l'idée de ne jamais se faire ordonner : il aimait bien trop le plaisir et les femmes ! On lui connaissait au moins deux maîtresses : la princesse de Guéménée qui avait vingt ans de plus que lui et la jolie — et jeune ! — duchesse de La Meilleraye dont l'époux était le Grand Maître de l'artillerie.

En résumé, un personnage tout à fait hors du commun ainsi que l'avaient prédit, au jour de sa naissance, les gens du village de Montmirail, en Champagne, parce qu'ils avaient pris dans la rivière un esturgeon — poisson tout à fait inhabituel — à l'heure même où la duchesse sa mère accouchait au château. La sagesse populaire en conclut que le nouveau-né serait un phénomène.

Brave au demeurant et maniant joliment l'épée, il avait reçu de monsieur Vincent, alors son précepteur et celui de ses frères, les premiers germes de la culture ainsi qu'une ferme éducation chrétienne. Il ne lui en restait que peu de foi et un grand respect, une véritable affection pour un homme qu'il n'arrivait pas à comprendre vraiment. Quant à Beaufort, il lui rendait volontiers son inimitié et s'entendait à brocarder sa réjouissante absence de culture et un esprit moins acéré que le sien.

Un seul point commun entre « l'abbé de Gondi » et François : tous deux détestaient Richelieu. Le premier par orgueil : il s'estimait l'échine trop raide pour plier devant un homme qu'il jugeait son inférieur par la naissance. S'il lui accordait quelque mérite, il disait aussi que « Richelieu n'avait aucune grande qualité qui ne fût la cause ou l'effet de quelque grand défaut ». Le second pour les raisons que l'on sait et aussi par amour pour la Reine qui avait tant souffert du Cardinal-duc.

Ainsi qu'on l'y invitait sans trop de ménagements, Gondi se retira, au vif soulagement de François qui attendit son départ pour exposer le but de sa visite :

— Je suis venu, monsieur Vincent, vous prier de bien vouloir m'entendre en confession.

Sans cesser son ouvrage, le vieux prêtre haussa les sourcils :

— Vous confesser, moi ? Mais, mon enfant, n'avez-vous pas à l'hôtel de Vendôme Mgr l'évêque de Lisieux, Philippe de Cospéan, qui veille aux âmes de la duchesse votre mère et de votre gentille sœur ? Je sais qu'il est là en ce moment...

— Certes, et c'est un saint homme, mais fort distrait et trop enclin à l'indulgence pour ceux de notre famille. Et moi, j'ai besoin d'un autre regard...

— Ah !

Monsieur Vincent arrêta son malaxage et resta un instant les mains en l'air, considérant avec une sorte de désespoir le tas de feuilles de chou qui attendaient d'être écrasées.

— Je vous entendrais volontiers, mon fils, mais je vous avoue avoir peine à quitter tout ceci. Notre frère apothicaire est malade et nous avons un urgent besoin d'une grande quantité de cet onguent miraculeux pour nos rhumatisants. Et Dieu sait si ce petit printemps humide les fait souffrir ! Or, je vais devoir vous emmener à la chapelle...

— Est-ce bien nécessaire ? Vous pourriez m'entendre en continuant de travailler et... moi aussi. Laissez-moi vous aider !

Sous l'œil rieur du vieil homme, Beaufort ôta son pourpoint, retroussa les manches de sa chemise et s'ajusta un tablier qu'il trouva dans un coin. Après quoi, s'emparant d'un grand mortier, il entreprit d'y piler les grosses feuilles vertes selon les indications de monsieur Vincent que cette initiative amusait et attendrissait, sans l'empêcher toutefois d'écouter avec un sérieux plein de gravité ce que François avait à lui dire.

Le jeune homme n'oublia rien de ce qui, depuis plusieurs mois, pesait sur sa conscience de chrétien. Son auditeur comprit vite que ce qu'on lui confiait là n'était rien d'autre qu'un secret d'État sur lequel se greffait la terrible aventure d'une petite fille d'honneur broyée par le cruel amour d'un monstre. Un monstre à la vie duquel, cependant, le pénitent avait dû jurer de ne pas toucher pour une autre raison d'État.

Cependant, son absolution fut pleine et entière, sous la seule condition que François promette de ne plus approcher la Reine en son intimité.

— Les voies de Dieu sont impénétrables, murmura-t-il enfin. S'il a permis que vous deveniez l'instrument du Destin, vous devez, dès à présent, l'oublier...

— Oublier ? Vous n'imaginez pas à quel point je l'aime !

— Je ne veux pas le savoir ! Cette femme doit vous être désormais sacrée de par le fruit qu'elle porte et dont le père ne peut être que le Roi. Vous m'avez bien compris ? De cet instant, vous ne devez plus être pour la Reine qu'un très fidèle sujet, un ami si vous vous en sentez le courage, mais surtout rien de plus ! Le jurez-vous ?

Si puissante était l'emprise de ce petit homme fruste que François, fasciné, étendit la main pour le serment sans songer que c'était au-dessus d'un mortier plein de feuilles de chou et non sur l'Évangile : pour l'un comme pour l'autre, le geste avait la même signification.

— Pour le reste de ce que vous m'avez confié, ajouta monsieur Vincent, je vous absous aussi car, en vérité, vous ne pouviez agir autrement. Allez en paix !

En quittant Saint-Lazare, Beaufort se sentait à la fois soulagé et malheureux. Il avait bien pensé que le saint homme n'accepterait pas qu'il poursuivît ses relations amoureuses avec Anne d'Autriche, et il était de toute façon impossible qu'il en fût autrement. Cela, il le savait, mais dès l'instant où l'interdiction divine se dressait entre eux, la Reine lui devenait encore plus chère, encore plus désirable.

En lui amenant son cheval, Ganseville se mit à renifler :

— Quelle drôle d'odeur, monseigneur ? Ce n'est tout de même pas celle de la sainteté ?

En dépit de sa tristesse, François ne put s'empêcher de rire. C'était d'ailleurs un besoin chez lui. Doué d'un grand sens de l'humour, il recourait volontiers au rire dans les moments de forte tension nerveuse. Cela le soulageait... Aussi, en sautant en selle, avait-il déjà retrouvé une partie de son optimisme habituel :

— J'ai écrasé des choux avec un pilon, grognat-il, mais comme c'était en compagnie de monsieur Vincent, la sainteté n'est pas loin. On rentre, à présent !

L'hôtel des Vendôme étant situé, comme Saint-Lazare, hors les murs de Paris, les deux cavaliers suivirent le chemin qui longeait les fossés afin de rejoindre le faubourg Saint-Honoré. C'était, jouxtant le couvent des Capucines qui semblait s'y intégrer, une vaste demeure dont les jardins, étendus au pied des moulins de la butte Saint-Roch, avaient amputé une part d'un marché aux chevaux. La duchesse de Vendôme, mère de François, y vivait le temps d'hiver avec sa fille Élisabeth et son fils aîné Louis, duc de Mercœur ; les beaux jours étaient réservés au château d'Anet ou à celui de Chenonceau, résidence habituelle et forcée de son époux, le duc César de Vendôme, fils bâtard mais reconnu d'Henri IV et de Gabrielle d'Estrées, où un ordre d'exil du roi Louis XIII, son demi-frère, l'obligeait à résidence depuis plusieurs années[1]. C'était une demeure calme et pieuse où l'on entendait davantage le murmure des prières que le son des violons, et cependant le fils cadet aimait à retrouver son décor princier et la beauté de ses jardins. Sans compter l'affection de sa mère et de sa sœur...

Ce jour-là, pourtant, quelqu'un l'avait précédé et ce fut sans aucune joie qu'en pénétrant dans le cabinet de la duchesse Françoise, il retrouva l'abbé de Gondi installé là comme chez lui.

— Ah ! s'écria celui-ci en le voyant paraître. Je vous avais bien dit qu'il n'allait pas tarder ! On ne court pas chez une maîtresse en sortant de chez monsieur Vincent !

— Mon fils ! s'écria Mme de Vendôme dans un élan de joie, nous nous demandions où vous aviez disparu ces derniers temps, et, je vous l'avoue, votre sœur et moi étions assez en peine.

— Il ne fallait pas, ma mère, dit François qui passait à présent dans les bras d'Élisabeth. J'étais à Anet. Souvenez-vous, je vous avais dit mon désir de m'éloigner de Paris.

— Non sans raison ! fit Gondi d'un ton de componction que son regard pétillant démentait. Et ce séjour campagnard vous a conduit tout droit, au

[1]. Voir tome I, *La Chambre de la Reine*.

retour, entre les saintes mains de M. de Paul ! Qu'aviez-vous donc à vous faire pardonner ?

— Et vous ? rétorqua Beaufort dont le regard bleu virait au gris menaçant.

— Oh moi, je venais simplement prendre congé avant un assez long voyage que je compte faire à Venise et à Rome.

— Je ne vous savais pas si ami des grands chemins ? Comment allez-vous respirer loin de la place Royale et de l'Arsenal ?

— Notre pauvre ami ne peut faire autrement, soupira Élisabeth qui avait un faible pour cette espèce de lutin en petit collet. Le Cardinal veut qu'il s'éloigne depuis qu'il a osé briguer l'honneur de prêcher à la Cour. Son Éminence le réserve à M. de La Motte-Houdancourt qui est de ses amis...

— Ce que je ne suis pas, à Dieu ne plaise ! J'ai toujours dit que, sous ses airs de grand seigneur, c'était un faquin. Aussi ai-je choisi mon propre séjour avant qu'il ne prenne la peine de me l'indiquer. D'où Venise où j'ai quelques amis, et Rome où je verrai le pape. Mais, auparavant, ajouta-t-il sur un ton plus sérieux, je vais me rendre à Belle-Isle pour saluer mon frère.

À la surprise de sa sœur qui l'observait, François devint tout rouge et regarda le petit abbé avec une sorte d'effroi :

— Si votre absence n'est que momentanée, est-ce bien utile d'aller effrayer votre frère et votre belle-sœur avec des bruits d'exil ?

— Ils n'ont pas le cœur si sensible ! Et c'est une règle en famille de nous tenir toujours informés de nos grands voyages... Apparemment vous n'observez pas les mêmes principes, puisque votre mère et votre sœur ignoraient où vous étiez ?

Le jeune duc haussa les épaules avec humeur :

— Faut-il vraiment envoyer des lettres de faire-part pour se rendre à quelque vingt-cinq lieues et dans un domaine familial ? Allez à Belle-Isle si cela vous chante, après tout ! Quand partez-vous ?

— Dans trois ou quatre jours : le temps de saluer mon oncle l'archevêque de Paris et... quelques amies. Mais on dirait que ma visite à mon frère vous contrarie ?

— Pas le moins du monde ! Vous pouvez bien faire le tour de la Bretagne pour aller à Venise si cela vous chante !

— Si nous parlions d'autre chose ? proposa Élisabeth avec un petit air angélique. Et surtout, parlons de choses sérieuses : savez-vous, mon frère, que nous sommes fort en peine de notre Sylvie ? Voilà trois semaines qu'elle a disparu et tous, même la Reine, ignorent ce qu'elle est devenue.

— N'avez-vous rien appris sur elle, depuis ce temps ?

— Ce que l'on sait est plutôt inquiétant. Jeannette, sa femme de chambre qui l'attendait au château de Rueil dans la voiture du chevalier de Raguenel, l'a vue monter — je dirais même enlever ! — dans la voiture du Lieutenant civil. Corentin, le valet de M. de Raguenel, a volé le cheval d'un des gardes et suivi le carrosse. Et on ne l'a pas revu, lui non plus !

— Quelle imprudence d'aller se fourrer ainsi dans

La maison sur la mer

les pattes de l'Ogre, s'écria Gondi. Il n'est jamais bon de se mêler de ses affaires et j'ai bien peur que vous ne revoyiez jamais cette jeune fille... ni le valet !

— Vous n'imaginez pas qu'on l'aurait jetée à la Bastille ou dans quelque prison ? gémit la duchesse. Mlle de L'Isle n'a pas seize ans et Son Éminence l'invitait parfois à venir chanter pour elle. En outre, elle allait plaider pour son tuteur accusé de crimes si horribles qu'il était impossible de l'en croire coupable ! D'ailleurs, il a recouvré la liberté quelques jours après la disparition de Sylvie. Le malheureux est à moitié fou d'inquiétude...

Tout à coup, une pesante atmosphère d'angoisse s'étendait sur le paisible salon. Sensible comme toutes les natures nerveuses, l'abbé en fut affecté et, comme il s'estimait suffisamment occupé de ses propres soucis, il prit congé avec grâce, mais aussi un certain empressement. Ce qui fit grand plaisir à François. La duchesse, cependant, quittait son air affable pour une mine plus sombre.

— Nous sommes vraiment inquiètes pour Sylvie, dit-elle en prenant la main que sa fille tendait vers elle. Ces jours derniers, Mgr de Cospéan a obtenu audience du père Joseph du Tremblay qui est fort malade mais a tout de même bien voulu s'enquérir auprès de son frère, le gouverneur de la Bastille. Notre ami a eu toute assurance de ce côté : la pauvre petite n'est ni à la Bastille ni à Vincennes.

— Ce qui n'est guère plus rassurant, soupira Élisabeth, car en ce cas, où peut-elle être ? Nous avons pensé, bien sûr, aux souterrains de Rueil, et l'enlèvement dans la cour n'eût été qu'un leurre. Mais notre frère aîné pense que nous aurions vu revenir Corentin Bellec.

— Et nous sommes aussi très peinées que la Reine, vers qui nous sommes allées, n'ait pas pris plus de souci de sa fille d'honneur. Elle est toute à sa grossesse et ne veut entendre parler d'aucune affaire affligeante.

François eut un sourire. De tout ce qu'il venait d'entendre, il ne retenait qu'une information, l'Éminence grise, le plus secret, le plus ferme conseiller de Richelieu, allait vers sa fin et ce n'était pas une mauvaise nouvelle : tout ce qui pouvait affaiblir son ennemi l'enchantait. Mais, comme son air ravi semblait choquer « ses femmes », il se hâta de l'effacer et de demander :

— Où est Jeannette ? Je voudrais lui parler...

— Elle n'est pas ici, dit sa mère. Elle est partie dès que Perceval de Raguenel est rentré chez lui. Elle a voulu le rejoindre afin de partager cette terrible épreuve. Le malheureux fait peine à voir...

François n'eut pas le temps de commenter ces dernières paroles : le majordome entrait, annonçant un courrier du Roi, ce qui jeta un léger froid, comme si la sévère silhouette de Louis XIII venait s'interposer dans ce cercle familial. Le courrier, un officier de chevau-légers, apportait un pli cacheté d'un sceau de cire rouge.

— De par le Roi à monsieur le duc de Beaufort, dit-il en s'inclinant après avoir, à l'intention de la duchesse et de sa fille, balayé le tapis des plumes rouges de son chapeau. Puis, son message délivré, il se retira, laissant les deux femmes brûlantes de

La maison sur la mer

curiosité. D'un doigt nerveux, François fit sauter la mince plaque aux armes de France et ouvrit le message mais, à mesure qu'il lisait, son visage se rembrunit :

— Le roi m'envoie rejoindre en Flandre le maréchal-duc de Châtillon, ma mère... Je dois partir dès que mes équipages seront prêts.

— Vous allez vous battre, mon fils ? Mais je croyais...

— Que le Roi dédaignait pour ses armes le sang des Vendôme ? Apparemment, le Cardinal ne pense pas comme lui...

— Mais votre frère ?

— Rien ici ne concerne Mercœur. Il peut rester tranquillement à Paris. Ce que je ne lui envie pas, d'ailleurs, et je ne vous cache pas qu'en d'autres temps je serais fort heureux d'aller respirer l'odeur de la poudre, seulement j'aurais préféré que ce soit plus tard. C'est pourquoi je sens derrière cet ordre la main du Cardinal. Il ne m'aime pas et si un mousquet espagnol pouvait le débarrasser de moi, il en serait heureux...

— Ne dis pas de telles choses ! s'écria Élisabeth. Tu ne vas pas...

— Me faire tuer ? Je n'ai pas la moindre envie d'accorder ce plaisir à Son Éminence... À présent, si vous voulez bien, ma mère, veiller à mes préparatifs, je vous en serai très reconnaissant. Voyez avec Brillet ! Moi je dois sortir et j'emmène Ganseville.

— Vous sortez si tard ? Mais...

— Ne vous alarmez pas ! Une simple visite et je n'en ai pas pour longtemps.

Lorsqu'il se fut éloigné, Élisabeth s'approcha de sa mère dont le visage venait de pâlir et qui murmurait :

— Où peut-il bien aller ? J'espère qu'il ne va pas se créer quelque affaire...

La jeune fille prit sa main et la posa contre sa joue fraîche.

— On dirait que vous ne le connaissez pas, ma mère ? Peut-il quitter Paris sans aller saluer quelque belle dame ? On parle toujours, à son propos, de Mme de Montbazon, mais je ne crois pas qu'il y ait quelque chose entre eux. Peut-être Mme de Janzé ?

François n'allait ni chez l'une ni chez l'autre. Il aimait trop la Reine pour vouloir une autre femme. Pour le moment, il fonçait, suivi de Ganseville, le long de la rue Saint-Honoré, puis de la rue de la Ferronnerie, de la rue des Lombards qui s'ajoutaient l'une à l'autre et enfin de la rue Saint-Antoine, vers la Bastille, traversant ainsi Paris sur toute sa largeur et dédaignant la rue Saint-Thomas du Louvre où se trouvait l'hôtel de Montbazon. Mais bien avant d'atteindre la vieille forteresse, il prit à main gauche une rue assez étroite, sauta à terre devant un petit hôtel de belle apparence et, sans attendre que son écuyer s'en charge, alla actionner lui-même la cloche du portail :

— Allez dire à M. le chevalier de Raguenel que le duc de Beaufort désire l'entretenir sur l'heure ! Même si celle-ci lui semble un peu tardive ! Ce que j'ai à lui dire ne souffre aucun retard, déclara-t-il au portier effaré qui détala comme un lapin, laissant les deux cavaliers pénétrer dans la cour à leur guise.

La maison sur la mer

— Je croyais, remarqua l'écuyer, que vous vouliez attendre un peu avant de le rencontrer ?

— Je n'ai plus le temps d'attendre. Je pars pour la Flandre demain matin...

— Nous partons pour la Flandre, corrigea Ganseville. Et que voilà donc une bonne nouvelle !

— Non. J'ai bien dit « Je ». Toi, tu me rejoindras plus tard. J'ai une mission pour toi...

— Et je vais où ? fit Pierre déçu.

— D'où nous venons... mais tu n'iras pas seul : tu escorteras une jeune fille que tu connais déjà et dont tu prendras bien soin. J'aurais voulu le faire moi-même, mais le Roi et son ministre en ont décidé autrement.

— Vous me renvoyez en Bretagne ?

— Exactement. Et c'est Jeannette que tu vas emmener. Je la croyais près de ma mère mais, à ce qu'il paraît, elle est venue rejoindre M. de Raguenel dès sa sortie...

Il s'interrompit. Perceval accourait et François fut frappé du changement intervenu en si peu de temps : certes, sa mise qu'il avait toujours soignée tout en la maintenant dans la simplicité restait égale à elle-même mais, sous les épais cheveux blonds que la quarantaine peu éloignée argentait déjà aux tempes, le visage avait perdu son expression nonchalante et les yeux leur vivacité. En fait, le chagrin avait mis sa griffe sur chaque trait et François se reprocha de n'être pas accouru vers cet ancien écuyer de sa mère, cet ami de son enfance, dès son arrivée à Paris. Ce soir, les yeux gris étaient grands ouverts et interrogeaient autant que la voix :

— Vous ici, monseigneur ?... Venez-vous m'apprendre la nouvelle que je redoute le plus ?

Beaufort prit ses deux mains dans les siennes et les sentit trembler, elles toujours si sûres :

— Entrons ! fit-il avec beaucoup de gentillesse. Ce que j'ai à vous dire n'est pas fait pour le vent de la nuit.

CHAPITRE 2

LE PORT DU SECOURS

Le lendemain qui était un dimanche, à cinq heures du matin, un couple de jeunes bourgeois, modeste, prenait place dans le coche de Rennes qui en une semaine tout juste allait le mener à destination. Dans l'époux, vêtu d'un solide drap gris fer à collet rabattu en toile de Hollande blanche, chaussé de lourds souliers à boucle et coiffé d'un chapeau noir à fond de cuve rond, personne n'aurait reconnu Pierre de Ganseville, l'élégant écuyer du duc de Beaufort. Il ne s'y sentait du reste pas très à l'aise : son épée lui manquait, mais il avait bien fallu la ranger dans le coffre que l'on avait embarqué à sa suite.

Ce genre de détail ne préoccupait pas sa compagne : il n'existait guère de différence entre le costume d'une bourgeoise et celui d'une femme de chambre attachée à la Cour. La robe grise à col et manchettes ornés de dentelle, la coiffe bien amidonnée étaient sa vêture habituelle et elle la complétait d'un ample manteau noir à capuchon qui l'enveloppait tout entière. Jeannette se sentait un peu moins triste : il faisait beau et le voyage — bien qu'elle n'en connût pas le but — lui plaisait d'autant plus qu'on

Le port du Secours

ne serait pas cahoté trop longtemps dans cette patache publique, donc peu confortable et malodorante : à Vitré on la quitterait, sous un prétexte quelconque, en même temps que le déguisement de Ganseville, pour des chevaux de poste qui, par Châteaubriant, les conduiraient à Piriac où l'on embarquerait. L'important était de quitter Paris en déjouant une surveillance à laquelle Beaufort s'attendait de la part du Lieutenant civil. Laffemas ne devait plus ignorer à cette heure ce qu'il était advenu de La Ferrière et Raguenel lui avait laissé entendre que des gens à la mine suspecte s'intéressaient à sa maison depuis qu'il l'avait réintégrée. Aussi, la veille du départ, François avait-il ramené Jeannette à l'hôtel de Vendôme où se trouvait sa place naturelle, puisqu'elle y vivait depuis que Sylvie y avait fait son entrée.

En pensant à son maître, Ganseville se sentait mélancolique : tandis que lui-même se faisait secouer sur les gros pavés et les mauvaises routes, Beaufort escorté de Brillet et de deux valets galopait sur la route de Flandre avec en perspective la fièvre des combats, le grondement des canons, le crépitement des mousquetades, les roulements des tambours, la gloire peut-être... la vie enfin ! Sa seule consolation était que ce convoyage sans panache représentait une mission d'extrême confiance tenant à ce secret qu'il avait l'honneur de partager avec le maître qu'il aimait.

Les choses se passèrent le mieux du monde avec des compagnons qui n'obligeaient pas à la conversation : un prêtre priant toute la journée, une veuve

La maison sur la mer

pleurant tout autant, un couple âgé qui, lorsqu'il ne se chuchotait pas des secrets en gloussant, dormait avec application. Tout de même, en arrivant à Vitré, Gansville se sentait de terribles fourmis dans les jambes. Jeannette mourait d'impatience mais, dans la vieille ville figée dans son superbe cadre féodal, il leur suffit d'un court passage à l'hôtel du Plessis dont les maîtres étaient de vieux amis des Vendôme pour que Pierre retrouve son aspect habituel. Ce fut au tour de Jeannette de perdre le sien : devenue un charmant cavalier — sa jeune maîtresse avait demandé qu'on lui apprît à monter afin qu'elle pût la suivre dans ses galopades à travers bois, à Anet ou à Chenonceau — elle sauta en selle avec une assurance qui fit plaisir à son compagnon, un peu inquiet d'abord sur le train que la présence d'une femme allait lui imposer.

— Me direz-vous enfin où nous allons ? demanda la jeune fille quand ils eurent atteint la première halte, à Bain. Pendant tout le voyage vous n'avez pas desserré les dents. Le beau mari que j'avais là aux yeux des gens qui nous entouraient !

— Auriez-vous souhaité que je vous fasse la cour ? fit Gansville en riant.

— Oh non ! Ne le prenez pas en mal, mais j'ai déjà donné ma foi à un garçon dont j'ignore ce qu'il est devenu, ajouta-t-elle avec tristesse. Il a disparu avec notre petite demoiselle et on ne sait pas s'ils sont seulement encore de ce monde...

— Moi, je suis comme saint Thomas : tant que je n'ai pas vu je ne crois pas ! Quant à notre destination, c'est un petit port de pêche qui s'appelle Piriac.

Le port du Secours

— Et qu'allons-nous y faire ?

— Nous embarquer pour Belle-Isle. J'espère que vous avez le pied marin... J'ai horreur des gens qui vomissent.

— Et que ferons-nous à Belle-Isle ?

— Nous irons saluer M. le duc de Retz et Mme la duchesse. À présent, plus de questions. Vous en savez assez.

— Je ne suis guère plus avancée et j'aimerais bien comprendre tous ces mystères...

— Ma chère enfant, vous avez commis une grosse sottise en vous installant chez M. de Raguenel au lieu de rentrer sagement chez nous. Vous auriez dû être assez fine pour deviner que sa maison serait surveillée. Or j'avais mission de vous faire quitter Paris sans éveiller les soupçons des espions du Lieutenant civil. Voilà qui est fait...

— En ce cas, pourquoi ne pas m'en dire davantage ? Nous sommes bien loin de Paris...

— Parce que le gouverneur de la Bretagne, c'est le cardinal de Richelieu qui en a dépossédé le duc César, et que là où il s'est installé, il faut toujours craindre qu'il y ait un espion derrière chaque buisson.

— Et à Belle-Isle, il n'y en a pas ?

— Non. Elle est assez éloignée de la côte et appartient en propre à Pierre de Gondi, duc de Retz. Et maintenant, à cheval ! Je ne répondrai plus à aucune question avant que nous ne soyons là-bas. Et encore !...

Cette fois, Jeannette se le tint pour dit. D'ailleurs, la différence sociale existant entre elle, simple femme de chambre, et un gentilhomme lui imposait

La maison sur la mer

des limites qu'elle connaissait fort bien. Et puis le nouveau rythme du voyage n'autorisait guère les conversations, car il n'était plus question de s'arrêter avant la mer sinon pour changer de chevaux et se restaurer. Après Bain, par Redon et La Roche-Bernard, on atteignit l'estuaire de la Vilaine d'où l'on piqua droit sur Piriac, un petit port de pêche où la pauvre fille arriva rendue : une chose était de suivre Sylvie dans d'agréables randonnées campagnardes, une autre de sauter d'un cheval à l'autre sans désemparer, qu'il fasse jour ou qu'il fasse nuit.

— Je ne pourrai plus jamais m'asseoir ! gémit-elle quand Ganseville, enfin compatissant, l'aida à descendre de sa monture. Ni peut-être marcher !

— J'aurais dû vous conseiller les cataplasmes de chandelle, soupira celui-ci, mais cela nous aurait fait perdre du temps. Je conçois que cela vous soit pénible, que vous auriez préféré une voiture, mais les chemins sont mauvais en Bretagne et, avec un cheval, on est sûr de passer partout et vite !

— Nous sommes donc bien pressés ?

— Nous le sommes et cette chevauchée nous fait gagner trois jours. Or, il est impératif que nous arrivions à Belle-Isle avant quelqu'un d'autre ! Allons, courage ! Je vous promets une surprise à l'arrivée...

La laissant assise sur un rocher, Ganseville alla se mettre en quête d'un bateau, après quoi, en attendant la marée, il entreprit de refaire leurs forces au moyen d'une soupe de poissons délectable et de galettes de sarrazin sucrées au miel, le tout arrosé d'un cidre un peu aigrelet.

Au soir tombant, tous deux embarquèrent sur une

Le port du Secours

barque de pêche placée sous le vocable de Sainte-Anne-d'Auray. Jeannette, enveloppée d'une couverture sentant fortement le poisson pour la protéger des embruns, installa son séant douloureux sur une autre couverture que l'on plia pour elle au fond de la barque et, bien que ce ne fût pas le summum du confort, elle s'endormit aussitôt. Par chance, la mer était relativement calme et sa fatigue extrême lui évita les effets du roulis. Des quatre lieues séparant Belle-Isle de la terre ferme, elle ne vit donc rien, pas plus que de la pêche à laquelle les hommes se livrèrent chemin faisant.

Quand elle ouvrit les yeux, après qu'on l'eut secouée sans trop de douceur, le bateau franchissait le goulet d'un port qui, sous les couleurs roses de l'aurore, lui parut le plus beau du monde. Établi au débouché d'un de ces ruisseaux marins où remontait la marée, il s'enfonçait entre une colline plantée d'arbres tordus par les tempêtes et un promontoire rocheux portant une citadelle à tours basses et rondes dans lesquelles s'ouvraient les gueules noires des canons. Le bourg semblait couler derrière ces murailles qui le défendaient, cependant qu'au fond du port, un pont romain reliait les deux rives et desservait une longue demeure seigneuriale dont les jardins montaient à l'assaut d'une seconde colline, plus haute que la première [1]. C'était une grande et belle

1. À cette époque, le bourg du Palais s'étendait derrière la citadelle occupant la place du glacis construit par Vauban et en face du bourg actuel, sur le lieudit Haute-Boulogne. Progressivement, au cours du XVIIe siècle, l'agglomération s'étendit vers le sud, sur la Basse-Boulogne, et l'église elle-même fut transférée au temps des Fouquet.

maison blanche dont les hautes fenêtres reflétaient les couleurs ardentes du soleil levant.

— Nous sommes à Belle-Isle, commenta Ganseville, et ce village qui en est le principal s'appelle Le Palais. Ce n'est pas difficile de comprendre pourquoi...

— Et c'est là que nous allons ?

— C'est là ! Vous allez y retrouver des gens que vous aimez et dont vous êtes en peine...

L'écuyer eut soudain l'impression que toute la lumière de ce jour naissant se réfugiait dans les yeux bleus de la jeune fille.

— Sylvie ? Oh, je veux dire Mlle de L'Isle...

— Chut ! Pas de noms !

Elle voulut s'élancer sur le chemin carrossable menant aux barrières de hauts tamaris protégeant les jardins des méfaits du vent, mais il la retint d'une main ferme :

— Restez tranquille ! Vous n'allez pas vous lancer dans cette maison en l'appelant comme une folle. Vous devez penser que si on l'a amenée ici, c'est pour une raison très grave. On l'y cache depuis qu'elle a échappé à un sort horrible dont la menace n'est pas encore éteinte. Aussi M. le duc a-t-il décidé, en accord avec M. de Gondi, qu'elle passerait pour morte jusqu'à ce que le danger soit éteint.

— Mon Dieu, mais qu'est-il arrivé ? gémit-elle, déjà prête à pleurer.

— Vous le saurez, mais pour l'instant marchons ! Nous n'allons pas rester plantés au milieu de ce chemin pendant des heures ! D'ailleurs, on vient à notre rencontre.

Le port du Secours

Deux laquais en livrée rouge s'approchaient pour s'enquérir des visiteurs. Ganseville tira une lettre de son pourpoint :

— De la part de monseigneur le duc de Beaufort à monsieur le duc de Retz [1], avec ses compliments !

Les valets saluèrent ; l'un d'eux prit la lettre cependant que l'autre s'emparait du sac de voyage de Jeannette.

— Si vous voulez bien vous donner la peine de me suivre, dit le premier. Les deux voyageurs furent ensuite remis à un majordome qui les fit attendre dans un grand vestibule dallé de noir et blanc, en précisant que le couple ducal entendait à cette heure une messe matinale dans la chapelle du palais et qu'il ne pouvait être question de le déranger.

On patienta donc dans un silence quasi monacal que ni l'un ni l'autre n'osait briser, mais Jeannette se sentait dévorée d'impatience : où pouvait bien être la petite Sylvie dans cette grande baraque ? Quant à Ganseville, habitué à voir toutes les portes s'ouvrir devant son maître, il n'appréciait guère que son messager doive attendre comme un vulgaire solliciteur. Enfin une porte s'ouvrit et le duc en personne parut, suivi de son majordome. Ce fut à celui-ci qu'il s'adressa en premier :

— Conduisez cette jeune fille à Mme la duchesse qui l'attend chez elle ! Puis, se tournant vers Ganseville : « Heureux de vous revoir mon garçon ! J'espère que vous avez fait bon voyage ? Et que vous

---

1. Seuls avec les prélats, les princes des familles souveraines ont droit à l'appellation monseigneur.

La maison sur la mer

m'apportez des nouvelles. Venez donc par ici. Nous serons mieux pour parler dans mon cabinet. »

À trente-six ans, Pierre de Gondi, deuxième duc de Retz, en paraissait dix de plus : son long visage bruni par le climat portait les marques d'un ennui dû au fait qu'il s'était vu mis à la retraite trois ans plus tôt et qu'il le supportait mal. En effet, nommé général des galères du Roi en survivance de son père entré en religion après la mort de sa mère — le tout en 1627 — il avait été dépouillé par Richelieu d'un commandement qu'il aimait au bénéfice du neveu de celui-ci, le marquis de Pontcourlay. Depuis, il s'était renfermé dans son château de Belle-Isle pour y remâcher ses rancœurs : inutile de préciser qu'il ne portait pas le Cardinal-ministre dans son cœur.

Pendant qu'il se faisait donner par Ganseville les dernières nouvelles de la capitale, une jeune camériste bretonne, en costume régional, conduisait Jeannette à la chambre de la duchesse, occupée à se restaurer après la communion. Plus jeune de dix ans que son mari dont elle était d'ailleurs proche cousine, fille du précédent duc de Retz — le titre était passé de la branche aînée à la branche cadette — et sœur de la duchesse de Brissac, Catherine de Gondi aurait pu prétendre à la beauté si l'austérité de ses mœurs et une certaine dose d'avarice n'avaient figé ses traits au demeurant fins et délicats. Elle reçut Jeannette comme on reçoit une servante, c'est-à-dire qu'elle la laissa debout tandis qu'elle-même continuait à tremper du pain dépourvu de beurre dans du lait, sans pour autant cesser d'examiner la nouvelle venue. N'en espérant pas davantage, la jeune fille ne s'offusqua pas mais ne put s'empêcher de penser qu'un bol de lait lui aurait fait bien plaisir, à elle aussi. Enfin, la duchesse parla, après s'être soigneusement essuyé la bouche à une serviette brodée :

— Vous êtes la suivante de cette petite que M. de Beaufort nous a confiée ? D'où sortez-vous, ma fille ?

— D'Anet, madame la duchesse, où je suis née et où, très jeune, je suis entrée au service de Mlle de L'Isle. Je l'ai ensuite suivie à la Cour lorsqu'elle est devenue fille d'honneur de Sa Majesté la Reine...

— Cela se sent ! Vous n'avez point le ton campagnard. Eh bien, ma fille, sachez que votre maîtresse est en piteux état. Elle a été, à ce que l'on raconte, enlevée par un séide de Richelieu qui avait jadis poursuivi sa mère d'un amour détestable, livrée par lui et mariée de force à un autre séide de Richelieu qui aurait ensuite cédé ses droits d'époux au premier personnage qui en aurait usé de façon absolument déplorable...

Débité sur un ton d'indifférence, ce rapport succinct horrifia Jeannette :

— Oh, mon Dieu ! Et moi qui n'en savais rien ! Pauvre... pauvre petite fille !... Mais, pourquoi donc M. François... je veux dire Mgr le duc de Beaufort, l'a-t-il amenée ici ?

— Parce que si le duc a fait table rase du mari, il lui reste à abattre le bourreau principal, ce qui n'est pas aisé. Cette malheureuse avait besoin d'un asile éloigné, secret et, surtout, hors de toute atteinte des gens du Cardinal. Belle-Isle nous appartient en propre. Elle est terre souveraine et les gens du Roi

La maison sur la mer

eux-mêmes n'y ont point accès hors notre bon vouloir !

Si Jeannette comprenait mieux, elle n'en déplorait pas moins en son for intérieur que la pauvre Sylvie ait été confiée à cette femme qui était peut-être une grande chrétienne, ayant reçu l'enseignement de monsieur Vincent comme son époux, mais n'avait pas l'air d'en avoir tiré grand-chose sur le chapitre de la charité.

— Elle doit passer pour morte... du moins tant que le Cardinal vivra, conclut Mme de Gondi, et cette île du bout du monde a dû sembler l'idéal à M. de Beaufort.

— Puis-je demander à madame la duchesse de bien vouloir me faire conduire près d'elle ? J'ai hâte de commencer à lui donner mes soins et de juger par moi-même de son état.

— Il n'est pas brillant. Naïk va vous conduire. Quoi qu'en pense M. de Beaufort, nous avons souvent des visiteurs. Trop pour mon gré car, comme elle vivait à la Cour, il se pourrait que l'un d'eux la reconnaisse. Aussi l'avons-nous mise dans le petit pavillon au bout du jardin. Elle y vit sous la garde de la vieille Maryvonne qui a été au service de feu Mme de Gondi ma belle-mère, et de ce garçon, ce Corentin qui était au service de son... oncle, je crois ?

Le cœur de Jeannette bondit. Corentin ! Corentin était là lui aussi ! Son Corentin à elle, puisque, de tout temps, il était son promis ! Et cette bouffée de joie corrigea un peu le chagrin que lui causait l'exposé des faits si sec, si dépourvu de mansuétude, de la duchesse.

Le port du Secours

Un instant plus tard, elle trottait à la suite d'une jeune Bretonne à travers l'épais bosquet de figuiers, de palmiers et de lauriers qui tapissait les confins du parc. Une petite maison et un puits apparurent soudain dans une sorte de clairière, mais tout ce que vit Jeannette, ce fut son Corentin occupé à tirer de l'eau. Incapable de se contenir plus longtemps, elle laissa tomber son bagage et courut vers lui avec un cri de joie.

— Mon Corentin ! J'ai tellement cru que je ne te reverrais jamais, s'écria-t-elle en pleurant de bonheur. Lui la regarda comme si elle tombait du ciel :

— Jeannette ?... Mais comment es-tu ici ?

— M. de Ganseville m'a amenée sur l'ordre de Mgr François.

Écartant la jeune fille, Corentin passa ses mains sur son visage dont Jeannette, alors, remarqua la fatigue. Il soupira :

— Seigneur Jésus ! Vous m'avez donc entendu ! Je ne vous remercierai jamais assez ! Peut-être est-il encore temps...

— Enfin, qu'y a-t-il ? demanda Jeannette reprise par l'angoisse. Mlle Sylvie ?

— Viens voir !

Elle vit, en effet, et son cœur se serra. Pâle et amaigrie, avec l'air de n'avoir plus que le souffle, Sylvie, vêtue d'une triste robe noire d'où dépassait un peu de lingerie, était étendue dans un fauteuil auprès d'un maigre feu. La masse de ses cheveux châtains aux si jolis reflets argentés, que personne ne songeait à arranger, était répandue en désordre sur ses épaules. Elle tenait entre ses mains un bol de lait qu'elle ne buvait pas, ce qui ne semblait guère soucier la vieille paysanne assise dans l'âtre et qui tricotait avec acharnement. L'ameublement — un dressoir, une table, quatre chaises et une petite armoire — était réduit au nécessaire. On n'y voyait pas la moindre tapisserie ni le plus petit tapis pour réchauffer murs et sol, mais un crucifix mural et un petit banc disposé devant rappelaient que l'on était dans l'un des domaines les plus pieux de France. Cela sentait l'abandon, presque la misère, et amena des larmes aux yeux de l'arrivante. Un élan la jeta à genoux auprès de sa jeune maîtresse qui n'avait pas paru remarquer sa présence et gardait les yeux clos. Elle ôta le bol dédaigné pour envelopper dans les siennes les mains fragiles.

— Mademoiselle Sylvie !... Regardez-moi ! C'est Jeannette, votre Jeannette.

Les jolis yeux noisette rougis par trop de larmes s'entrouvrirent et Sylvie souffla :

— C'est toi, ma Jeannette. Je croyais que je rêvais encore en entendant ta voix...

La sienne était faible, hésitante, comme si cette enfant de seize ans ne pouvait la porter bien loin. Jeannette cependant se relevait et, les poings aux hanches, examinait l'intérieur misérable avec une colère grandissante :

— En vérité, je crois qu'il était grand temps que l'on m'amène ici. Qu'est-ce qui a pris à Mgr François de vous confier à ces gens ?... Eh vous, la tricoteuse ! ajouta-t-elle en interpellant la vieille paysanne qui continuait son ouvrage, c'est comme ça que vous la soignez ? Vous ne voyez donc pas qu'elle est

Le port du Secours

malade ? Vous n'avez pas l'air de vous douter que c'est une vraie dame et pas du tout habituée à ça ?...

— Ne te fatigue pas, dit Corentin. Elle ne te comprend pas et ne parle que le breton. Mme de Gondi pense que c'est mieux pour la sécurité de Mlle Sylvie qui passe pour une grande malade. Heureusement que moi je le parle....

— Qui passe pour une malade ? Mais elle l'est ! Tu vois bien qu'elle l'est. Et qu'est-ce que vous attendez tous, ta Mme de Gondi et toi ? Qu'elle meure ?

— Je vais t'expliquer, Jeannette, mais d'abord dis-moi qui t'a menée ici. Est-ce...

Elle devina le nom qu'il attendait :

— Non. Ce n'est pas Mgr François. Il est en route pour les armées. C'est M. de Ganseville qui m'a accompagnée. En ce moment, il est en train de parler à M. de Gondi, mais tu vas me dire pourquoi vous laissez ma petite maîtresse dans cet état, avec une vieille robe râpée, pas coiffée... sale, ma parole, et en la seule compagnie d'un vieux souillon ! Si M. de Raguenel voyait ça, tu passerais un mauvais quart d'heure.

— On ne me permet pas d'en faire davantage, ma pauvre Jeannette. Ici, c'est le territoire des femmes qui relève uniquement de Mme de Gondi. Dès le départ de Mgr François, elle nous a installés ici où elle vient de temps en temps, toujours seule par crainte des langues de ses suivantes. Personne ne doit savoir qu'on la cache et c'est moi qui vais chercher la nourriture. Elle, il lui est interdit de sortir pour éviter les curiosités.

Du coup, Jeannette explosa :

57

La maison sur la mer

— Et la nourriture en question, on t'en donne beaucoup ? Tu n'es pas bien gras, toi non plus. Bonne Sainte Vierge ! Pourquoi l'avoir amenée dans cette île ? Comme s'il n'y avait pas à Vendôme ou à Anet des braves gens qui, eux, l'auraient bien soignée. Mgr François est-il fou ?

— Non, mais il aime Belle-Isle depuis l'enfance et pour lui c'est une sorte de paradis. En outre, il ne connaît pas vraiment les Gondi. Oh, le duc est un brave homme et je suis sûr qu'il ignore ce qui se passe...

— Et tu ne pouvais pas le lui dire ?

— Non. C'est la duchesse qui mène tout et, pour cette histoire, il s'en remet à elle plus encore. J'ai fait ce que j'ai pu, Jeannette, je te le jure et même, il y a trois jours, j'ai écrit à Mgr François pour qu'il trouve un autre refuge. Il n'imagine pas à quel point la duchesse est une femme sévère, de religion austère... Elle n'a pas beaucoup aimé que l'on nous amène... Viens un peu par là, ajouta-t-il en tirant Jeannette au-dehors avant de poursuivre. J'ai dans l'idée qu'elle croit que Mlle Sylvie est une bonne amie de François et, elle, je la soupçonne d'en être un peu amoureuse. Alors, tu juges !... Elle trouve commode de la séquestrer sous prétexte que le duc reçoit beaucoup de visiteurs et que certains pourraient la reconnaître. Et... ce n'est pas tout.

— Parce que ce que tu me racontes ne suffit pas ?

— Non. Le pire, c'est notre malade elle-même. Je... je crois qu'elle n'a plus envie de vivre. En dépit de toutes mes objurgations, elle se nourrit à peine. J'ai peur qu'elle se laisse mourir...

Le port du Secours

Jeannette avait pâli mais rentrait déjà dans la maison dont elle entreprenait la visite véhémente, allant ouvrir une porte donnant sur une chambre étroite aux volets clos et contenant juste un lit de bois, le tout en poussant des exclamations furibondes qui tirèrent Sylvie de sa torpeur :

— Je t'en prie, calme-toi !... Je me sens si faible...

— Comment ne le seriez-vous pas dans une maison où le soleil n'a pas le droit d'entrer ni vous d'en sortir ? Ce qui m'étonne, c'est que vous ne soyez pas encore morte avec ce régime barbare. Mais je vous jure que ça va changer ! Elle ne me fait pas peur, votre duchesse !

— Calmons-nous ! fit la voix joviale de Ganseville qui venait d'entrer et balayait le sol de ses plumes grises pour saluer Sylvie. Monseigneur vous baise les mains, mademoiselle, et regrette de n'avoir pu revenir en personne comme il l'aurait souhaité, mais il est soldat et un soldat doit obéir. Aussi nous a-t-il envoyés, comme Jeannette a dû vous le dire. En fait, nous venons vous changer de domicile parce que vous n'y êtes plus en sûreté. L'abbé de Gondi dont vous connaissez la langue agile et les idées folles arrive ces jours-ci. Aussi ai-je l'ordre d'acheter pour vous un petit bien à l'écart, où vous pourrez vivre indépendante avec vos gens. Je crois, d'ailleurs, ajouta-t-il en virant sur ses talons pour examiner les environs, que c'est tout à fait urgent... Quand Mgr François saura ça ! Ces gens vous traitent de façon indigne ! Cela m'étonne du duc...

— Alors emmenez-nous ailleurs, et vite ! s'écria Jeannette. Je ne vois pas pourquoi on achèterait

La maison sur la mer

quelque chose dans cette île inhospitalière. Il y a assez de coins tranquilles en Vendômois...

— Non. Mlle Sylvie passe pour morte et, si l'on a des doutes, c'est là qu'on la cherchera. Il faut qu'elle reste, mais soyez tranquille, Belle-Isle est vaste : elle ne verra plus jamais les Gondi si elle le veut.

— Je suis donc ici pour toujours, intervint douloureusement Sylvie.

— Non. Monseigneur viendra vous chercher dès que ce sera possible. Il vous faut seulement être patiente... et surtout recouvrer la santé. Vous êtes dans un état pitoyable. Monseigneur serait au désespoir de vous voir ainsi...

Un peu de rouge vint aux joues trop blanches. Depuis que François était parti, Sylvie laissait un sombre désespoir l'envahir, avec l'idée qu'elle ne le reverrait jamais plus. Pourtant, ce voyage vers le bout du monde lui avait été si doux...

Il y avait eu d'abord l'instant divin qui recommençait celui de l'enfance où il l'avait ramassée, sous les sabots de son cheval, où il l'avait prise dans ses bras et cajolée, et embrassée, parce qu'il avait si peur qu'elle soit en train de mourir. L'évanouissement de Sylvie, dû à un terrible épuisement, avait duré moins longtemps que François ne le croyait, mais c'était si merveilleux, après l'horreur qu'elle venait de vivre, d'être blottie contre lui et de se laisser bercer, caresser, qu'elle avait gardé ses yeux fermés plus longtemps qu'elle n'aurait dû. Il avait bien fallu, pourtant, revenir à la réalité...

La réalité, ce furent les soins qu'on lui donna à Anet une fois que la femme de l'intendant l'eut cou-

Le port du Secours

chée dans l'une des deux ou trois chambres toujours prêtes à accueillir un membre de la famille Vendôme alors que le reste des appartements était fermé. La chance de Sylvie avait été que François de Beaufort fût venu y bouder en compagnie du seul Ganseville après que la Reine eut refusé de le recevoir en alléguant sa fatigue et que Mlle de Hautefort l'eut mis à la porte de Saint-Germain en disant qu'on lui ferait savoir quand sa présence serait souhaitée. Ce qui n'était pas pour le lendemain.

Lancé sur la trace des ravisseurs de la jeune fille, Corentin Bellec, qui s'était rendu au château pour y demander de l'aide, avait eu la divine surprise de se trouver en face du jeune duc et tous deux étaient partis à fond de train vers La Ferrière, pour y rencontrer Sylvie évadée de son enfer dans l'état que l'on sait. Un état qui s'était révélé pire encore qu'on ne le craignait lorsque la femme de l'intendant avait ôté la chemise tachée de sang, déchirée et salie par la descente dans le lierre et la chute sur le chemin : le corps fragile et gracieux était couvert de bleus et d'égratignures comme si on l'avait enfermé avec des chats furieux, mais surtout, le viol sauvage l'avait déchiré dans son intimité si tendre. Devant ce désastre, la femme de l'intendant s'était avouée impuissante :

— Une bonne sage-femme saurait que faire, dit-elle à François en lui rendant compte de la situation, mais celle que nous avons ici est le plus souvent prise de boisson et les femmes préfèrent s'arranger entre elles quand leur temps est venu. Dans ce cas, il faudrait aller chercher un médecin à Dreux. Mais le

La maison sur la mer

temps presse : la pauvre enfant perd encore du sang...

C'est alors que Ganseville avait eu une idée : pourquoi ne pas faire appel à la Charlot ? D'abord reçue avec des cris d'indignation, la proposition finit par retenir l'attention de Beaufort. La Charlot, c'était la tenancière du bordeau d'Anet, plus ou moins installé par Mme de Vendôme en personne afin de protéger les femmes et filles de la région quand elle et le duc étaient au château avec toute leur maison comportant un certain nombre de militaires. La duchesse, qui s'intéressait de près au sort des ribaudes, avait choisi leur maîtresse avec soin : chez la Charlot, la propreté n'était pas un vain mot et les filles recevaient des soins quand le besoin s'en faisait sentir. Ce fut donc elle qu'on appela et le verdict qui suivit son examen fut sans appel : il fallait recoudre les tissus déchirés.

Ce qu'elle fit avec une délicatesse inattendue après avoir fait boire à sa patiente un pot de vin additionné de grains d'opium que Ganseville se chargea d'aller prendre chez l'apothicaire. L'opération n'en fut pas moins douloureuse. Ensuite, Sylvie plongea dans un sommeil hanté de cauchemars tandis que Beaufort, son écuyer et Corentin repartaient pour mener à bien l'expédition punitive contre La Ferrière. Sylvie ne sut rien du conseil de guerre que l'on tint et qui aboutit à la décision de la faire passer pour morte et, afin de la mieux cacher, de l'emmener à Belle-Isle où les sbires de Richelieu n'auraient pas l'idée d'aller la chercher.

Ce voyage, Sylvie le gardait dans son cœur comme

son plus précieux souvenir en dépit du fait que, relevant de fièvre, elle était encore faible et endolorie. Elle était seule avec François dans l'un des carrosses de voyage des Vendôme et, durant tout le trajet, il tint sa main dans la sienne quand il ne prenait pas Sylvie dans ses bras pour apaiser ses angoisses et le terrible sentiment de honte qui la taraudait. De la petite fille enjouée, rieuse, facilement emportée, tendre et malicieuse, Laffemas avait fait une trop jeune femme meurtrie, angoissée, malade de chagrin parce que consciente d'être avilie et se jugeant désormais indigne de celui dont, en dépit de la différence de rang, elle espérait arriver à gagner l'amour depuis sa prime enfance...

Avec une psychologie dont beaucoup l'auraient cru incapable, Beaufort, devinant ce qui se passait dans l'esprit de celle qu'il considérait comme une petite sœur, s'était efforcé tout au long du chemin de lutter contre les démons noirs qui assaillaient Sylvie, lui expliquant qu'elle était toujours la même, que ce qu'elle avait subi ne l'entachait pas plus que si elle avait été violée dans une ville prise d'assaut par des barbares, qu'elle devait considérer son mariage avec La Ferrière comme nul puisqu'elle avait été contrainte, qu'il n'avait pas été consommé et que de toute façon l'homme en question avait rejoint ses ancêtres. Elle devait songer avant tout à guérir, physiquement et moralement. Et il était là, il serait toujours là pour l'y aider ! Et puis, elle allait connaître Belle-Isle !...

Divines paroles qu'elle écoutait avec délices mais sans trop y croire. Elle connaissait la fougue que

La maison sur la mer

François apportait en toutes choses, surtout lorsqu'il était sous le coup d'une émotion violente. Elle savait aussi que la Reine possédait son amour... et ses sens. Et même la perspective de vivre dans cette île qu'il aimait tant n'arrivait pas à la consoler puisque, une fois rassuré sur son sort, il la quitterait. Il repartirait. Ne fût-ce que pour la venger de l'abominable Laffemas...

Pourtant, Belle-Isle l'enchanta. Le début du printemps, si froid et si humide sur le continent, s'épanouissait déjà sur cette terre au climat doux. Il y avait là des arbres inconnus et de grandes étendues de genêts qui l'ensoleillaient alors même que le ciel demeurait gris. Elle sut aussi qu'elle allait rejoindre François dans sa passion pour la mer. Peut-être, en effet, l'exil que le destin lui imposait serait-il moins cruel en face de l'océan dont les longues vagues changeantes venaient battre le pied des rochers de granit.

L'accueil qu'elle reçut l'enchanta moins. Non qu'il fût désagréable, au moins de la part du duc Pierre, affable et généreux, mais elle eut tout de suite l'impression de déplaire à Catherine de Gondi. La jeune duchesse eut beau déclarer que la rescapée pourrait demeurer chez elle aussi longtemps qu'elle le souhaiterait, c'était l'expression d'un devoir chrétien et non l'élan d'une sympathie. Encore ne sut-elle pas toute la vérité concernant Sylvie.

Peut-être François mit-il trop de chaleur dans son plaidoyer pour Sylvie, peut-être crut-on y entendre l'écho d'une passion, mais Sylvie surprit un éclair de colère sous les sourcils soudain froncés de la jeune

Le port du Secours

duchesse qui, l'instant précédent, l'accueillait avec bénignité. Celle-là était-elle aussi amoureuse de son ancien compagnon de jeunesse, au temps lointain où les Vendôme séjournaient quelques semaines à Belle-Isle en été ?

Tant que Beaufort demeura dans l'île tout alla bien, mais à peine sa barque s'était-elle éloignée que l'on déménageait Sylvie dans cette bâtisse au fond du parc.

Elle l'eût peut-être préférée à l'atmosphère froide du palais si l'on n'avait décrété que les volets ne devaient jamais s'ouvrir « par prudence et afin que sa présence demeure ignorée des visiteurs éventuels ». La duchesse décida en outre que son état exigeait l'isolement. L'ancienne Sylvie eût sans doute protesté avec quelque violence, mais elle devait accepter ce que lui imposaient ceux qui lui accordaient l'hospitalité. Et elle resta là, gardée par la vieille Maryvonne taciturne et silencieuse, qui ne la comprenait pas et qu'elle ne comprenait pas. Et aussi par Corentin qui, lui, parlait parfaitement la langue bretonne. Impuissant et désolé, il tenta bien quelques objections mais on lui fit comprendre que si les nouvelles dispositions ne lui plaisaient pas, il pouvait toujours repartir...

Le jeune valet avait songé à galoper jusqu'à Paris pour mettre Beaufort au fait des réalités, mais comment abandonner à son sort un être si fragile et si douloureux ? Trouverait-il Beaufort au bout de la route ? Et surtout, celui-ci croirait-il ce qu'on lui dirait ? Une fois son amitié donnée, il avait beaucoup de mal à la reprendre. Pour lui, les Gondi

La maison sur la mer

étaient des gens merveilleux liés à de belles images d'enfance et il était certainement persuadé d'avoir fait le maximum pour le bien de Sylvie en la leur confiant... Alors, tandis que la pauvrette dépérissait, persuadée que François l'avait abandonnée, le malheureux Corentin faisait tous ses efforts pour l'empêcher de se noyer davantage, mais c'était de plus en plus difficile. Aussi, quel soulagement de voir arriver Jeannette et l'écuyer de Beaufort ! Il était vraiment temps !

Une heure plus tard, tandis que Ganseville retournait au château pour achever de tout régler avec Gondi, Jeannette faisait merveille. Elle avait ouvert les volets, s'était procuré ce qu'il fallait pour laver à fond sa jeune maîtresse qui en avait le plus grand besoin, l'avait obligée à manger un peu de soupe et quelques biscuits que Corentin était allé chercher aux cuisines, puis, bousculant la vieille Maryvonne qui tentait de s'interposer, elle avait emmené Sylvie, habillée d'une robe pourpre et coiffée, faire quelques pas sous les arbres pour « lui réapprendre à respirer » en profitant d'un petit rayon de soleil. Quant à Pierre de Ganseville, il se multiplia.

Le lendemain matin, une carriole qui servait à l'approvisionnement du château vint chercher Sylvie et Jeannette avec le peu de biens qu'elles possédaient. Ganseville la conduisait.

— Où allons-nous ? demanda Jeannette. Et où est Corentin ?

— Là où je vous mène. Il est en train d'achever les préparatifs pour vous recevoir...

Le port du Secours

— Est-ce que nous quittons cette maison ? fit Sylvie avec dans la voix un espoir qui ressemblait à de la joie.

— Si Mgr François avait pu supposer qu'on vous enfermerait là-dedans, jamais il ne vous aurait conduite ici, je peux vous l'assurer. C'est le langage que j'ai tenu à M. de Gondi qui en vérité ignorait tout de l'état où vous étiez réduite. Désormais, vous allez vivre dans une maison à vous, de l'autre côté du village et de la citadelle, loin de ce château. Vous y serez mieux et vous y serez libre !

Le départ s'effectua sous le seul regard de la vieille servante. La duchesse, à la fois soulagée et vexée, ne se manifesta pas. Quant au duc, il s'était rendu à Locmaria, à l'extrémité est de l'île, pour y inspecter une fortification qu'il y faisait construire. Sylvie en fut contente : elle avait senti une ennemie dans la femme qui avait promis à François de veiller sur elle. Où qu'elle aille, même dans une soupente, elle serait mieux qu'assise à son foyer.

Or il ne s'agissait pas d'une soupente, mais d'une petite maison jadis construite par les moines de l'abbaye de Quimperlé, lorsque, avant les Gondi, ils possédaient Belle-Isle. Sylvie l'aima tout de suite.

Adossée à un bois de pins dominant une crique, elle se composait d'une grande salle et de trois petites chambres qui étaient d'anciennes cellules monastiques. Sans doute les moines étaient-ils d'humeur méfiante, car leur logis était protégé par une porte solide, une croix de barreaux en fer forgé aux fenêtres et un muretin épais autour de ce qui avait

La maison sur la mer

dû être leur jardin. En outre, un moulin étendait ses ailes sur la même hauteur, à l'autre bout de la plage.

Sylvie eut un cri de joie en découvrant l'immense panorama de roches et d'eau étalé à ses pieds. La mer était basse et mettait à nu les pierres plates de la pointe de Taillefer qui s'avançait loin vers le nord, comme pour rejoindre les défenses naturelles, rochers et hauts-fonds de la pointe de Quiberon. Entre les deux, un bras de mer réputé difficile, la Teignouse, permettait le passage des vaisseaux. Tous noms qu'elle ignorait encore mais qui lui seraient vite familiers. À commencer par le lieu même où elle se trouvait.

— Ça s'appelle le port du Secours, lui expliqua l'un des deux villageois que Corentin avait réquisitionnés pour l'aider à installer son nouveau domaine. Ça tient à ce qu'on y trouvait l'aide des hommes de Dieu contre les misères du naufrage et les maladies de la terre.

— Pourquoi les moines sont-ils partis ?

— Ils s'entendaient pas avec les soldats de la citadelle. Et puis le prieuré, il est maintenant chez nous, à Haute-Boulogne. N'avaient plus rien à faire ici...

Renseignée, Sylvie alla s'asseoir sur un rocher pour contempler son nouveau décor. La mer, elle allait vivre désormais dans son souffle, au rythme de ses humeurs, de ses sommeils, et se trouverait ainsi plus proche de François qui aimait tant le grand océan où il avait bercé ses rêves d'enfant : « C'est en Bretagne qu'il est le plus beau. Rien de comparable avec la Méditerranée, si bleue, si soyeuse et si perfide, disait celui qui portait alors le titre de prince de

Le port du Secours

Martigues. La mer du sud est femme, l'océan appartient aux héros : il est le mâle, il est le Roi ! Lorsque je suis auprès de lui, je peux rester des heures à contempler ses bleus, ses verts, ses gris, ses éclats neigeux et sa longue houle... » Oui, Sylvie serait bien ici pour attendre que sa vie brisée puisse reprendre un cours plus normal...

Le vent léger qui soufflait de l'intérieur lui apporta une bonne odeur de poisson grillé et réveilla une faim qu'elle croyait à jamais enfuie. Elle se levait pour suivre son nez dans cette direction quand Pierre de Ganseville qui descendait vers elle la rejoignit.

— Je venais vous chercher, dit-il avec bonne humeur. Il est temps de passer à table. Avez-vous un peu faim ?

Elle eut son premier vrai sourire, celui un peu malicieux de la petite Sylvie de naguère :

— Oui. Je crois bien que je meurs de faim. Mais, dites-moi, monsieur de Ganseville, cette maison...

— Est à vous. J'avais ordre d'acheter un petit bien où vous seriez vraiment chez vous. Monseigneur a seulement paré au plus pressé en vous amenant ici où il comptait revenir. Moi, j'ai fini ma tâche et je vais partir à la marée du soir...

— Vous allez le rejoindre ?

— Oui. Quelque part en Flandre. Je sais qu'il m'attend avec impatience, mais je vous laisse cette fois en de bonnes mains...

— Encore un mot, monsieur de Ganseville ! Savez-vous quelque chose du chevalier de Raguenel, mon parrain qui était à la Bastille ?

La maison sur la mer

— Bien sûr. Il en est sorti et, à présent qu'il est rassuré sur votre sort, tout va mieux pour lui...
— Viendra-t-il ici ?
— Non. Ce serait de la dernière imprudence. Sa maison est surveillée. Il doit porter le deuil et jouer son rôle. On n'a même pas osé lui permettre de vous écrire : nous aurions pu être arrêtés sur la route...
— J'attendrai donc ! soupira Sylvie qui ajouta : « Si vous le voyez d'aventure, dites-lui que je l'aime... »
— Et à monseigneur ? Que dirai-je ?
Elle s'empourpra soudain, comme si tout le sang de son corps remontait à son visage :
— Rien... Non, vous ne lui direz rien. Il sait déjà tout... ou du moins je l'espère...

Le lendemain, assise sur ce même rocher qu'elle adoptait définitivement, Sylvie ne vit pas le bateau de Ganseville quitter le port pour rejoindre Piriac : le promontoire que couronnait la citadelle bornait la vue de ce côté, mais elle n'éprouvait pas de peine. Un peu d'envie puisqu'il s'en allait vers François, et surtout une grande reconnaissance : sans lui, elle croupirait encore dans l'affreux pavillon aux volets clos. Maintenant, elle allait essayer de revivre, si toutefois les angoisses qui hantaient ses nuits consentaient à lâcher prise.
L'horrible nuit vécue à La Ferrière aurait-elle une suite ? Si cela était, Sylvie savait qu'en dépit de tous les principes chrétiens reçus chez Mme de Vendôme, elle n'aurait pas le courage de rester en vie et que les belles vagues transparentes de ce port du Secours le

Le port du Secours

bien nommé l'emporteraient un soir, à l'heure où le soleil se couche...

Quelqu'un d'autre pensait à la même chose au même moment. Assise au seuil de la maison, un saladier sur les genoux, Jeannette écossait des haricots d'un geste machinal. Son regard ne quittait pas la frêle silhouette en robe grise posée sur le rocher. Sylvie allait mieux, c'était incontestable. Son arrivée et celle de Ganseville lui avaient apporté un regain d'énergie. Elle mangeait bien, mais les nuits demeuraient mauvaises. Qu'en serait-il si elle se retrouvait enceinte ?

Corentin qui revenait de la resserre avec une brassée de bûches s'arrêta au coin de la maison pour observer Jeannette à son tour : elle avait arrêté son épluchage et, le visage crispé, le cou tendu, regardait Sylvie. Alors il s'approcha :

— Je sais à quoi tu penses, lui dit-il. Elle est une femme comme les autres, à présent, et il arrive qu'un viol porte son fruit.

— Oui, répondit Jeannette sans bouger. Et je suis sûre qu'elle est hantée par cette idée. Elle en rêve la nuit et ne sait plus où elle en est : la violence qu'elle a subie et sa blessure ont sans doute dérangé ses menstrues... mais jusqu'à quel point ? Et cela remonte à plus de six semaines. Que ferons-nous au cas où... et surtout que fera-t-elle ?

— Oh ça, je peux te le dire : elle se tuera. Déjà quand nous l'avons ramassée, elle voulait le faire... dans les bassins d'Anet. Alors ici !... ajouta-t-il en désignant du menton l'étendue bleue crêtée d'écume.

La maison sur la mer

Notre devoir est tout tracé : il faut nous relayer pour la surveiller sans relâche.

— Et si nos craintes étaient fondées ?

— Tu penses bien que, depuis que je suis ici, je me suis renseigné. Il y a une garnison, donc des tentations pour les filles. Il paraît que, pas très loin d'ici, il y a une femme qui s'occupe de ces choses. Elle habite une grotte. Il y aurait d'ailleurs pas mal de sorcellerie dans l'île. On y adorerait encore les vieux dieux celtes...

— Tu crois qu'elle nous permettrait de l'emmener là-bas ?

— De force s'il le faut ! S'il lui arrivait malheur, M. le chevalier et Mgr François ne nous le pardonneraient pas.

Jeannette haussa les épaules :

— M. de Raguenel je veux bien, mais Mgr François j'en suis moins sûre ! Il est trop occupé de la Reine pour donner à notre Sylvie autre chose que de l'affection et de la pitié...

Corentin hocha la tête en plissant les lèvres d'un air dubitatif :

— Il tient à elle beaucoup plus qu'il ne le croit lui-même. Si tu l'avais vu quand on l'a trouvée sur le chemin et qu'il a appris... j'ai cru qu'il devenait fou. Et à La Ferrière, il n'a pas fait de quartier !

— Il aurait agi de même pour une petite sœur ou une cousine.

— Pas avec cette rage ! Si tu veux savoir ce que je pense, il est encore ébloui par la Reine mais elle a quinze ans de plus que lui et un jour il ne la verra plus du même œil.

Le port du Secours

— Soit ! Mais Mme de Montbazon ? Elle n'a pas quinze ans de plus que lui ? Seulement quatre et elle est très, très belle...

— Je ne crois pas qu'elle soit sa maîtresse. Il la courtise pour enrager la Reine. D'ailleurs, entre l'amour et le lit, il y a des différences... Remets-toi à tes haricots ! La voilà qui revient...

Sylvie quittait la plage et remontait l'escalier rustique menant à la maison. Elle avait l'air de compter quelque chose sur ses doigts...

Six jours plus tard, elle comptait encore. Quel que soit le temps, elle restait des heures assise sur un rocher, enveloppée dans la grande cape noire des femmes de l'île, regardant la mer avec des yeux de somnambule. Elle mangeait peu, dormait encore moins et recommençait à maigrir. Ravagés d'inquiétude, Jeannette et Corentin s'arrangeaient pour que l'un d'eux l'eût toujours dans son champ de vision et, sans qu'elle le sût, ils veillaient à tour de rôle la nuit devant la porte de sa chambre dont c'était la seule issue : la fenêtre avec sa croix de fer était trop étroite pour que l'on pût la franchir. Cependant, aucun d'eux n'osait aborder avec elle l'angoissant sujet, le seul qui pût la ravager à ce point.

— Il va falloir se décider, dit un matin Corentin qui, un panier au bras, se disposait à descendre au marché du Palais. On ne peut pas continuer comme ça ! Ce soir, je lui parle.

— C'est mon rôle, mais j'ai peur. Si cette femme allait l'abîmer ? On peut mourir de ça aussi...

Jeannette eut un regard désolé vers la porte close

derrière laquelle Sylvie était censée reposer encore. Corentin l'attira contre lui pour l'embrasser :

— Tu préfères qu'elle se tue elle-même ? Crois-moi : nous n'avons plus beaucoup de temps...

Il n'y en avait même plus du tout. Dans sa petite chambre d'où elle avait tout entendu, Sylvie venait de décider d'en finir. Il n'y avait plus aucun doute à garder sur son état : dans quelques mois, si elle ne faisait rien, elle donnerait le jour à ce qui ne pourrait être qu'un monstre. Elle ne savait pas ce que projetaient Jeannette et Corentin mais, pour la délivrer, elle ne faisait plus confiance qu'à la mort. Elle s'y prépara, écrivit quelques mots qu'elle laissa bien en évidence sur son lit, s'habilla et attendit que le grincement de la porte d'entrée lui apprenne que Jeannette, la croyant toujours endormie, venait de sortir pour aller, comme chaque lundi, mettre sa lessive à tremper dans la resserre où Corentin lui avait aménagé une espèce de buanderie.

Dès qu'elle eut entendu le bruit, cependant léger, elle quitta sa chambre qu'elle referma soigneusement. Une fois sortie de la maison, au lieu de descendre vers les rochers, elle gagna le bois de pins en passant par-dessus le muret et se dirigea vers le nord où la côte s'ouvrait sur un éboulis rocheux dont la mer venait battre le pied. Sortie du bosquet, elle prit sa course à travers la lande. Le temps était gris, ce matin, presque doux, mais les vents se croisaient sur l'île qu'ils enveloppaient d'un tourbillon. Sur sa gauche, la mer apparaissait crêtée d'innombrables plumes blanches et les mouettes, sentant peut-être une tempête en gestation, filaient comme des flèches à la recherche d'un abri. Sylvie sourit : l'abri, elle allait le trouver bientôt, et il lui plaisait que ce fût dans ce décor que les genêts commençaient à dorer. Dans quelques jours tout serait jaune, de ce jaune qu'elle avait toujours tant aimé et qui lui allait si bien. Elle n'avait plus peur, plus honte. Elle se sentait délivrée, tant la prise d'une décision difficile enlève les plus lourdes charges. Elle pensait aussi que si Dieu lui pardonnait de choisir l'heure de sa fin sans lui en demander la permission, il permettrait peut-être à son âme de veiller sur son cher François. Le Seigneur, si bon, ne pouvait pas rester insensible à ce grand amour qu'elle portait dans son cœur et à qui elle allait sacrifier l'enveloppe charnelle qu'un autre avait souillée.

Un petit chemin s'ouvrait sur sa droite entre des rochers bas ourlés de lichens blancs. C'était celui dont elle connaissait l'aboutissement et elle s'y élança, forçant sa course dans sa crainte que Jeannette se soit aperçue de sa fuite. Sous ses pieds rapides il filait vite, et déjà elle en voyait la coupure dont elle savait qu'au-delà il n'y avait plus rien.

Pourtant, quand elle fut au bord, elle s'arrêta pour contempler une dernière fois le magnifique paysage marin, pour respirer encore un grand coup de l'air au goût d'algues et de sel. Elle ouvrit les bras et le vent s'engouffra dans sa cape comme dans la voile d'un navire. Elle allait s'élancer quand quelque chose lui tomba dessus et la traîna en arrière. Alors, croyant que c'était Jeannette, elle eut un cri de désespoir tout en se débattant :

La maison sur la mer

— Laisse-moi ! Je t'en prie, laisse-moi ! Tu n'as pas le droit de m'empêcher...

Sa voix s'étouffa sous le tissu qu'on avait jeté sur elle pour l'arracher au vide. Quand on l'en débarrassa, elle était couchée en travers du sentier et un curieux personnage était à genoux sur elle. Un drôle de petit homme aux cheveux hirsutes et au nez en pied de marmite qu'elle reconnut avec tant de stupeur qu'elle ne sut pas le taire :

— Monsieur l'abbé de Gondi ?... Oh, mon Dieu !...

— Il est bien temps de vous soucier de lui, petite malheureuse qui alliez l'offenser si gravement ! Mais... mais je vous connais, moi aussi ! Vous êtes... la protégée de Mme de Vendôme, mademoiselle de... de... de L'Isle, acheva-t-il d'un ton de triomphe. Que diable faites-vous ici ? Vous n'alliez tout de même pas...

— Vous savez bien que si puisque vous m'avez retenue ! s'écria-t-elle, saisie d'une soudaine colère. Mais de quoi vous mêlez-vous ?

— De ce qui regarde tout homme honnête, surtout quand il se double d'un homme d'Église. Vous voulez vraiment mourir, vous si jeune, si charmante ?

— Il n'y a pas d'âge qui tienne, ni de charme quand on est désespérée... Allez-vous-en, monsieur l'abbé, et oubliez que vous m'avez vue !

— N'y comptez pas ! Vous allez revenir avec moi et...

Elle s'était relevée avec une souplesse de chat et d'un geste brusque le repoussait. Il faillit tomber mais réussit à attraper la cape noire dont l'agrafe commença d'étrangler Sylvie. Elle ne s'en débattit qu'avec plus d'énergie quand elle sentit que, profitant de cet avantage, il jetait ses bras autour d'elle.

Bien que petit, Gondi était plus fort qu'une gamine de seize ans. En outre, il pratiquait assidûment l'escrime et l'équitation qui lui donnaient de bons muscles. Pourtant, un moment le combat resta indécis tant Sylvie mettait de rage à défendre son mortel projet. Tous deux roulèrent à terre sans que l'un parvînt à prendre l'avantage sur l'autre et sans s'apercevoir qu'ils arrivaient au tournant du sentier. Et soudain, il n'y eut plus rien sous eux. Noués ensemble, ils tombèrent...

CHAPITRE 3

UN SI GRAND AMOUR...

À partir du 28 août, la France entra en oraison pour obtenir du Ciel l'heureuse délivrance de la Reine qui était près de son terme mais aussi, mais surtout, pour qu'elle lui donne un Dauphin. Le Saint-Sacrement fut exposé jour et nuit dans les églises de Paris. Les grandes prières publiques marquaient le début d'une attente que les médecins estimaient à huit ou dix jours.

Il n'en allait pas de même au Château-Neuf de Saint-Germain qu'Anne d'Autriche n'avait pas quitté depuis l'annonce de sa grossesse. En vue de l'accouchement, on préparait des logis pour les princes et les princesses qui devaient assister à l'événement. Le Roi, retranché dans le Château-Vieux[1], se trouvait encore trop proche de ce tohu-bohu et disparut deux jours dans son manoir de Versailles. Le Cardinal lui-même était parti pour Chaulnes.

Au centre de cette agitation, Marie de Hautefort veillait sur la Reine comme une louve sur son petit.

1. Celui que nous connaissons. Il ne reste du Château-Neuf que le pavillon Henri-IV.

Un si grand amour...

Si le Roi s'était éloigné, c'était en grande partie pour fuir son humeur batailleuse. Il était, en effet, retombé sous son charme : après l'entrée au couvent de son seul véritable amour, Louise de La Fayette, Louis XIII avait cherché une épaule amie sur laquelle pleurer, aussi était-il retourné à ses anciennes amours. Mais d'épaule compatissante il ne trouva guère : toute dévouée à la Reine, la fière jeune fille abusa cruellement de son pouvoir pour faire payer à cet homme meurtri et malade toutes les avanies qu'Anne d'Autriche avait endurées de lui, et surtout le drame de l'année précédente [1]. Et c'était une épuisante guerre de brouilles et de raccommodements, d'autant plus pénible que les sens n'entraient jamais en ligne de compte. Pas question pour la jeune dame d'atour d'abandonner une virginité que d'ailleurs on n'aurait jamais osé lui demander, si cruels que fussent parfois les tourments du désir.

Ce jour-là, Mlle de Hautefort — que l'on appelait madame à cause de sa charge — debout près d'une fenêtre, regardait arriver l'un après l'autre les grands carrosses d'apparat amenant les hautes dames apparentées à la famille royale : la princesse de Condé et sa fille, la ravissante Anne-Geneviève, la comtesse de Soissons, la duchesse de Bouillon, la petite Mademoiselle, fille de Gaston d'Orléans frère du Roi, enfin la duchesse de Vendôme et sa fille Élisabeth. La cour d'honneur s'emplissait de bruit, de couleurs rehaussées d'or ou d'argent. Le coup d'œil était charmant : c'était comme si les jardiniers avaient décidé soudain

---

1. Voir tome I, *La Chambre de la Reine*.

de déverser devant le Grand Degré tout le contenu de leurs parterres avec leur musique propre : celle des oiseaux... Les princesses arrivaient toutes ensemble comme si elles s'étaient donné rendez-vous, mais les seuls hommes qui les accompagnaient étaient leurs serviteurs, laquais, cochers ou autres...

— Étonnant, n'est-ce pas ? fit derrière la jeune fille une voix amusée. Le Roi n'a autorisé que les dames : Monsieur son frère ne sera appelé qu'au tout dernier moment. Le duc de Bouillon et le comte de Soissons, entrés en rébellion ouverte, sont hors du royaume, le duc de Vendôme toujours exilé dans son château de Chenonceau où son fils Mercœur lui tient compagnie. Quant à son autre fils, Beaufort, il vient tout juste de rentrer de Flandre avec une jambe appareillée et le Roi ne tient pas à le voir...

Marie abandonna son poste d'observation pour prendre le bras de Mme de Senecey, la fidèle dame d'honneur de la Reine, et soupira :

— Oui, je crains que la Cour ne soit pas bien gaie ces temps-ci. Le Roi ne cesse d'écrire au Cardinal qu'il a hâte que la Reine accouche pour s'en aller d'ici... et nous n'avons même plus les chansons de notre petite Sylvie pour alléger l'atmosphère !

— Elle vous manque ?

— Oui. Je l'aimais beaucoup et j'enrage que l'on n'ait pas cherché à en apprendre davantage sur une mort aussi étrange. Qu'elle se la soit donnée à elle-même, je refuse d'y croire : cela ne lui ressemble pas. Je croirais plutôt...

Elle se tut en se mordant les lèvres.

— Eh bien, que croiriez-vous ?

Un si grand amour...

— Non... rien ! Une idée folle...

Elle avait confiance en sa compagne, mais pas au point de l'introduire dans les secrets de la chambre de la Reine, ce secret qu'ils étaient trois seulement à partager : Pierre de La Porte, toujours en exil depuis sa sortie de la Bastille, elle-même et Sylvie. Il était bizarre, tout de même, que l'enfant eût disparu après un long entretien avec Son Éminence, et Marie n'était pas loin de penser que les oubliettes de Rueil n'étaient peut-être pas une légende. Si Richelieu se doutait de quoi que ce soit touchant les relations de la Reine avec Beaufort, il n'aurait de cesse d'éliminer les détenteurs du secret. Surtout si l'enfant était un garçon. Or Sylvie était morte. La Porte semblait avoir disparu. Quant à elle-même, peut-être n'était-elle qu'en sursis ? L'amour de ce roi qu'elle maltraitait si fort saurait-il la défendre contre les sbires du Cardinal si naissait le Dauphin tant désiré ? Le danger ne l'avait jamais effrayée, mais les palais royaux sont pleins de chausse-trappes et de serviteurs si faciles à acheter ! Restait encore Beaufort, le pion principal. Celui-là, avec sa fulgurante bravoure, on le ferait tuer sur quelque champ de bataille. Lui aussi s'était volatilisé en même temps que Sylvie. On disait qu'il avait touché terre à Paris quelques semaines plus tard, mais un ordre royal l'avait aussitôt expédié en Flandre. Y était-il encore ?

— Où êtes-vous, ma chère, se plaignit gentiment la dame d'honneur. Je vous parle et vous ne m'écoutez pas...

Un page qui arrivait en courant lui évita de chercher un mensonge : le médecin royal réclamait

La maison sur la mer

Mme de Hautefort. Tout de suite inquiète, celle-ci ramassa à deux mains ses jupes de satin gris clair, découvrant des pieds charmants dans des mules de taffetas rouge, et s'élança sans attendre sa compagne qui suivit à une allure plus modérée. Elle trouva Bouvard qui faisait les cent pas devant les portes de la Reine, gardées par des Suisses. Elle n'aimait pas beaucoup le disciple d'Esculape à qui elle reprochait sa passion pour les saignées et les clystères, mais elle n'eut pas de peine à deviner, cette fois, ce qui causait sa mauvaise humeur : un bruit de volière en folie s'échappait des doubles portes magnifiquement ouvragées. Il ne lui laissa pas même le temps d'ouvrir la bouche :

— Où diable étiez-vous passées toutes deux ? s'écria-t-il en envoyant la fin de son coup d'œil noir à Mme de Senecey. J'étais en train d'examiner Sa Majesté quand nous avons été assaillis par toutes les couronnes princières de Paris ! D'abord Mmes de Guéménée et de Conti, puis Mademoiselle qui s'est mise à sauter partout et tenait absolument à toucher le ventre de Sa Majesté, puis Mme de Condé...

— Elles sont déjà là ? Je viens tout juste de les voir arriver.

— Elles ont dû galoper dans l'escalier tant leur hâte était grande et moi, débordé, impuissant, j'ai dû leur céder la place. Que suis-je auprès d'elles ? ajouta-t-il avec aigreur. Écoutez-les ! Chacune apporte son conseil, son élixir, que sais-je encore ?

Sans répondre, Marie commença par barrer le chemin à la duchesse de Vendôme qui arrivait avec sa fille et la comtesse de Soissons.

Un si grand amour...

— Vous aurez le temps de voir la Reine tout à l'heure, plaida-t-elle. Pour l'instant, il faut que je fasse le chemin au docteur Bouvard. Venez Senecey !

Les deux femmes s'engouffrèrent dans l'appartement où régnait à présent une chaleur de four. Une bonne âme avait jugé utile de fermer les fenêtres et l'accumulation des parfums et des souffles de ces femmes rendait l'air irrespirable.

Au milieu de tout cela, la pauvre Reine, rouge et suante sous ses satins qui collaient à son corps déformé, s'efforçait de répondre à toutes, étouffant sans que personne s'en soucie en dépit de l'éventail agité mollement par l'une de ses filles d'honneur. Ce début de septembre restait très chaud et, sur les hautes fenêtres du Grand Cabinet, le soleil de cette fin de journée tapait dur.

Marie commença par une rapide révérence adressée à la compagnie, courut rouvrir les fenêtres puis lança, de toute sa voix :

— Mesdames, ne comprenez-vous pas que vous incommodez la Reine et qu'en outre vous empêchez son médecin de lui donner ses soins ?

— N'exagérez pas, madame de Hautefort, coupa sèchement la princesse de Condé. Nous avons apporté des présents destinés à aider Sa Majesté...

— J'implore votre pardon, Madame la Princesse, mais ne voyez-vous pas que la Reine suffoque ? Vous pourriez être accusées de régicide... surtout si l'enfant est un Dauphin ! Ne serait-il pas temps de gagner vos appartements ?

Bougonnant, ronchonnant mais matées, les princesses sortirent l'une après l'autre tandis que

Bouvard se précipitait vers sa patiente qui tendait une main tremblante vers sa dame d'atour :

— Pourquoi m'avez-vous laissée, Marie ? fit-elle d'une voix mourante. Je ne me sens pas bien... pas bien du tout...

Quiconque serait resté quelque temps sans voir Anne d'Autriche l'aurait difficilement reconnue tant sa grossesse parvenue à son terme l'avait changée. Son visage toujours si éclatant de fraîcheur en dépit de ses trente-huit ans portait le « masque » redouté par toute femme enceinte. Elle avait longtemps souffert de nausées et, par crainte qu'elle ne perde son fruit comme les fois précédentes, on lui avait interdit tout exercice et jusqu'à la simple marche : on la portait de son lit à un fauteuil et d'un fauteuil à un autre avant qu'elle rejoigne le lit. Gourmande, elle s'était épaissie et son ventre était énorme.

— Seigneur ! se dit Marie tandis que l'on rapportait la Reine dans sa chambre, je me demande ce qu'en penserait ce fou de François s'il la voyait ?

Elle n'en prodigua pas moins les plus tendres soins à celle qui allait peut-être donner le jour à un Dauphin. Même si ce Dauphin signait son arrêt de mort, à elle.

Ce fut au cours de cette nuit du 4 au 5 septembre que les douleurs commencèrent. On alla prévenir le Roi au Château-Vieux et réveiller toutes les personnes qui devaient être témoins de l'accouchement. Un courrier partit pour Paris afin d'annoncer la nouvelle à Monsieur.

Il était environ minuit quand tout commença, mais trois heures plus tard l'atmosphère était deve-

Un si grand amour...

nue insoutenable dans la chambre où la future mère se tordait de douleur au milieu de femmes en grand habit qui semblaient là comme au spectacle et sans plus d'émotion. On avait refermé les fenêtres par crainte de la fraîcheur de la nuit et, à nouveau, on étouffait. Le travail se faisait mal parce que l'enfant ne se présentait pas comme il l'eût fallu. Vers six heures, on entendit le médecin grogner que les difficultés grandissaient...

Marie de Hautefort, réfugiée comme elle aimait à le faire dans l'embrasure d'une fenêtre, se mit à pleurer. Le Roi qui jusqu'alors s'était tenu immobile et muet dans un fauteuil se leva et s'approcha d'elle :

— Cessez de larmoyer ! lui dit-il avec rudesse. Il n'y a là aucune raison de s'affliger. Puis, plus bas, il ajouta : « Pour moi je serai assez content que l'on sauve l'enfant et vous, madame, vous aurez lieu de vous consoler de la mère... »

— Comment pouvez-vous être aussi cruel, aussi insensible ? gronda-t-elle révoltée. C'est votre enfant qui torture ainsi votre épouse...

— Justement. C'est lui le plus important...

— Vous mériteriez une fille !

— Il en sera ce que Dieu voudra. Je vais parler à Bouvard !

Et l'interminable attente recommença, épuisante même pour ceux qui ne faisaient que regarder. Partagé entre l'espoir et l'horreur, Gaston d'Orléans était gris... Pour apaiser un peu sa nervosité, Marie s'approcha d'Élisabeth de Vendôme qui priait sans relâche auprès de sa mère et s'agenouilla à côté d'elle :

La maison sur la mer

— Avez-vous des nouvelles de votre frère Beaufort ? chuchota-t-elle.

— Il est rentré il y a trois jours avec une nouvelle blessure. Pas trop grave heureusement. Il a échappé de peu à la mort : une mine qui a éclaté presque sous ses pas alors qu'il revenait vers sa tente.

Le cœur de la dame d'atour manqua un battement. Un attentat ! Il venait d'échapper à un attentat... Échapperait-il au suivant ?

Vers onze heures et demie du matin, alors que les assauts de la souffrance accordaient une accalmie à la Reine, Bouvard conseilla au Roi de ne pas différer son dîner. Il accepta avec empressement, invitant les seigneurs présents à l'accompagner, mais il eut à peine le temps de s'asseoir : un page accourait pour dire que la Reine venait enfin d'accoucher.

— Sait-on ce que c'est ?

— Pas encore, Sire : on m'a envoyé dès que la tête est apparue...

Jetant sa serviette, Louis XIII court chez sa femme. Au seuil, il trouve la révérence de Mme de Senecey qui lui annonce :

— Sire, la Reine vient de donner le jour à Mgr le Dauphin...

Il s'élance vers le lit où dame Péronne, la sage-femme, tient dans ses bras un paquet enveloppé de linge fin et qui gigote :

— Votre fils, Sire !

Louis XIII est tombé à genoux tandis qu'éclatent autour de lui des acclamations frénétiques et qu'un signal fait partir, depuis la cour du château, des messagers dans toutes les directions. Son action de grâce

Un si grand amour...

achevée, le Roi ordonne que soient ouvertes les portes de l'antichambre. Passant devant son frère qui n'a pas l'air bien, il s'apprête à recevoir les félicitations de ses gentilshommes quand Marie de Hautefort le rejoint, l'arrête en lui touchant le bras avec audace.

— Ne l'embrassez-vous pas ? demande-t-elle en désignant le lit autour duquel s'affairent les femmes. Il me semble qu'elle l'a bien mérité.

L'échange de regards entre ces deux étranges amoureux est sans tendresse. De mauvaise grâce, Louis se laisse ramener vers sa femme, à moitié morte dans ses draps froissés et souillés. Il se penche sur elle, la baise au front :

— Grand merci, Madame ! dit-il seulement, puis il se retourne pour accueillir le Grand Aumônier qui va, sur l'heure, ondoyer le bébé.

La Reine s'est endormie. Marie de Hautefort, épuisée elle aussi, est rentrée chez elle, s'est déshabillée et couchée avec une curieuse envie de pleurer. Certes, elle est arrivée à ses fins : le Roi a un héritier et le spectre de la répudiation qui planait depuis si longtemps sur la tête de sa chère souveraine vient de s'enfuir, mais comment oublier qu'elle-même est désormais en danger... et qu'elle a seulement vingt-deux ans ?

Elle n'en dormit pas moins profondément et le soleil du jour nouveau qui faisait étinceler les gouttes de rosée dans les jardins en terrasses du Château-Neuf lui rendit tout le courage dont avait besoin la dame d'atour d'une reine pour affronter une rude journée. En effet, la Seine où l'on prenait de si

La maison sur la mer

agréables bains aux jours chauds de l'été se chargeait déjà de bateaux venus de Paris et amenant dames et gentilshommes désireux de faire leur cour au nouveau-né. Le chemin de l'eau, plus lent sans doute, était tellement plus agréable que les carrosses d'apparat où l'on était si fort secoués !

Ce fut pourtant à cheval que vint, accompagné d'un seul écuyer, le marquis d'Autancourt. Marie, qui l'avait vu arriver, s'arrangea pour se trouver sur son passage. Il lui était devenu cher depuis qu'il s'était déclaré tellement amoureux de Sylvie et, en le voyant approcher au long de la grande galerie, mince et élégant à son habitude dans un costume de velours bleu foncé, elle pensa que la vie était mal faite : ce garçon aimable, bien fait et charmant en tout point, riche et promis à un titre ducal, possédait tout au monde pour être heureux mais le Destin l'avait placé sur le chemin de Sylvie et Sylvie n'était plus. Aussi la trace du chagrin marquait-elle ce jeune visage un peu sévère mais si séduisant quand un sourire venait l'éclairer.

Marie ne l'avait pas vu depuis qu'il avait rejoint en Roussillon le maréchal-duc de Fontsomme, son père, dont les forces appuyaient celles du prince de Condé. Elle ignorait même qu'il fût de retour mais, de toute évidence, il savait déjà à quoi s'en tenir. Visiblement heureux de la rencontre, son salut qu'il accompagna de l'ombre d'un sourire s'en ressentit.

— Vous êtes la première personne que je rencontre, madame... et j'en suis infiniment heureux.

— Je ne savais pas votre retour mais je suppose

que M. le maréchal votre père vous a envoyé porter ses vœux à la Reine et à Mgr le Dauphin ?

— En effet, madame, mais — et vous l'ignorez sûrement — mon père ne pourra jamais plier le genou devant son prince : il est mourant et il fallait cette grande circonstance pour que je quitte son chevet.

— Mourant ? Mais que s'est-il passé ?

— Devant Salses, des éclats de mitraille l'ont atteint alors qu'à cause de la chaleur, il ne portait pas sa cuirasse. Les choses allant mal pour nos armes, Monsieur le Prince a bien voulu m'ordonner de le ramener à Paris. D'essayer tout au moins car en vérité, nous ne pensions pas qu'il arriverait chez lui vivant. Pourtant cela est et, à cette heure, il lutte contre la mort parce qu'il n'a jamais admis d'être vaincu, mais il l'attend cependant avec la plus chrétienne résignation. M. de Paul est venu le voir, hier, et il en a tiré une vraie joie...

— Je suis navrée, mon ami, dit doucement Marie en posant sa main sur le bras du jeune homme. Cette grande douleur est trop proche de la disparition de celle que vous aimiez... que nous aimions tous !

Elle s'attendait à une crispation du visage, à des larmes mal contenues peut-être, mais il n'en fut rien. À sa surprise, le regard que Jean d'Autancourt posa sur elle se fit serein, tendre et presque lumineux.

— Vous voulez parler de Mlle de L'Isle ?

— Bien sûr. De qui d'autre ? Vous avez appris, j'imagine ?...

— Oui. Le bruit en est arrivé jusqu'à moi, au bout de la France, mais j'ai refusé d'y croire...

La maison sur la mer

— Il le faut bien pourtant ! M. de Beaufort lui-même en a porté la nouvelle à Leurs Majestés. La pauvre enfant, victime d'un misérable qui a payé son crime de sa vie, repose au château d'Anet. Mme la duchesse de Vendôme qui est encore auprès de la Reine pourra vous le confirmer. Elle a fait graver une dalle à son nom dans la chapelle...

Il y eut un silence, puis le jeune homme sourit de nouveau :

— Je ne lui poserai pas la question parce que rien de ce que l'on pourrait me dire n'entamerait ma conviction. Mlle de L'Isle est peut-être morte, mais Sylvie ne l'est pas.

— Que voulez-vous dire ?

— C'est difficile à expliquer : je sais qu'elle n'est pas morte, voilà tout !

— Vous voulez dire qu'elle vit en vous comme vivent en nous ceux que nous aimons et que la mort a pris ?

— Non. Pas du tout. Je la porte en moi depuis le premier regard échangé dans le parc de Fontainebleau, si intimement liée à moi que si elle avait cessé de respirer, si son cœur ne battait plus, le mien se serait arrêté aussi et je l'aurais ressenti dans chaque fibre de mon corps comme l'une de ces blessures mortelles par lesquelles le sang s'écoule...

— C'est insensé !

— Non. C'est de l'amour. Je n'ai jamais aimé, je n'aimerai jamais qu'elle et tant que je ne l'aurai pas vu de mes yeux, je répéterai qu'elle vit et que je saurai bien un jour la retrouver... mais je vous retiens là alors que vous êtes si précieuse à Sa Majesté et

Un si grand amour...

je vous en demande mille pardons. Le Roi est ici, m'a-t-on dit, et je vais demander la faveur d'être introduit en sa présence.

Il s'éloigna, laissant Marie confondue. Admirative aussi devant un si grand amour. Jean d'Autancourt n'avait rien d'un songe-creux. Il parlait avec tant de conviction, une telle assurance que Marie sentit ses certitudes vaciller. Il n'offrait aucune explication, il n'avançait aucune preuve : simplement il savait, Dieu sait comment, et le plus fort était que, contre toute logique, Marie avait à présent envie de lui donner raison.

Le lendemain de ce beau jour, dans son appartement de l'hôtel de Vendôme, Beaufort écoutait, avec quelque mélancolie, le vacarme d'une ville prise de folie. Depuis la veille, les cloches ne cessaient de sonner. On chantait à Notre-Dame un *Te Deum* solennel. Des feux de joie s'allumaient sur les places et, sur celle qui portait le nom de Dauphine, il y avait concert de hautbois et de musettes. Des cortèges allégoriques menés par les corporations se formaient. On dansait un peu partout et comme, devant tous les hôtels aristocratiques, des pièces de vin étaient mises en perce, ce soir, tandis qu'éclateraient les feux d'artifice, les Parisiens seraient ivres comme toute la Pologne en l'honneur de leur futur roi...

François aurait aimé se mêler à cette agitation autour du berceau d'un petit garçon qu'il avait envie d'aimer, mais sa blessure à la jambe qui avait lésé un tibia ne lui permettait guère de courir les rues comme il prenait tant de plaisir à le faire pour la

La maison sur la mer

simple joie de se mêler à un petit peuple qui lui faisait toujours si bel accueil. Les femmes le trouvaient beau, les hommes appréciaient sa simplicité, sa générosité et sa bravoure. Tous enfin aimaient à se rappeler qu'il était le petit-fils de ce Vert-Galant dont la mémoire demeurait si populaire... Aussi, ce jour-là, se sentait-il un peu abandonné : sa mère, sa sœur, son frère ainsi que ses meilleurs amis étaient à Saint-Germain pour offrir leurs vœux et leurs félicitations. De toute façon et même ingambe, il n'aurait pas pu les accompagner : les ordres de la Reine transmis par Marie de Hautefort étaient formels : en aucun cas, il ne devait se montrer à la Cour avant qu'on ne l'y autorise. Amère rançon de quelques moments de pur bonheur qu'on semblait avoir oubliés !

Il achevait une mélancolique partie d'échecs avec Ganseville — Brillet était allé célébrer l'événement à Notre-Dame — quand un valet vint annoncer qu'une dame désirait lui parler en privé. Une dame qui refusait de se nommer mais s'annonçait « de la part de Leurs Majestés ». Son cœur, alors, bondit de joie : ainsi, en ce jour de triomphe, Anne pensait à lui ! Il n'y avait pas à se tromper sur le pluriel des majestés !

Toute enveloppée d'une mante de soie légère, un masque du même bleu sur le visage, la visiteuse entra sans rien dire mais il suffit que le capuchon glisse un peu, découvrant un front pur et de magnifiques cheveux dorés, pour qu'il l'identifie :

— Madame de Hautefort ! Ici ? Chez moi... et en un tel jour ? Mais quel grand bonheur !

D'un mouvement d'épaules, Marie fit glisser sa cape tandis que ses doigts ôtaient le masque.

— Ne prenez pas cette mine de coq triomphant, mon cher François. Je ne viens pas du tout de « sa » part, seulement de ma part à moi. Mais d'abord, sommes-nous bien seuls ?

— Vous n'en doutez pas j'espère ? Pierre de Ganseville qui vient de sortir veille sûrement sur cette porte refermée.

— Je suis venue vous parler de Sylvie. Où est-elle ?

— Question stupide ! Comme si vous ne le saviez pas ? gronda-t-il, tout de suite irrité.

— Non. Je sais où l'on dit qu'elle est : dans la chapelle d'Anet. Pas où elle se trouve en réalité. Car elle est vivante, n'est-ce pas ?

— Qui a bien pu vous mettre pareille idée dans la tête ?

— Le jeune marquis d'Autancourt, d'abord, qui ne croit pas du tout à sa mort parce que l'immense amour qu'il lui voue lui souffle qu'elle existe toujours.

— Quelle sottise ! s'écria Beaufort devenu rouge de colère. Ce jeune blanc-bec rêve tout éveillé et y croit ! On devrait lui mettre la tête dans l'eau froide !

Marie se mit à rire :

— Ce jeune blanc-bec, mon cher duc, n'a que deux ans de moins que vous mais, moralement, il est de dix ans plus âgé. Quand il dit qu'il aime, on peut lui accorder crédit. Et croyez-moi, il aime Sylvie.

— Folie ! Et folie dangereuse pour sa propre raison. Ne peut-il se contenter de la pleurer, au lieu de se répandre en bavardages stupides ?

— C'est à moi qu'il a parlé en privé. Je n'appelle

La maison sur la mer

pas cela se répandre. Quant aux dangers de cette folie, je les crois moindres que ceux de la vôtre.

— Je suis fou, moi ? En vérité, madame, vous me tenez le même discours chaque fois que nous nous rencontrons mais vous devriez comprendre qu'en ce moment, elle ne peut guère porter tort à qui que ce soit. Surtout pas à celle qui cependant m'oublie !

— Un moment, mon ami ! Nous ne nous comprenons plus ! Rappelez-vous qu'il ne s'agit pas ici de la Reine mais de Sylvie. Et je dis qu'en la déclarant morte vous avez peut-être paré au plus pressé mais que vous avez commis une folie... et je ne suis pas seule à le prétendre.

De la corbeille de dentelles blanches où reposaient des seins ravissants, Marie tira un billet au cachet brisé qu'elle agita sous le grand nez de son hôte :

— Qu'est-ce que cela ! maugréa celui-ci.

— Que de temps perdu, vous auriez dû me demander de qui est cette lettre ! Je vous le dirai tout à l'heure. Souffrez, en attendant, que je lise... mais de grâce asseyez-vous ! Rien n'est pénible comme de vous voir sautiller sur une seule patte comme un héron !

Puis, sans attendre les réactions de François, elle lut, après avoir précisé que la lettre venait de Lyon :

« Avant de poursuivre mon voyage vers la cité des Doges, je cède, ma chère amie, à l'extrême besoin où je suis de vous donner un bon avis qui vous semblera peut-être obscur mais je vous sais si fine que vous n'aurez certainement guère de peine à trouver le bout du fil. Dites à cet imbécile de B. que sa protégée n'est pas si bien cachée ni aussi à l'abri du péril qu'il

Un si grand amour...

le croit. Outre les atteintes d'un désespoir dont j'ai eu le bonheur de sauver sa vie en manquant d'y laisser la mienne, il est insensé de confier un être aussi charmant à une femme tout naturellement portée à la détestation parce qu'elle est secrètement éprise de ce matamore... »

— Par tous les diables de l'enfer ! rugit François en jaillissant une nouvelle fois de son siège, si brusquement que sa jambe appareillée glissa et manqua de le faire choir. Je tuerai ce petit curaillon dès qu'il ramènera en France son vilain museau...

— Parce que vous vous êtes reconnu ? flûta Marie avec un sourire ingénu qui porta à son comble l'exaspération de Beaufort. De rouge, il devint violet :

— Et lui aussi je l'ai reconnu : un seul être au monde peut écrire de telles infamies sur moi : ce misérable abbé de Gondi que le diable emporte...

— Cessez donc d'en appeler à messire Satan ! Vous voulez la suite de la lettre ?

— Si c'est de la même eau...

— Non. C'est plein de grâce à mon égard. On me dit qu'il eût été bien préférable de m'appeler au secours et de me confier l'affaire. On y dit aussi qu'il n'est peut-être pas trop tard pour remettre la personne à un couvent sûr où son âme, à défaut de son corps, serait au moins en sûreté...

Cette fois, François explosa :

— Un couvent ! Mon petit oiseau chanteur dans un couvent ! Elle y mourrait étouffée !

— Il semblerait, dit Marie redevenue grave, qu'elle ne soit guère plus heureuse dans ce refuge où vous l'avez jetée. La lettre parle des atteintes du

La maison sur la mer

désespoir. On dirait que la pauvre enfant a tenté d'en finir avec une vie qui...

— Si vous croyez que je n'ai pas compris ? Je ne suis pas aussi stupide que le prétend votre cher ami... Pourquoi, mon Dieu, mais pourquoi ?

Et, se laissant tomber sur un tabouret, François cacha sa figure dans ses mains et se mit à pleurer. Un peu émue par cette explosion de chagrin et le désarroi qu'elle traduisait, Marie vint poser sur son épaule une main apaisante :

— Calmez-vous, je vous en supplie, et tâchons de voir les choses en face !...

— Que puis-je faire, alors que je ne peux même pas monter à cheval pour courir là-bas...

— À la rigueur, vous pourriez prendre une voiture mais cela n'arrangerait rien. En revanche, vous pourriez... commander qu'on vous porte ici un peu de vin et quelques massepains : je n'ai rien pris de la journée et je meurs de faim. Ensuite vous allez tout me raconter. Et d'abord je reprends ma première question : où est-elle ?

— À Belle-Isle parbleu ! dit Beaufort en agitant une sonnette qui fit apparaître Ganseville : « Dis qu'on nous apporte du vin et des gâteaux. »

Il accompagna Marie dans sa collation et la chaleur du vin d'Espagne lui remonta un peu le moral. En outre, il sentait qu'il allait éprouver un grand soulagement à partager son secret — qui n'en était plus un, hélas, depuis que ce touche-à-tout de Gondi l'avait surpris — avec cette jeune fille si fière et si droite qui aimait sincèrement Sylvie et en laquelle il pouvait mettre toute sa confiance. Pourquoi diantre

Un si grand amour...

n'y avait-il pas songé plus tôt ? Mais comment penser clairement sous l'empire de l'indignation, de la douleur et de la révolte ?

Marie l'écouta en silence, oubliant le plus souvent de grignoter l'amandine qu'elle tenait du bout des doigts. Au récit des souffrances endurées par Sylvie, elle laissa couler ses larmes, applaudit à l'incendie de La Ferrière puis demanda :

— Et l'autre ? Le vrai criminel. Qu'en faites-vous ?

François haussa les épaules avec accablement :

— J'ai commis la folie d'aller demander sa tête au Cardinal. La « mort » de Sylvie m'en donnait le droit.

— Et qu'a-t-il dit ?

— Que cet homme, d'une parfaite intégrité paraît-il, était trop précieux au service de l'État. J'ai dû donner ma parole de gentilhomme de ne pas attenter à ses jours tant que Richelieu vivrait...

— Eh bien, mon ami, il faut faire en sorte qu'il ne vive pas trop longtemps ! Vous n'avez pas, que je sache, juré de ne pas conspirer ?

— Non. Telle a été aussi la réaction de Pierre de Ganseville mon écuyer...

— Vous voyez bien ! Nous allons y réfléchir, ajouta la jeune fille en secouant les miettes attachées à ses dentelles. D'autant qu'il a soufflé au Roi des ordres barbares : la Reine n'aura pas le droit d'élever elle-même son fils ; pas même jusqu'à ce qu'il porte des culottes. Le Dauphin a une maison d'importance, sur laquelle règne souverainement Mme de Lansac. Une femme qu'on a nommée parce qu'elle est la fille de M. de Souvré, l'ancien gouverneur du Roi ! Une femme sèche uniquement attachée à son rang !

La maison sur la mer

Pauvre petit enfant ! Il aurait été tellement plus heureux et mieux soigné avec ma chère grand-mère Mme de La Flotte pour qui j'avais demandé le poste...

— Et le Roi a osé vous le refuser ? À vous dont il est l'esclave ?

— Un esclave qui ne s'encombre guère de ses fers quand le Cardinal parle, mais laissons cela et revenons à Sylvie ! Que pouvons-nous faire si cet hurluberlu raconte son aventure à tout le monde ?

— Me trompé-je, ou bien est-il en route pour Venise ? Ce qui se passe à Belle-Isle ne doit pas passionner les gens du Rialto ? Cela nous donne un peu de temps. Moi, je ne peux pas bouger et, quand je serai guéri, je devrai retourner aux armées sans attendre. Et vous ?

— Moi ? Comment voulez-vous que je puisse m'éloigner en ce moment ? Mais au fond, qu'avons-nous à craindre dans l'immédiat ? L'humeur de Mme de Gondi qui doit croire Sylvie votre maîtresse et risque de la faire souffrir ?

— Elle n'est plus chez Mme de Gondi. Quand j'ai su que l'abbé comptait aller embrasser son frère avant son départ pour l'Italie, j'ai dépêché là-bas Ganseville qui l'a sortie de chez eux pour l'installer dans une maison écartée où elle n'a plus rien à craindre de la duchesse qui, en effet, la traitait fort mal. Ce dont je ne l'aurais jamais crue capable...

— Comme si vous connaissiez quelque chose aux femmes ! Vous ignoriez bien le penchant de cette bigote pour vous ?

Un si grand amour...

— Avec sa mine confite et ses yeux baissés ? J'étais à cent lieues d'imaginer...

— L'ennui avec vous, mon cher François, c'est que vous êtes toujours à cent lieues d'une foule de choses. Vous n'avez jamais imaginé, par exemple, que je pouvais être éprise de votre personne ?

— Vous ? Mais quelle merveille !

— Tout beau, mon cher ! Si je vous parle de ce petit accès, c'est parce qu'il est passé. Une mauvaise fièvre, cela arrive à tout le monde mais Sylvie, elle, n'aimera jamais que vous. Il serait temps de vous soucier de ses sentiments. Oubliez-vous ce qu'écrit l'abbé ? Il l'a sauvée du suicide.

— Non, je n'ai pas oublié, murmura François assombri de nouveau. Pourquoi en est-elle venue là ?

— Je l'ignore... Peut-être parce qu'elle se croyait abandonnée de vous à jamais. Quand on vous plante là sur une île du bout du monde et à moitié sauvage, c'est une impression que l'on doit avoir assez facilement. Il faut que vous trouviez le moyen de lui faire parvenir une lettre où vous la rassurerez sur votre tendresse, et il faudrait qu'en même temps, la duchesse de Retz apprenne que... que M. de Paul s'inquiète de cette enfant perdue qu'il aimerait... amener à la vie religieuse par exemple ? exposa Marie qui inventait à mesure qu'elle parlait. Cela devrait calmer les ardeurs belliqueuses de notre bigote ! En cas de visite des sbires du Cardinal, elle se taira.

Cette fois, François éclata de rire :

— Vous avez le génie de la conspiration, ma chère Aurore. L'idée me semble bonne, et d'autant plus que

La maison sur la mer

j'ai tout dit à monsieur Vincent après mon entrevue avec le Cardinal...

— À merveille ! Faites-lui demander de venir vous assister dans le triste état où vous vous trouvez et implorez son aide. Il ne vous la refusera pas. Quant à conspirer... ma foi je m'y sens toute disposée. Outre que la Reine a assez souffert, il ne faut pas que notre chaton demeure des années à s'étioler sur son rocher perdu ! Je vais y penser...

Et, replaçant le masque sur son visage, Marie de Hautefort tendit une main sur laquelle François appuya ses lèvres et ramassa de l'autre la soie azurée dont elle allait s'envelopper. Au moment où elle sortait, il demanda :

— Vous êtes bien sûre de ne plus m'aimer ?

— Quel fat ! s'écria-t-elle en riant. Non, mon cher, je ne vous aime plus : vous êtes un homme beaucoup trop compliqué ! Il me faut un cœur simple...

Quelques jours plus tard, un petit prêtre tout ordinaire, l'un de ceux que monsieur Vincent envoyait en mission dans les campagnes misérables, quittait Saint-Lazare, un baluchon sur l'épaule. Ce départ n'avait rien d'exceptionnel et n'attira l'attention de personne, mais sans doute ce petit prêtre avait-il une assez longue route à parcourir, car il s'en alla prendre le coche de Rennes...

Le même jour, au château de Rueil où le cardinal de Richelieu était revenu, celui-ci recevait l'une des filles d'honneur de la Reine, Mlle de Chémerault, qui était à la fois fort jolie et fort rouée, qualités qui lui valaient d'être son meilleur agent de renseignement

Un si grand amour...

auprès de la souveraine. Pourtant, Richelieu ne semblait pas enchanté de la voir :

— Je vous ai recommandé d'éviter autant que possible de me rencontrer, que ce soit ici ou au Palais-Cardinal...

— Il m'est apparu que ceci méritait bien que je prenne la peine de venir jusqu'à vous. Au surplus, nul n'ignore à la Cour que je vous suis dévouée. La Reine et Mme de Hautefort ne manquent jamais une occasion de me le faire sentir...

— Que m'apportez-vous là ?

— Une copie que j'ai faite d'une lettre que Mme de Hautefort justement a reçue de Lyon au lendemain de la naissance de Mgr le Dauphin, mais qui était arrivée à Saint-Germain un peu avant. Sa réaction a été fort intéressante, elle s'est précipitée à l'hôtel de Vendôme où M. de Beaufort se trouvait seul.

Sourcils froncés, le Cardinal parcourut le texte qu'on lui offrait puis releva la tête vers sa visiteuse, fort belle en velours d'un rouge profond qui rendait pleine justice à sa beauté brune :

— Et qu'avez-vous conclu de cette lettre ? demanda-t-il d'un ton bref.

— Mais... que la si dramatique disparition de Mlle de L'Isle pourrait l'être beaucoup moins qu'on a bien voulu le dire. En dépit des mots couverts mais plutôt transparents qu'emploie l'abbé, je ne vois personne d'autre à la Cour que cela pourrait concerner... Ce que j'aimerais savoir, c'est ce que tout cela cache...

Le Cardinal garda le silence. Quittant sa table de travail, il se dirigea vers la haute cheminée où brûlait

La maison sur la mer

le grand feu que sa santé fragile réclamait. Il prit dans ses bras son chat favori qui dormait là, roulé en boule sur un coussin, et frotta son visage au pelage soyeux. Son regard se perdait au milieu du chatoiement des flammes :

— Moi, cela ne m'intéresse pas ! fit-il d'un ton sec... et je vous serais obligé, mademoiselle de Chémerault, d'oublier que vous avez jamais lu cette lettre...

— Mais cependant...

— Dois-je dire, j'ordonne ? Je sais tout ce qui concerne Mlle de L'Isle et j'entends que l'on ne poursuive pas des recherches qui, d'une certaine façon, contrarieraient mes projets...

Avec une majestueuse lenteur, il se retourna vers la jeune fille qui ne songeait pas à dissimuler sa déception et son regard impérieux la transperça :

— Vous détestez Mlle de L'Isle n'est-ce pas ? Est-ce à cause du jeune Autancourt ?

Une brusque colère rougit le visage de la fille d'honneur :

— C'est une raison, il me semble ? Avant qu'il la rencontre, c'était à moi qu'il portait ses hommages et je n'ai pas encore renoncé à devenir duchesse.

— Avez-vous déjà parlé de cette lettre à quelqu'un ?

— Vous savez bien, monseigneur, que je parle d'abord à Votre Éminence.

— C'est bien ainsi que je l'entends. Alors oubliez cette missive.

— Mais...

Un seul regard suffit à la faire taire puis, calmement, le Cardinal jeta le papier au feu. Matée mais

Un si grand amour...

furieuse, elle plongea dans sa révérence à laquelle il répondit d'un signe de tête avant de revenir s'asseoir à sa table de travail en appuyant au dossier sa tête lasse.

— Pauvre petit oiseau chanteur ! murmura-t-il. Si Dieu, dans sa compassion, a voulu que tu survives au sort affreux que t'ont fait les hommes, s'il t'a évité le mortel péché de suicide, ce n'est pas à moi d'aller contre sa Sainte Volonté. Vis en paix... si tu le peux !

L'entrée d'un religieux vint interrompre sa méditation.

— Il vous demande, monseigneur.
— Va-t-il plus mal ?
— Non, l'esprit est clair mais il s'agite beaucoup.

À la suite du froc de bure grise, Richelieu gagna un petit appartement du rez-de-chaussée situé un peu à l'écart qui se composait d'une bibliothèque et d'une cellule de moine. Là, un vieillard à longue barbe grise vivait ses derniers jours. Non qu'il eût atteint un grand âge mais, à soixante et un ans, le père Joseph du Tremblay que l'on avait surnommé l'Éminence grise se mourait, brûlé à la fois par une bizarre épidémie de fièvre qui avait frappé le Roi lui-même ainsi qu'une bonne partie de ses mousquetaires et chevau-légers, et aussi par le travail incessant d'un cerveau implacable passionnément attaché aux affaires de l'État. Ce fils d'ambassadeur qui avait rêvé de croisade et voué sa vie à la lutte contre la maison d'Autriche était le conseiller intime et combien précieux du Cardinal.

Quand celui-ci pénétra dans sa chambre, il se jeta

La maison sur la mer

presque hors de sa couchette, tendant vers le ministre une main jaune et sèche qui tremblait :

— Brisach ! haleta-t-il... Brisach... Où en sommes-nous ?

La prise de cette forteresse importante, tête de pont sur le Rhin qui barrait aux Impériaux l'accès à l'Alsace et la communication avec les Pays-Bas, hantait les nuits et les jours du vieil homme. Il y voyait une sorte de couronnement de son œuvre politique mais, assiégée pour le roi de France par l'un de ses meilleurs soldats, le duc Bernard de Saxe-Weimar, et ses reîtres allemands, la place se défendait avec acharnement.

Richelieu sourit, prit la main tendue et la garda dans les siennes :

— Les dernières nouvelles sont bonnes, mon ami, apaisez-vous ! Brisach, prise en tenaille, manque de vivres et d'eau et ne saurait nous échapper. Sa chute n'est plus qu'une question de jours...

— Ah !... Dieu tout-puissant !... Il nous faut Brisach ! Un échec anéantirait tous les efforts consentis durant cette interminable guerre. L'Espagne en reprendrait courage...

— Il ne saurait en être question. Nos armées progressent sur tous les fronts...

Tirant un escabeau, le Cardinal s'assit près du lit de son vieux compagnon qui, saisi d'une sorte de hâte, passait en revue tous les théâtres d'opérations de l'interminable guerre qui porterait devant l'histoire le nom de guerre de Trente Ans et qui opposait depuis 1618 la Couronne de France à l'énorme coalition Habsbourg, ceux d'Espagne et ceux d'Autriche.

Un si grand amour...

Il est toujours douloureux de constater les ravages de la vieillesse et de l'usure sur une grande intelligence et, au bout d'un certain temps, le Cardinal ne put plus le supporter. Il partit en disant qu'il allait voir si d'autres dépêches arrivaient, entraînant avec lui le médecin religieux qui soignait le père Joseph :

— Combien de temps encore ? demanda-t-il lorsqu'ils furent hors de portée des oreilles du malade.

— C'est difficile à dire, monseigneur, parce qu'il s'agit d'une constitution vigoureuse et avide d'exister, mais l'esprit, ainsi que vous avez pu le constater, commence à sombrer dans les ténèbres de la sénilité. Le corps n'y résistera pas... Disons... un mois ! Peut-être deux.

— La guérison est exclue ?

— Non seulement la guérison, mais toute forme d'amélioration... à moins que Dieu n'accomplisse un miracle...

— Vous n'y croyez guère et moi non plus !

Alors qu'il se méfiait de la science des médecins laïcs, Richelieu accordait sa confiance à ce Capucin qui, avant de prendre le froc, avait étudié dans de nombreux pays la médecine arabe aussi bien que celle des Juifs. Il se trompait rarement. Ainsi, le père Joseph allait mourir avant la fin de l'année...

Rentré dans le silence de son cabinet, Richelieu réfléchit longuement, adossé à son fauteuil et les yeux clos. Il devinait sans peine ce qui se passerait au lendemain de sa mort s'il ne prenait pas la précaution de former son successeur. Et comme il ignorait de combien de temps il disposait encore, il lui

La maison sur la mer

fallait choisir un homme à l'esprit vif et profond à la fois.

Il savait depuis quelque temps déjà qui répondait le mieux à ces conditions, pourtant il ne s'était pas encore décidé à sauter le pas car l'homme en question était l'antithèse du père Joseph : mondain, séduisant, homme d'Église du bout des lèvres — il n'avait jamais reçu la prêtrise —, il l'avait vu à l'œuvre en tant que légat du pape au moment de l'affaire de Casale et il se souvenait encore de l'espèce de joie qu'il avait ressentie en face de ce jeune « monsignore », aussi souriant que lui-même était grave et avec qui les conférences devenaient un vrai plaisir. Ayant découvert en outre que ce garçon aimait la France au point de souhaiter en acquérir la nationalité, il pensa que le temps était venu de le mander.

Aussi, négligeant d'appeler son secrétaire, écrivit-il de sa main au pape pour le prier de lui envoyer, dans le délai le plus bref, monsignore Giulio Mazarini dont il pensait faire son successeur.

La lettre était franche, directe. Richelieu n'ignorant pas qu'en politique, il arrive que la vérité brute ait davantage de poids que les plus habiles détours diplomatiques. Urbain VIII envisagerait sans doute avec plaisir l'idée de voir une de ses créatures prendre le pouvoir en France. Ce serait pour le Saint-Siège un atout non négligeable...

Richelieu, pour sa part, était certain que, sous sa gouverne, Mazarini deviendrait français et s'attacherait à son ouvrage comme un chien à son os...

Un si grand amour...

Une heure après, un messager partait pour Rome à francs étriers. Désormais, le sort en était jeté.

Quelques semaines plus tard, l'Éminence grise mourait avec sur les lèvres un sourire. Pour apaiser les angoisses qui assombrissaient son agonie, l'Éminence rouge était venue lui annoncer, en donnant tous les signes de la joie la plus vive, que Brisach venait de tomber. En fait, Brisach tomba quelques jours plus tard, mais le père Joseph du Tremblay mourut heureux...

Le jour même où le courrier du Cardinal prit le chemin de Rome, un billet anonyme, destiné au Lieutenant civil, était déposé par un gamin au corps de garde du Grand Châtelet où se trouvaient ses services. D'une écriture contrefaite, le mystérieux — ou la mystérieuse — correspondant l'informait que « celle que l'on dit morte ne l'est pas mais se cache dans un endroit que seuls connaissent le duc de Beaufort et l'abbé de Gondi... Un problème amusant, pour un homme d'expérience... ».

D'un geste nerveux, Laffemas commença par froisser le papier entre ses mains, puis le défroissa pour le relire plus attentivement. Le doute n'était pas possible : il ne pouvait s'agir que d'elle, la fille de Chiara, cette toute jeune fille qui avait déchaîné en lui les forces les plus dévastatrices de la passion, mais qui, à présent, éveillait sa rancune. Il gardait le cuisant souvenir de la rude mercuriale que lui avait infligée le Cardinal :

— Je devrais vous faire pendre pour vos crimes d'enlèvement, de contrainte au mariage et de viol qui ont mené une innocente à sa perte. Je sais, en outre, que vous êtes l'auteur de ces crimes perpétrés sur des prostituées que vous marquiez ensuite d'un cachet de cire rouge, et c'est en vain que vous avez tenté d'en charger un innocent. De quelle boue êtes-vous donc fait, Laffemas ?

— Je suis fait du même limon que tout homme né de la femme. J'ai mes vices, j'en conviens, mais ne vous suis-je pas bon serviteur, monseigneur ?

— C'est la raison pour laquelle vous n'êtes pas encore arrêté.

— Et vous n'en donnerez jamais l'ordre, n'est-ce pas, monseigneur ? Le maître du molosse ignore ou se soucie peu des immondices dont il se régale ou de sa férocité. Ce qu'il lui demande, c'est d'être un gardien sûr, fidèle et impitoyable. Je suis tout cela et plus encore !

— Le bourreau du Cardinal ? Voilà ce que l'on dit de vous...

— Il vous en faut bien un et cela ne me gêne pas. Je suis cruel et je l'avoue, mais qu'est-ce que Votre Éminence ferait d'un saint homme ?

— Vous vous défendez habilement et j'admets que je tiens à vous. Mais ne vous attaquez plus jamais à une jeune fille, noble ou pas. Le viol ou le meurtre d'une vierge, ou les deux, me trouveraient implacable. Allez-vous-en, maintenant ! J'avais de l'affection pour cette petite fille...

Le Lieutenant civil n'avait pas été sans remarquer que seules les jeunes filles lui étaient interdites et que les ribaudes n'avaient pas leur place dans les discours du Cardinal-duc. Elles étaient de la chair à plaisir. Qu'importe ce qui pouvait leur arriver ! Évi-

Un si grand amour...

demment, il n'était plus certain de trouver à ses agressions le même plaisir. Le jeune corps si frais et si doux de Sylvie hantait ses nuits d'affreux cauchemars depuis qu'on la disait noyée dans le canal d'Anet. Et voilà qu'elle pouvait être vivante, cachée, inaccessible peut-être mais vivante ! La retrouver serait une chasse passionnante car elle non plus n'était pas dans les limites imposées par le Cardinal, puisqu'elle n'était plus vierge...

Il hésita. Irait-il porter le billet à son maître ? Ce serait une vive satisfaction d'amour-propre, mais un manque de prudence. Lui-même se sentirait les mains beaucoup plus libres pour mener son enquête et, quand il aurait retrouvé Sylvie, elle lui appartiendrait d'autant mieux que le Cardinal continuerait à la croire morte.

En vérité, ce jour commençait bien. Laffemas décida de le continuer d'agréable façon en allant présider à l'interrogatoire poussé d'un faux-monnayeur, tout en regrettant que l'on ne puisse plus, comme aux temps joyeux du Moyen Âge, l'envoyer finir ses jours dans un chaudron d'eau bouillante...

CHAPITRE 4

... ET UNE SI GRANDE AMITIÉ

Ce soir-là, maître Théophraste Renaudot soupait chez son ami le chevalier de Raguenel. Entre le père de la *Gazette* et l'ancien écuyer de la duchesse de Vendôme, une solide amitié était née, encore cimentée par la terrible aventure vécue aux abords du Petit-Arsenal et à la suite de quoi l'un s'était retrouvé gravement blessé et l'autre à la Bastille sous l'inculpation de meurtre. Tous deux aimaient à se réunir autour des plats cuisinés par Nicole Hardouin, la gouvernante de Perceval, qui semblait n'avoir d'autre but dans la vie que de faire engraisser un maître dont la minceur obstinée l'eût offensée si elle n'avait su qu'un chagrin tenace y entrait pour beaucoup. Elle-même se sentait parfois moins de cœur à l'ouvrage depuis que la petite Mlle de L'Isle et Corentin Bellec, le fidèle serviteur du chevalier, avaient disparu sans que personne puisse dire ce qu'ils étaient devenus. Même Jeannette leur avait été enlevée un beau soir par Mgr le duc de Beaufort sous prétexte que sa place était à l'hôtel de Vendôme et que la duchesse avait besoin d'elle. Évidemment, Nicole aurait bien aimé avoir de ses nouvelles, mais pour

... et une si grande amitié

rien au monde elle ne se fût permis d'aller jusqu'au grand hôtel du faubourg Saint-Honoré afin d'en demander... C'est ce qu'elle expliquait à son éternel promis, l'exempt de police Désormeaux. C'était à lui qu'elle devait l'arrivée dans la maison de Pierrot, un gamin de douze ou treize ans qui avait été un moment gâte-sauce aux Trois-Cuillers, rue aux Ours, et qui l'aidait dans les gros travaux et le service de table où il montrait une certaine habileté.

Connaissant les goûts de Renaudot, Nicole servait ce soir-là un superbe aloyau de bœuf gras à point qu'elle avait acheté aux boucheries du Petit-Pont et mis à la broche sur feu doux en chargeant Pierrot de la tourner attentivement en arrosant parfois la viande du jus de la lèchefrite. Vers la fin, Nicole avait assaisonné ce jus d'un soupçon de vinaigre et d'un peu d'ail finement écrasé. Le tout, accompagné de haricots rouges, avait été précédé d'un pâté d'anguilles au poivre acheté chez maître Ragueneau, le traiteur proche du Palais-Cardinal, et serait suivi d'un blanc-manger à la confiture.

Les deux convives dégustèrent d'abord en silence, puis en commentant les dernières nouvelles de la *Gazette* où il était beaucoup question des troubles soulevés en Normandie par les Nu-Pieds contre les collecteurs d'impôts. Dans nombre d'endroits, la misère était grande et rendait les gens enragés. Ainsi, à Rouen, des gens du peuple s'étaient emparés d'un agent du fisc, lui avaient enfoncé des clous dans le corps et fait passer un tombereau dessus. Les bourgeois vivaient calfeutrés chez eux, tandis que les

La maison sur la mer

Nu-Pieds couraient la campagne. Le Roi envoyait contre eux le maréchal de Gassion...

— C'est l'une des plaies de notre temps que cette grande misère dont sont victimes tant de pauvres gens. Le Cardinal, en tant que prêtre...

— Il y est sensible, soyez-en sûr. Je sais des exemples, coupa Renaudot, mais il gouverne de haut... de trop haut pour se soucier de ce qui est pour lui incident mineur. Il se doit à la France...

— Mais la France n'est pas une abstraction. Elle est faite de terre sans doute mais surtout de chair et de sang. Or il est impitoyable.

— Les hommes l'ont fait impitoyable. Songez qu'il est sans cesse sous la menace du poignard des assassins... J'admets cependant qu'on peut le trouver terrible. Il enverrait, paraît-il, M. de Laffemas à la suite de Gassion...

— Le bourreau après les hommes d'armes ! Pauvres gens ! Il est vrai que, pour ceux de Paris, cela peut représenter une bonne nouvelle. Cet homme est le diable...

Il y eut un silence que les deux hommes employèrent à se passer un pot de faïence à ramages bleus empli de tabac avec lequel ils bourrèrent leurs pipes qu'ils allumèrent à un brandon pris au feu de la cheminée. Pendant un moment, le gazetier tira sur la sienne sans rien dire, suivant d'un œil vague les volutes de la fumée. Puis, soudain, il lâcha comme si une force intérieure le poussait à parler :

— Savez-vous que... deux autres femmes ont été assassinées depuis un mois ?

... et une si grande amitié

Réveillé de la douce torpeur où il commençait à plonger, Raguenel sursauta :

— Comme... comme naguère ?

— Exactement. Seul le cachet a changé. Cette fois, il porte la lettre sigma... mais le processus est le même : violée, égorgée, marquée.

— Pourquoi ne m'avoir encore rien dit ?

— Je n'aurais même pas dû vous en parler. Lorsque j'ai appris le premier de ces nouveaux meurtres, j'ai demandé audience au Cardinal et il m'a interdit, non seulement d'en faire état dans la *Gazette*, mais d'en parler à qui que ce soit. Si je manque pour vous à ma parole, c'est parce que vous êtes mon ami et qu'il est normal, selon moi, que vous soyez mis au fait, vous qui avez déjà payé si cher votre participation à notre aventure...

— Ainsi, fit Perceval aussi lentement que s'il cherchait ses mots, le Cardinal aurait choisi, alors qu'il connaît le meurtrier, de le laisser poursuivre sa monstrueuse carrière ?

— Il a besoin de ce misérable et il estime sans doute qu'il y a là un exutoire nécessaire, car d'une façon quelconque cet assassin est fou. J'ajoute que la vie de quelques ribaudes ne représente rien pour Richelieu : ces filles, selon lui, ont choisi de vivre dangereusement.

— Jusqu'au jour, peut-être, où il s'en prendra à des femmes honnêtes ! fit Raguenel avec amertume...

— Une femme honnête n'est pas faite autrement qu'une ribaude, gronda soudain une voix inconnue. Elles ressentent la souffrance de la même manière, à cette différence près que la seconde l'endure peut-

La maison sur la mer

être mieux que la première. J'ajoute qu'elles ont toutes deux une âme donnée par Dieu.

Tandis que son invité se retournait, Raguenel se leva pour faire face au personnage qui s'encadrait dans la porte, un pistolet chargé à chaque poing. Le nouveau venu était grand et vigoureux. Vêtu d'une veste d'uniforme d'un rouge déteint sous un manteau noir rejeté en arrière, il était chaussé de bottes noires bien cirées, ganté de cuir assorti et portait, comme un gentilhomme, l'épée au côté et un chapeau à plumes noires, un peu défraîchies mais encore présentables. Quant à son visage, il disparaissait sous un grotesque masque de carnaval.

— Je partage votre opinion, dit froidement Raguenel. Mais qui êtes-vous et que voulez-vous ?

L'autre toucha son chapeau du bout d'un de ses pistolets dans un geste qui pouvait passer pour un salut :

— On m'appelle le capitaine Courage et je suis le roi de tous les voleurs du royaume...

— Ma plus grande richesse est dans ces livres que vous voyez ici, fit Raguenel en montrant d'un geste large les murs tapissés de livres. Quant à ma bourse...

— Je n'en veux pas à votre bourse... ni à celle de votre invité. Je suis venu chercher un nom...

— Un nom ?

— Celui de l'assassin dont vous parliez. Je suis certain que vous l'avez appris depuis que vous avez été arrêté à sa place. Je ne vous demande rien d'autre. La dernière de ses victimes était ma maîtresse...

... et une si grande amitié

— Et vous la laissiez faire le tapin dans les rues noires au bord du fleuve ? Votre nom me paraît usurpé !

— C'était une femme têtue. Elle voulait à tout prix rejoindre une amie qui avait besoin de secours, rue du Petit-Musc. Elle est tombée sur le criminel au cachet de cire. Je veux sa peau. Mais d'abord son nom !

— Non. Vous le donner serait vous rendre le plus mauvais des services...

— Cela me regarde, il me semble ?...

Et soudain, on l'entendit rire derrière le masque au long nez rouge :

— Ce doit être quelqu'un d'important puisque, si j'ai bien entendu, l'homme à la Robe rouge le protège et lui permet ses... fantaisies, mais fût-il son propre frère — non ! il n'a aucun besoin de son propre frère ! — fût-il... sa plus affreuse créature, le Lieutenant civil en personne, je le tuerai... à ma façon c'est-à-dire lentement !

— Vous êtes fou ! s'écria Théophraste Renaudot, saisi d'une soudaine terreur. Savez-vous ce qu'il vous en coûterait ?

Le capitaine Courage s'approcha de lui, considéra son visage étroit devenu soudain du même gris que sa barbe et, de nouveau, il se mit à rire :

— Ainsi, c'est donc lui ? L'idée m'en était venue mais j'avais besoin d'une confirmation. Grand merci à vous, monsieur !

— Mais je n'ai rien dit ! gémit Théophraste angoissé à l'idée d'avoir manqué à la parole donnée au Cardinal.

La maison sur la mer

— Votre réaction a été des plus intéressante. Jureriez-vous sur l'Évangile que ce n'est pas lui ?

Devant la mine épouvantée de son ami, Perceval décida d'intervenir.

— Vous n'avez rien dit, non... mais moi qui n'ai rien juré, je le dis : l'assassin, c'est bien Laffemas !

— À la bonne heure ! Voilà quelqu'un de franc... mais, dites-moi ? Vous avez à vous plaindre du personnage ? Pourquoi n'essayez-vous pas de vous venger ?

— Parce qu'une personne qui m'est chère pourrait avoir à en souffrir. Il faut d'ailleurs que je vous mette en garde : quiconque attenterait à la vie de ce si précieux serviteur irait à la mort.

— De toute façon j'irai un jour, et l'on ne me pendra pas deux fois, ricana le bandit.

— Certes, mais prenez bien garde de n'y entraîner personne et qu'il n'y ait aucun doute sur l'exécuteur. Savez-vous qu'un prince a dû donner sa parole de ne pas l'attaquer avant la mort du Cardinal ?

Le soudain silence donna la mesure d'un étonnement invisible sous le masque. Enfin, l'homme émit un sifflement :

— Rien que ça ?... Reste à préciser de quel prince il s'agit ? Il y en a pour qui je n'ai aucune considération...

— Le duc de Beaufort !

— Ah, là c'est différent ! Celui-là me plaît... Eh bien, messieurs, merci du renseignement et merci de m'avoir averti ! J'ai bien l'honneur de vous saluer !

Le masque resta en place mais le capitaine Cou-

... et une si grande amitié

rage balaya le sol des plumes de son chapeau en s'inclinant avec une sorte de grâce. En même temps, il découvrit une épaisse chevelure brune et bouclée. Après quoi il disparut aussi silencieusement qu'il était arrivé.

— Croyez-vous que vous auriez dû lui dire tout cela ? reprocha Renaudot. Cela peut être dangereux !

Perceval eut un sourire et alla servir deux verres de vin dont il tendit l'un à son hôte :

— Avez-vous oublié qu'avant notre mésaventure commune nous formions le projet de nous risquer dans l'une des cours des Miracles pour demander l'aide du Grand Cœsre ? Nous n'allons pas nous plaindre qu'elles soient venues à nous.

— Vous pensez que cet homme est le grand chef mythique ?

— Il s'est annoncé comme le roi des voleurs de France. C'est un titre, il me semble... Allons voir à présent ce qu'il advient de Nicole et de Pierrot. Je suppose que nous allons les trouver ligotés.

Ils l'étaient, et soigneusement car le capitaine Courage n'était pas venu seul, mais tous deux s'accordèrent à dire qu'on ne les avait pas brutalisés et que les procédés de l'étrange personnage étaient somme toute assez civils.

— Il s'est assuré que mes liens ne me faisaient pas mal, dit Nicole, et il m'a même tapoté la joue en m'appelant « ma belle ! ».

— Dites-nous tout de suite que c'est un gentilhomme ? ironisa Renaudot.

— J'en ai connu de moins courtois ! Quant aux serviteurs de la loi n'en parlons pas ! riposta Nicole qui n'avait pas toujours à se louer de son bon ami l'exempt Désormeaux...

Perceval se contenta d'ordonner à Pierrot d'aller chercher du bois pour conforter son feu et garda pour lui ses réflexions. Un gentilhomme ? Pourquoi pas ? La voix et le ton de l'homme lui avaient donné à penser et, après tout, Dieu seul savait qui pouvait avoir intérêt à s'enfouir dans le cloaque aux miracles !

Trois jours plus tard qui était jeudi, jour de la parution de la *Gazette*, les Parisiens apprirent que leur Lieutenant civil, agressé alors qu'il regagnait tardivement son domicile, n'avait dû son salut qu'à une intervention inopinée du guet. Il s'en tirait avec une légère blessure qu'il n'aurait guère le temps de soigner, étant chargé en Normandie et auprès du maréchal de Gassion d'une mission pacificatrice.

— L'imbécile ! Il a manqué son coup, gronda Perceval qui faillit bien froisser le précieux journal que son ami Théophraste lui apportait en personne.

— Il a voulu allez trop vite. Un coup comme celui-là, ça se prépare. Et maintenant...

— Maintenant il va se garder ! Fasse seulement le Ciel que M. de Beaufort n'ait pas à pâtir de ce pas de clerc !

— Je ne crois pas. Le Cardinal a reçu du capitaine Courage une lettre grandiloquente, véritable cartel destiné à Laffemas, affirmant que le scripteur n'aurait ni trêve ni repos tant que le Lieutenant civil oserait respirer encore l'air du bon Dieu !

— Comment l'avez-vous appris ?

... et une si grande amitié

— Son Éminence me l'a dit. Elle a même ajouté une interdiction formelle d'en parler dans la *Gazette*. Elle craint trop que ledit capitaine gagne le cœur des peuples et ne devienne légende.

— Eh bien, voilà qui est rassurant ! Mgr François n'a rien à craindre...

— J'en suis moins sûr que vous. Je ne suis pas certain qu'on ne le soupçonne pas, sous le masque de Courage. Ce genre de folie lui va si bien... Oh, il ne sera pas attaqué de front, mais le Cardinal pourrait lui tendre quelque jour un piège de sa façon. Il n'aime décidément pas les Vendôme et celui-là moins encore que les autres. Il est beaucoup trop séduisant...

— Vous qui fréquentez la Ville et la Cour, me direz-vous s'il est devenu l'amant de Mme de Montbazon dont on accole le nom au sien depuis pas mal de temps ?

— Toujours difficile de connaître la vérité en cette matière, mais il est possible que ce soit vrai. Mlle de Bourbon-Condé que le duc recherchait en mariage vient d'épouser le duc de Longueville qui était justement l'amant de Mme de Montbazon. Ce chassé-croisé serait assez dans sa manière. Naturellement on clame partout qu'il est fou d'elle, mais je me demande s'il n'alimente pas la rumeur pour rendre la Reine jalouse...

Resté seul, Raguenel médita longtemps les dernières paroles de son ami. Il pensait qu'une nouvelle passion chasse l'autre et que dans un sens il était bon que François oublie ses trop dangereuses amours mais, dans un autre, songeant à sa petite

La maison sur la mer

Sylvie, il se réjouit pour une fois qu'elle soit là-bas, sur son île du bout du monde. Apprendre cela lui ferait trop de mal...

Il connaissait Belle-Isle pour y avoir accompagné jadis la duchesse de Vendôme et ses enfants. Il savait la splendeur de ses paysages et le port du Secours, avec son vieux prieuré, lui rappelait quelque chose. Un bref billet de Ganseville, lorsque l'écuyer avait traversé Paris pour rejoindre son maître, lui avait dit qu'il y avait installé Sylvie, Jeannette et Corentin, et que tout lui semblait au mieux. Certes, le temps des vacances et celui de l'hiver devaient y être différents mais, bien protégée et à l'écart des intrigues de cour auxquelles elle n'avait été que trop mêlée, l'enfant retrouverait peut-être un peu de son ancienne joie de vivre. L'espérer et prier pour elle, c'était tout ce que Perceval pouvait faire, en offrant au Seigneur sa douleur d'être séparé d'elle sans aucun moyen d'en recevoir des nouvelles...

Celles qu'il aurait pu avoir lui eussent fait grand plaisir : Sylvie allait bien. Et même, depuis l'accident qu'elle avait eu en compagnie de l'abbé de Gondi, elle reprenait goût à la vie. Comme le lui avait dit son compagnon d'infortune, il valait mieux qu'elle renonce à se détruire car, de toute évidence, le Seigneur Dieu ne voulait pas lui voir quitter la terre. Alors, autant se faire une raison.

En effet, si elle s'était jetée depuis l'angle du chemin, elle se fût tuée immanquablement, au moins en se fracassant sur les rochers à peine couverts d'eau, alors que tous deux étroitement emmêlés

... et une si grande amitié

avaient roulé sans perdre le contact avec le sol jusqu'à ce qu'un ressaut rocheux tapissé d'un buisson les retienne dans leur chute. Un pêcheur, alerté par le cri poussé par l'abbé, s'était hâté d'aller chercher du secours et, moins d'une heure plus tard, on les tirait de leur fâcheuse position, Jeannette et Corentin étant accourus bons premiers... Sylvie ne s'en souvenait pas parce qu'elle avait subi un choc à la tête en atterrissant et s'était évanouie. Elle s'était réveillée dans son lit, en proie à des douleurs qui disparurent assez vite, emportant hors de son jeune corps la dernière trace du viol. Jeannette en avait remercié le Ciel à deux genoux et elle-même avait pleuré de joie... la première depuis longtemps, et surtout de soulagement.

De ce triste secret, seuls Jeannette et Corentin étaient dépositaires.

— Pendant qu'on vous transportait, j'ai vu soudain que vous perdiez du sang et j'ai fait en sorte d'être seule à m'en aviser car j'ai compris ce qui se passait... grâce à Dieu, expliqua Jeannette. Et ici, j'ai voulu rester seule avec vous. Et puis c'était beaucoup plus amusant de rapporter M. l'abbé chez M. le duc de qui l'on pouvait attendre une récompense : il criait comme un chat écorché à cause de toutes ces épines qui le lardaient. Vous en aviez quelques-unes mais beaucoup moins !... Oh, mademoiselle Sylvie, le Seigneur a eu pitié de vous ! Il n'était pas juste que, toute innocente, vous payiez le terrible prix du crime d'un autre. À présent, vous allez pouvoir oublier...

L'impression de souillure, cependant, demeurait.

La maison sur la mer

Si son corps s'était nettoyé, ses rêves demeuraient à jamais ternis. Son amour pour François se nuançait de désespoir : en admettant qu'elle réussisse un jour à le conquérir, comment oser lui offrir les restes d'un Laffemas ?

Certes, le petit père Le Floch, envoyé par monsieur Vincent à Mme de Gondi pour lui dire tout l'intérêt que celui-ci portait à Mlle de Valaines et qui était venu la visiter, avait suggéré une solution : offrir à Dieu sa personne et son âme, en se livrant à de longs développements autour d'une idée générale qui était que Dieu seul est digne du plus grand amour et que ses épouses connaissent un bonheur serein. Sylvie n'était pas parvenue à s'imaginer enfermée à jamais dans un cloître : les beautés de la nature et surtout le grand air de liberté y sont trop chichement mesurés...

— J'habite l'une de ses anciennes demeures, lui dit-elle, et autour de moi il n'y a que le ciel, la mer, la lande. Nos prières ne rencontrent aucun obstacle et nous sommes en paix. Même si M. de Paul le souhaite, je n'ai aucune envie d'être nonne...

Il repartit sans pouvoir rien obtenir de plus. En revanche, la duchesse de Retz se mit à honorer de temps à autre la maison sur la mer. L'intervention de monsieur Vincent se révélait utile en ce que pour rien au monde à présent la grande dame ne tenterait de nuire à celle qu'elle croyait la maîtresse de Beaufort. En revanche, elle semblait s'être donné pour tâche de l'incliner vers la vie de moniale, la meilleure manière selon elle d'échapper à toutes les blessures du monde.

... et une si grande amitié

Sylvie commença par écouter sagement, mais les prêches de Catherine ne tardèrent pas à l'assommer. Aussi passa-t-elle un accord avec le jeune Gwendal, le gamin du moulin de Tanguy Dru dont les ailes tournaient à l'autre bout du port du Secours. Lorsqu'il apercevait l'équipage ducal, il se hâtait de venir l'annoncer, ce qui permettait à Sylvie de chercher refuge sur la lande ou dans quelque trou de rocher, laissant Jeannette expliquer avec beaucoup de révérence que sa jeune maîtresse aimait à s'isoler dans la nature, œuvre du Créateur, afin de s'y livrer à la contemplation et d'entendre peut-être l'Appel ?

Le plus fort, c'est qu'elle mentait à peine. La beauté de l'île agissait sur Sylvie. Elle aimait à en découvrir les divers aspects au cours de longues promenades, mais c'était surtout la mer qui l'attirait et dont elle ne se lassait pas. Allongée dans l'herbe, sur quelque haut de lande, elle regardait, à travers les pointes mousseuses des graminées ou les ombrelles des fenouils odorants, le va-et-vient des vagues, tantôt léger et doux, tantôt grondant, écumeux et superbe. S'il n'eût été si pénible aux pêcheurs dont certains étaient devenus ses amis, elle eût marqué une préférence pour le gros temps, parce qu'il exprimait si bien la toute-puissance de l'océan. Elle savait que François faisait comme elle autrefois et le bonheur de mettre ses pas dans ceux de son ami la réconfortait et la rendait presque heureuse.

Jamais elle n'allait au Palais, et encore moins, s'il était possible, à la résidence des Gondi. La ria qui continuait le port formait pour elle une frontière qu'elle n'avait pas envie de franchir. Ses devoirs chrétiens, elle les accomplissait avec exactitude dans la petite église de Roserières, un hameau proche de sa maison, dont le vieux recteur s'était pris d'amitié pour Corentin avec qui il allait à la pêche. Petit à petit, les gens avaient adopté cette jeune fille, toujours vêtue de noir, dont on disait qu'elle portait un deuil cruel sans préciser lequel — et pour cause ! En outre, elle adorait les enfants, encore si proches d'elle, et ceux des alentours ne mirent guère de temps à s'en apercevoir. En revanche, les officiers de la citadelle qui essayèrent de se faire admettre chez elle se virent écartés avec autant de courtoisie que de fermeté. Ceux de la maison sur la mer connaissaient trop la fragilité d'une réputation féminine.

Deux hivers étaient passés ainsi. Des hivers qui, à Belle-Isle, restaient cléments. La neige n'y tombait que très rarement et, en dépit du fait que l'ancien prieuré était exposé au nord-est, on y supportait tempêtes et bourrasques tant les couleurs de la mer et du ciel demeuraient fascinantes. Crachin de décembre ou giboulées de mars n'empêchaient pas Sylvie de sortir. Elle disait même que cette eau du ciel était bonne pour le teint et les cheveux.

— Elle aura bientôt dix-huit ans et elle est jolie comme un cœur, confiait Jeannette à Corentin qui commençait à trouver le temps long. Jusqu'à quand devra-t-elle rester sur cette terre du bout du monde ? Si encore nous avions des nouvelles, mais on dirait que le monde entier nous a oubliés ?...

— Sur le continent, elle passe pour morte et nous avec elle. On n'écrit pas à des défunts.

... et une si grande amitié

— Mais même au château ou en ville, on ignore ce qui se passe à Paris ou ailleurs. Je croyais pourtant que M. le duc aimait à recevoir ?

— Sans doute, mais recevoir coûte cher et j'ai ouï dire que sa fortune se délabrait de plus en plus. La duchesse en profite pour réduire son train à la moindre occasion.

— Même l'abbé n'est pas revenu ! Celui-là au moins était amusant.

— Il a sans doute autre chose à faire !

Et Corentin qui, en bon Breton, ne détestait pas tellement cette existence même si elle lui semblait un peu monotone, laissa Jeannette soupirer seule au coin de son feu pour s'en aller poser des lignes de pêche et ensuite boire un coup de cidre chez son ami le meunier...

Un matin de printemps où l'île semblait repeinte à neuf, Corentin était descendu au port pour la rentrée des bateaux après la pêche nocturne. On se serait cru aux plus beaux jours de l'été, le temps était doux et la mer lisse comme du satin. Il tomba au milieu d'une intense activité. Non seulement les barques faisaient ruisseler sur le quai un flot de sardines d'un magnifique argent bleuté, mais deux barges déchargeaient des pierres destinées aux réparations de la tour nord de la citadelle. En effet, si le duc de Retz était seul maître dans sa terre, il devait veiller à sa sécurité et au bon état des fortifications construites jadis par son aïeul. C'étaient là des frais qu'il ne pouvait éviter, même si sa fortune ébréchée les lui rendait toujours plus difficiles...

La maison sur la mer

Un autre bateau attira l'attention de Corentin : une flûte de faible tonnage portant les couleurs de l'évêque de Vannes manœuvrait pour aborder. Il la connaissait bien pour l'avoir vue maintes fois amener le prélat lui-même en visite pastorale, quelques invités, ou encore venir chercher pour les cuisines épiscopales des légumes dont les jardins de Belle-Isle fournissaient une qualité particulière. Ce matin-là, Corentin vit débarquer une dame flanquée d'une camériste et de quatre valets armés comme il convient lorsque l'on voyage. Or, cette dame qui avait rejeté en arrière son capuchon de velours pour découvrir un jeune visage d'une grande beauté et de magnifiques cheveux blonds, Corentin la reconnut avec un frisson de joie et ne put s'empêcher de s'élancer vers elle : c'était Marie de Hautefort !

Oubliant toute prudence et pensant seulement à la joie que cette arrivée pouvait causer à Sylvie, il allait l'aborder quand une pensée brutale le retint : la dame d'atour de la Reine faisait partie d'un monde auquel Sylvie n'avait plus accès, un monde pour qui elle n'était plus qu'une ombre mais où les Gondi jouaient encore un rôle.

Non sans regret, il se détourna et se mit à courir, mais elle l'avait vu et lançait l'un de ses valets à ses trousses. Celui-ci n'eut aucune peine à rejoindre un homme qui ne s'éloignait qu'à regret.

— S'il vous plaît, dit ce garçon aux jarrets d'acier, ma maîtresse est là qui veut parler à vous !

Corentin balaya ses doutes. La carte était trop belle pour ne pas être jouée et, un instant plus tard, il s'inclinait devant la jeune fille qui lui sourit :

... et une si grande amitié

— Elle va bien ? demanda-t-elle de but en blanc.
— Très... très bien, madame, lâcha-t-il un peu suffoqué.
— Dites-lui que je viendrai la voir après le dîner. Le protocole m'oblige à prendre logis chez Mme la duchesse de Retz, mais ensuite je me ferai conduire à sa demeure. C'est pour elle que je suis ici...
— Elle va en être heureuse mais... au moins, vous ne lui portez pas de mauvaises nouvelles ?
— Quand on n'a pas vu quelqu'un depuis plus de deux ans, il y a forcément de tout, mais je ne crois pas que le mauvais l'emporte ! Allez, mon ami !

Corentin ne se le fit pas dire deux fois. Il remonta la grande rue de Haute-Boulogne et parcourut le chemin jusqu'au port du Secours à une telle allure qu'il était complètement hors d'haleine en arrivant et s'effondra sur le banc près de la cheminée où Jeannette trempait la soupe. Le temps de reprendre souffle et sa nouvelle éclatait comme un coup de trompette.

— Mlle de Hautefort ! Elle est ici, et sûrement elle vient voir Mlle Sylvie.
— Va la prévenir ! Elle est en bas à pêcher des crevettes les pieds dans l'eau. Seigneur Dieu ! J'ai hâte de savoir quelles nouvelles elle apporte ! Mais, en attendant il faut que je fasse le ménage ! C'est un vrai taudis, cette maison !

C'était fort exagéré, mais à peine Corentin commençait-il à dévaler la plage que Jeannette mettait tout en l'air. Elle s'agitait si énergiquement qu'elle n'entendit pas le cri de joie de Sylvie. L'arrivée de son amie, c'était, pour l'exilée, une réponse du Ciel aux prières qu'elle ne cessait de lui adresser pour avoir au moins des nouvelles de François. Ce trop long silence devenait insupportable...

Quand Marie parut, elles tombèrent dans les bras l'une de l'autre sans dire un mot, trop émues pour parler, mais elles n'étaient pas femmes à s'attarder longtemps dans les émois du cœur. Elles se prirent par la main pour aller s'asseoir sur le banc de pierre que Corentin avait placé contre la maison et près d'un bouquet de genêts. Sylvie était si heureuse qu'elle ne retrouvait pas l'usage de la parole et se contentait de regarder son amie avec un grand sourire et des yeux trop étincelants pour que les larmes soient bien loin. Marie sentit ses mains trembler dans les siennes :

— Je suis venue vous chercher, dit-elle avec une douceur fort peu habituelle chez elle. Il est temps de rejoindre le monde des vivants.

— C'est François qui vous envoie ?

— Mon Dieu non ! Je m'envoie moi-même. Votre héros est aux armées avec le Roi qui va assiéger Arras. La Cour est à Amiens. J'ajoute que l'abbé de Gondi qui vous baise les mains m'a vivement approuvée. Nous pensons l'un et l'autre que vous n'êtes plus en sûreté ici.

Le sourire de Sylvie s'éteignit sous le coup de la déception.

— L'abbé est donc revenu d'Italie ?

— Il y a beau temps ! C'est un homme qui ne peut vivre longtemps loin de la place Royale. En outre, comme c'est le plus curieux et le plus intrigant qui soit, il réussit à apprendre des choses tout à fait

... et une si grande amitié

extraordinaires. Par exemple que le Lieutenant civil qui est originaire du Dauphiné aurait de la famille à La Roche-Bernard et qu'il songerait à s'y rendre quand il sera tout à fait remis. Ce qui ne saurait tarder, car il vient d'échapper à deux attentats et il éprouverait le besoin de changer d'air.

La silhouette sinistre de son bourreau évoquée soudain sous le ciel de son île fit frémir Sylvie qui devint très pâle.

— Et où est-ce, La Roche-Bernard ?

— Pas bien loin. On y passe pour aller embarquer à Piriac. Aussi, je le répète, je suis venue pour vous emmener...

— Si c'est pour me jeter au fond d'un couvent comme le souhaite M. Vincent de Paul... et donc M. de Beaufort, comme en rêve d'ailleurs Mme de Gondi, je préfère rester ici à courir le risque. Je ne suis pas seule ; on veille sur moi et je dois pouvoir me défendre...

Marie se mit à rire :

— Mais qui vous parle de couvent ? Je vous connais trop pour ignorer le peu de goût que vous en avez. Je vous ramène...

— À Paris ? s'écria Sylvie reprise par l'espoir. La Reine me rappelle auprès d'elle ?

Ce fut au tour de Marie de s'assombrir :

— La Reine vous croit morte, mon petit chat. J'ajoute qu'elle ne vous a guère pleurée. J'ai toujours de l'affection pour elle, mais il me faut reconnaître que c'est une femme oublieuse... égoïste... et point trop intelligente !

La maison sur la mer

Un silence permit à Sylvie de peser ces dernières paroles.

— Je n'aurais jamais cru vous entendre dire chose pareille, remarqua-t-elle enfin. Mais... j'y pense : si la Cour est à Amiens, comment êtes-vous ici ?

— Parce que je n'en fais plus partie, Sylvie.

— Vous n'êtes plus dame d'atour ?

— Eh non ! Je dirai même que je suis exilée... pour complaire à M. de Cinq-Mars ! Vous vous souvenez de M. de Cinq-Mars, ce ravissant officier aux Gardes que protégeait le Cardinal, qui vous accompagnait chez lui et qui refusait si farouchement le poste de maître de la garde-robe du Roi ?

— C'est difficile de l'oublier. Il s'est toujours montré charmant...

— Il l'est beaucoup moins. Jusqu'à l'an passé, j'avais, vous devez vous en souvenir, pris la... survivance de Mlle de La Fayette. Le Roi me faisait une cour assidue, ne voyait que par moi — quand je ne le malmenais pas trop, et plus encore quand je le malmenais. Il a donné des fêtes en mon honneur, écrit des ballets que nous dansions ensemble. La Cour après la naissance de Mgr le Dauphin était d'une gaieté folle...

— Mais vous n'avez jamais...

— Quoi ? Cédé au Roi ?... Pour qui me prenez-vous ? Libre à lui de m'aimer ! C'était à ses risques et périls, et il le savait. D'ailleurs je ne lui ai jamais rien demandé, ni faveur ni poste, sauf une seule fois, quand je l'ai prié de nommer ma grand-mère gouvernante de l'enfant, puis dame d'honneur en rem-

... et une si grande amitié

placement de Mme de Senecey. Il me l'a refusé et j'ai compris pourquoi...

— Mais que vient faire M. de Cinq-Mars au milieu de cela ?

— Ce qu'il vient faire ? Mais tout simplement qu'il est à ce jour le favori du Roi. Le Cardinal qui me déteste a réussi un beau coup. Ce blanc-bec tient le Roi par le bout du nez ! Il se fait couvrir d'or et a même demandé la charge de Grand Écuyer, qu'il obtiendra sûrement. On l'appellera Monsieur le Grand... ce qui ne l'empêchera pas de courir chaque nuit au Marais, dès que le Roi est couché, pour y rejoindre sa maîtresse, la belle Marion de Lorme.

— Il vous a donc remplacée dans l'affection de notre sire ?

— Eh oui ! mais cela ne lui a pas suffi. Afin d'affirmer son pouvoir sur notre maître, il a voulu régner seul et a exigé mon départ ! Je suppose que le Cardinal n'y était pas étranger... Alors on m'a fait savoir que ma présence n'était plus souhaitée. Et un beau matin, comme jadis Louise de La Fayette, un carrosse m'attendait pour me ramener « dans ma famille » en présence de toute la Cour.

La voix se fêla, retenant avec peine un sanglot. Sylvie devina ce qu'avait pu être, pour la fière Hautefort, cette humiliation publique.

— Mais que vous reproche-t-on ?

— De ne plus plaire... et même d'importuner ! fit-elle avec rage. Le Roi a dû sentir ce que j'éprouvais car, au moment de ma révérence, il m'a tendu la main en disant : « Mariez-vous ! Je vous ferai du bien... »

La maison sur la mer

— En attendant, il vous exilait sans véritable motif. Et la Reine dans tout cela ?

Marie haussa les épaules avec un reste de chagrin.

— Elle m'a embrassée en son particulier mais elle n'a rien fait pour me garder. Et puis... elle est de nouveau enceinte !

Sylvie ouvrit des yeux énormes :

— Mais... comment avez-vous fait ? François...

— Oh, il n'est plus question de lui dans cette affaire. Je me demande du reste comment il prend la chose...

— Qui alors ?

Cette fois, Marie éclata de rire et, de retrouver cet éclat joyeux, Sylvie se dit que le mal était peut-être moins grave qu'elle ne le pensait.

— On dirait que vous ne croyez guère à la vertu de votre reine ? Mais le Roi, mon enfant ! Le Roi que Cinq-Mars a pour ainsi dire traîné au lit de sa femme en menaçant de ne plus le voir d'au moins un mois ! Oh, le favori a de grands pouvoirs : il affirmait qu'il fallait assurer la descendance avant que la Reine ne puisse plus procréer. La naissance est attendue pour septembre... Ce qui ne veut pas dire que le Roi aime davantage sa femme ! Il la tient plus que jamais en suspicion. C'est pourquoi je ne lui en veux pas trop. D'autant que sa nouvelle dame d'honneur, Mme de Brassac, est, ainsi que son époux nommé comme par hasard surintendant de la maison de la Reine, tout au Cardinal. Ah, le temps des belles aventures d'amour me paraît bien fini...

— Rien n'est fini si elle aime toujours François autant qu'il l'aime !

... et une si grande amitié

— C'était, en effet, son sentiment lorsque je suis partie. Quoique...

— Quoique ?

— Vous souvenez-vous de toutes ces belles choses que la Reine avait reçues d'Italie au moment de la conception du Dauphin ?

— Bien sûr. Elles étaient envoyées par un monsignore Maz... Maz...

— Mazarini ! Eh bien, il nous est revenu en janvier pour remplacer le père Joseph dans la confiance de Richelieu. On l'a fait français et maintenant il s'appelle Mazarin. La Reine le voit avec plaisir... Et soudain la fière Hautefort explosa de nouveau : « **Le** faquin ! Ce faux prêtre est un véritable intrigant sorti d'un domestique du prince Colonna ! Oser faire des ronds de jambe devant la reine de France ! »

— Je me souviens aussi que vous le détestiez. On dirait que vous ne l'aimez guère davantage ?

— Je l'exècre. D'autant plus que, d'après ma grand-mère, il ressemble au défunt mylord Buckingham ! C'est dangereux, ce genre de similitude !

— Pauvre François ! murmura Sylvie, déjà prête à plaindre celui qu'elle aimait tant et qui, cependant, semblait l'oublier...

Marie se mordit la langue. Elle allait dire que Beaufort n'était pas si à plaindre que cela, mais elle pensa à temps que Sylvie en savait assez pour le moment. Elle se leva, secouant sa robe où s'attachaient quelques fleurs de genêt.

— Assez parlé pour aujourd'hui ! Il faut vous préparer, Sylvie, nous partirons demain avec la marée du matin...

La maison sur la mer

— Mais... où m'emmenez-vous ? Je suis bien ici... j'y suis presque heureuse, dit Sylvie avec un geste des bras qui enveloppait le paysage marin.

— Votre bonheur ne durera guère si Laffemas vous découvre. Vous risquez d'être enlevée avec toutes les suites que cela comporte. Moi, je vous emmène chez ma grand-mère, au château de La Flotte. C'est là que je suis « consignée » et mieux vaut que j'y retourne le plus tôt possible...

— Je serais heureuse de vous suivre et mes compagnons aussi, mais que dira M. de Beaufort qui s'est donné tant de peine pour me bien cacher ?

— Je pense que vous aurez l'occasion de le lui demander : entre La Flotte et Vendôme, il n'y a guère qu'une dizaine de lieues.

Le visage de Sylvie s'empourpra cependant que ses yeux se mettaient à briller.

— Vraiment ?

— Vous ai-je jamais menti, mon petit chat ? J'ajoute que ma grand-mère est une du Bellay — vous voyez qu'avec Bertrand de Born qui fut vicomte de Hautefort nous ne manquons pas de poètes dans la famille — et que son neveu, Claude, est l'actuel gouverneur de Vendôme...

Cette fois, Sylvie lui sauta au cou :

— Je vais dire que l'on prépare tout pour notre départ...

Elle s'élançait déjà vers l'intérieur de la maison mais soudain se ravisa et revint lentement vers sa compagne, l'œil assombri :

— Sans doute vais-je devoir aller faire mes révérences à la duchesse de Retz, murmura-t-elle.

... et une si grande amitié

— Et cela ne vous enchante pas. Rassurez-vous, il n'en est pas question. Votre départ doit s'effectuer avec le maximum de discrétion et la marée est à cinq heures du matin. En outre, cette maison est à vous et vous avez parfaitement le droit de faire un petit voyage sans lui demander son avis. À présent, je vous quitte : vous avez à faire et moi aussi. Deux de mes valets viendront à la nuit prendre vos bagages...

— Nous n'en n'avons guère !

— Ce n'en sera que plus facile. Quand à vous-même, avez-vous le courage de descendre à pied jusqu'au port et cela avant le jour ?

— Bien sûr. Ce n'est pas si loin.

— Soyez-y à quatre heures et demie. Le bateau s'appelle *Saint-Cornely* et le patron va être prévenu.

— Si vous tenez à la discrétion, n'envoyez pas vos valets. Je le répète, nous avons peu de chose : de simples sacs faciles à transporter. Et Corentin est solide.

— Vous avez raison. En vérité, je fais une piètre conspiratrice.

— J'ai toujours eu l'impression du contraire. Mais allons-nous vraiment conspirer ?

— Nous ne ferons que cela ! Pas contre le Roi ou la Reine, bien sûr, mais contre ce maudit ministre, son âme damnée et son bourreau !

Il faisait nuit encore quand le *Saint-Cornely* quitta le port du Palais. La tour à feu indiquant l'entrée brûlait encore et ses reflets rouges dansaient sur la mer qui, ce matin-là, était un peu formée. En doublant la pointe nord-ouest de l'île d'Houat, on croisa un bateau venant de Piriac. Il transportait un seul voyageur. C'était un certain Nicolas Hardy, sans doute le meilleur limier de Laffemas qui l'envoyait en éclaireur, sous l'aspect d'un marchand mercier, visiter les habitants de Belle-Isle afin d'examiner s'il serait intéressant pour son maître de faire lui-même le déplacement. Les marins pêcheurs se saluèrent au passage mais leurs passagers, assis au fond des barques, n'eurent pas idée de ce qu'ils transportaient. Au surplus, abritées sous leurs grands manteaux aux capuchons baissés, les deux femmes étaient méconnaissables...

Heureuse de se rapprocher de François, Sylvie se laissait bercer par la houle. Pour avoir accompagné plusieurs fois Corentin sur un bateau de pêcheurs, elle savait que la mer était son amie et ne lui infligerait aucun malaise.

Quand le jour parut, l'île avait beaucoup reculé. Ses hautes falaises n'étaient plus qu'une grisaille estompée vers l'horizon. Sylvie, alors, pensa tout haut :

— J'aimerais revenir ici ! On ne peut s'imaginer à quel point cette île est belle !

— Votre cher François m'en a rebattu les oreilles à plusieurs reprises, dit Marie. Il n'a pas tort, pour ce que j'ai pu en voir...

— S'il n'y avait certaines gens, il serait possible d'y vivre très heureux...

— Ça, ma chère, c'est valable pour nombre d'endroits au monde ! J'espère seulement que vous vous plairez là où je vous emmène...

Deuxième partie

UN CHEMIN PLEIN D'ORNIÈRES

CHAPITRE 5

LE PAYS DES POÈTES

Marie de Hautefort, aussi bien que Théophraste Renaudot, se trompait en pensant que le duc de Beaufort n'aimait plus la Reine. L'éclat de ses nouvelles amours avec la très belle Marie de Montbazon traduisait surtout le besoin de faire parler de lui assez haut pour atteindre les oreilles royales et d'étaler une maîtresse capable de susciter la jalousie de n'importe quelle femme.

Il s'était jeté dans cette aventure après que la *Gazette* eut annoncé la nouvelle grossesse d'Anne d'Autriche. Sachant bien que, cette fois, il n'y était pour rien, sa rage l'avait porté droit à Saint-Germain où la Cour, délaissant le vieux Louvre en travaux, avait installé ses pénates depuis la triomphale annonce d'une naissance que l'on n'espérait plus. L'air y était bien meilleur qu'à Paris et les jardins en terrasses, avec leurs douces senteurs quand revenaient les beaux jours, remplaçaient avantageusement le vacarme et les puanteurs de la capitale. De cette nouvelle installation, François tirait une seule conclusion : celle qu'il aimait vivait trop loin de l'hôtel de Vendôme et, dans la maison de verre

Un chemin plein d'ornières

qu'était Saint-Germain, il était impossible de la voir en privé. Pourtant, il était parti, à cheval et sans l'escorte du moindre écuyer, brûlé par sa fureur jalouse, avec l'idée fixe qu'il lui suffirait d'un coup d'œil pour déceler l'homme qui l'avait remplacé dans le cœur et le lit de sa bien-aimée — car il refusait de croire que ce fût le Roi.

En ce début d'année, les chemins étaient détestables : un subit radoucissement de la température avait transformé la neige en boue et les plaques de glace en fondrières. Cependant, une longue file de carrosses progressait à allure réduite en direction du château. Le cavalier furieux les doubla, non sans susciter quelques protestations, mais quand enfin il sauta à terre devant les marches du Château-Neuf, il s'aperçut que ses bottes et son grand manteau de cheval montraient plus de boue qu'il n'est convenable pour se présenter dans un salon. Le manteau resta aux mains d'un valet qui poussa l'obligeance jusqu'à essuyer un peu les bottes afin que les tapis des appartements n'eussent point trop à en souffrir. Beaufort n'en était pas moins crotté quand il atteignit le Grand Cabinet où la Reine recevait.

Il y avait beaucoup de monde, plus qu'il ne l'eût souhaité. D'autant que le paysage de la Cour lui parut différent. L'aimable Mme de Senecey avait fait place à une virago, assez belle mais qui se donnait des airs de duègne espagnole ; l'Aurore n'animait plus l'assemblée de son éclat et de ses reparties caustiques. Enfin, si le bataillon des filles d'honneur, massé dans un coin, restait semblable à lui-même, le visiteur se surprit à y chercher une guitare, une fri-

Le pays des poètes

mousse éveillée sous des cheveux brillants attachés de rubans jaunes... L'atmosphère aussi avait changé. Sa présence à la Cour n'était souhaitée ni par le Roi ni par le Cardinal, mais il ne pensait pas qu'on le dévisagerait avec cette curiosité en chuchotant sur son passage. Quelqu'un essaya de lui prendre le bras, il se dégagea brusquement et sans regarder de qui il s'agissait. Il ne voyait que la Reine, toute vêtue de satin rose et de dentelles blanches qui formaient pour sa gorge un bien joli écrin. Elle causait en souriant avec un homme brun, mince et de tournure agréable, portant l'habit noir des abbés de cour relevé de lisérés violets, qui lui parlait d'assez près.

Elle lui parut plus belle, plus désirable encore que dans ses souvenirs, et il restait là, sans oser s'avancer, quand elle l'aperçut avec un tressaillement :

— Ah, monsieur de Beaufort ! Venez ça que l'on vous gronde ! Vous êtes très rare ces temps-ci...

Ces paroles gracieuses eussent dû panser un peu la blessure de François mais le ton, mondain et indifférent, leur ôtait toute valeur. En outre, l'abbé s'était retourné et une bouffée de colère éteignit la déception : depuis leur première rencontre quelques années auparavant quand il était nonce du pape, Beaufort savait qu'il détesterait toujours monsignore Mazarini.

Celui-ci cependant saluait avec le sourire à belles dents des gens appliqués à plaire, tandis qu'Anne d'Autriche ébauchait une présentation :

— Peut-être ne connaissez-vous pas...

Elle n'eut pas le temps de prononcer le nom.

Un chemin plein d'ornières

Beaufort déjà ripostait, les yeux pleins d'éclairs, en inclinant à peine le buste :

— Oh, j'ai déjà rencontré M. l'abbé, mais je ne pensais pas qu'il reviendrait...

Ce fut l'intéressé qui se chargea de la réponse. Avec une gracieuse inclinaison du corps et un sourire plus gracieux encore sous la fine moustache galamment retroussée, il fit entendre une voix soyeuse au français chantant :

— Son Éminence le cardinal de Richelieu m'a appelé auprès de lui pour que je l'assiste dans sa tâche si lourde.

— Je n'aime pas le Cardinal mais il est français. Pourquoi diable aurait-il besoin d'un Italien ?

— Beaufort ! s'écria la Reine. Vous vous oubliez et cela devient un peu trop fréquent pour me plaire...

— Laissez, Madame, laissez ! M. le duc ignore que je suis à présent français et tout prêt à me dévouer à ma nouvelle patrie. Ainsi, il n'y a plus de Mazarini. Il a suffi d'un ordre de Sa Majesté le Roi pour que naisse Mazarin. Tout à votre service...

— Celui de l'État devrait vous suffire, monsieur. Moi, je n'ai pas besoin de vous ! lança Beaufort avec une rudesse qui lui valut un nouveau rappel à l'ordre d'Anne d'Autriche.

— Je pensais, dit-elle sèchement, que vous étiez venu, comme tous ici, m'offrir vos vœux pour l'enfant que j'attends, mais on dirait que vous ne vous dérangez que pour chercher noise à mes amis.

— Parce que monsieur est de vos amis à présent ? Il est vrai que, depuis Rome, il vous couvrait de cadeaux plus mirifiques les uns que les autres. Mais

Le pays des poètes

quand on est reine de France, ce genre de personnage s'appelle un fournisseur, pas un ami...

Rouge de colère, Anne d'Autriche levait déjà son éventail pour en frapper l'insolent quand un piaillement coléreux se fit entendre à côté de Beaufort, plutôt vers le bas : un bambin en robe de satin blanc et bonnet assorti, encore tenu en lisière par sa gouvernante, trépignait en faisant des efforts pour s'élancer en avant et venir le frapper de ses petits poings crispés :

— Maman... Maman ! criait-il en foudroyant de ses yeux bleus l'intrus fort déplaisant qui semblait s'en prendre à elle.

Le dauphin Louis !

Saisi d'une émotion trop forte pour qu'il en soit maître, François mit un genou en terre, par respect mais surtout pour mieux voir ce petit garçon de dix-huit mois qu'il n'était pas préparé à rencontrer et qui lui faisait battre le cœur sur un rythme inhabituel.

— Monseigneur ! murmura-t-il, avec dans sa voix une infinie douceur, sans rien pouvoir ajouter, partagé qu'il était entre l'envie de pleurer et celle d'enlever le petit bonhomme dans ses bras : il était si ravissant avec sa frimousse ronde et les grosses mèches, du même blond que sa mère, qui dépassaient de son béguin... Mais l'enfant n'aurait pas aimé ce manquement au protocole car il continuait à crier ce qui, dans son langage, ne pouvait être que des injures coupées de « Maman » frénétiques. La Reine riait à présent, tendant ses mains vers le petit, quand une nouvelle voix se fit entendre :

— On dirait que mon fils ne vous aime guère,

Un chemin plein d'ornières

mon neveu ! Si vous pouvez y trouver consolation, sachez que je ne lui plais pas davantage. Dès qu'il me voit, il crie comme s'il voyait le diable et il appelle sa mère.

Le Roi, en effet, enleva le bébé qui se mit en arc de cercle dans l'espoir de lui échapper en hurlant de plus belle. Aussi n'essaya-t-il même pas de l'embrasser et le posa-t-il sur les genoux de la Reine sans trop de douceur. Son visage anguleux était devenu encore plus sombre s'il était possible.

— Que vous disais-je ? gronda-t-il. Charmante famille que nous aurons là si l'enfant à venir lui ressemble ! Venez, Monsieur le Grand ! Allons-nous-en !

Les derniers mots s'adressaient au magnifique jeune homme vêtu de brocart gris et de satin doré qui, après avoir salué la Reine, s'était écarté de quelques pas. Beaufort qui ne l'avait pas vu depuis longtemps pensa que le jeune Henri d'Effiat de Cinq-Mars avait fait du chemin et qu'il était encore plus beau que jadis. Cela tenait peut-être à l'air de triomphe qui émanait de sa personne. Ce jeune homme de vingt ans tenait le Roi au creux de sa main sans, pour autant, qu'on pût l'accuser du vice contre nature. On connaissait sa passion pour Marion de Lorme, la plus belle des courtisanes, dont on disait même qu'il voulait l'épouser, et d'autre part l'horreur du Roi pour les manifestations de la chair ne laissait aucun doute sur la vérité de leurs relations. Louis XIII était captif d'un miracle de beauté comme Pygmalion de sa statue, à cette différence près que Cinq-Mars tourmentait son maître à plaisir, ce dont une sculpture serait bien incapable...

Le pays des poètes

Ainsi, au lieu de se laisser emmener, il résista :

— Permettez-moi au moins, Sire, de saluer M. le duc de Beaufort ! Vous savez à quel point j'apprécie la bravoure et la valeur militaire, et lui en a à revendre ! C'est un plaisir trop rare de vous rencontrer, monsieur le duc ! Permettez que j'en profite pour me déclarer de vos amis...

— Comment se fait-il que vous ne vous croisiez jamais ? grogna le Roi. N'êtes-vous pas tous deux des habitués de la place Royale ou de ses environs immédiats ?

— J'y fréquente surtout le tripot de la Blondeau, Sire, fit Beaufort avec un sourire narquois. Mlle de Lorme habite à l'autre bout. Aucune chance de nous rencontrer !

— Je vous en fournirai bientôt l'occasion. En Artois que nous allons ramener au royaume ! Deux cent mille hommes sous le commandement des maréchaux de Châtillon, de Chaulnes et de La Meilleraye qui ont reçu l'ordre de prendre Arras. Ils en répondront sur leurs têtes !

Un frisson désagréable parcourut l'assemblée. Louis XIII avait encore quelque chose à dire et se tourna vers sa femme qui, devenue très pâle, étreignait farouchement son enfant :

— Je me suis décidé, Madame, à extirper la peste espagnole de mon royaume à quelque prix que ce soit. Cet enfant ne régnera pas sur une France amputée par les soins des vôtres.

L'attaque était brutale. Beaufort comprit le désarroi d'Anne et se jeta courageusement dans la bataille :

Un chemin plein d'ornières

— Soyez sûr, Sire, que tous ceux qui sont ici et moi-même combattrons avec l'acharnement nécessaire pour que les têtes de nos maréchaux demeurent sur leurs épaules. Ils versent leur sang avec trop de générosité pour qu'on leur tire sur un échafaud ce qu'il en reste !

Là-dessus, il salua et sortit, emportant dans la bouche un goût amer. Cet ordre barbare que venait d'annoncer le Roi l'emplissait de haine et d'horreur, non pour Louis XIII mais pour l'auteur trop clairement désigné, celui qui prenait à charge d'abattre tous les grands du royaume : le Cardinal ! Peut-être serait-il temps de songer à l'éliminer avant que la haute noblesse ne soit saignée à blanc ?

De sa visite à Saint-Germain, cependant, François allait garder une certaine sympathie pour le jeune favori, à cause de cet élan qu'il avait eu pour lui à un moment où il venait de recevoir une double blessure : la femme qu'il aimait était grosse d'un autre, souriait à un faquin, et l'enfant vers lequel son cœur l'attirait l'avait détesté d'emblée. C'était pis qu'une défaite : un désastre, et François pensa qu'en attendant l'ivresse des combats, il lui en fallait une autre. Plusieurs autres, même ! Ce soir-là, chez la Blondeau, il gagna au jeu mais se soûla comme toute la Pologne et, le lendemain même, il prenait presque d'assaut Marie de Montbazon, rencontrée à un bal chez la princesse de Guéménée, le dernier peut-être car l'on chuchotait qu'après une vie d'amours tumultueuses dont l'une des dernières était l'abbé de

Le pays des poètes

Gondi, la princesse, la cinquantaine atteinte, songeait à entrer en religion.

En réalité, la belle duchesse ne se défendit guère. Il y avait des années qu'elle et François échangeaient des escarmouches à fleurets mouchetés. Tellement même qu'on les avait souvent crédités d'une aventure jusqu'alors purement imaginaire. Ce soir-là, il se passa quelque chose : après qu'ils eurent dansé ensemble l'une de ces pavanes lentes et gracieuses censées évoquer la danse d'amour du paon, François entraîna sa partenaire dans une petite pièce à l'écart où la maîtresse de maison faisait sa correspondance et, à peine entré, la prit dans ses bras pour la couvrir de baisers avant de la jeter sans plus de cérémonie sur un lit de repos où sa robe argentée s'étala comme une fleur.

Elle ne s'était pas défendue des baisers et même les avait rendus, mais quand il voulut aller plus loin, elle braqua sur lui le double feu de ses magnifiques yeux bleus, opposa le rempart de sa main entre sa bouche et celle de l'assaillant, et dit avec un grand calme :

— Pas ici !

— Où alors ? Je vous veux ! Je vous veux tout de suite !

— Peste ! Que voilà une hâte flatteuse, encore qu'un peu subite ? Auriez-vous découvert...

— Que je vous aime ? D'honneur je n'en sais rien, mais ce que je sais bien c'est que si vous ne voulez être à moi, je provoque le premier venu en duel et je me fais tuer... ou je le tue, ce qui reviendrait au même puisque l'on m'enverrait à l'échafaud.

Un chemin plein d'ornières

— De plus en plus flatteur ! Mais vous allez attendre, mon bel ami. Disons... jusqu'à minuit ? Chez moi.

— Votre époux ?

— N'y est pas. Le gouverneur de Paris s'est rendu à son château de Rochefort-en-Yvelines. De toute façon et à plus de soixante-douze ans, Hercule se soucie peu de mes agissements.

Plus tard, dans le grand hôtel de la rue des Fossés-Saint-Germain encore hanté par le fantôme de l'amiral de Coligny assassiné durant la Saint-Barthélemy, François vécut la nuit la plus ardente qu'il ait connue jusque-là et se découvrit au matin amoureux — au moins physiquement — d'une femme dont il avait découvert avec délices l'incroyable beauté. Le corps de Marie, d'un blanc à peine rosé, serti dans une masse brillante de cheveux presque noirs, était la perfection même, mais une perfection que la passion animait et qui connaissait l'art de l'amour mieux qu'une courtisane. Ce que François ignorait, c'est que Marie l'aimait depuis longtemps et que, le tenant enfin à sa merci, elle entendait le garder. Quant à lui, s'il avait cherché un dérivatif à sa fureur jalouse, il se trouva pris à un tendre piège qui se refermait sur lui pour plus de temps qu'il ne l'imaginait.

Quand, avant le jour, il quitta l'hôtel de Rohan-Montbazon, il emportait l'impression d'une halte rafraîchissante dans quelque délicieuse oasis après des jours de marche dans un désert brûlant et, tandis qu'Anne subirait les affres de la grossesse, il s'apprêtait à faire éclater à ses yeux l'image d'un bonheur peut-être un peu factice, mais tout à fait convaincant

Le pays des poètes

pour une femme de quinze ans plus âgée que lui. Il savait que l'amour n'était pas mort mais, grâce à Marie, il allait pouvoir le vivre moins douloureusement...

Naturellement, il s'était arrangé pour que la nouvelle fît le tour de Paris le plus vite possible et grimpât jusqu'au Château-Neuf avant d'aller se répandre chez tous ceux qu'elle pouvait intéresser à travers la France. Mlle de Hautefort l'apprit peu avant de quitter la Cour, mais elle la tint enfermée au fond d'elle-même, bien décidée à n'en faire jamais mention devant Sylvie.

Elle y pensait encore en la ramenant avec elle dans la demeure champêtre de sa grand-mère. La vallée du Loir n'était pas si loin de Paris. Les bruits de la capitale y parvenaient, cependant elle se rassura : après tout, il y avait des années que l'on rapprochait le nom de François de celui de la belle duchesse. Sylvie ne l'ignorait pas et il y avait une grande chance pour qu'elle n'attachât pas plus d'importance à ces échos-là qu'à ceux d'autrefois...

Même si son décor ressemblait peu aux grandeurs océanes, le château de La Flotte séduisit Sylvie. Situé sur une colline au confluent du Loir et de la Braye, il possédait le charme des vieilles demeures où souffle l'esprit. Ce qu'il restait de son appareil féodal ressemblait à un manteau posé négligemment sur un ravissant logis aux fenêtres à meneaux ciselées comme des bijoux sous de hautes lucarnes fleuronnées. Un jardin en terrasses étendait devant la façade principale ses broderies de petit buis et ses parterres

Un chemin plein d'ornières

fleuris tandis que, sur l'arrière, un parc aux arbres centenaires lui donnait l'écrin vert idéal pour ses pierres blanches et ses ardoises bleues.

Pour Marie, c'était sa maison d'enfance — beaucoup plus que Hautefort en Périgord ! — parce que c'était celle de sa mère, Renée du Bellay, morte en la mettant au monde quelques semaines après que son époux, Charles de Hautefort, eut été tué à Poitiers dans une escarmouche. Ce couple exemplaire laissait quatre enfants : Jacques né en 1610, Gilles né en 1612, Renée en 1614 et Marie en 1616. Mme de La Flotte, leur grand-mère, avait élevé son petit monde dans ce coin charmant du Vendômois, ainsi qu'à Paris où la famille, fort riche, possédait un magnifique hôtel.

Lorsque l'on y arriva après un voyage sans histoire, il n'y avait à La Flotte que la châtelaine. Des deux frères de Marie, Gilles, le cadet, avait rejoint en Artois le maréchal de La Meilleraye, et l'aîné était en Périgord. Marquis de Montignac, il s'y consacrait à sa seigneurie de Hautefort où il édifiait, autour d'un beau logis Renaissance, un magnifique château qu'il voulait à la hauteur des gloires familiales. Atteint de la passion des bâtiments à une époque où Richelieu rasait tant de tours seigneuriales, il voyait là une manière élégante de résister à une tyrannie proprement révoltante. Quant à Renée, devenue duchesse d'Escars par mariage, elle s'occupait sur les terres familiales à donner une descendance à son époux, contrairement à son aîné qui ne voulait pas entendre parler de mariage.

— Pas de femme, pas d'enfants mais le plus beau

Le pays des poètes

château du monde, voilà sa devise ! expliqua Mme de La Flotte en conduisant Sylvie et Jeannette à leur appartement. Autant dire que nous le voyons peu. Il compte sur son frère pour perpétuer le nom...

Sylvie connaissait déjà la grand-mère de Marie pour l'avoir rencontrée plusieurs fois au Louvre ou à Saint-Germain. C'était alors une dame âgée et sage qui tenait de la nature une trop grande beauté pour qu'il ne lui en restât pas quelque chose : l'Aurore lui devait sa blondeur et son teint de rose. Elle était née Catherine le Vayer de La Barre, d'une famille terrienne des environs, et avait épousé par amour René II du Bellay qui l'avait faite dame de La Flotte en la lui offrant. Femme de tête autant que de cœur, elle avait adoré sa fille, adorait ses petits-enfants, et aurait fait certainement une meilleure gouvernante pour le Dauphin que la sèche marquise de Lansac dont le seul titre à ce poste éminent résidait dans le fait qu'elle était une créature du Cardinal. Il suffisait pour s'en convaincre de voir avec quelle autorité pleine de bonhomie elle dirigeait son importante maisonnée.

Douée en outre d'un sens très vif de l'hospitalité et d'une grande générosité, elle accueillit Sylvie avec une chaleur réconfortante, sans s'étonner de recevoir une demoiselle de Valaines qu'elle avait connue demoiselle de L'Isle. C'était bien sûr Marie qui l'avait renseignée, et on aurait dit que ce changement d'identité lui faisait plaisir.

— C'est tellement plus agréable de savoir à quoi s'en tenir sur quelqu'un ! déclara-t-elle avec enjouement. J'ai été, jadis, des dames de la reine Marie et je me souviens fort bien de votre mère lorsqu'en 1609 elle est arrivée de Florence conduite par son frère aîné. Elle n'avait que douze ans mais elle était ravissante : une petite madone. Vous lui ressemblez un peu... mais vous êtes différente et c'est aussi bien ainsi. Nous aurons tout le temps d'en parler...

Outre qu'ils lui firent chaud au cœur, ces quelques mots ouvrirent devant Sylvie une perspective inattendue : en entendant Mme de La Flotte évoquer le frère aîné qui avait mené Chiara Albizzi à Paris, elle s'aperçut qu'elle ignorait tout de la famille florentine où sa mère avait vu le jour. Personne, et pour cause, ne lui en avait jamais parlé puisque, dès son arrivée à Anet, Mme de Vendôme s'était efforcée d'effacer ses souvenirs. Mlle de L'Isle n'avait aucun point commun avec Florence et ses habitants mais, redevenant elle-même, Sylvie se promit d'essayer d'en apprendre davantage. Et, en attendant de pouvoir interroger son hôtesse, elle commença par poser quelques questions à Corentin. Celui-ci avoua son ignorance avec une note de tristesse qui n'échappa pas à Sylvie.

— C'est M. le chevalier qui connaissait bien votre famille, mademoiselle Sylvie, et il est peu bavard. Il ne m'a jamais rien dit... Vous avez envie de quitter la France ? ajouta-t-il avec une inquiétude qu'il n'essaya pas de masquer.

— Ni de la quitter ni de vous emmener avec moi. N'ayez pas peur !

— Je n'ai pas peur...

— Oh si ! Et vous vous demandez, comme je le fais moi-même, combien de temps encore nous

Le pays des poètes

allons être séparés de mon cher parrain ? Il doit vous manquer autant qu'il me manque...

Elle laissa passer l'instant d'émotion puis, tout à coup, lança :

— Pourquoi ne retourneriez-vous pas auprès de lui, Corentin ? Il doit être très malheureux sans vous et j'imagine bien que vous l'êtes sans lui.

— Sans doute, mais il ne me pardonnerait pas de manquer à mon devoir qui est de vous protéger. Je l'ai choisi le soir où je me suis lancé sur la trace de Laffemas...

— Je ne vous en remercierai jamais assez, mais je crois que vous pouvez considérer que Mlle de Hautefort a pris votre relève. Je ne suis plus seule au bout du monde...

Au regard qu'il lui coula, elle vit qu'il était tenté. Pourtant, il objecta encore :

— Comment rentrer si sa maison est surveillée ?

— Depuis deux ans ? Les guetteurs ont dû se fatiguer. En outre vous pouvez changer d'apparence... ou encore jouer le retour du grand blessé. Moi je suis morte, certes, ajouta-t-elle avec une amertume dont elle ne put se défendre, mais vous ? Pourquoi en tentant de me sauver n'auriez-vous pas été gravement atteint ? Ce qui expliquerait votre longue absence ?

— Pourquoi pas, en effet ? s'écria Marie qui avait entendu. Bravo, ma chère, vous ne manquez pas d'imagination ! Quant à vous, Corentin, vous pouvez sans crainte aller rejoindre votre maître. Il sera doublement heureux, puisque vous lui porterez des nouvelles de sa filleule. Et soyez sûr qu'ici nous ferons bonne garde.

Un chemin plein d'ornières

Elle n'ajouta pas que, de son côté, elle ourdissait un plan capable de mettre Sylvie définitivement à l'abri, mais Corentin n'avait plus besoin de nouveaux arguments. Le lendemain même il quittait La Flotte, emportant une longue lettre de Sylvie... et les regrets de la pauvre Jeannette qui voyait s'éloigner une fois de plus le mariage dont on parlait depuis déjà pas mal d'années.

Avec les jours d'été, Sylvie s'abandonna au plaisir de la vie de château lorsque l'on n'y compte que des amis. Les jardins croulaient sous les fleurs. Mme de La Flotte était de fort agréable compagnie et, tandis que Marie passait son temps à échafauder des plans plus belliqueux les uns que les autres, Sylvie bavardait avec sa grand-mère, l'écoutant évoquer sa prime jeunesse — elle était née sous Charles IX, à mi-chemin entre la Saint-Barthélemy et la mort du Roi — et surtout lui parler poésie. Au cousin angevin, Joachim du Bellay, si fort attaché à son village de Liré, à Bertrand de Born, le tumultueux ancêtre des Hautefort, on pouvait ajouter le cher Pierre de Ronsard dont on apercevait, de l'autre côté du Loir, les girouettes et les hautes frondaisons du manoir natal. Mme de La Flotte adorait Ronsard et aimait beaucoup la veuve et les sœurs du dernier du nom : Jean, décédé en juin 1626, juste au moment où l'on massacrait les Valaines. À plusieurs reprises, elle emmena Sylvie à La Possonnière. Marie ne se joignait pas à ces expéditions : elle n'aimait pas les vers trop doux, leur préférant les sirventes fulminants de son ancêtre périgourdin. Et puis elle était fort occupée, entretenant une correspondance assidue avec

Le pays des poètes

quelques personnes dont elle ne mentionnait jamais le nom mais dont certaines se manifestèrent à des dates assez voisines.

Le premier fut, vers la fin août, le vieux gouverneur de Vendôme, Claude du Bellay, cousin et ami cher de la châtelaine. Il tomba presque de sa voiture dans les bras de Mme de La Flotte, riant et pleurant à la fois.

— Ah, ma cousine ! s'écria-t-il. Il fallait que je vienne partager avec vous mon bonheur et celui de tous les gens de Vendôme... À Arras, le Roi a remporté une grande victoire et nos jeunes seigneurs y ont pris si belle part que tout le monde chante leurs louanges...

Ce beau trait lancé, il se mit à pleurer de plus belle en hoquetant, un peu comme un coureur qui arrive exténué au bout d'une longue étape, et il ne lui fallut pas moins de deux verres de vin de Vouvray pour retrouver sa respiration et une parole compréhensible. Arras était tombé le 9 août, après une bataille de quatre heures au cours de laquelle les deux fils de César de Vendôme, Louis de Mercœur et François de Beaufort, avaient fait des « merveilles, étant toujours à la merci de mille coups de canon, tuant tout ce qu'ils rencontraient et animant les troupes de leur courage ». Louis de Mercœur, placé d'abord à la tête des volontaires, en avait été retiré au dernier moment au profit de Cinq-Mars par un ordre de Richelieu. Ulcéré à bon droit, il avait combattu dans les rangs des soldats, se jurant de montrer qui avait plus grande bravoure, et se retrouva en tête avec une

Un chemin plein d'ornières

blessure sans gravité. Quant à Beaufort, après avoir traversé la Scarpe à la nage tout armé, il s'était jeté contre les redoutes espagnoles au point d'en emporter une presque à lui tout seul.

— Au retour à Amiens, le Roi m'a-t-on dit les a embrassés et leur a confié ensuite un grand convoi destiné à ravitailler les troupes à travers les lignes ennemies. Et, là encore, ils se sont couverts de gloire, amenant ledit convoi à bonne destination sans perdre un seul homme ! Ah, en vérité, Mgr César peut être fier de ses fils. Et le bon roi Henri doit les bénir du haut du ciel !

— Est-ce que le duc César est prévenu ? demanda Marie qui surveillait Sylvie du coin de l'œil.

— Vous pensez bien que je lui ai fait porter des messages dès que j'ai su tout cela, mais pour vous qui leur êtes si fort attachées, je voulais venir moi-même. Je suppose qu'à cette heure ils s'apprêtent à recevoir de Paris l'accueil qu'ils méritent. Peut-être aussi de la Reine ? Ce qui serait bien précieux pour Mgr François qu'elle malmène beaucoup ces derniers temps. Il est vrai, ajouta le vieux bavard en baissant le ton avec un sourire de connivence, qu'il trouve auprès d'une belle dame les plus douces consolations. Mme de...

— Encore un peu de vin ? se hâta de proposer Marie. Par ces temps chauds, il rafraîchit à merveille... Et peut-être souhaitez-vous gagner votre chambre pour ôter votre poussière ?

Peine perdue, Sylvie voulait en savoir davantage. Elle offrit le verre que son amie venait de remplir :

— Oh, encore un petit moment ! Ce que dit

monsieur le gouverneur est tellement intéressant ! Vous alliez, monsieur, parler d'une dame ? Qui donc console si bien M. de Beaufort ?

— La duchesse de Montbazon, mademoiselle. Tout le monde dit ...

— Montbazon, coupa encore Marie. Vieille lune !

— Je sais que depuis longtemps on leur prête une aventure, mais cette fois c'est sérieux. Il s'agit d'une passion qui, m'a-t-on assuré, fait l'émerveillement un peu jaloux des dames... Comme un chevalier du Moyen Âge, le duc a porté les couleurs de sa belle amie au combat sous forme d'un flot de rubans attaché à son épaule...

Cette fois, Mlle de Hautefort abandonna. Le mal était fait et bien fait. Le joli visage soudain tiré de Sylvie, ses yeux lourds de larmes en portaient témoignage. Elle choisit le premier prétexte venu pour quitter la salle et remonter dans sa chambre. Marie ne l'y suivit pas, préférant la laisser pleurer en paix mais, tandis que les hôtes du château se préparaient pour le souper, elle se mit à son écritoire, couvrant rapidement une page de sa grande écriture volontaire, puis elle sabla, plia, cacheta à ses armes et sonna sa camériste pour qu'elle fasse monter le vieux majordome auquel elle tendit la lettre :

— Un coureur à cheval et ce message à Paris dans les plus brefs délais ! ordonna-t-elle.

Après quoi elle réfléchit, gagna la chambre de Sylvie proche de la sienne et entra sans frapper. Elle s'attendait à la trouver écroulée sur son lit et pleurant toutes les larmes de son corps mais ce qu'elle découvrit, pour être moins dramatique, n'en était que plus poignant : assise dans l'embrasure d'une fenêtre, Sylvie, les mains abandonnées sur ses genoux, regardait au-dehors tandis que de grosses larmes coulaient sur ses joues comme un petit ruisseau sage. Elle n'entendit pas entrer son amie et ne tourna pas la tête quand elle la rejoignit sur le banc de pierre.

— Ce n'est qu'un homme, Sylvie... murmura Marie. Et un homme jeune, bouillant. Cela suppose des besoins. Votre erreur est d'en avoir fait un dieu dans votre cœur...

— Vous savez bien que l'on ne peut empêcher son cœur de battre pour qui lui plaît. Moi, je sais depuis longtemps que j'ai été créée pour l'aimer. Vous-même...

— C'est vrai ! Il me plaisait, mais je crois que cela n'allait pas très loin. Je le lui ai dit, d'ailleurs ! Sa réaction a été pleine d'enseignement et combien masculine ! Il n'imaginait pas que je puisse avoir un penchant pour lui, mais en apprenant du même coup ce penchant et sa disparition, il m'a tout de suite trouvée beaucoup plus intéressante. Vous devriez essayer !

— Vous voulez que j'aime quelqu'un d'autre ? Mais c'est impossible !

— Il vaudrait mieux que cela devienne possible un jour. Vous n'allez pas, votre vie durant, rester au bord de sa route à souffrir de ses bonheurs autant que de ses malheurs ? Quoi que vous en pensiez, l'affaire Montbazon ne me paraît pas si grave. Tel que je le connais, j'y verrais plutôt un défi à la Reine parce qu'elle est de nouveau enceinte, et pas de lui.

Le pays des poètes

— Vous croyez ? s'écria Sylvie.

— C'est une hypothèse et elle n'est pas destinée à vous rendre un espoir quelconque. Que direz-vous, que ferez-vous s'il vient à se marier ? Il y a peu, il se posait en prétendant de Mlle de Bourbon-Condé qui est très belle. Le Cardinal s'est opposé à ce mariage pour éviter de voir réunies deux factions qu'il considère comme dangereuses, mais il y a d'autres partis dignes du duc de Beaufort. Et c'est un prince du sang.

Sylvie détourna les yeux :

— Inutile de me rappeler qu'il sera toujours trop haut pour moi comme l'était, lorsque j'étais petite, la tour de Poitiers au château de Vendôme. Il me laissait en bas des marches et je me jurais de grandir, de grandir assez pour arriver à le rejoindre tout en haut, dans la lumière. Et voyez où j'en suis : plus bas que jamais puisque, outre mon peu de naissance, je suis maintenant souillée et...

Brusquement, Marie se leva, empoigna Sylvie aux épaules, l'obligea à se lever aussi et la secoua avec fureur :

— Je ne veux plus entendre cela !... C'est ridicule car, sachez-le, seul le mal que l'on accomplit volontairement peut souiller. Vous avez été victime d'un monstre et d'un ignoble complot. L'homme qu'on vous avait forcée à épouser est mort, le théâtre du crime détruit par le feu...

— Reste le bourreau ! Lui est toujours vivant. Bien protégé par le Cardinal, il peut me détruire quand il lui plaira...

— Non. Sa vie est trop liée à celle de son maître !

Un chemin plein d'ornières

Le jour où meurt Richelieu, meurt aussi son valet. Efforcez-vous de n'y plus penser et de regarder devant vous ! Il appartient à un passé qu'avec l'aide de Dieu nous effacerons !

D'un geste farouche, elle attira la jeune femme contre elle et la serra dans ses bras :

— Et vous, vous revivrez, vous reverrez le soleil... ou je ne suis plus l'Aurore !

Elle lâcha Sylvie, plaqua un baiser sur l'une de ses joues et sortit de la chambre en claquant la porte derrière elle, ce qui était toujours signe de grande détermination.

Coupée de la Cour et de ses mouvements, Mlle de Hautefort ignorait que le jeune duc de Fontsomme venait d'être envoyé par le Roi à sa sœur, la duchesse de Savoie, alors repliée sur Chambéry, tandis que le comte d'Harcourt chassait les Impériaux de Turin. Il était donc absent de Paris quand arriva l'appel au secours que Marie lui avait adressé, ne doutant pas qu'il se hâterait d'accourir. Le temps passa sans qu'il donne signe de vie.

L'automne vint, et même la naissance en septembre d'un second fils de France ne put convaincre Mme de La Flotte de rejoindre Saint-Germain :

— Quand on exile ma petite-fille, on m'exile moi aussi. Cela évitera au Roi de me faire une figure longue d'une aune quand il m'aperçoit...

— C'est ridicule ! La Reine vous aime et l'on dit le Roi si heureux de cette nouvelle naissance... s'écria Marie.

— À ce propos, ne trouvez-vous pas la chose

curieuse ? Lui qui était de si mauvaise humeur pour la naissance du Dauphin, voilà qu'il délire presque devant celui-là ? Peut-être parce qu'il est aussi noir de poil que lui-même alors que le Dauphin est blond comme sa mère et...

— Ne détournez pas la conversation ! J'estime que votre devoir est d'aller là-bas...

— Pour plaider votre cause ? Ce genre de manœuvre ne vous ressemble pas, Marie. Vous si fière ?

Une brusque colère empourpra l'Aurore :

— L'idée ne devrait même pas vous en effleurer. Je ne suis pas de celles qui quémandent. Je rentrerai avec les honneurs de la guerre ou pas du tout... mais notre famille ne doit pas être absente des grands événements du royaume.

— Votre sœur d'Escars et votre frère Gilles la représenteront fort convenablement. Moi, je boude !

Sachant sa grand-mère aussi têtue qu'elle-même, Marie n'insista pas, contente au fond de rester au chaud de son affection. Son départ pour Paris eût vidé en partie le grand château, les laissant, elle et Sylvie, un peu abandonnées. Elle s'en félicita même quand vint l'hiver et que les intrigues de cour — qui lui manquaient, elle devait bien l'avouer ! — vinrent la rejoindre dans d'étranges circonstances.

Ce soir-là, les trois femmes allaient passer à table avec l'intention de ne pas prolonger la veillée et de se coucher tôt après une journée fatigante : Marie avait chassé durant des heures un sanglier dévastateur, quant à Mme de La Flotte et Sylvie, elles l'avaient passée à La Possonnière où Mme de Ronsard et ses filles souffraient d'une sorte d'intoxication pour

Un chemin plein d'ornières

avoir mangé du gibier un peu trop faisandé. Soudain, le galop d'un cheval vint du fond de la nuit, grandit et s'arrêta au perron, puis ce fut le claquement rapide de bottes sur le dallage du grand vestibule et enfin l'ouverture autoritaire de la double porte sous la main du cavalier avant même que le vieux majordome eût pu se manifester.

— Ma bonne amie, dit le duc de Vendôme, je viens vous demander asile au moins pour deux ou trois nuits ! J'ai dû fuir Chenonceau avant que les sbires de Richelieu ne m'y viennent prendre...

La surprise dressa debout les trois femmes, mais la châtelaine n'eut pas le temps de quitter sa place : il était déjà près d'elle et saisissait ses deux mains qu'il baisait.

— En fuite ? Vous ? Mais que s'est-il passé ?

— Une histoire absurde, folle... que je vais vous conter en soupant si vous voulez bien me nourrir. Je meurs de faim... Ah, mademoiselle de Hautefort ! Pardonnez-moi, je ne vous avais pas vue.

Ne doutant pas de la réponse, il allait se laisser tomber sur une chaise et retint son mouvement pour aller vers Marie, quand ses yeux s'agrandirent : il venait de reconnaître Sylvie.

— Aurais-je acquis le don de voir des fantômes ? Ou bien faites-vous partie du cauchemar que je vis ?

Le premier mouvement de Sylvie avait été de chercher l'ombre pour s'y dissoudre, mais la stupeur l'y figea trop longtemps. À présent il fallait faire front. Retenant du geste Marie qui allait répondre, elle s'avança au contraire et la plus revêche des douairières n'eût rien trouvé à reprendre à sa révérence :

Le pays des poètes

— Je ne suis pas un fantôme, monsieur le duc, et n'ai point assez d'importance pour hanter vos mauvais rêves. Simplement, je suis une autre...
— Que voulez-vous dire ? Que vous êtes morte et ressuscitée ?
— En quelque sorte. Grâce à ceux qui m'ont sauvée. Moi aussi, monseigneur, je me cache...
— Et qui vous a sauvée ?

Marie se chargea de la réponse. Elle n'entendait pas laisser Sylvie affronter seule le redoutable fils d'Henri IV et de Gabrielle d'Estrées et choisit de ne pas entrer dans les détails :

— Votre fils François d'abord, moi et madame ma grand-mère ensuite. Elle est ici sous la sauvegarde de notre affection.

Mais César n'avait retenu que le début :
— François, hein ? Toujours François ? lança-t-il avec un mauvais rire. Faut-il vraiment que vous restiez accrochée à lui comme une arapède à son rocher ? Si vous aviez su...
— Cela suffit, César ! coupa sèchement Mme de La Flotte. Vous êtes mal venu, alors que vous demandez de l'aide, de vous attaquer à cette enfant que nous aimons et qui est ici chez elle.
— Chez elle ? Ainsi la seigneurie de L'Isle que ma femme m'a obligé à lui donner ne lui suffit pas ?
— N'oubliez pas que je suis morte ! s'écria Sylvie que le ton méprisant du duc sortait de ses gonds. La seigneurie de L'Isle vous est rendue tout naturellement. Ma survie s'opère sous le nom de Valaines...
— Vous n'en êtes pas moins ma vassale...

C'était plus que Marie n'en pouvait entendre :

Un chemin plein d'ornières

— Si vous continuez ainsi, monsieur le duc, je quitte cette maison au risque de la prison puisque je suis exilée, et j'emmène Mlle de Valaines avec moi...

— Et si nous cessions tous de dire des bêtises ? fit soudain Mme de La Flotte avec un enjouement inattendu. Nos démêlés ne sont pas faits pour les oreilles des domestiques. Alors soupons et ensuite vous nous direz jusqu'à quel point vous avez besoin de nous !

En dépit du sourire, les dernières paroles furent accentuées de façon à faire sentir au duc qu'il n'était pas en état de trancher et de donner des ordres. Il finit par comprendre et se laissa mener à table où le silence régna pendant tout le temps qu'il mit à se restaurer. De sa place qu'elle avait reprise et où elle ne mangea guère, Sylvie l'observait. Elle ne l'avait pas revu depuis leur dramatique entrevue dans le petit hôtel désert du Marais où il l'avait fait venir un soir pour lui donner une fiole de poison destinée au Cardinal[1]. Il y avait à présent quatre ans de cela. Si elle comptait bien, César devait en avoir quarante-sept, et il était encore moins beau que la dernière fois, comme elle le constata avec horreur en pensant à sa ressemblance avec son plus jeune fils. L'exil campagnard dans son château de Chenonceau, où le Roi et Richelieu le tenaient depuis plus de vingt ans, avait au moins l'avantage de lui garder des muscles de chasseur sous une peau tannée, mais les excès sexuels qui lui faisaient traquer tous les jeunes hommes capables de séduire son appétit marquaient de plus en plus son visage, jadis l'un des plus beaux

1. Voir tome I, *La Chambre de la Reine*.

Le pays des poètes

de France. Les stigmates de l'intempérance s'y ajoutaient et n'arrangeaient rien. César en offrait à ce moment une brillante démonstration : le valet échanson ne cessait de remplir un verre que le duc vidait presque aussitôt d'un seul trait. Il mangea beaucoup aussi, mis en appétit par la longue chevauchée depuis Chenonceau.

— Comment se fait-il que vous soyez venu seul ? demanda son hôtesse dès qu'il se laissa aller en arrière sur son siège en poussant un soupir de satisfaction.

— Je vous l'ai dit : je fuis. Averti par un court billet de mon fils Mercœur que Richelieu envoyait pour m'arrêter, j'ai laissé toute la maisonnée en l'état et me suis esquivé. Pardon de venir ainsi vous envahir mais je n'ai fait que suivre le conseil que me donnait Mercœur ! Il doit venir me rejoindre ici afin de me conduire jusqu'en Angleterre...

— En Angleterre ? s'étonna Marie. Il y a du chemin. Pourquoi pas la Bretagne où vous avez gardé des amis ?

— ... que le maudit Homme rouge connaît fort bien. Soyez sûre que c'est là que l'on me cherchera après Vendôme, Anet, etc. Et le chemin pour atteindre la côte normande à la baie de Seine n'est pas si long : cinquante lieues environ, je crois...

— Mais enfin, pourquoi fuyez-vous ?

César vida son verre et le tendit de nouveau. Son visage devenait très rouge et ses yeux s'injectaient de sang :

— Une histoire de fous ! ricana-t-il. Deux aventuriers vendômois qui se faisaient passer pour saints ermites, Guillaume Poirier et Louis Allais dont j'ai eu souvent connaissance pour leur amour de la bagarre, ont été arrêtés en décembre dernier pour fausse monnaie. Afin de gagner du temps et d'essayer d'obtenir l'indulgence des juges, ils ont déclaré avoir eu avec moi un entretien au cours duquel je leur aurais remis du poison pour exécuter le maudit Cardinal...

Sylvie ne s'attendait pas à cela. Elle lâcha sa cuillère et leva sur le duc un regard effrayé. Lui-même en dépit de l'ivresse commençante prit conscience de ce qu'il venait de dire, et devant qui. Ses yeux croisèrent ceux de la jeune fille. Ce qu'elle y lut l'épouvanta, c'était de la haine mais aussi de la peur. Heureusement, cela ne dura pas. Mme de La Flotte et Marie se récriaient, incapables d'imaginer que le vil poison pût être considéré comme une arme acceptable par un prince de la maison de France.

À partir de cet instant, César cessa de boire et le souper s'acheva vite. On dit la prière en commun puis chacun se retira dans ses appartements. Comme les autres, Sylvie rentra chez elle, mais elle ne se coucha pas. Quelque chose lui disait qu'elle n'en avait pas encore fini, pour ce soir-là, avec M. de Vendôme...

Et, en effet, une heure ne s'était pas écoulée qu'à la lueur des deux bougies placées l'une au chevet et l'autre sur la table près de laquelle elle s'était assise, elle vit sa porte s'ouvrir, sans pouvoir réprimer l'angoisse que cette vue procure toujours, même lorsque l'on s'y attend...

— Où l'avez-vous mise ? demanda le duc sans autre préambule.

Le pays des poètes

— De quoi parlez-vous ?
— Ne faites pas l'idiot ! De cette fiole que je vous remis un certain soir pour vous obliger à sauver mon fils s'il était pris après cette ridicule histoire de duel.
— Je ne l'ai plus.

Il la saisit par le poignet pour l'obliger à se lever :

— Vous avez beaucoup de défauts, ma petite, mais vous mentez mal. Où est-elle ?
— Quand je dis que je ne l'ai plus je ne mens pas.
— Vous l'avez jetée ? Non, corrigea-t-il à peine la question posée, on ne jette pas un moyen de sortir rapidement de la vie quand il tombe dans vos mains. Je gagerais que vous l'avez gardée. Ne fût-ce que... pour vous-même en cas de désespoir. Je me trompe ?

Elle le regarda avec une stupeur sincère. Qu'il puisse retrouver le fil de ses pensées avec cette exactitude avait quelque chose de confondant chez un homme qu'elle avait eu souvent tendance à tenir pour un rustre en dépit de son grand air naturel.

— Non... il est vrai que j'y ai pensé. J'ai même pensé à... partager avec le Cardinal afin d'éviter ce qui me serait sûrement arrivé : la... la torture et la mort sur l'échafaud mais, encore une fois, je ne l'ai pas. J'ai été enlevée, figurez-vous, en sortant du château de Rueil, et quand on vous invite à cette sorte de voyage on ne vous laisse guère le temps de faire vos bagages.
— Alors où est-elle ?
— Au Louvre.

Les yeux de César s'arrondirent.

— Au... Louvre ?
— Dans la chambre que j'occupais en tant que

Un chemin plein d'ornières

fille d'honneur de la Reine. Je l'avais d'abord dissimulée dans un pli du baldaquin au-dessus de mon lit, puis j'ai pensé qu'il pouvait arriver que l'on secoue, même involontairement, les rideaux. Alors j'ai cherché ailleurs et j'ai trouvé, sous une tapisserie représentant le pauvre Jonas au moment où la baleine l'avale : il y a là entre deux pierres une petite faille qui semblait faite juste pour cette fiole. C'est à peu près à la hauteur de la gueule de l'animal...

— Merci pour ce luxe de détails ! grogna César. Vous n'imaginez pas que je vais me risquer à aller la chercher ? Souvenez-vous ! Je suis obligé de fuir...

— Et moi je suis morte ! Je vous disais cela au cas où vous souhaiteriez envoyer quelqu'un de sûr.

— Les seules personnes sûres dont je pourrais disposer me tiennent de très près. Or je suis déjà soupçonné de tentative d'empoisonnement. Que dirait-on si l'un des miens était pris ? Non seulement je serais condamné sans espoir, mais eux peut-être aussi.

— Oh non ? soupira Sylvie avec lassitude, vous n'allez pas recommencer votre affreux chantage avec Mgr François ?... En outre, au cas où vous penseriez m'obliger à ressusciter, le rapprochement avec vous se ferait aussi si j'étais prise. Ne croyez-vous pas que le mieux, pour nous tous, est encore de laisser cette fiole où elle est ? Je vous assure que, pour la trouver, il faut se donner du mal. De plus, je ne suis pas la seule fille d'honneur à avoir occupé cette chambre et je n'ai pas remarqué que le flacon soit gravé à vos armes ?

Il ne répondit pas tout de suite. Accoudé au man-

Le pays des poètes

teau de la cheminée, il offrait à la flamme un pied après l'autre tout en réfléchissant. Finalement, il soupira :

— Peut-être avez-vous raison ! Nous n'avons aucun moyen d'en reprendre possession l'un ou l'autre... Eh bien, je vous souhaite la bonne nuit mademoiselle de... quoi au fait ?

— Valaines ! fit Sylvie avec tristesse. On dirait que votre mémoire est moins bonne pour vos vassaux malheureux que pour vos mauvaises actions, monsieur le duc ! Moi aussi je vous souhaite une bonne nuit... et un bon voyage vers l'Angleterre.

— Il vous faudra me supporter jusqu'à ce que Mercœur arrive. Quant à Beaufort, tâchez de vous en tenir à l'écart ! Sachez que j'emploierai tous les moyens... même les plus vils comme une dénonciation anonyme, pour le débarrasser de vous !

— Une dénonciation ? À quel propos ?

Il eut un petit rire méchant qui fit à Sylvie l'effet d'une râpe passée sur ses nerfs.

— Une fois en Angleterre, je n'aurai plus grand-chose à craindre de l'Homme rouge... et je pourrais faire savoir où se trouve la fameuse fiole ? Pensez à cela, ma chère !

Dans la galerie, Marie de Hautefort qui écoutait, en chemise de nuit et pieds nus sur le dallage, jugea qu'il était temps de rentrer chez elle. Ce qu'elle venait d'entendre la confirmait dans l'opinion qu'elle avait toujours nourrie sur le magnifique bâtard du Vert-Galant, même si jusqu'alors elle n'était pas aussi désastreuse : c'était un fier misérable !

Quand César sortit, il aperçut une ombre blanche

voltigeant dans les ombres du large couloir et se signa précipitamment : il était superstitieux et croyait aux fantômes !

La menace qu'il venait de proférer contre Sylvie allait dans les heures suivantes se trouver bizarrement sans objet. En effet, parmi les trois cavaliers qui franchirent le lendemain l'entrée du château de La Flotte se trouvait bien Louis de Mercœur, mais aussi le duc de Beaufort et son écuyer Pierre de Ganseville.

De la fenêtre de sa chambre où elle avait choisi de rester jusqu'au départ de Vendôme, Sylvie les vit arriver et, n'écoutant que son cœur, oubliant toute prudence après les menaces de César, s'élança en ramassant ses jupes, dévala le grand escalier et atteignit le vestibule au moment même où François franchissait le seuil. Ses jolis yeux noisette, rayonnants de bonheur, croisèrent le regard bleu du jeune homme qui vira au gris-vert en même temps que son sourire s'effaçait. Oubliant même de saluer Mme de La Flotte qui arrivait des salons flanquée de Marie, il fonça droit sur Sylvie :

— Par tous les diables de l'enfer ! Qu'est-ce que vous faites ici ? Le père Le Floch envoyé par M. de Paul m'a pourtant laissé entendre à son retour qu'il avait bon espoir pour votre prochaine entrée dans un couvent ? Et je vous trouve là, revenue dans le monde comme si de rien n'était ? Mais vous êtes folle, ma parole !

La philippique atteignit Sylvie en plein cœur, douchant cruellement sa joie de le revoir.

Le pays des poètes

— Ainsi, vous vouliez vraiment me jeter au fond d'un couvent ? Pour ne plus entendre parler de moi, sans doute ?

— C'est en effet tout ce que je souhaitais ! J'ai bien d'autres chats à fouetter que vous ! Ne savez-vous pas quel danger court mon père ? Et pour comble de disgrâce, voilà que je vous retrouve à la traverse !

— Un instant ! coupa Marie. Sylvie n'a rien à se reprocher. C'est moi qui suis allée la chercher parce qu'elle n'était plus en sûreté sur cette île du bout du monde où vous l'aviez déposée, jusqu'à la fin des temps sans doute...

— Jusqu'à la mort de Richelieu seulement... et Belle-Isle est le plus bel endroit que je connaisse. Quant à sa sécurité, si elle s'était pliée aux conseils de l'abbé Le Floch aucun danger n'aurait pu l'atteindre dans le couvent où...

— D'où Richelieu aurait pu la faire extraire quand il l'aurait voulu ! Les choses ont changé depuis notre dernier revoir !

— Peut-être, mais vous rendez-vous compte qu'en la recevant ici vous mettez en danger les vôtres et...

— Un danger qui ne vous dérange guère dès qu'il s'agit de votre père. Sylvie n'est pas accusée de tentative d'empoisonnement, que je sache ?

C'était plus que la malheureuse n'en pouvait supporter :

— Par pitié, Marie, ne dites plus rien ! Vous n'avez pas encore compris que M. le duc souhaitait surtout se débarrasser de moi à jamais...

Un chemin plein d'ornières

Éclatant en sanglots, elle s'enfuit vers l'escalier qu'elle gravit en courant.

— Eh bien, approuva César de Vendôme qui entrait et suivait la course éperdue de la jeune fille. Voilà une bonne chose de faite ! Il était temps, mon fils, que vous compreniez la nécessité de l'écarter de vous, car elle ne vous vaut rien ! Mais, à propos, pourquoi donc êtes-vous ici, Beaufort ? Seul Mercœur devait me rejoindre ?

Le frère aîné qui jusqu'alors n'avait pas jugé utile de se mêler de ce qui ne le regardait pas se chargea de l'explication :

— Oh, c'est très simple, mon père ! Je l'ai emmené pour l'empêcher de faire encore des siennes. Apprenant que les gens de police vous recherchaient, notre paladin a proposé à Richelieu d'aller à la Bastille en vos lieux et place afin de proclamer haut et fort sa conviction de votre innocence !

Le visage railleur du duc s'adoucit soudain et ce fut avec une visible émotion qu'il vint frapper sur l'épaule de son cadet :

— Merci, mon fils ! Seulement vous n'avez pas songé qu'en ce cas, c'est moi qui n'aurais pu supporter de vous savoir prisonnier. Richelieu nous hait trop ! Vous risquez votre tête... comme je risque la mienne si je m'attarde encore. Vous n'êtes pas trop las ?

— Du tout !

— Alors, si notre chère hôtesse veut bien nous faire servir quelque chose, nous partirons aussitôt après...

Tandis que lui et Mercœur se restauraient, François expédia son repas en trois coups de dents puis, se levant de table, alla prendre Marie par le bras pour l'entraîner à l'écart d'un salon.

— Avez-vous besoin d'entendre encore quelques vérités ? goguenarda celle-ci.

— J'ai surtout besoin d'en apprendre un peu plus sur ce qu'il y a au fond de votre belle tête. Je ne sais, au juste, pourquoi vous êtes allée chercher Sylvie.

— Je vous l'ai dit : Laffemas risquait de remettre la main sur elle.

— Sornettes ! Avez-vous oublié ce grand amour du jeune Fontsomme dont vous m'avez entretenu naguère ? C'est pour lui que vous êtes allée la prendre. Pour la lui donner ?

— Non. Que vous le vouliez ou non, elle était en grave danger, mais j'avoue volontiers que par la suite j'ai songé à les réunir...

— Elle et ce jeune blanc-bec pompeux ?

— C'est le plus charmant garçon que je connaisse et il l'adore. Vous n'imaginez pas qu'elle va user toute sa vie à contempler votre image, de préférence en pleurant ? Elle a droit à un bonheur que vous êtes incapable de lui donner.

— Alors pourquoi n'est-il pas encore ici ? fit François narquois.

— Je l'ignore et je n'ai aucune idée de l'endroit où il se trouve.

— Vous lui avez écrit et votre lettre est restée sans réponse, n'est-ce pas ?

— Je l'avoue mais ne prenez pas cette mine de matou qui va croquer une souris ! Je crains seulement qu'il ne soit arrivé...

Un chemin plein d'ornières

— Rien du tout que d'agréable, ma chère ! Il est en Piémont auprès de la duchesse de Savoie. Une ambassade que vient de rejoindre ce jocrisse que l'on appelle maintenant Mazarin. Il court après un chapeau de cardinal, celui-là ! Quant à votre héros, je gage qu'il aura trouvé là-bas quelque belle mieux fournie en appas que notre pauvre chaton. Ils ont des femmes magnifiques...

— C'est possible, mais elles ne lui feront ni chaud ni froid ! Ce n'est pas votre faute, mon pauvre François, mais vous êtes tout à fait incapable d'éprouver un sentiment de cette qualité. Cela tient je crois aux appétits un rien vulgaires qui percent dans votre langage ! Quant à moi, je n'ai plus qu'un mot à vous dire : je ferai tout au monde pour extirper de la cervelle de Sylvie votre image de héros pour mauvais roman !

Et, avec un air de tête superbe, Mlle de Hautefort s'en alla retrouver Mme de La Flotte...

Les Vendôme repartis dans le vacarme qui accompagnait toujours leurs déplacements, même les plus secrets, le château de La Flotte retrouva le silence... mais pas pour longtemps : le lendemain, un courrier du Roi y mettait pied à terre sous l'œil inquiet de Marie qui se demandait si cet homme n'apportait pas l'ordre de la conduire dans quelque prison, mais elle se rassura en pensant qu'il était seul. Et puis sa lettre était adressée à Mme de La Flotte... En fait, elle contenait un ordre assez inattendu : celui pour l'aimable dame de venir, aussi discrètement que pos-

Le pays des poètes

sible, rejoindre le Roi en son petit château de Versailles.

L'œil de Marie s'alluma : son ancien souffre-douleur commençait-il à la regretter et, en s'adressant à sa grand-mère, entamait-il des pourparlers de retour en grâce ? Sans être pour autant outrecuidante, elle ne voyait pas d'autre raison à une entrevue aussi peu conforme aux habitudes de cour.

— Il s'agit peut-être d'un de vos frères ? hasarda la vieille dame pour doucher un peu cet enthousiasme qui lui paraissait un rien présomptueux, mais Marie ne fit qu'en rire :

— Il ne ferait pas tant d'histoires ! Croyez-moi, ma bonne mère, j'ai raison. Si ce n'est pas cela, je pars pour l'Espagne rejoindre la duchesse de Chevreuse !

— Vous êtes trop bonne Française ! Vous ne feriez pas cela. Eh bien, je crois qu'il me faut hâter mes préparatifs si je veux être à temps à l'audience du Roi.

Elle allait sortir, Sylvie la retint :

— Par grâce, madame, emmenez-moi avec vous !

— Chez le Roi ?

— Quoi, Sylvie, vous voulez me quitter ? s'écria Marie.

Sylvie regarda tour à tour ces deux femmes qu'elle aimait et sourit :

— Ni l'un ni l'autre, mais c'est, je crois, la meilleure solution. Madame pourrait me laisser dans un couvent comme le souhaite M. de Beaufort et vous, Marie, songez que je ne pourrai vous suivre si le Roi vous rappelle. Je vous deviendrais une gêne doublée d'un souci, car je crois que vous m'aimez bien. Je voudrais seulement que ce couvent soit parisien afin de revoir enfin mon cher parrain.

Ce petit discours fit son effet :

— Elle n'a pas tort, Marie ! dit la comtesse. Si l'on vous fait revenir, elle sera seule ici, donc exposée. À la Visitation Sainte-Marie, elle serait en sûreté. Mme de Maupeou, la supérieure, est de mes amies...

— Et nous en avons une autre : Louise de La Fayette. Il se peut que vous ayez raison toutes deux... mais seulement pour un temps ! N'allez pas vous aviser d'une prise d'habit, Sylvie ! Vous serez seulement dame pensionnaire... et je pourrai vous voir autant que je le voudrai au nez et à la barbe des espions de Richelieu ! conclut-elle avec un grand rire. La Visitation est inviolable.

— Le Val-de-Grâce ne l'était-il pas aussi ?

— Non, parce qu'il appartenait à la Reine. Celui-là est protégé par sœur Louise-Angélique, donc par le Roi en personne. Jamais il n'y tolérerait une intrusion. Voilà qui est dit ! Allons faire vos bagages, ma petite Sylvie ! Et que Dieu nous aide !

À l'aube du lendemain, Mme de La Flotte quittait sa demeure ancestrale, flanquée de deux suivantes : l'une était son authentique femme de chambre et l'autre Sylvie, modestement vêtue. Le regret que celle-ci avait de quitter son amie était compensé par l'idée de revoir bientôt le cher Perceval de Raguenel qui tenait dans son cœur une si belle place !

CHAPITRE 6

LES LARMES D'UN ROI

Dans sa belle maison de la rue Saint-Julien-le-Pauvre, Isaac de Laffemas vivait des heures difficiles : il n'en pouvait plus sortir que solidement escorté. Finies les escapades nocturnes où il allait sans le moindre risque assouvir ses pulsions secrètes sur des femmes pour lui sans visage car à toutes il appliquait mentalement un masque, toujours le même, celui reproduisant l'image de Chiara de Valaines, la passion de sa vie, une passion jamais assouvie même lorsque son génie mauvais lui avait livré sa fille ! Pourtant, en possédant ce jeune corps si frais et si doux, il avait éprouvé un bien-être, une joie telle qu'il n'avait quitté La Ferrière qu'à regret, en se maudissant de l'avoir livrée à cet âne bâté de Justin dont il avait fait son esclave. Il aurait dû la garder, la cacher dans une chambre close pour l'avoir toujours à sa disposition. Encore heureux que la protection du Cardinal eût empêché, après l'annonce de la mort de Sylvie, que ce furieux qui l'avait jeté à terre dans l'escalier de Rueil n'exerçât de plus graves représailles !

— Tant que j'aurai besoin de vous ! avait dit le Cardinal, mais si, par miracle, cette malheureuse

Les larmes d'un roi

enfant était encore vivante, vous joueriez votre tête si vous osiez l'attaquer encore !

Sur le moment, la menace ne l'avait guère frappé. À quoi bon, puisqu'elle était morte ? Et, tout naturellement, il était retourné à ces plaisirs nocturnes qu'il s'octroyait depuis la mort de sa femme, une jolie fille sans cervelle qu'il avait tuée à force de la soumettre à ses pires volontés dès qu'il avait compris qu'elle était stérile. Madeleine n'avait été qu'une pâle copie de Chiara, un pis-aller...

Or, de la façon que l'on sait, il avait eu connaissance de l'imprudente lettre de Gondi à Mlle de Hautefort et l'espoir lui était revenu. Ainsi, elle était vivante, bien cachée sans doute mais vivante, et pour lui cela signifiait qu'un jour ou l'autre elle retomberait entre ses mains. Des mains qui tremblaient à cette seule idée. La retrouver, la reprendre encore et encore ! Et foin des menaces du Cardinal ! Il lui suffirait de l'épouser !

Alors Sylvie avait pris la place de sa mère. Elle était devenue la seule passion de cet homme au bord de la vieillesse qui trouvait tant de jouissances dans les tortures qu'il infligeait. À sa recherche, il avait lancé Nicolas Hardy, son meilleur limier, un gibier de potence qu'il avait arraché aux galères quand il avait compris qu'un esprit aussi malin que le sien habitait sa grande carcasse. Et Nicolas Hardy était parti pour Belle-Isle puisqu'elle était aux Gondi, que de tout temps ceux-ci entretenaient des liens d'amitié avec les Vendôme. Mais Hardy était revenu bredouille.

Là-bas, ses ruses et ses astuces ne lui avaient servi à rien : il s'était heurté à des murs aveugles et sourds.

Un chemin plein d'ornières

Rudes, fiers et indépendants, les Bretons eurent vite flairé l'espion dans ce personnage trop aimable à l'argent facile. Presque toute l'île avait appris qu'une jeune fille, une victime du Cardinal protégée par monsieur Vincent, s'y était cachée ou s'y cachait encore, mais Sylvie était entrée dans le légendaire, si cher au cœur de tout Celte bien né. Et même parmi les plus pauvres, personne ne parla... Quant à interroger le duc de Retz et les siens, il n'en était pas question. Tout ce qu'il réussit à découvrir — encore fut-ce par hasard en surprenant au cabaret la conversation de deux soldats de la garnison ! — c'est qu'une grande dame de la Cour, d'une extraordinaire beauté, était venue faire une brève visite. Ces gens n'avaient pas prononcé de nom, mais l'un d'eux, en soupirant qu'elle « était belle comme une aurore », l'avait mis sur la voie. Son flair et quelques questions en apparence anodines avaient fait le reste : Mlle de Hautefort était venue à Belle-Isle et peut-être, en s'en retournant, était-elle accompagnée ?

Ce fut en s'élançant sur cette nouvelle piste que Nicolas Hardy eut un accident : les os des espions ne bénéficiant pas d'une solidité plus grande que ceux des gens convenables, la rotule de Hardy éclata en morceaux après un rapprochement brutal avec le sabot d'une mule atrabilaire. Immobilisé de longs jours dans son auberge de La Roche-Bernard et désormais boiteux, l'envoyé de Laffemas n'eut d'autre ressource que d'aviser son patron par lettre mais quand celle-ci arriva, l'homme à tout faire de Richelieu était reparti pour une expédition punitive contre une dernière résurgence des Nu-Pieds aux confins du Vexin normand.

Rentrant enfin au logis, Laffemas trouva la lettre et s'offrit une grosse colère contre le malencontreux imbécile qui avait laissé échapper une piste encore chaude. Comment chercher dans quelle direction l'ancienne dame d'atour de la Reine avait dirigé ses pas ? Exilée, donc assignée à résidence, elle n'aurait jamais dû pouvoir se rendre à Belle-Isle mais apparemment, elle en prenait à son aise, comme tous ses pareils d'ailleurs, qui, à peine hors de Paris, semblaient pris d'une irrépressible bougeotte. La seule chose à faire était d'envoyer surveiller le château de La Flotte mais, en l'absence de Nicolas Hardy, Laffemas n'avait pas confiance en grand-monde. D'autant qu'il avait besoin à Paris même de ceux qu'il réussissait à s'attacher pour veiller à sa propre vie, sans cesse menacée par cet espèce de fantôme insaisissable qui se faisait appeler le capitaine Courage !

Par deux fois, grâce surtout à Nicolas Hardy, le Lieutenant civil avait échappé à un guet-apens mais, depuis, son ennemi avait changé de tactique comme s'il souhaitait le faire mourir de peur. Laffemas ouvrait-il une fenêtre qu'une flèche venue de nulle part clouait un message, le menaçant d'une mort affreuse en attendant le feu éternel, au mur de sa chambre.

Oh, ces messages qui semblaient arriver jusqu'à lui par magie ! Ils avaient fait naître une frayeur grandissante parce qu'ils lui donnaient l'impression qu'un œil invisible l'observait et que, contre cet ennemi-là, sa puissance avait des pieds d'argile...

Les larmes d'un roi

C'était le cas, en effet : elle tenait tout entière dans la personne du Cardinal et il était de plus en plus évident que ledit Cardinal ne vivrait plus longtemps. Si encore Laffemas avait pu disposer de l'ensemble des forces policières de la capitale, mais il n'avait jamais eu le temps, les moyens, ni même la possibilité de réunir sous une même bannière tous ceux qui les composaient.

Si la police en tant que telle existait depuis des siècles sous l'autorité générale du Châtelet, elle avait toujours été considérée comme une annexe de la Justice fonctionnant sans règles définies et que dirigeaient de façon concurrentielle le Lieutenant civil pour le municipal, le Lieutenant criminel pour les meurtres — encore Laffemas conjuguait-il ces deux fonctions — sans compter le prévôt des marchands pour la vie du fleuve et le commerce, le prévôt de l'Île pour la « sécurité publique », de compte à demi avec le chevalier du guet. Dans la suite des temps, il en était résulté des contestations fréquentes, allant parfois jusqu'à la bataille rangée, et un désordre considérable dont bénéficiaient les truands de tout poil et leurs repaires, les cours des Miracles, disséminés dans divers quartiers de la ville. Ajoutons à cela que les commissaires du Châtelet délaissaient systématiquement leurs fonctions qui ne leur étaient d'aucun revenu. La plupart d'ailleurs n'habitaient pas les quartiers dont ils avaient la juridiction [1].

---

1. Détruire cet assemblage hétéroclite et créer une véritable police sera l'œuvre de Nicolas de La Reynie, le Lieutenant de police de Louis XIV.

Un chemin plein d'ornières

Or, Laffemas savait que la majorité de ses confrères ès ordre public le détestaient cordialement.

Pourtant, ce soir-là, il fallait qu'il sorte, et de la façon la plus discrète possible. En effet, poussé par ses angoisses, il s'était résolu à demander son horoscope à l'astrologue royal, Jean-Baptiste Morin de Villefranche, qui lui avait fait savoir dans la journée que l'ouvrage l'attendait à condition qu'il vînt le chercher lui-même et à la nuit close.

Un curieux personnage que ce Morin, né à Villefranche de Beaujolais au siècle précédent et qui n'aurait pas déparé la Cour de l'empereur Rodolphe II, le maître des mystères. À la fois médecin, philosophe, mathématicien, astronome et astrologue, il était titulaire de la chaire de mathématiques au Collège royal [1] depuis qu'il avait prédit la guérison du Roi au moment où on le disait mourant à Lyon. Morin avait affirmé avec force que le souverain s'en sortirait et Louis XIII, reconnaissant, lui avait octroyé ce poste tout en l'attachant plus ou moins à sa personne en tant qu'astrologue royal. Charge qu'il serait le dernier à occuper.

Cependant, il n'apparaissait guère à la Cour parce que Richelieu, qui s'en défiait, ne l'aimait pas. Quant à la Reine, enfermée dans sa piété étroite d'Espagnole, ce grand homme maigre à l'aspect sévère lui faisait peur : il avait toujours l'air de voir quelque chose au-dessus de sa tête. Aussi, bien qu'elle en mourût d'envie, n'avait-elle jamais osé lui demander de lire pour elle dans l'avenir. Par crainte, peut-être,

---

1. Aujourd'hui Collège de France.

de ce qui pourrait en être révélé à un époux qu'elle trahissait de bien des façons.

Ce n'était pas ce que redoutait le Lieutenant civil mais plutôt le ridicule : le bel effet produit sur tous ceux qu'il terrorisait, et aussi sur ceux qui le méprisaient en le haïssant, si l'on voyait sa voiture, ou son cheval et, de toute façon, son escorte devant la maison qu'habitait Morin dans la rue Saint-Jacques ! Faire porter un pli par un valet était une chose, s'y rendre soi-même en était une autre. Et pourtant, si Laffemas voulait apprendre ce que lui réservaient les astres, il fallait qu'il se déplace : bien protégé par le Roi, Morin n'avait aucune raison d'accepter de se déranger pour un vulgaire Lieutenant civil qui ne l'effrayait pas le moins du monde...

Pour se rassurer, Laffemas pensa que le chemin n'était pas bien long, que l'arrière de sa maison ouvrait sur la rue du Petit-Pont par une porte dont se servaient ses domestiques et qu'il lui suffisait d'emprunter une livrée, un manteau et un chapeau pour être déguisé, surtout en pleine nuit.

Le temps passait et, avec lui, celui des hésitations. Neuf heures sonnant à l'horloge du Petit-Châtelet emportèrent la décision. Laffemas changea de costume, enfonça un chapeau rond sur sa tête et sortit par la porte de derrière. La nuit, froide, lui parut calme tandis qu'il explorait les environs avant de quitter l'abri du seuil. Ses yeux jaunes possédant comme ceux des chats la faculté de voir dans l'obscurité, il finit par se rassurer. Rien ne bougeait. Alors il se mit en marche, gagna en quelques enjambées

Un chemin plein d'ornières

la rue Saint-Jacques qu'il entreprit de remonter d'un pas plus vif à mesure qu'il s'éloignait de son logis.

Il était presque à destination quand il entendit le vacarme d'un carrosse roulant à bonne allure. Bientôt, il l'aperçut : précédée de deux coureurs porteurs de torches comme les voyageurs attardés en trouvaient aux principales portes de la ville, c'était une lourde machine traînée par quatre chevaux avec, sur le siège, un cocher et un laquais chaudement emmitouflés.

Soudain, l'un des coureurs, glissant sur un quelconque immondice, tomba en laissant échapper sa torche dont la flamme effraya l'un des chevaux de tête. Avec un hennissement de terreur, l'animal freina des quatre pieds, se cabra en déstabilisant l'attelage. Le carrosse pencha, faillit heurter la façade d'une maison mais finalement resta debout cependant qu'à l'intérieur s'élevaient des cris de femmes. Tandis que le cocher s'arrangeait de ses bêtes, l'autre coureur revenu sur ses pas s'approcha de la portière.

— C'est rien, mesdames ! Plus de peur que de mal. La faute à mon camarade qu'a glissé en lâchant son brandon.

— Allons, hâtons-nous de repartir ! dit Mme de La Flotte dont l'aimable visage venait d'apparaître dans la lumière jaune de la torche.

Laffemas, enfoncé dans l'encoignure d'une maison, n'avait rien perdu de la scène qu'il jugeait stupide, mais il se figea soudain : un autre visage encadré d'un petit bonnet blanc sous un capuchon noir s'ajoutait à celui de la comtesse et ce visage, c'était celui qui hantait ses nuits et ses rêves — qui, pour d'autres, eussent été des cauchemars : c'était celui de Sylvie ! Il l'aurait juré. Il en aurait mis sa main au feu et sa tête à couper ! Personne n'avait d'aussi jolis yeux noisette ! Quant à cette vieille dame... pardieu oui ! C'était Mme de La Flotte, la grand-mère de la belle Hautefort.

Envahi d'une joie sombre qui lui fit oublier ses propres périls et même l'horoscope du sieur Morin, il décida de suivre cette voiture où qu'elle aille. Fût-ce au besoin en enfer où sans doute on serait heureux de l'accueillir comme un frère.

Après l'accident auquel elle venait d'échapper, la voiture roulait moins vite et Laffemas put la suivre sans se faire remarquer. Il n'était plus jeune mais, de ses aïeux montagnards, il tenait des jarrets d'acier et une endurance exceptionnelle. Le chemin fut long, cependant pas un instant il ne pensa qu'il lui faudrait revenir seul vers sa maison une fois la voiture et ses occupantes arrivées à destination.

On traversa les deux bras de la Seine puis, par la Grève, on atteignit la rue Saint-Antoine mais, quand le portail du couvent de la Visitation Sainte-Marie s'ouvrit devant la voiture, son poursuivant fit la grimace : si celle qu'il désirait devait y rester, il lui serait impossible de remettre la main sur elle. Une femme entrée là — et les portes s'ouvrant pour sa voiture en pleine nuit prouvaient qu'elle y était attendue — était aussi bien défendue que derrière les murs de la Bastille dont les grosses tours rondes montaient, dans son voisinage, une garde redoutable et significative. Mieux même car, dans la vieille forteresse, le Lieutenant civil gardait des pouvoirs, mais aucun dans ce couvent.

Fondé à Annecy en 1610 par François de Sales et la baronne de Chantal qui, veuve, voulait se tourner vers Dieu, l'ordre de la Visitation dont celle-ci fut la première supérieure essaima très vite. En une trentaine d'années, sous l'impulsion de la Contre-Réforme, des maisons s'ouvrirent dans une grande partie de la France. Bonne première, celle de la rue Saint-Antoine grandit et devint en quelques années le couvent le plus noble et le mieux fréquenté de Paris. Le mieux dirigé aussi : monsieur Vincent en avait été l'aumônier pendant dix-huit ans. Quant à Mme de Maupeou, la supérieure, elle n'avait rien à lui envier pour la piété, l'austérité des mœurs et l'énergie. Issue d'une puissante famille parlementaire, elle menait son monde de main de maître, environnée du respect de tous. Et surtout, le Roi lui-même gardait le couvent sous sa protection depuis la prise de voile de sœur Louise-Angélique qui, dans le monde, avait été Louise de La Fayette [1]. Le cardinal de Richelieu lui-même n'aurait jamais osé s'attaquer à cette forteresse céleste qu'il avait choisi — faute de mieux peut-être — d'inscrire sur la liste de ses bienfaits.

C'est assez dire que sur les hauts murs de la Visitation Sainte-Marie, un quelconque Lieutenant civil ne pouvait que se casser les dents. Néanmoins, il en fallait davantage pour qu'il s'avoue vaincu par la seule vue d'un portail refermé. Assis sur un montoir

---

1. Voir tome I, *La Chambre de la Reine*.

Les larmes d'un roi

à chevaux de l'autre côté de la rue, Laffemas réfléchit longuement. Ce carrosse qu'il avait vu entrer ressortirait bien un jour, car il y avait peu de chance pour que Mme de La Flotte choisît de prononcer des vœux. Restait à savoir s'il s'agissait ce soir d'une simple halte pour éviter d'ouvrir son hôtel ou si la vieille dame n'était là que pour accompagner Sylvie. Auquel cas...

Habitué à sérier les questions, il ne poursuivit pas plus loin ses cogitations. Après avoir surveillé un moment le couvent silencieux, Laffemas abandonna une faction qui l'avait un peu reposé, courut jusqu'au Grand Châtelet où il trouva l'un des exempts de garde et l'envoya au couvent :

— Tu resteras là jusqu'à ce que tu voies sortir un carrosse — description suivit — qui y est entré cette nuit. Quand il partira, débrouille-toi pour voir combien de personnes l'occupent et à quoi elles ressemblent. S'il sort de Paris, fais-toi donner un cheval par la garde des portes et suis-le.

— Jusqu'où ? fit l'homme qui n'était autre que Désormeaux, le tendre ami de Nicole Hardouin, une circonstance que le Lieutenant civil ignorait pour le plus grand bien de la maisonnée Raguenel.

— Jusqu'au premier relais de poste où tu t'arrangeras pour découvrir où il va. Si l'on te dit qu'il rentre chez lui, dans la vallée du Loir, tu le laisses aller et tu reviens me rendre compte.

Ce genre de mission n'enchantait pas Désormeaux : il était plutôt de nature contemplative. Les chevauchées le fatiguaient et secouaient sa panse arrondie par la bonne cuisine de Nicole. Toutefois,

Un chemin plein d'ornières

éprouvant, comme tous ses pareils, une sainte terreur du Lieutenant civil, il ne se fût pas permis de suggérer que Laffemas s'adresse à quelqu'un de plus svelte. D'autant qu'il y avait urgence...

Ce fut sans doute la mission la plus éprouvante de sa vie. Quand il chut pratiquement à bas de son cheval, le lendemain soir, il était à moitié mort et les nouvelles qu'il apportait plongèrent son chef dans un monde de perplexité et d'inquiétude :

— Le carrosse est allé à Versailles, déclara-t-il. Il y avait dedans une dame âgée... une vraie dame ! Elle est restée là-bas plus de deux heures après quoi elle est rentrée rue Saint-Antoine.

— À Versailles ? Mais où à Versailles ? Tout de même pas...

— Si. Au château. Et le Roi y était puisqu'une compagnie de mousquetaires montait la garde... Est-ce que je peux... aller me coucher maintenant ou est-ce que je... retourne au couvent ?

Plongé dans un abîme de réflexion, Laffemas se contenta de renvoyer Désormeaux d'un geste impatient en grognant :

— Va te coucher !

Qu'est-ce que le Roi pouvait vouloir à la grand-mère de la Hautefort, puisque personne n'entrait à Versailles sans y avoir été invité par Louis XIII ?

C'était aussi la question que se posait la vieille dame depuis qu'elle avait quitté son château des bords du Loir mais, pensant avec juste raison qu'une réponse lui serait donnée, ce fut avec une certaine sérénité qu'elle franchit le seuil du petit château de

Les larmes d'un roi

briques roses et de pierres blanches coiffé d'ardoises bleues que Louis XIII avait fait bâtir en 1624 sur l'emplacement d'une ancienne maison seigneuriale appartenant aux Gondi. Quand il courait le cerf jusqu'à la nuit noire dans les bois environnants, il y venait dormir avec ses compagnons, tout botté et enveloppé de son manteau, sur de la paille. En dépit de son grand usage des Cours, l'excellente femme ne put offrir qu'une révérence un peu vacillante, tant le Roi avait changé... Sa mine était aussi effrayante que lors de sa maladie de Lyon.

En fait, depuis l'enfance, Louis XIII était atteint d'une entérite chronique qui s'accommodait mal des traitements — saignées et clystères — qu'on lui appliquait. C'était en outre un grand nerveux, sujet aux angoisses et à des périodes de dépression. En fait, l'ignorance des médecins était en grande partie responsable du délabrement d'une santé qui, en dehors de l'apport de sang Médicis, eût ressemblé à celle du sec et vigoureux Henri IV. En une seule année, le Roi n'avait-il pas reçu deux cent quinze lavements et deux cent douze purges, sans compter quarante-sept saignées, libéralement distribués par son médecin Bouvard ? À la longue, on s'était habitué à sa maigreur et à son teint que les intempéries subies par ce chasseur forcené bronzaient légèrement sans en dissimuler vraiment la pâleur. Cette fois, pourtant, Mme de La Flotte fut effrayée : la maigreur était telle que les muscles semblaient avoir fondu, le teint se plombait, les yeux s'enfonçaient. Louis XIII ressemblait tellement à un personnage peint par le Greco que la comtesse faillit se signer :

Un chemin plein d'ornières

la mort certainement ne se ferait plus attendre durant de longues années...

Le Roi reçut sa visiteuse dans le grand cabinet attenant à sa chambre. Il s'y tenait assis au coin du feu et l'environnement de tapisseries consacrées à la chasse était si frais, si évocateur, qu'il semblait se trouver au cœur d'une forêt magique dans laquelle un génie se serait amusé à installer une cheminée. Sur le velours gris, sans broderies, des vêtements, la blancheur du grand col rabattu et des hautes manchettes de dentelle empesée accusait encore l'aspect dramatique du visage aux yeux rougis et des belles mains, jadis si fortes, à présent d'une blancheur diaphane. Des mains dont l'une désigna un siège, tandis qu'un sourire rendait tout à coup son âge à cet homme de quarante ans qui en paraissait plus de soixante.

— J'osais à peine espérer que vous viendriez, dit-il. Vous imposer ce long chemin par ce temps d'hiver et à votre âge, c'est un péché.

— En aucune façon, Sire ! J'ai toujours aimé voyager en dépit des inconvénients, mais surtout l'appel de Votre Majesté m'a causé une grande joie... Alors je me suis hâtée pour arriver en temps voulu...

Les sourcils de Louis remontèrent au milieu du front :

— Une grande joie ? Il est rare que mes ordres produisent cet effet. D'autant que vous n'avez pas eu vraiment à vous louer de moi depuis plus d'un an. J'ai refusé de vous confier le poste de gouvernante du Dauphin, puis celui de dame d'honneur de la Reine...

Les larmes d'un roi

— Si le Roi ne m'en jugeait pas digne, puis-je le lui reprocher ? fit Mme de La Flotte avec une bonne humeur qui amena un nouveau sourire.

— Vous êtes une bonne personne, madame de La Flotte. Enfin j'ai... j'ai exilé votre petite-fille.

— Ce qui m'a souvent étonnée, c'est que Votre Majesté ne l'ait pas fait plus tôt. Marie sait si bien se rendre insupportable !

La figure assombrie de Louis s'éclaira d'un coup comme si, sortant de sous un nuage, elle arrivait en plein soleil.

— D'autant que je ne le voulais pas. Je lui avais demandé de s'éloigner quelque temps... quinze jours tout au plus !

— Et elle a répondu que si elle partait quinze jours elle ne reviendrait pas. D'ailleurs, Sire, puisque nous sommes là tous deux à causer en... puis-je dire en confiance ?

— Certes, vous le pouvez.

— Aurait-elle été rappelée au bout de ces quinze jours ? Celui ou plutôt ceux qui voulaient son départ sont... si chers au Roi !

— De qui parlez-vous ?

— Mais... de M. le Cardinal... et aussi de M. de Cinq-Mars.

Une souffrance soudaine bouleversa le visage royal tandis que des larmes montaient à ses yeux :

— Monsieur le Grand est cent fois, mille fois plus insupportable que ne le fut jamais Marie ! Il ne cesse de me tourmenter pour de nouvelles faveurs...

— De nouvelles faveurs ? Alors qu'il est Grand

Un chemin plein d'ornières

Écuyer de France à vingt ans ? fit Mme de La Flotte suffoquée.

— Certes, certes... mais il l'a mérité. De là à le faire entrer au Conseil comme il le souhaite...

— Au Conseil ? À quel titre ?

— Je ne sais trop ! Garde des Sceaux peut-être... Il veut que je le fasse duc, pair du royaume...

— Et pourquoi pas Premier ministre ?

— Pourquoi pas, oui ? Bien sûr, M. le Cardinal ne saurait être d'accord, mais il est fort malade. Il faudra bien qu'un jour je le remplace...

— Par M. de Cinq-Mars ?

Louis XIII considéra sa visiteuse d'un air inquiet :

— Ce serait un peu tôt peut-être ? Il est encore trop jeune...

La comtesse regarda son roi avec une stupeur qu'elle ne chercha pas à dissimuler. Les bruits de la liaison quasi amoureuse qui unissait Louis XIII au trop beau jeune homme débordaient de Paris et de Saint-Germain pour couvrir le reste de la France. Certains en riaient, d'autres fronçaient le sourcil, personne au fond — à part sans doute Richelieu — ne mesurait l'étendue et la profondeur du mal. Et il ne faisait que grandir, si Louis XIII en venait à envisager de remplacer Richelieu, un homme d'État hors pair quoi qu'on puisse en penser, par un muguet de cour...

— Mais... que le Roi me permette de m'étonner ! Pourquoi donc Monsieur le Grand est-il si pressé ? Comme Votre Majesté vient de le dire, il est jeune, il a toute la vie devant lui. En outre, prendre la place du Cardinal...

Les larmes d'un roi

— Lui succéder, ma chère, lui succéder... Il est vrai que c'est beaucoup, n'est-ce pas ? Son Éminence sert bien les intérêts du royaume : nous avons reconquis l'Artois ; nous allons annexer la Lorraine et, en Roussillon, nos armes sont assez prospères pour espérer un dénouement heureux... Il faut laisser au Cardinal le temps d'achever son œuvre... C'est ce que je ne cesse de répéter à ce jeune impatient.

— Encore une fois, et si le Roi le permet, pourquoi cette impatience ? Ce jeune homme n'a-t-il pas obtenu jusqu'à présent ce qu'il souhaitait ?

— Je ne lui refuse rien. C'est un si joli spectacle de le voir heureux ! Quant à sa hâte... elle tient tout entière dans le nom d'une femme...

— Marion de Lorme, la courtisane qui est sa maîtresse au point qu'on l'appelle Madame la Grande ?

— Non. Cela m'a toujours agacé mais ce n'est pas grand-chose au fond. Si Cinq-Mars veut tout et tout de suite, c'est afin d'être parvenu assez haut pour épouser une princesse. Il s'est épris de Marie de Gonzague...

Une fois de plus, Mme de La Flotte ouvrit de grands yeux. Voilà qui était nouveau ! Princesse de Mantoue, duchesse de Nevers, Marie de Gonzague que l'on appelait Mlle de Nevers était l'une des femmes les plus ambitieuses de la Cour. Elle avait longtemps intrigué pour épouser Monsieur et devenir ainsi la belle-sœur du Roi. C'était naturellement le Cardinal qui s'était mis en travers et depuis la belle lui vouait une haine farouche. Car belle, elle l'était, un peu dans le genre Junon, majestueuse et marmoréenne mais sans discussion possible...

Un chemin plein d'ornières

— Mais... n'est-elle pas plus âgée que lui ?

— Dix ans ! C'est apparemment sans importance. Depuis qu'il l'a rencontrée au bal donné à Saint-Germain pour les relevailles de la Reine après la naissance de mon fils Philippe, Cinq-Mars ne rêve que d'elle...

— Et elle ? En a-t-elle fait son amant ?

— Vous n'y pensez pas ? Quand une femme de cette trempe veut un homme, elle ne s'abandonne qu'une fois la victoire acquise. Ils en sont à l'amour courtois, grinça le Roi avec un rire sec. Elle est la Dame, il est le chevalier prêt à affronter les géants pour l'obtenir. Il veut la pairie, un duché, une grande charge...

— Sire, un tel mariage est impossible sans le consentement du Roi ?

— Et... je ne le donnerai jamais, jamais, vous m'entendez ! Tout au moins... tant que le Cardinal... Oh, je voudrais tant qu'il accepte d'être heureux à moindre prix !

Louis XIII cacha son visage dans ses mains pour que sa visiteuse ne vît pas couler de nouvelles larmes. Celle-ci jugea qu'il était temps de changer de conversation. Les rois sont ainsi faits qu'il leur arrive de faire payer chèrement un mouvement de faiblesse à ceux qui en sont témoins.

— Sire, dit-elle doucement, le Roi consentira-t-il à me confier la raison pour laquelle il m'a appelée ?

Aussitôt, les mains retombèrent en essuyant les larmes au passage, mais la rougeur des yeux les trahissait encore.

Les larmes d'un roi

— C'est trop juste ! Je voulais savoir comment va Marie.

— Bien, Sire.

— J'en suis heureux... Je... oh, pourquoi finasser ! Elle me manque, madame. Si dure qu'elle ait été, elle m'insufflait un peu de son courage, de sa force de résistance...

— Et c'est pourquoi l'on a voulu son départ. Elle était un rempart en face de grandes ambitions...

— Sans doute, mais elle n'a même pas essayé de fléchir ma volonté... Oh, ne me parlez pas de son orgueil, je ne le connais que trop, mais j'espérais qu'elle m'aimait un peu. Malheureusement, elle n'aime que la Reine... une ingrate qui n'a rien fait pour la garder auprès d'elle !...

Le Roi se leva, fit deux ou trois tours dans la pièce puis revint se planter devant la cheminée en lui tendant les mains.

— Lui était-il donc impossible d'aimer à la fois sa reine et son roi ? soupira-t-il, se parlant à lui-même plus qu'à sa visiteuse. Elle savait bien que je ne lui aurais jamais rien demandé qui fût contraire à l'honneur. À certains moments, j'ai pu croire qu'elle m'aimait un peu... elle avait des élans, vite réprimés sans doute, des regards qui parfois s'adoucissaient...

Brusquement, il se retourna :

— Je voudrais la revoir ! Parler avec elle comme nous le faisions parfois ! C'est une guerrière. Je le suis aussi mais elle a plus de force que moi. Ne peut-elle revenir ?

— Pas si le Roi ne révoque pas son ordre d'exil ! Et le Roi ne le fera pas...

— Non, sans doute. Il y aurait trop de criailleries ! Mais je lui avais conseillé de se marier : je peux lui trouver un parti digne d'elle ?

— Marie n'acceptera le mariage que par amour et elle n'aime personne...

— Pas même le marquis de Gesvres à qui j'ai défendu de l'épouser ?

— Pas même, Sire, car l'eût-elle aimé qu'elle serait déjà sa femme que cela plaise ou non à Votre Majesté !

Avec la facilité des enfants qui passent du chagrin à la joie, Louis XIII éclata de rire. Peut-être du soulagement d'apprendre que Marie n'aimait pas ailleurs ? Puis, après s'être raclé la gorge deux ou trois fois, il risqua :

— Et... si je lui écrivais une lettre ? Une simple lettre vous me comprenez bien ? Que je vous remettrais et qui lui permettrait, sans revenir à la Cour, d'habiter plus près de Paris. À Créteil par exemple ?

— À Créteil ?

— Allons ! Ne faites pas celle qui ne comprend pas. Au temps où ils étaient évêques de Paris, les du Bellay y possédaient bien un domaine ? Le château des Mesches, si ma mémoire est bonne.

— Excellente, Sire ! mais c'étaient les évêques de Paris qui en étaient possesseurs, ainsi que de la seigneurie de Créteil.

— Certes, certes, mais votre famille n'en a pas moins gardé là-bas un manoir, proche de l'ancienne ferme des Templiers, une assez jolie maison qui appartenait jadis à Odette de Champdivers, la favorite de Charles VI, le pauvre roi fou ? Ne l'auriez-vous plus ?

Mme de La Flotte qui voyait où voulait en venir le Roi ne jugea pas utile — ni prudent ! — de mentir : il était beaucoup trop bien renseigné.

— Oh si ! Mais nous y allons rarement et certains travaux...

— Faites-les ! Je vais vous donner un bon sur ma cassette personnelle, mais faites-les discrètement. Rien qui puisse attirer par trop l'attention. Après tout, vous pouvez être reprise de goût pour cette demeure de famille et souhaiter y séjourner au grand jour...

— ... et Marie en pleine nuit ? Entendons-nous bien, Sire ! Outre que j'ignore comment elle accueillera votre lettre, elle n'acceptera jamais la place d'Odette de Champdivers !

Le poing du Roi s'abattit sur une table où des armes étaient étalées :

— Je veux parler avec elle, madame ! Pas coucher avec elle ! Vous devriez me connaître mieux !

— Je prie le Roi de me pardonner mais, en admettant que Marie accepte, le Cardinal ne tarderait guère à l'apprendre : on ne peut rien lui cacher !

— Sauf quand je le veux ! D'ailleurs, il a d'autres chats à fouetter pour le présent. Savez-vous que dans deux jours il marie sa nièce au fils du prince de Condé qui en bave de gratitude ? Beau mariage en vérité ! Claire-Clémence de Brézé n'a que douze ans et elle est loin d'être belle. Enghien non plus n'est pas beau, mais il possède cette laideur qui attire les femmes. En outre, il est amoureux d'une autre qui

Un chemin plein d'ornières

est ravissante. Seulement, monsieur son père guigne la dot et les avantages d'entrer dans la famille de mon ministre. Et moi, je serai au Palais-Cardinal avec la Reine pour signer au contrat...

De toute évidence ce mariage ne lui plaisait pas, mais sa visiteuse en profita pour tâter le terrain dans une autre direction :

— Puis-je demander au Roi des nouvelles de Sa Majesté la Reine ?

Le Roi, qui tout en parlant s'était installé à la table où il avait pris un papier et une plume, releva la tête :

— Pourquoi ne pas lui en demander vous-même ? Vous n'êtes pas exilée que je sache ? En rentrant à Paris, passez par Saint-Germain et allez la saluer ! Tenez ! Voilà un laissez-passer pour Marie si elle consent à venir à Créteil... et voici la lettre dont je vous ai parlé, ajouta-t-il en tirant de sa poche un billet tout prêt. Dites-lui que, si elle vient, je n'aurai aucune peine à la joindre. Vous savez que j'aime toujours à chasser dans le val de Marne quand je me rends à Saint-Maur !

Il prit un temps puis ajouta avec cet étrange sourire qui, en dépit des ravages de la maladie, lui rendait son enfance :

— Encore un château construit par les du Bellay, celui-là, avant que Catherine de Médicis ne l'achète ? Votre famille était décidément très puissante dans cette région. Pourquoi ne le redeviendrait-elle pas ?

Mme de La Flotte comprit fort bien ce que le Roi entendait par là et sa révérence s'en ressentit, car elle était pleine de joie et d'espérance en pensant à ses chers petits-enfants. Aussi partit-elle décidée à combattre de toutes ses forces les mauvaises raisons que Marie pourrait lui donner de rester enfermée à La Flotte. À dire vrai, il y avait gros à parier qu'elle saisirait la balle au bond ! La campagne en hiver, ce n'est jamais très drôle... Et puis, la Reine qui devait regretter beaucoup sa fidèle dame d'atour lui remettrait peut-être quelque mot, elle aussi ?

Hélas, si elle espérait de la Reine un accueil chaleureux, elle fut déçue. Son arrivée dans le Grand Cabinet d'Anne d'Autriche ressembla plus à un pavé projeté dans une mare à grenouilles qu'à une entrée bienvenue, en dépit du fait que la vaste et somptueuse pièce évoquait plutôt une volière grâce au bataillon des filles d'honneur qui pépiaient dans un coin. Comme si l'on voulait faire écran entre le petit groupe formé par Anne d'Autriche et deux visiteurs, et celui qui entourait Mme de Brassac, la dame d'honneur. Or, ces deux visiteurs n'étaient autres que Marie de Gonzague et le favori du Roi, le jeune Cinq-Mars, plus Adonis que jamais auprès d'une altière Junon qu'il couvait de regards amoureux.

Quand on annonça Mme de La Flotte, il se fit un silence soudain et tous prirent cet air de douloureuse surprise qui est de mise devant un objet vaguement scandaleux qui blesse la vue. Cinq-Mars fronça ses beaux sourcils. La Reine se reprit très vite :

— Eh quoi, comtesse ? C'est donc vous ? Mais quelle bonne surprise ! Vous avez enfin quitté votre campagne ?

Sans être aussi abrupt que celui de sa petite-fille,

Un chemin plein d'ornières

l'orgueil de Mme de La Flotte n'en était pas moins chatouilleux :

— Le désir de saluer Votre Majesté m'aurait ramenée de plus loin... que mon hôtel de Paris ? Puis-je rappeler à la Reine que personne, jusqu'à présent, ne m'a exilée ?

À sa surprise, ce fut Cinq-Mars qui, avec l'audace de qui se sait tout-puissant, lui répondit :

— Chacun ici pensait que vous auriez à cœur de demeurer auprès de Mlle de Hautefort pour la soutenir dans son épreuve ?

Il aurait mieux fait de se taire :

— Épreuve imméritée, monsieur le Grand Écuyer, et dont nous savons parfaitement qui la lui a infligée. De toute façon, ce n'est pas à vous que je parle... En fait, Madame, ajouta-t-elle en revenant à la Reine, je souhaitais surtout porter à notre souveraine un témoignage de notre obéissant respect et lui dire...

— Nous en sommes tout à fait convaincue, coupa la Reine. J'aimais beaucoup Mlle de Hautefort et elle le sait...

— Votre Majesté veut-elle dire qu'elle ne l'aime plus ?

— Quelle idée, voyons ? Merci de votre visite, comtesse, j'ai été très heureuse de vous voir, fit-elle avec une évidente nervosité. Mme de Motteville ! Voulez-vous soutenir Mme de La Flotte jusqu'à sa voiture ! Elle semble fort lasse et je pense qu'elle a hâte de rentrer chez elle au plus vite !

Avec une stupeur indignée, la comtesse regarda venir à elle une jeune femme d'environ vingt ans,

Les larmes d'un roi

blonde et souriante mais avec les yeux les plus vifs et les plus fureteurs qui soient. En dépit du temps passé elle la reconnaissait, l'ayant vue enfant quand elle était déjà au service de la Reine et qu'elle avait été comprise dans l'espèce de convoi pour l'exil qui avait emporté la duchesse de Chevreuse et l'ambassadeur espagnol Mirabel. Elle s'appelait alors Françoise Bertaut et était la nièce du poète du même nom. Quant à ce nom de Motteville — Mme de La Flotte devait l'apprendre par la suite — il lui venait d'un président au parlement de Normandie tellement plus âgé qu'il venait de la laisser veuve. D'où son rappel récent à la Cour où elle occupait le poste privilégié de femme de chambre de la Reine.

D'un geste net, la grand-mère de Marie opposa une main à celle qui s'offrait à elle :

— Je remercie Votre Majesté de sa sollicitude mais mes jambes sont encore fort bonnes. Elles m'ont portée jusqu'ici et sauront bien me ramener à mon carrosse ! Je suis l'humble servante de Votre Majesté !

Une impeccable révérence et elle quittait la place avec une entière dignité, sans vouloir remarquer le geste de tendre la main que la Reine avait ébauché. Elle était furieuse et écœurée à la fois. Que le Roi se soit laissé prendre au charme du trop joli garçon, cela pouvait s'expliquer, encore que sa tentative en direction de Marie ressemblât assez à un appel au secours, mais que la Reine fût tombée elle aussi dans le piège tendu par le Cardinal, c'en était trop !

— Le Roi a raison, marmottait-elle tandis que sa voiture quittait le château. C'est une ingrate, rien d'autre qu'une ingrate. Il va falloir enseigner à Marie à suivre la ligne de conduite de ses ancêtres : servir le Roi avant tout ! Et d'abord, essayer de se réconcilier avec lui...

Aussi, à peine rentrée à la Visitation Sainte-Marie, bien qu'il fût déjà tard et que, n'ayant rien avalé depuis le matin, elle mourût de faim, prit-elle le temps d'écrire à son intendant de Créteil pour lui donner des instructions en vue de la remise en état de sa maison où elle comptait séjourner quelques semaines d'ici un mois. Puis elle se mit à la recherche de Sylvie.

Elle la trouva dans la grande chapelle neuve vouée à Notre-Dame des Anges. Assise dans la partie de la nef réservée aux visiteurs et aux rares pensionnaires, elle écoutait, avec des larmes dans les yeux, les Visitandines rangées dans le chœur au-delà de la clôture chanter en demi-teinte un *Stabat Mater* qu'elle-même avait chanté avec les religieuses du Val-de-Grâce en un temps dont elle comprenait à présent combien il était heureux : elle aimait François, François aimait la Reine mais lui donnait, à elle, une tendresse pleine de sollicitude. À présent, François n'aimait plus ni la Reine ni elle. Il s'était détourné pour s'attacher à une femme trop belle pour n'être pas redoutable. Et s'il était à jamais perdu pour elle, Sylvie craignait de s'avouer que, sans lui, sa vie n'aurait plus aucun sens, aucun goût...

Pourtant, l'instant présent lui apportait un apaisement inattendu, peut-être parce que c'était un moment de pure beauté. Les flammes des cierges allumaient des reflets aux croix d'argent que les

Les larmes d'un roi

moniales portaient sur leurs sévères robes noires, nimbaient d'une douceur dorée les profils encadrés par le voile d'étamine blanche et le bandeau noir, tout en illuminant la cohorte blanche des novices.

C'étaient elles surtout que Sylvie regardait, sachant qu'il lui suffirait d'un mot pour prendre rang au milieu d'elles. Un mot qu'elle dirait peut-être, en dépit de son peu d'attirance pour les couvents. C'était là un port comme un autre, et elle était tellement lasse de sa vie déracinée ! Elle n'avait même pas le droit de retourner à Belle-Isle, dans la maison qu'elle s'était prise à aimer, puisque là-bas, selon Marie, les sbires de Laffemas étaient venus gâter le merveilleux paysage. Le pire était peut-être de se trouver si près du petit hôtel de la rue des Tournelles où vivait Perceval de Raguenel et de ne pouvoir s'y rendre ! C'était là son vrai refuge, le seul dont elle eût envie après tant de mois passés au loin, mais il lui était défendu pour ne pas le mettre en danger... Après tout, elle le dirait peut-être, ce mot que l'on attendait d'elle ? François ne lui avait-il pas déclaré assez brutalement qu'il ne lui voyait plus d'autre destinée possible ? Et puis, si elle acceptait de prendre le voile, elle deviendrait intouchable... et son parrain, au moins, pourrait venir la voir au parloir...

Elle leva la tête vers la haute coupole envahie par les ombres du soir vers lesquelles semblait monter la Vierge dont l'Assomption rayonnante surplombait le maître-autel, pensa que le Ciel était vraiment trop au-dessus de ses forces, comme l'était jadis la tour de Poitiers à Vendôme quand elle était une toute

Un chemin plein d'ornières

petite fille... et qu'avant de mettre le pied sur le premier degré de l'échelle de Jacob elle avait encore besoin de réfléchir. Elle se disposait à sortir quand Mme de La Flotte la rejoignit, s'assit près d'elle et prit sa main.

— Nos affaires semblent en meilleur état que je ne le pensais, chuchota la vieille dame. Encore qu'elles prennent une tournure bien inattendue, mais parlons de vous ? Que pensez-vous de cette maison ?

— Que celles qui y sont semblent animées par le souffle de Dieu... et que ce n'est pas mon cas !

— Ce n'est pas le mien non plus et ce n'est pas ce que je vous demande : croyez-vous pouvoir y rester quelque temps sans mourir d'ennui au point d'y prononcer, par désœuvrement, des vœux perpétuels ?

— Je voudrais surtout revoir mon parrain. C'est pour cela que j'ai voulu vous accompagner ici. Autrement, n'importe quel couvent aurait fait l'affaire pour obéir aux ordres de M. le duc de Beaufort.

— Cessez de dire des sottises et écoutez-moi ! Il y a de grandes chances pour que Marie vienne prochainement habiter la maison que nous possédons à Créteil. Ne m'en demandez pas davantage...

— Le Roi veut la revoir émit Sylvie sur le mode affirmatif. Elle doit être difficile à oublier.

— C'est un peu ça, mais apparemment ce n'est pas le cas de la Reine. Cela dit, laissez-moi finir : votre parrain, vous le verrez ces jours prochains, et aussi sans doute Mme de Vendôme chez qui je passerai demain avant de partir mais, pour cela et surtout pour assurer votre protection, vous devez demander à entrer en noviciat... Cela n'engage à rien et l'on en sort quand on veut sauf si l'on s'y attarde plus de deux ans, ajouta-t-elle devant le geste de protestation de Sylvie. Ainsi je m'en retournerai plus tranquille. Ce qui ne serait pas le cas si vous restiez simple pensionnaire... Acceptez-vous ?

— Je n'ai guère le choix, n'est-ce pas ?...

— Si. Vous pouvez sortir, dès maintenant, et vous rendre rue des Tournelles... avec toutes les conséquences possibles pour vous-même et ceux que vous aimez.

Sylvie ne répondit pas tout de suite. À ce moment, le chœur des religieuses attaqua un cantique d'Eustache du Caurroy qu'elle connaissait et, après une légère hésitation, elle se mit à chanter. Sa voix s'éleva soudain, si pure, si fraîche, que dans le chœur toutes les têtes se tournèrent vers elle tandis que, lentement, elle remontait la nef avec au fond du cœur une vibration qui ressemblait à de la joie. Elle venait de penser qu'au moins elle pourrait chanter autant qu'elle le voudrait.

Dès le lendemain, la mère Marie-Madeleine remettait à Mlle de Valaines la robe, la guimpe et le voile blancs. Une heure plus tard, Mme de La Flotte, soulagée d'un grand poids, reprenait le chemin du Vendômois en se demandant comment Marie accueillerait la lettre du Roi. Elle était capable de la déchirer sans même vouloir la lire.

Aussi fut-elle agréablement surprise quand l'Aurore, après une lecture qui ne posa aucun reflet sur son beau visage, replia le papier pour s'en éventer

Un chemin plein d'ornières

d'un air distrait avant de le glisser dans une poche de sa robe qu'elle tapota ensuite d'un air satisfait...

— Il va falloir que j'y réfléchisse ! Disons... jusqu'au printemps. Les voyages sont tellement plus agréables quand les pommiers refleurissent...

— N'est-ce pas trop user de la patience du Roi ? Il m'a semblé... désemparé.

— Se faire désirer n'a jamais nui à personne. Et puis rassurez-vous, grand-mère, je lui ferai tenir un message. Pour le moment je dois rester ici. L'ordre d'arrestation lancé contre le duc César révolutionne la région. Votre cousin du Bellay s'apprête même à mettre Vendôme en défense. Mais, au fait, le Roi ne vous en a-t-il rien dit ?

— Nous avions bien d'autres sujets à agiter et je vous avoue qu'étant donné votre situation actuelle je n'avais aucune envie d'ajouter à nos soucis le sujet toujours brûlant de César et de ses fils. Cependant, avant de rentrer, je suis passée à l'hôtel de Vendôme. La duchesse et sa fille n'ont aucune nouvelle et se font aussi petites que possible. Elles prient beaucoup mais ne sont pas à plaindre. L'évêque de Lisieux, l'abbé de Gondi, son oncle l'archevêque de Paris et même monsieur Vincent les entourent de leur sollicitude car, bien sûr, personne ne peut voir un vil empoisonneur dans le fils d'Henri le Grand. Je pense que tant de saintes influences devraient jouer en faveur des fuyards. Le Cardinal devra compter avec eux...

Un grattement à la porte l'interrompit. Jeannette, qui avait entendu l'arrivée du carrosse depuis la lingerie où elle aidait, venait timidement aux nouvelles.

Les larmes d'un roi

Devant sa pauvre figure ravagée d'angoisse, Marie si distante eut un élan vers elle et passa un bras autour de ses épaules :

— Cesse de te tourmenter, Jeannette. Tout va bien. La Visitation compte une novice de plus et voilà tout !

— Une novice ? Mais elle n'a jamais voulu entendre parler de couvent et Mgr François a été bien cruel de l'y envoyer !

— Elle n'y restera pas, sois tranquille, mais dis-toi que nulle part elle ne sera mieux protégée. Et puis, elle va revoir son cher parrain qui viendra la visiter au parloir. Sans compter Mme de Vendôme et sa fille dès qu'elles oseront sortir de chez elles...

En fait, Marie était moins rassurée qu'elle voulait bien l'afficher. Elle aurait cent fois préféré que Sylvie reste avec elle. Paris et surtout le voisinage du Lieutenant civil lui semblaient inquiétants, même si une clôture assez haute pour faire reculer roi et cardinal s'interposait entre eux. Et l'affaire Vendôme n'arrangeait rien. Marie connaissait trop le caractère impulsif de Sylvie, capable de sauter le mur de son couvent pour aller se jeter aux pieds de la Reine, du Cardinal ou de n'importe qui au cas où les Vendôme seraient pris et où lui parviendrait le bruit d'une arrestation. Enfin !... il fallait espérer que rien de fâcheux ne se produirait d'ici un mois, date à laquelle on gagnerait la maison de Créteil.

Mais ce fut de Vendôme qu'arrivèrent les premières nouvelles, ô combien surprenantes ! Après avoir installé leur père en Angleterre où il trouvait

Un chemin plein d'ornières

toujours le meilleur accueil auprès de la reine Henriette sa demi-sœur, Mercœur et Beaufort venaient de rentrer au pays au terme d'un bref passage à Paris : juste le temps de se faire signifier un ordre d'exil sur leurs terres avec défense d'en bouger jusqu'à ce que soit instruit le procès de César. Rentrés en Vendômois, ils s'étaient séparés : tandis que l'aîné s'installait à Chenonceau, François choisissait de s'enfermer dans Vendôme où la population lui avait réservé un accueil enthousiaste.

Ce fut plus que n'en pouvaient supporter la curiosité et l'impatience de Marie. Après s'être fait préparer un bagage, léger mais suffisant tout de même pour contenir deux robes de rechange, elle sauta à cheval et, suivie de Jeannette remplaçant sa femme de chambre qui s'était brûlée avec un fer à repasser, et de deux piqueurs, elle prit la route de Vendôme.

Si elle pensait trouver François tournant à travers sa ville ou inspectant ses fortifications, elle fut déçue : M. le duc était au château où il recevait des amis. Au nombre desquels se trouvait apparemment Mme de Montbazon, car son carrosse armorié fut la première chose que vit Marie en pénétrant dans la cour d'honneur. Il était peu probable que le gouverneur de Paris eût accompagné son épouse, et l'humeur de la visiteuse en fut assombrie. Cet amour-là qui s'étalait avec tant d'impudeur prenait les allures d'une passion et lui déplaisait. Non pour elle-même ou pour la Reine qui semblait avoir d'autres chats à fouetter, mais pour Sylvie que François avait expédiée au couvent d'un simple claquement de doigts...

Elle faillit tourner bride mais, depuis qu'elle avait

passé les portes de Vendôme, elle était annoncée et Beaufort en personne vint, avec un grand sourire, lui tenir l'étrier.

— Vous, mon amie ? Mais quel grand plaisir inattendu !

— Aussi inattendu que celui-là ? fit-elle mi-figue, mi-raisin en désignant la voiture tandis que François baisait son autre main.

— Non. Celui-là était attendu. J'ai ici quelques amis venus fêter avec moi notre retour chez nous. Certains arrivent d'Angleterre, mais comme je ne doute pas qu'ils comptent au nombre de vos nombreux admirateurs cette petite réunion n'en sera que plus agréable. Venez ! J'ai déjà donné ordre qu'on vous prépare un appartement.

Puis, soudain, s'avisant de la présence de la camériste de Sylvie :

— Jeannette ? Comment se fait-il ?

— Quand on entre au couvent, riposta Marie, on laisse ses serviteurs et jusqu'à ses habits à la porte.

Le sourire s'effaça du visage de Beaufort dont les sourcils se rejoignirent :

— Sylvie est au couvent ?

— À la Visitation Sainte-Marie. Vous l'y avez expédiée avec tant de désinvolture qu'elle n'a pas cru devoir vous refuser ce plaisir.

— Mais c'est insensé ! J'étais furieux de la voir hors de Belle-Isle mais je n'ai jamais voulu...

— Disons que vous faisiez bien semblant. Et elle vous a cru. Sans beaucoup d'enthousiasme, je dois le dire, mais au moins aura-t-elle le bonheur de retrouver au parloir le chevalier de Raguenel qu'elle aime profondément. En outre, je ne vois pas qui aurait le pouvoir de l'atteindre en un tel refuge... mais nous en parlerons plus tard ! J'aimerais me rafraîchir un peu.

— Bien sûr. Après tout, tant qu'elle ne prononce pas des vœux perpétuels...

— Ça, c'est affaire entre Dieu et elle, mais j'admire avec quelle aisance, mon cher duc, vous vous accommodez des petits problèmes que vous créez.

Beaufort n'ayant tout de même pas osé installer sa maîtresse dans l'appartement qui était celui de sa mère quand elle venait à Vendôme, ce fut Mlle de Hautefort qui en hérita avec quelque satisfaction, ce qui l'incita à une parfaite courtoisie quand elle se trouva en face de Mme de Montbazon. Les deux femmes possédaient d'ailleurs à un extrême degré ce ton de cour qui est d'un si grand secours dans les négociations diplomatiques. En outre, aucune antipathie personnelle ne les animait et, si Marie la brune était la maîtresse déclarée de François, Marie la blonde ne pouvait pas lui en faire grief. Tout se passa donc le mieux du monde.

En revanche, le reste des « amis » annoncés par Beaufort ne laissa pas de la surprendre par son côté hétéroclite : deux frères normands, Alexandre et Henri de Campion qui, jusqu'à sa mortelle victoire au combat de La Marfée, avaient servi le comte de Soissons, le père La Boulaye, confident de César, nouvellement nommé par lui prieur de la collégiale Saint-Georges enclose dans le château, le comte de Vaumorin dont Marie apprit bientôt qu'il servait de courrier entre Londres et Vendôme, tous ceux-là semblaient graviter autour d'un bien curieux personnage, un petit bossu noir de poil, Louis d'Astarac de Fontrailles, sénéchal d'Armagnac et surtout confident de Monsieur dont il représentait la pensée. Lui aussi arrivait de Londres où le retenait en principe un ordre d'exil. Enfin, un beau jeune homme que Marie connaissait bien pour l'avoir vu en maintes circonstances dans l'entourage de la Reine dont il était l'un des fervents, et qui avait plus ou moins remplacé Beaufort dans le rôle de chevalier servant. Il s'appelait François de Thou, de grande famille parlementaire, proche ami de Cinq-Mars qui l'appelait plaisamment « Son Inquiétude », esprit profond et sérieux que l'on pouvait s'étonner de trouver au milieu de ces foudres de guerre car il occupait le poste, nettement au-dessous de ses aptitudes, de bibliothécaire du Roi alors qu'il avait vaillamment combattu sous Arras. Entre tous, un lien commun : la haine de Richelieu dont ils avaient à se plaindre pour une raison ou pour une autre : Fontrailles parce qu'il avait un jour osé railler son infirmité, de Thou à cause de ce poste de rat de librairie qu'il jugeait ridicule, les autres pour des raisons diverses mais qui se rejoignaient dans leur dévouement à la maison de Vendôme. Mlle de Hautefort, naguère dame d'atour de la Reine frappée d'exil sans raison valable, reçut de ces hommes un accueil chaleureux dû au moins autant à son éclatante beauté qu'à son « malheur ».

Cependant, elle découvrit vite que son rôle présent, comme celui de Mme de Montbazon, devait être seulement décoratif. Ces hommes, à l'exception

Un chemin plein d'ornières

de Fontrailles qui représentait Monsieur, étaient tous porteurs des volontés de César de Vendôme qui, depuis la Cour de Saint James, les dictait à ses fils.

Après un repas qui fut ce qu'il devait être, agréable à tous points de vue, et où l'on s'occupa surtout de plaire aux dames, les valets se retirèrent tandis que les écuyers de Beaufort, Ganseville et Brillet, veillaient aux portes de la grande salle. Ce fut Fontrailles qui le premier prit la parole, avec un salut aux deux femmes :

— Messieurs, et vous aussi mesdames, nous sommes ici pour accorder nos violons dans le grand projet destiné à débarrasser enfin et à jamais le royaume de l'homme qui l'étrangle depuis tant d'années...

S'il était laid et contrefait, la nature l'avait cependant doué d'un charme surprenant : une voix de violoncelle, toute de velours sombre, avec un curieux pouvoir d'envoûtement. Dès les premières paroles, on fut sous le charme :

— Je ne suis ici que de passage pour porter, en Espagne, à notre amie la duchesse de Chevreuse, éloignée depuis trop longtemps, l'amitié et la confiance de M. le duc de Vendôme. Par elle, je suis assuré de prendre langue rapidement avec le duc d'Olivarès, Premier ministre de Sa Majesté le roi Philippe IV.

Comme les autres, Marie écoutait la musique de cette voix exceptionnelle, pourtant elle ne tarda pas à s'intéresser vivement au texte. Sans surprise, elle découvrit qu'il s'agissait là d'un complot destiné à abattre Richelieu avec l'aide de l'Espagne, mais ce

Les larmes d'un roi

qui la confondit fut d'entendre que le chef de la vaste conspiration où entraient Monsieur — pouvait-il se faire une conspiration sans lui ? — et la Reine n'était autre que le Grand Écuyer, le favori comblé de Louis XIII, le trop séduisant Cinq-Mars. Renseignée cependant par sa grand-mère au sujet des ambitions du jeune homme, elle n'hésita pas à entrer dans le débat :

— Que M. de Cinq-Mars souhaite se débarrasser du Cardinal qui l'empêche de monter là où il veut afin d'épouser Mlle de Nevers, rien de surprenant, mais que devient le Roi ? Comptez-vous, messieurs, vous débarrasser aussi de lui ?

— Il n'en est pas question ! Nous sommes ses fidèles sujets mais, étant éloignée de la Cour depuis quelque temps, vous ignorez sans doute que les sentiments de Sa Majesté envers son ministre ont beaucoup évolué. Le Roi est las de subir une insupportable tutelle...

— Il vous l'a dit ?

— Pas à moi mais à Monsieur le Grand. Comme celui-ci le suppliait de se libérer d'une férule odieuse en « remerciant » Son Éminence, le Roi a refusé en donnant tous les signes d'une grande frayeur. Alors notre ami a suggéré quelque chose de plus... définitif.

— Et qu'a dit le Roi ? Toujours aussi effrayé ?

— Non. Il a réfléchi un moment, puis il a murmuré comme se parlant à lui-même : « Il est prêtre et cardinal, je serais excommunié. » Ajoutons que notre Sire est fort malade... Richelieu aussi d'ailleurs !

Un chemin plein d'ornières

— Alors, pourquoi mêler l'Espagne à une affaire française ? intervint Beaufort. Peut-être suffit-il d'attendre ?

— Monsieur et Cinq-Mars ne peuvent plus attendre, justement parce que le Roi va mal. Monsieur veut la régence et Cinq-Mars...

— Mlle de Nevers que l'on parle de marier au roi de Pologne. J'en demeure d'accord mais l'Espagne...

— Vous l'avez trop combattue pour l'aimer, mon cher duc, reprit le bossu, mais elle nous apportera le moyen de n'être accusés en rien de la mort du Cardinal. Elle nous fournira l'arme et l'exécuteur lorsque le Roi et son ministre délabré descendront vers le Roussillon et la Catalogne comme ils en ont l'intention.

— Et si le Roi mon oncle mourait avant le Cardinal ?

— Monsieur aurait la régence... peut-être, mais le Cardinal a des créatures partout et il ne vivrait pas longtemps. De même, toute la noblesse de France serait en danger. C'est pourquoi il faut nous en débarrasser.

Beaufort se tourna vers le jeune de Thou qui écoutait sans rien dire :

— Qu'en pense notre juriste ?

Celui-ci rougit, mais offrit à son hôte un sourire charmant :

— Que les risques sont trop grands pour ne pas s'entourer de toutes garanties. Si M. de Fontrailles se rend en Espagne, cela peut être une bonne chose. Reste à savoir ce qu'elle offrira... et à quel prix ?...

On s'en tint là et la conférence s'acheva, le bossu

partant le lendemain matin. François alla prendre la main de Mme de Montbazon qui n'avait pas ouvert la bouche, la baisa avant de la remettre à Pierre de Ganseville chargé de la conduire à ses appartements :

— J'irai vous saluer tout à l'heure, ma douce amie... Pour l'instant, accordez-moi de veiller à certains arrangements...

Comme il n'en fit pas autant pour Mlle de Hautefort, celle-ci pensa qu'elle devait figurer parmi les arrangements en question et se rapprocha de la cheminée où brûlait un arbre entier. Les autres comprirent et vinrent la saluer avant de se retirer.

— Eh bien ? dit François en revenant vers elle. Que pensez-vous de tout cela ?

— Que toute affaire dont Monsieur se mêle est dangereuse par principe. Dieu sait si je hais Richelieu et j'admets volontiers que sa disparition serait une fort bonne chose. Mais Cinq-Mars est un jeune fou, ivre d'ambition, à qui sa haute position donne le vertige. Si vous voulez m'en croire, François, restez en dehors de tout cela !

— Mais, mon père ?

— Le duc César est loin et l'on n'ira pas chercher sa tête outre-Manche si le complot avorte, comme tous ceux qui l'ont précédé. Si vous êtes attaché à la vôtre comme je l'espère, tenez-vous tranquille ! Souriez, approuvez, mais surtout ne signez rien et, si j'ai un conseil à vous donner...

D'un geste vif, il se pencha sur elle et posa sur ses lèvres un baiser léger...

— Ne le donnez pas, ma chère sagesse ! Dès l'instant où l'Espagne doit y tremper, je n'accepterai jamais de prêter la main à quelque complot que ce soit ! Je suis prince français, madame, et soldat avant tout. L'Espagne me fait voir rouge...

— Je croyais pourtant que vous aimiez... au moins une Espagnole ?

— Et je n'ai pas changé, Marie ! S'il vous arrivait de la revoir, dites-lui qu'elle a désormais un fils — et même deux ! — et que les choses ne sont plus ce qu'elles étaient. J'ai peine à croire que la reine de France puisse donner sa belle main à une conspiration qui pourrait coûter le trône au jeune Louis.

Maria planta son regard bleu dans celui de son hôte, comme si elle cherchait à lire dans sa profondeur :

— Vous l'aimez toujours ?

— Toujours.

— Mais alors ?

De la tête, elle désignait la porte par laquelle était sortie la divine duchesse. François sourit :

— Que vous êtes jeune, mon Dieu ! J'ai vingt-cinq ans, ma belle Aurore, et je n'ai jamais juré de vivre comme un moine. Celle qui m'attend là-haut, dans la tour des Quatre-Vents, m'apporte plus que je n'osais espérer. C'est peut-être grâce à elle si je peux garder la tête froide devant les tourbillons qui se lèvent sous mes pieds.

— Seulement la tête ?

— Cela va de soi... Elle me fait apprécier le bonheur qu'il y a à se sentir vivant.

— Avez-vous oublié que la mort de Richelieu vous permettrait d'abattre Laffemas et de libérer enfin quelqu'un d'au moins aussi délicieux que votre duchesse ?

— Pourquoi donc croyez-vous que j'écoute ces messieurs et les reçois chez moi ? Je leur souhaite le plus vif succès, mais sans moi. Et à condition qu'ils ne touchent pas au Roi. Ce dont je ne suis pas encore certain.

— Ils n'oseraient...

— L'abattre ? Non, mais... avancer l'instant de la mort d'un homme déjà si atteint, pourquoi pas ? Qu'un de Thou n'y pense pas j'en suis certain, mais un Fontrailles... Allez dormir, mon amie, et soyez certaine que je ne m'avancerai pas davantage. Je vous en donne ma parole.

En remontant dans sa chambre, Marie pensa que c'était déjà trop que cette réunion « préalable » ait eu lieu à Vendôme. Avant de se coucher, elle s'approcha de la fenêtre qu'une pluie rageuse et froide flagellait. Elle la regarda tomber en se disant que c'était un temps affreux pour voyager. Pourtant, elle savait qu'à peine rentrée à La Flotte, elle presserait son départ pour Créteil, même s'il fallait geler pendant quelques jours dans une maison mal préparée à les recevoir, elle et sa grand-mère. Non que l'idée de voir mourir le Cardinal lui fît une peine affreuse : elle le détestait trop pour cela mais, comme Beaufort, l'idée de l'appel à l'Espagne lui déplaisait et, surtout, la pensée que le jeune Cinq-Mars, parvenu grâce au Cardinal aux honneurs, comblé de bienfaits par un roi trop faible, ne songeât qu'à mordre ou même arracher la main nourricière lui faisait horreur.

Un chemin plein d'ornières

À Jeannette qui venait l'aider à se déshabiller, elle offrit malgré tout un sourire :

— Nous allons bientôt revoir Paris, Jeannette.
— Mademoiselle est rappelée ?
— Oui et non. Je resterai hors la ville mais toi, rien ne t'empêchera d'aller faire un tour rue des Tournelles. Ou même de regagner l'hôtel de Vendôme. En ce moment, on doit y avoir grand besoin de serviteurs fidèles...

Le rayon de soleil qui illumina soudain le visage, si triste auparavant, de la jeune chambrière vint contrebalancer les sombres pensées qui assaillaient Marie et lui permit de trouver le sommeil.

CHAPITRE 7

UNE FIOLE DE POISON

Depuis qu'il avait découvert que Sylvie se trouvait au couvent de la rue Saint-Antoine, Laffemas vivait dans un état d'excitation qui lui faisait presque oublier la menace constante dont il était l'objet. Qu'elle fût si proche et cependant inaccessible irritait un désir qui le tenait éveillé de longues heures nocturnes. Ne pouvant le faire lui-même — son poste le lui interdisait — il faisait surveiller la Visitation jour et nuit sous le fumeux prétexte qu'une conspiratrice de haut lignage et sa suivante venaient de s'y retirer. Il était allé jusqu'à laisser entendre qu'il s'agissait de la duchesse de Chevreuse. Ses sbires devaient suivre l'une ou l'autre femme si d'aventure elles sortaient du couvent. Sachant qu'il n'y avait aucune chance que la « Chevrette », bien connue de la police et toujours à Madrid, fît une apparition rue Saint-Antoine, il s'était attaché à tracer de la prétendue suivante un portrait qui restituait le visage et la silhouette de Sylvie avec une exactitude maniaque. Naturellement, Nicolas Hardy qui connaissait la vérité était le plus souvent de surveillance, ce qui ne l'enchantait pas : cette fille après laquelle on l'avait envoyé courir au

Un chemin plein d'ornières

bout du monde pour en revenir amoché, il ne la portait pas dans son cœur. Aucune chance qu'elle lui échappe mais, comme il était loin d'être stupide et voulait mettre toutes les chances de son côté, il s'était assuré le concours de deux gamins qui allaient parfois livrer de la chandelle au couvent. Par eux, il apprit qu'une demoiselle de Valaines venait d'être admise chez les novices, information qui mit un comble à l'exaspération de son patron : on pouvait toujours espérer faire sortir une Sylvie réfugiée, mais Sylvie sous le voile d'une future religieuse devenait intouchable.

Les semaines coulant sans que rien ne bouge derrière le portail à guichet grillagé, une espèce de désespoir s'empara du misérable. Il n'avait même pas la ressource de l'apercevoir derrière les grilles du parloir, l'accès des maisons saintes lui étant refusé sauf chez Vincent de Paul qui eût accueilli le diable pour peu qu'il montrât la moindre contrition, mais Mme de Maupeou n'avait pas les mêmes raisons évangéliques que le petit homme pétri de sainteté et d'amour de ses semblables. En outre, il existait entre sa famille et celle de Laffemas une vieille haine datant des guerres de Religion et que les activités du bourreau de Richelieu n'étaient pas faites pour apaiser. Or, celui-ci ne pouvait accepter l'idée que la fille de Chiara fût à jamais perdue pour lui... Il était prêt à suivre n'importe quelle forme d'espoir, fût-elle infâme...

C'est alors qu'il reçut la visite de Mlle de Chémerault.

Ses relations avec le Cardinal avaient parfois

Une fiole de poison

conduit la fille d'honneur de la Reine et le Lieutenant civil à se rencontrer. Tous deux en retiraient une satisfaction mutuelle qui n'avait naturellement rien à voir avec un quelconque contact physique mais, fort jolie, fort coquette, fort dépensière et assez peu argentée, la Belle Gueuse, comme on l'appelait, appréciait les petits suppléments de numéraire qu'elle trouvait chez Laffemas en échange d'informations qui n'intéressaient pas Richelieu. Soucieuse de sa réputation, elle ne mettait jamais les pieds au Grand Châtelet, préférant de beaucoup la tranquillité de la rue Saint-Julien-le-Pauvre et l'obscurité à la lumière du jour. Ce qui n'empêche qu'une sorte d'amitié s'était liée entre eux.

Quand elle eut baissé l'épais capuchon de soie ouatée qui couvrait sa tête et laissé tomber le masque de satin qu'elle tenait devant son visage, elle s'installa en face de son hôte et accepta le verre de vin d'Espagne qu'il lui offrait pour la réchauffer :

— Il m'est venu d'autres nouvelles de cette petite dinde de L'Isle que tous croient morte, déclara-t-elle en guise de préambule avec un soupir de satisfaction.

— Oh ! il y a de moins en moins de gens qui restent dans l'erreur en ce qui la concerne.

— Toujours est-il qu'elle vient de ressusciter — fort discrètement ! — à Paris même et sous les voûtes augustes du couvent de la Visitation Sainte-Marie. Elle y est entrée en tant que Mlle de Valaines pour y prendre l'habit de novice...

Laffemas se garda bien de dire qu'il le savait déjà.

Un chemin plein d'ornières

En vertu du principe qu'il ne faut jamais décourager les mauvaises volontés. Il feignit l'admiration :

— Mais comme vous êtes habile ! Si jeune, c'est extraordinaire. Comment avez-vous découvert tout cela ?

— Vous avez vos secrets, j'ai les miens. Souffrez que je les garde... Non, si je suis venue vous informer c'est parce que dans le monde ou en religion, la douce Sylvie, le précieux « petit chat » de la Reine, m'insupporte. C'est une insolente, une intrigante qui m'a enlevé sous le nez la place que j'étais en droit d'espérer dans les confidences de Sa Majesté. En outre, elle a même séduit le Cardinal. Quand je suis allée lui porter le billet de Gondi que vous connaissez parce que j'en avais pris copie, il m'a donné l'ordre de l'oublier. C'est ce que je ne lui pardonnerai jamais !

Les yeux mi-clos, Laffemas écoutait avec délices crever l'abcès de haine que cette jolie fille portait en elle. Au nom de cette haine, il avait senti qu'il pourrait lui demander n'importe quoi.

— Est-ce tout ?

— Cela devrait vous suffire ? Pourtant non, ce n'est pas tout. Je ne sais si vous avez connu le jeune marquis d'Autancourt...

— Devenu duc de Fontsomme depuis la mort de monsieur son père ?

— Exactement. J'avais des vues sur lui, mais il a suffi à cette pécore d'apparaître pour qu'il ne me regarde même plus...

— Mais puisqu'elle passe pour morte, vos chances reparaissent.

Une fiole de poison

— Non, parce qu'il ne croit pas, il n'a jamais cru à sa mort. Il dit que si cela était, il l'aurait ressenti dans son cœur...

— Que c'est beau un amour comme celui-là !... mais, je ne saisis pas bien ce que vous attendez de moi aujourd'hui ? Au couvent de la Visitation, Mlle de L'Isle, ou de Valaines ou quel que soit le nom dont on l'appelle, est intouchable...

— Pas si elle était convaincue d'un crime de lèse-majesté ou peu s'en faut.

Le Lieutenant civil haussa les épaules.

— Elle n'a jamais rien commis de tel. À qui ferez-vous croire ça ? Même moi, j'aurais peine à vous suivre sur ce terrain...

Le geste dédaigneux de Mlle de Chémerault laissa entendre que c'était sans aucune importance parce qu'elle avait mieux :

— Mais... au Cardinal et au Roi.

— Vous rêvez !

— Pas le moins du monde. L'idée m'en est venue depuis que l'on poursuit César de Vendôme pour tentative d'empoisonnement. Pourquoi donc cette fidèle servante de la famille ne serait-elle pas entrée dans les vues de son chef ? Que l'on découvre du poison en sa possession ou dans un lieu qu'elle a habité serait pour tous la meilleure des choses car cela confirmerait l'accusation portée contre César. Et pour les douleurs du Cardinal, ce serait une bonne médecine que d'être enfin débarrassé des Vendôme. Il les hait depuis si longtemps !...

— Je continue à penser que vous avez des visions, mademoiselle, et la haine vous égare. Je crois que

223

Un chemin plein d'ornières

vous pourriez démolir le Louvre et Saint-Germain, Fontainebleau, Chantilly, Madrid et tous les domaines royaux sans jamais trouver une preuve qui puisse faire d'elle une empoisonneuse.

— Désolée de vous contredire, monsieur le Lieutenant civil, mais quand on veut chercher quelque chose avec la ferme intention de trouver, on y arrive toujours...

De sa manche ourlée de fourrure, elle tira un petit flacon de verre épais et bleu qu'elle fit miroiter entre ses doigts gantés à la lumière des chandelles. Laffemas sursauta et ses pupilles se rétrécirent tandis qu'il tendait la main vers l'objet qu'on ne lui donna pas :

— D'où sortez-vous cela ?

— Peu importe ! Ce qui compte, c'est que ce flacon soit découvert où il faut par qui il faut ! Ensuite, vous n'aurez qu'à envoyer vos gens à la Visitation avec un ordre d'arrestation contre lequel Mme de Maupeou, ou même monsieur Vincent s'il passait par là, ne pourraient rien !

Le Lieutenant de police se leva et fit avec agitation quelques tours dans son cabinet, puis revint donner du poing sur la table :

— Ne comptez pas sur moi pour vous aider. Votre projet est peut-être parfait pour assouvir votre vengeance, mais mène Sylvie de Valaines tout droit à la torture et à l'échafaud. Et moi qui la veux, je n'ai que faire d'un cadavre sans tête ou d'un corps brisé par le bourreau.

— Ne dites donc pas de pauvretés ! Vous me feriez douter de votre intelligence ! Une fois la fille

Une fiole de poison

sous les verrous à la Bastille, vous aurez tout loisir d'assouvir votre... passion !

— Sous l'œil du gouverneur, M. du Tremblay, qui m'exècre ?

— Eh bien, vous l'en ferez évader et il ne vous restera plus qu'à la cacher dans un coin tranquille. Elle sera toute à vous et comme vous l'aurez sauvée d'un sort affreux, elle débordera de reconnaissance !

Le tableau était idyllique, mais Laffemas avait de bonnes raisons de douter obtenir jamais la reconnaissance de Sylvie. Il allait dire quelque chose quand sa visiteuse se leva, remit la menue fiole dans sa manche et se disposa à partir. Il protesta :

— Nous n'avons pas fini de débattre à ce sujet, mademoiselle !

— Moi, si !... Ah, j'allais oublier : il va y avoir bal à la Cour en l'honneur du maréchal de La Meilleraye qui nous remporte de si belles victoires et, dans ma garde-robe, je n'ai rien qui convienne. Mes nippes sont vues, revues et fatiguées. Et je veux être belle !

— Ce qui veut dire que vous voulez de l'argent ? Eh bien soit, mais moi, je veux cette fiole.

— Pour que vous la jetiez et laissiez cette petite cruche continuer à m'obséder ? Jamais !

— C'est ça ou rien ! Vous n'aurez plus un liard de moi si vous ne me donnez ce flacon. Je vous jure que ce n'est pas pour le jeter et que j'ai bien l'intention de m'en servir... mais à ma façon ! Où dites-vous qu'on l'a trouvé ?

— Entre deux pierres de la muraille, derrière une tapisserie, au château de Saint-Germain, dans la chambre qu'elle occupait... Mais...

Un chemin plein d'ornières

— J'ai dit donnez !

Elle ne se décida à obéir que lorsqu'une bourse assez ronde fut apparue dans la main de Laffemas. Encore fut-ce à regret et sans pouvoir s'empêcher de demander :

— Qu'allez-vous en faire ?

— Elle sera remise au Cardinal par quelqu'un qui ne sera ni vous ni moi dont il n'a que trop tendance à se méfier lorsqu'il s'agit de cette jeune femme. Ou je me trompe fort, ou il fera connaître à Mme de Maupeou qu'il désire s'entretenir d'une affaire grave avec la novice et, comme il se déplace de plus en plus difficilement, on la lui enverra sous bonne escorte. Suivant la façon dont tournera l'entretien dont je guetterai l'issue, j'agirai...

— Et que ferez-vous ?

— Je l'ignore encore, mais que l'on ramène Mlle de Valaines à la Visitation ou qu'on la conduise à la Bastille, le chemin est le même puisque, entre les deux, il n'y a que quelques pas. J'ajoute — pour votre seul plaisir — que je possède à Nogent une assez jolie maison dont elle voudra bien se contenter.

— Si vous imaginez chose pareille, c'est que vous êtes encore plus fou que je ne le croyais, mais faites à votre guise... sinon je m'arrangerai pour agir à la mienne...

Au moment où elle franchissait la porte, il la retint :

— Un mot encore. En quelles circonstances avez-vous découvert le flacon ?

— Oh, c'est simple : j'étais mécontente depuis longtemps de ma chambre au château et j'ai enfin

Une fiole de poison

réussi à obtenir que l'on m'en donne une autre : celle justement occupée jadis par le « chaton ». Naturellement j'ai procédé à quelques aménagements... et j'ai trouvé le flacon. C'est tout simple, comme vous le voyez.

Lorsque le roulement de sa voiture se fut éteint dans la nuit, Laffemas resta songeur, l'œil fixé sur la fiole qu'il avait posée devant lui sur sa table à écrire. Il ne doutait pas qu'il s'agisse là d'un roman forgé de toutes pièces par l'avide Chémerault et que le poison ne lui vînt de quelque mystérieuse provenance. Ce qui ne laissait pas d'être inquiétant, cette aimable demoiselle semblant pouvoir s'en procurer à volonté. N'était-ce pas ce qu'elle sous-entendait en prévenant que si le projet de Laffemas devait échouer, elle le reprendrait sur nouveaux frais ? Auquel cas, il vaudrait mieux s'abstenir dans les temps à venir de partager avec la Belle Gueuse quoi que ce soit de comestible...

— En attendant, acheva-t-il tout haut, il faut essayer de découvrir où elle se procure la drogue. Ça, c'est mon métier !

À la Visitation Sainte-Marie, cependant, Sylvie menait une existence beaucoup plus agréable qu'elle ne l'avait craint. Certes, la règle et la Mère supérieure étaient sévères, mais sur son île Sylvie s'était habituée à une vie plutôt austère, et elle ne souffrait guère des jeûnes fréquents. En revanche, le manque de sommeil régulier commandé par les offices de nuit lui était pénible, ainsi que les longues stations à genoux sur les dalles de la chapelle, mais ces petits

Un chemin plein d'ornières

inconvénients étaient compensés par l'atmosphère douce et sereine qui l'environnait. Les femmes qu'elle côtoyait journellement étaient là par choix délibéré et non par contrainte. Ainsi, ce fut une joie pour elle de retrouver sœur Louise-Angélique.

Toujours aussi belle mais d'une beauté plus éthérée sous le sévère costume noir, toujours aussi douce, sœur Louise marqua un vrai plaisir de cette rencontre inattendue avec celle que l'on ne connaissait au couvent que sous le vocable de Marie-Sylvie. Grâce à elle qui était alors maîtresse des novices, celle-ci fut vite appréciée de ses compagnes, trois sœurs, surtout, Anne, Élisabeth et Marie Fouquet qui étaient les nièces de la supérieure, filles de sa sœur mariée à un conseiller d'État, François Fouquet, venu à la magistrature par le haut commerce. Ce couple, véritable modèle de chrétiens, lié à monsieur Vincent, aux Arnauld, à tout ce monde vertueux suscité par la Contre-Réforme et que protégeait Richelieu, comptait une dizaine d'enfants, six ou sept filles et trois garçons, qui tous avaient embrassé le service de Dieu : les filles dans divers couvents, les garçons dans les ordres. À l'exception d'un seul, le plus doué, le plus brillant de tous, destiné à continuer la famille en l'illustrant autant qu'il serait possible. À ce jour, le patriarche avait cessé de vivre et le chef de famille était sans doute l'aîné des fils, évêque de Bayonne, mais surtout ce jeune Nicolas, maître des requêtes auprès du Parlement de Paris, déjà possesseur d'une belle fortune encore augmentée par un riche mariage et qui venait parfois au parloir de la Visitation saluer ses « novices » ou, dans la chapelle, s'incliner sur la

Une fiole de poison

tombe de son père ou de sa jeune épouse morte en couches.

À plusieurs reprises, Sylvie rencontra Nicolas Fouquet et une sympathie naquit entre eux, prolongement de celle, toute spontanée, qui la liait déjà à sa sœur Anne. C'était un jeune homme au visage fin et intelligent animé par de beaux yeux gris et un sourire qui manquait rarement sa cible. Brun, pas très grand mais d'une taille élégante et bien prise, toujours admirablement vêtu, le jeune maître des requêtes ne devait pas rencontrer beaucoup de cruelles si l'on en jugeait par les regards appuyés de certaines visiteuses lorsqu'il se trouvait avec elles au parloir. Ses sœurs l'adoraient et Sylvie elle-même se surprit à penser que si son cœur n'appartenait à François, elle se fût montrée peut-être sensible au charme de ce séduisant garçon qui n'arrivait pas à comprendre ce qu'elle faisait dans un couvent et le lui répétait chaque fois qu'il la voyait.

Mais le grand bonheur de Sylvie fut de retrouver son parrain. Par une faveur spéciale due à la situation un peu exceptionnelle de la « novice », ils se revirent non au grand parloir mais dans celui réservé à la Mère supérieure et dépourvu de grilles. Là ils eurent tout le loisir de tomber dans les bras l'un de l'autre avec une émotion qui, sur l'instant, leur ôta la parole. Ce fut seulement après de nombreuses embrassades, celles d'un père retrouvant sa fille perdue, d'une fille de nouveau réunie à son père, que Perceval écarta Sylvie à bout de bras pour mieux la regarder :

— Je n'aurais jamais cru pouvoir vivre loin de

Un chemin plein d'ornières

vous si longtemps ! soupira-t-il, et c'est une épreuve que de vous retrouver sous cet habit.

— Est-ce qu'il ne me va pas ? fit Sylvie, virant sur ses talons en un geste rassurant sur l'état de sa coquetterie ancienne.

— Si, mais il cache vos beaux cheveux, ce qui est dommage. Et puis, il vous grandit... Mais peut-être est-ce vous qui avez grandi après tout ce temps ?

— Je le crois, en effet, sourit Sylvie. Il me semble que je vois les choses d'un peu plus haut... mais pas au point d'en avoir le vertige ! Oh, mon cher parrain ! J'ai si souvent pensé à vous ! Croyez-vous qu'il me sera un jour possible de revivre auprès de vous ? À présent, je ne demande rien de plus à l'existence...

Raguenel se mit à rire :

— Mais il faut demander plus ! Vous avez la vie devant vous et j'espère que vous saurez l'employer à autre chose que faire la lecture ou concocter des tisanes pour un futur vieillard.

Le visage de Sylvie s'assombrit :

— C'est pourtant ce que je souhaite le plus. Voyez-vous, même si François se mettait à m'aimer par je ne sais quelle alchimie du destin, il y aurait toujours entre nous ce poids d'horreur que je traîne après moi. En outre, il aime ailleurs et il est tellement plus haut que moi !

— Il n'y a pas que lui au monde ! s'impatienta Perceval. Je sais combien vous l'aimez, ma douce, mais vous avez droit à une vie à vous, qui ne soit pas l'ombre de la sienne. N'aimeriez-vous pas avoir des enfants ?

Une fiole de poison

— Oh si ! Mais... pour avoir des enfants il faut un époux... et je crois bien que je préfère encore épouser le Seigneur !

— Le réduire à l'état de pis-aller n'est guère flatteur pour lui.

— Oh, il a tant de fiancées ferventes que je passerai dans la masse ! Lui au moins sait ce que j'ai dû subir. Si je devais l'avouer à quelque autre, j'en mourrais de honte. Et d'ailleurs, qui voudrait de moi à présent ?

— Taisez-vous ! Je vous défends ce genre de discours qui est blasphème. Quand nous pourrons vous tirer de là, vous n'aurez aucune peine à vous marier si vous le souhaitez...

Après cette entrevue, Perceval était revenu à plusieurs reprises, mais mêlé aux autres visiteurs du parloir qui était sans doute le plus élégant et le mieux fréquenté de tout Paris.

Ce jour-là, il n'était pas venu seul. Soudain confuse, Sylvie découvrit derrière la grille la haute et mince silhouette de son amoureux d'autrefois qui était alors un ami cher, celui qu'elle appelait encore Jean d'Autancourt. Mais le plaisir l'emporta vite sur la confusion et Sylvie tendit spontanément vers lui deux mains si menues qu'elles passèrent sans peine à travers les barreaux de bois :

— Mon cher marquis ! Quelle joie de vous revoir !...

— C'est monsieur le duc qu'il faut dire, Sylvie, corrigea Raguenel avec un sourire. Notre ami a eu la douleur de perdre le maréchal son père...

— Ni l'un ni l'autre ! coupa le jeune homme.

Un chemin plein d'ornières

J'étais Jean pour vous autrefois et je voudrais bien le rester...

— Je ne demande pas mieux. J'ai appris aussi que vous êtes à présent diplomate et que l'on vous avait envoyé en mission auprès de Mme la duchesse de Savoie...

— C'était fort intéressant, mais grâce à Dieu je n'y suis pas resté. Je ne me le serais jamais pardonné : en rentrant chez moi, j'ai trouvé une lettre de Mlle de Hautefort qui m'appelait en Vendômois. Malheureusement, quand je suis arrivé là-bas, il n'y avait plus personne. Mme de La Flotte et sa petite-fille étaient parties sans dire où elles allaient. J'ai appris qu'elles avaient reçu pendant quelque temps une jeune fille nommée Sylvie et sa suivante que l'on appelait Jeannette. Alors je suis revenu à Paris pour y voir M. le chevalier de Raguenel qui avait...

— Bien des choses à lui apprendre, compléta Perceval avec un regard significatif qui empourpra Sylvie.

— Quoi, vous lui avez dit ?

— Tout ce qu'un homme doit savoir lorsqu'il recherche une femme en mariage, dit gravement le chevalier. Tout sauf le nom du monstre. Nous le lui apprendrons quand il ne sera plus un danger pour quiconque...

— C'est ridicule, protesta le jeune homme. Je suis en état d'affronter n'importe quel danger et le Roi me voit avec faveur.

— Je n'en doute pas, mais vous joueriez votre tête sans aucun bien pour qui que ce soit. Croyez-moi !

Une fiole de poison

Mieux vaut attendre ! Je vous le dirai en temps voulu.

À ce moment une religieuse, les mains au fond de ses manches, s'approcha de Sylvie et se pencha pour lui parler à l'oreille. Celle-ci se leva aussitôt :

— Je vous prie de me pardonner, dit-elle à ses visiteurs, mais Mme la supérieure me demande en son privé et je dois...

— Nous partons ! dit aussitôt Perceval. Il ne faut pas vous faire attendre...

— Mais nous reviendrons, n'est-ce pas ? Vous voulez bien que je revienne ? pria le jeune duc...

— Je serai toujours heureuse de vous voir, lui jeta Sylvie en s'éloignant pour suivre la sœur.

La pièce où la mère Marguerite recevait ses visiteurs ne ressemblait en rien au salon d'une grande dame : une table de chêne à pieds tors, deux chaises de paille, un chandelier et un prie-Dieu, mais, au mur, un grand Christ en croix de Philippe de Champaigne offert par le Roi apportait sa note de douloureuse splendeur. Lui faisant face, un homme vêtu de noir mais avec l'élégance d'un collet et de manchettes en très belle dentelle attendait debout. Il se détourna quand Sylvie entra, mais celle-ci eut l'impression de l'avoir déjà vu.

— Voilà Mlle de Valaines, dit la supérieure en allant au-devant d'elle. Mon enfant, voici M. de Chavigny. Il est secrétaire d'État et des proches de Son Éminence qui vous réclame. Il vient vous chercher afin de vous conduire au Palais-Cardinal..

Un chemin plein d'ornières

— Moi ? Mais... je croyais que le Cardinal ignorait que je fusse à Paris.

— Le Cardinal sait toujours tout, mademoiselle ! Veuillez vous préparer à me suivre !

Et comme Sylvie manifestait son incompréhension, mère Marguerite reprit la parole :

— Mieux vaut que vous retrouviez, pour cette visite, vos vêtements du monde. Il ne serait pas convenable que l'on vît sortir de chez nous une nonne revêtue. D'ailleurs, vous ne l'êtes pas encore, ajouta-t-elle avec un bon sourire.

— Comme il vous plaira mais... j'avais des visiteurs au parloir. Puis-je aller les saluer avant de suivre monsieur ?

D'un geste vif, Chavigny s'y opposa :

— Non. Ils vont être avertis que vous avez une tâche à accomplir et que... vous espérez les revoir bientôt. Allez ! Allez vite ! Son Éminence n'aime pas attendre !

Cela, Sylvie le savait depuis longtemps, aussi se hâta-t-elle d'aller changer d'habits. Quelques minutes plus tard, elle montait dans une voiture aux armes du Cardinal dont les mantelets étaient rabattus. M. de Chavigny monta auprès d'elle et la voiture partit pour aller vers le Louvre et le Palais-Cardinal en suivant la rue Saint-Antoine mais, outre que le chemin lui parut singulièrement long, Sylvie s'aperçut que l'on tournait plusieurs fois à droite, puis à gauche, puis encore à droite. Elle se pencha pour soulever le mantelet mais son compagnon qui gardait le silence depuis leur départ s'y opposa.

— Restez tranquille !

Une fiole de poison

— Vous avez dit que nous allions...
— Là où Son Éminence veut que vous alliez ! Ainsi, tenez-vous en repos. D'ailleurs, nous arrivons !

L'inquiétude de Sylvie augmenta en constatant que l'on franchissait un corps de garde, puis un autre après être passé sur un pont de bois. Une cloche sonna cinq coups, des commandements se firent entendre, et quand enfin la portière s'ouvrit et que l'on abaissa le marchepied, quand on la fit descendre, elle eut l'impression d'arriver au fond d'un puits formé de bâtiments noirâtres et de grosses tours rondes aux créneaux desquelles paraissaient des bouches de canon. La Bastille ! On lui avait fait parcourir tout ce chemin pour la conduire à la Bastille qui n'était qu'à quelques pas de la Visitation !

Chavigny la laissa apprécier la surprise qu'il lui réservait, s'attendant peut-être à des cris, des larmes, des protestations, mais Sylvie avait trop subi de coups du destin pour ne pas privilégier son orgueil et le souci de sa dignité. Le regard qu'elle posa sur son compagnon était glacé :

— Est-ce donc ici que Son Éminence m'attend ?
— Non. Vous la verrez plus tard... peut-être.
— Alors pourquoi cette comédie ? Car c'en est une, n'est-ce pas ? Jamais Mme de Maupeou n'aurait consenti à me laisser partir si elle avait su où vous m'emmeniez.
— En effet, mais il arrive que le service du Cardinal comme celui de l'État, ce qui est la même chose, exige que l'on emploie le mensonge.

Sylvie s'offrit le luxe de lever un sourcil insolent :

Un chemin plein d'ornières

— Le Cardinal et l'État même chose ? Que faites-vous du Roi, monsieur ?

L'autre haussa des épaules agacées :

— Je me suis mal exprimé. Entrons maintenant. On va vous conduire à votre logement.

Ce fut en passant au greffe que Sylvie apprit pour quelle raison on l'emprisonnait : elle était accusée d'avoir eu l'intention, de compte à demi avec le duc César de Vendôme, d'empoisonner le cardinal de Richelieu et même le roi Louis XIII.

Cette fois, elle eut vraiment peur et ce fut en serrant les dents pour contenir sa terreur qu'elle se laissa conduire au long d'un bel escalier à vis, assez large pour que trois personnes puissent le monter de front, qui la mena au second étage d'une des tours. Mais au lieu du cachot sordide qu'elle redoutait, on l'y abandonna dans une grande chambre pourvue d'une cheminée, d'un lit habillé de courtine de serge verte, d'une table, de deux escabeaux et de quelques ustensiles de toilette. De tout cela, Sylvie ne vit rien sinon le lit où elle alla s'abattre, secouée de sanglots trop longtemps retenus tandis que, sous la main rude du porte-clefs, claquait la ferraille des verrous refermés sur elle.

Le lendemain de ce jour, Jean de Fontsomme retourna au couvent. Il n'avait pas aimé l'éclipse de son étoile et moins encore l'explication qu'on lui avait donnée : sœur Marie-Sylvie était retenue par une tâche urgente. Le profond amour qu'il portait à la jeune fille l'avait tenu éveillé toute la nuit, lui soufflant que quelque chose d'inhabituel sinon d'anormal

Une fiole de poison

s'était produit. Et, de fait, quand, accueilli par la sœur tourière, il demanda une entrevue avec la novice, il lui fut répondu aussitôt que ce n'était pas possible et que, jusqu'à nouvel ordre, il était préférable de ne pas renouveler sa demande. De toute évidence, on lui cachait quelque chose. Sachant depuis longtemps que faire parler une religieuse sans l'approbation de sa supérieure relevait du miracle, il n'insista pas, remonta à cheval et s'en alla chez Perceval qu'il trouva dans sa « librairie », roulant dans sa tête des pensées dont Sylvie était le centre. Aussi écouta-t-il avec une sorte de passion ce que son jeune ami avait à lui dire.

— J'y vais ! décida-t-il, et je demanderai un entretien à la Mère supérieure. Je suis le parrain et le tuteur de Sylvie : elle devra me répondre.

Or, ce qu'elle fit répondre fut une fin de non-recevoir courtoise mais ferme. Pas assez cependant pour décourager le visiteur qui allait se lancer dans un ardent plaidoyer quand un beau jeune homme qui venait d'entrer et avait entendu la réponse de la religieuse s'avança, salua Perceval avec une grâce parfaite, puis, s'adressant à la tourière :

— Comment se fait-il que ma tante refuse de recevoir ce gentilhomme ? Serait-elle souffrante ? Il faudrait que ce soit grave, alors ?

— Non... mais...

La fin du mot, une sorte de bêlement, amena un sourire sous la fine moustache de l'inconnu :

— Allez, s'il vous plaît, lui dire que j'accompagne monsieur...

— Chevalier Perceval de Raguenel, écuyer hono-

Un chemin plein d'ornières

raire de Mme la duchesse de Vendôme, compléta celui-ci avec un salut.

— Le chevalier de Raguenel qui est de mes bons amis ! Je la prie de nous accorder un instant d'entretien. Puis, avec un regard au visage angoissé du visiteur. « Ajoutez qu'il est très malheureux et que je ne l'ai jamais vue fermer sa porte à quelque douleur que ce soit ! Je me nomme Nicolas Fouquet, ajouta-t-il quand la sœur eut disparu, maître des requêtes au Parlement de Paris. Mère Marguerite est la sœur de ma mère. »

En tout cas, celle-ci devait beaucoup aimer son neveu et lui faire entière confiance car très vite les deux hommes franchirent le seuil de son austère cabinet qu'elle parcourait de long en large, les mains au fond de ses manches et dans une agitation qu'on ne lui connaissait pas. Elle s'arrêta en les voyant entrer et tout de suite attaqua :

— En forçant ainsi ma porte, mon cher Nicolas, vous me mettez dans une situation cruelle. Et je ne suis pas certaine que vous ne m'ayez menti : monsieur est-il votre ami ?

— De fraîche date, je veux bien l'admettre, mais vous n'ignorez pas, madame, que je ne supporte pas de voir quelqu'un malheureux. À présent, je vous le laisse...

— Non, coupa Perceval. Vous avez, monsieur, acquis le droit d'apprendre ce qui m'amène ici. Ma mère, par pitié, me direz-vous ce qu'il est advenu de Mlle de Valaines ma pupille...

— Si seulement je le savais ! lâcha-t-elle en lui jetant un regard où il put lire une véritable angoisse.

Une fiole de poison

— Quoi ? s'écria Fouquet. Cette charmante jeune fille dont ma sœur Anne est devenue l'amie ? Qu'a-t-il pu lui arriver ?

Mme de Maupeou garda le silence mais, visiblement, elle brûlait de se décharger le cœur d'un gros souci et la réponse ne tarda guère :

— Hier, après dîner, j'ai reçu la visite de M. de Chavigny, secrétaire d'État auprès du cardinal de Richelieu, porteur d'une lettre de celui-ci. Lettre aux termes de laquelle Son Éminence me demandait de vouloir bien confier Mlle de Valaines audit Chavigny afin qu'il la lui amène pour un entretien confidentiel... Il m'était impossible de refuser ce que le Cardinal demandait, surtout apporté par un personnage de cette importance. En outre, Mlle de Valaines n'est ici que novice... et encore ! Elle a donc repris l'habit civil pour suivre M. de Chavigny qui devait me la ramener. Et...

— Et elle n'est pas rentrée ? compléta Perceval dont une angoisse grandissante serrait le cœur en pensant à ce qu'avait déjà vécu Sylvie après s'être rendue au château de Rueil.

— Avez-vous envoyé chez Son Éminence ? demanda le jeune Fouquet.

— Oui. Je ne sais pourquoi, j'ai été prise d'un doute... Comme le temps passait sans la ramener, j'ai prié notre aumônier de porter un message au Palais-Cardinal et il m'a rapporté ceci.

Elle tendit à Perceval un court billet de la main même de Richelieu et qui lui fit dresser les cheveux sur la tête :

« Soupçonnée de collusion avec le duc César de

Un chemin plein d'ornières

Vendôme dans la tentative d'empoisonnement dont il est accusé, Mlle de Valaines a, sur mon ordre, été incarcérée au château de la Bastille jusqu'à ce que lumière soit faite. Signé : Richelieu. »

— Lisez, monsieur, dit Perceval en tendant le billet à son nouvel ami, vous en avez acquis le droit...

La réaction du jeune homme fut spontanée :

— Grotesque ! Une empoisonneuse, cette enfant ? Il faut ne l'avoir jamais regardée en face pour croire une chose pareille ! Elle a un regard transparent. On peut voir jusqu'au fond de son âme...

— Le Cardinal la connaît bien, pourtant. Lorsqu'elle était fille d'honneur de la Reine, elle est allée chanter pour lui à plusieurs reprises.

— Aïe ! Tout cela n'est pas bon. Si Richelieu peut supposer qu'elle l'a joué, il sera impitoyable — il l'est toujours, du reste, mais si son amour-propre est en jeu...

— Monsieur, monsieur, vous m'effrayez ! gémit Perceval.

Fouquet lui sourit :

— Pardonnez-moi, l'habitude de mettre les choses au pire ! Je suis avocat de formation, voyez-vous... et, d'ailleurs, je vous propose de défendre votre filleule si cette affaire vient en justice ! Croyez-moi, je suis assez habile.

— Je n'en doute pas... et je vous remercie. Merci aussi à vous, madame, de m'avoir appris la vérité.

— J'aurais voulu vous l'épargner mais je suis comme mon neveu, je n'arrive pas à croire à sa culpabilité. C'est une enfant délicieuse... et si spontanée. La savoir à la Bastille me navre ! Sans compter

Une fiole de poison

ce que je vais devoir dire à Mme de La Flotte qui me l'avait confiée...

— À chaque jour suffit sa peine, ma tante ! Je vous baise les mains. Venez, chevalier, allons chez moi nous entretenir de cette accusation invraisemblable...

— Que de grâces ! Mais plus tard, s'il vous plaît. Je dois d'abord rentrer chez moi où m'attend un jeune homme qui...

— N'en dites pas plus ! Allez vite auprès de lui. Vous me verrez quand vous le souhaiterez. J'habite rue de la Verrerie.

En rentrant chez lui, Perceval ne cessa de regarder vers la Bastille dont les tours formidables dressaient un mur au bout de la rue Saint-Antoine. Sa petite Sylvie, si charmante, si délicate, dans ce monstre de pierre ! Pourtant, en dépit de la terrible menace suspendue sur sa tête, Raguenel ne put s'empêcher d'éprouver un grand soulagement. Il avait eu tellement peur que l'horrible aventure ne recommence et que l'enfant soit de nouveau livrée au sadique assassin de sa mère. Certes, on pouvait craindre que le Lieutenant civil ne pénètre jusqu'à elle, mais l'on savait avec quelle rigueur Charles du Tremblay, frère de la défunte Éminence grise, menait sa forteresse et ceux qui y officiaient. C'était un homme d'une austère piété et aucun attentat ne pouvait se perpétrer dans un château dont il avait la garde pour le Roi.

Ce fut ce qu'il tenta d'expliquer à Jean lorsqu'il le retrouva dans sa bibliothèque. Le jeune duc écouta son récit sans mot dire, mais à peine Perceval l'eut-il achevé qu'il prit ses gants et son chapeau en déclarant qu'il allait au Roi. Comme Perceval lui représentait que c'était prématuré et que l'on pouvait peut-être en discuter auparavant, il déclara d'un ton qu'on ne lui connaissait pas :

— L'innocence de Mlle de Valaines ne se discute pas ! Ni les moyens de la tirer d'un sort aussi affreux, aussi injuste !

— Mais que direz-vous au Roi ?

— Qu'avant de rejoindre, sous Perpignan, M. le maréchal de Brézé qui commande l'armée, j'entends que l'on rende à sa famille la future duchesse de Fontsomme !

— Vous voulez toujours l'épouser ? En dépit de... ce que je vous ai raconté ?

— Plus que jamais car je veux, justement, lui faire oublier jusqu'au nom de son bourreau. On ne rejette pas une martyre, chevalier, on l'aime davantage !

Mais, lorsque Jean de Fontsomme parvint à Saint-Germain, le Roi en était parti avec sa maison depuis quelques heures pour Fontainebleau, d'où il prendrait la route du Roussillon.

Il emmenait avec lui Cinq-Mars...

Jean n'essaya même pas de voir la Reine dont la puissance était nulle et dont il se méfiait un peu. Sa route lui parut toute tracée : il rentra chez lui, ordonna que l'on prépare son départ puis alla faire ses adieux à Perceval de Raguenel :

— Je reviendrai avec ce que je veux ou je ne reviendrai pas ! lui déclara-t-il.

— Ce qui, mon ami, serait stupide ! Sylvie a besoin de vous vivant ! Le beau secours que vous lui apporteriez de l'autre monde !

Le jeune homme se mit à rire :

Une fiole de poison

— Vous avez raison ! Voilà que je donne dans la grandiloquence ! Je vous promets de tout faire pour me protéger... sauf en un seul cas !

— Je sais ! Moi non plus, en ce cas, je n'aurais plus envie de hanter la terre. Dieu vous garde !

— Dieu la garde, elle, avant tout !

Plusieurs jours passèrent sans que Sylvie reçût d'autre visite que celles du geôlier. En dehors de la privation de liberté et de la semi-obscurité où la tenait le soupirail grillé ouvert haut dans une muraille épaisse d'environ deux mètres, le régime de la prison n'était pas pénible : la nourriture était excellente, et trop abondante pour elle. On ne la laissait manquer ni de linge propre ni de savon. Il n'empêche qu'elle vivait dans la hantise de la terrible accusation que l'on faisait peser sur sa tête : complicité d'empoisonnement avec le duc César. Le malheur voulait que ce fût vrai en partie depuis la fameuse nuit dans l'hôtel désert du Marais où il lui avait remis un flacon dont le contenu était destiné au Cardinal s'il faisait emprisonner François pour avoir tué un homme en duel[1]. Et ce flacon, elle l'avait accepté parce qu'elle ne pouvait agir autrement mais elle s'était bien juré de ne jamais s'en servir, sinon sur elle-même, et elle l'avait caché comme l'on sait. Qui donc avait pu le trouver dans cette faille du mur dissimulée par une tapisserie ? Qui donc surtout avait fait la relation avec elle alors que tant de mois,

1. Voir tome I, *La Chambre de la Reine*.

des années même, avaient coulé depuis qu'elle avait quitté le Louvre ?

Ces questions, elle ne cessait de les ressasser. Elles lui ôtaient le sommeil, l'appétit aussi, et elle devait se forcer pour absorber la nourriture nécessaire à la bonne conservation de ses facultés : elle ne voulait pas, quand on la traduirait devant ses juges, offrir l'image d'une loque humaine se soutenant par sa seule volonté. Mais que le temps lui semblait long !

Elle n'avait pour se distraire que les bruits de la forteresse, la cloche de l'horloge frappant tous les quarts d'heure, le cliquetis de clefs, de verrous tirés et refermés, le pas des sentinelles sur les chemins de ronde, les allées et venues dans la cour, des plaintes parfois et parfois aussi l'écho d'une chanson lancée par une grosse voix, pas bien loin d'elle :

Vive Henri IV, vive ce roy vaillant
Ce diable à quatre a le triple talent
De boire et de battre et d'être un vert galant...

Étonnée car ce prisonnier-là semblait heureux de vivre, elle demanda au porte-clefs s'il pouvait lui dire son nom. L'homme se mit à rire :

— Pour sûr ! C'est le maréchal de Bassompierre, ma petite demoiselle ! Un rude gaillard lui aussi, et s'il chante si fort, c'est parce que je lui ai dit qu'il y avait une jolie petite dame juste au-dessus de lui. C'est sa façon de vous faire la cour...

— Et... il est là depuis longtemps ?

— Bientôt douze ans, mais il a pas l'air de s'ennuyer : il mange bien, boit encore mieux et écrit ses

Une fiole de poison

mémoires. P't'être qu'il mourra ici. L'est plus jeune, vous savez.

— Et qu'a-t-il fait pour être embastillé ?

— Ça j'en ai aucune idée. Et si j'le savais, j'vous l'dirais pas parce que j'ai pas le droit. Mais j'lui dirai qu'vous appréciez sa musique. Ça lui f'ra plaisir !

Le maréchal en effet chanta de plus belle, tout en variant son répertoire. Sylvie lui en fut reconnaissante, cette voix sans visage lui donnait l'impression d'avoir un ami et sa peur, à l'entendre, s'apaisait un peu. Une nuit, cependant, alors qu'elle venait de se coucher, sa porte s'ouvrit et le geôlier parut. Il n'était pas seul : un des officiers de la Bastille l'accompagnait et aussi quatre soldats. Sylvie dut s'habiller sous les yeux de cet homme mais elle renonça à se coiffer, ses doigts tremblaient trop.

Encadrée par les soldats, elle descendit, traversa une partie de la cour qu'éclairaient à peine les pots à feu placés sur le rempart, passa sous une porte basse et finalement se retrouva dans une salle, basse elle aussi mais longue et dont les voûtes étaient soutenues par de gros piliers. Contre le mur du fond percé d'une étroite fenêtre en fer de lance, elle aperçut une table éclairée par des chandeliers derrière laquelle étaient assis trois hommes, deux aux cheveux coupés au carré encadrant un autre à la crinière plus longue et grise. Un quatrième écrivait, assis sur le côté à une table plus petite. Les gardes menèrent Sylvie devant les juges — ils ne pouvaient être que cela — et se retirèrent à l'entrée de la salle. En dépit de sa peur, la prisonnière poussa un léger soupir de soulagement

Un chemin plein d'ornières

car elle avait craint, un moment, de se trouver en face du Lieutenant civil qui hantait ses nuits.

L'homme du milieu était un commissaire du Châtelet. Il leva les yeux des papiers qu'il compulsait et les posa, aussi froids que ceux d'un basilic, sur la prisonnière.

— Vous vous appelez Sylvie de Valaines et vous avez été recueillie et élevée par Mme la duchesse de Vendôme qui vous a introduite à la Cour sous un faux nom pour y devenir fille d'honneur de la Reine.

Richelieu connaissant tout d'elle, Sylvie ne s'étonna pas de voir cet homme si bien renseigné. Curieusement, elle y puisa une force nouvelle pour se défendre pied à pied :

— Ce n'est pas un faux nom, dit-elle avec plus de calme apparent qu'elle n'en éprouvait. Le fief de L'Isle en Vendômois m'a bel et bien été conféré par le duc César à la demande de la duchesse.

— Pour s'être montrés si généreux, il fallait que l'on vous aime beaucoup. Il est bien évident que la reconnaissance s'imposait et sans doute aussi l'affection...

— C'est vrai. J'aime et je respecte infiniment la duchesse...

— Et le duc César ?

— Moins. Il m'a toujours considérée comme une intruse et me reprochait l'amitié que me donnaient ses enfants.

— Ah ! Il vous la reprochait ? Dans ce cas, on peut supposer que vous ayez accepté de l'aider afin de vous faire mieux voir de lui...

— De l'aider à quoi ?

Une fiole de poison

— Mais... à empoisonner Mgr le Cardinal qui vous honorait d'une certaine faveur ?

Une brusque colère empourpra les joues de Sylvie.

— Son Éminence, en effet, me faisait l'honneur de m'appeler parfois afin que je lui chante quelques chansons... et je n'ai pas pour habitude d'empoisonner les gens qui m'accueillent aimablement !

— Oseriez-vous affirmer que le duc César ne vous a jamais remis la fiole de poison que l'on a trouvée dans votre chambre ?

— Ma chambre ? Mais vous devriez savoir, monsieur, que les filles d'honneur de la Reine n'ont pas de chambre attitrée, qu'elles peuvent passer de l'une à l'autre. Ainsi, quand j'étais au Louvre, je logeais dans une pièce où logeait avant moi Mlle de Châteauneuf qui se mariait et je suppose qu'après mon départ on l'a donnée à quelqu'un d'autre. Or, il y a longtemps que je ne suis plus fille d'honneur et je voudrais savoir, si l'on a trouvé une fiole suspecte, pour quelle raison elle m'appartiendrait plutôt qu'à une autre ?

— Parce que vous êtes liée à des gens qui manient le poison avec une certaine dextérité. Parlez-moi de votre chambre à Saint-Germain.

Un énorme point d'interrogation se forma dans l'esprit de Sylvie. Pourquoi diable lui parlait-on de Saint-Germain où elle n'avait jamais emporté le maudit dépôt ?

— Au Château-Neuf de Saint-Germain, c'est encore mieux car, les bâtiments étant moins vastes, nous étions deux et parfois trois quand il y avait

Un chemin plein d'ornières

grand service d'Honneur. Je partageais la chambre de Mlle de Pons.

— Songeriez-vous à faire peser sur elle une accusation ?

— Dieu m'en garde ! Mlle de Pons n'a sûrement rien à se reprocher. Si l'on a trouvé une fiole, elle pouvait être dans sa cachette depuis des décennies. Pourquoi pas depuis le temps de la reine Marie ? Chez les Médicis, le poison était, il me semble, d'usage courant ?

— Nous nous égarons et je vous conseille de ne pas vous écarter du sujet. Ainsi, vous niez avoir eu cette fiole en votre possession ?

— Mais quelle fiole ? Montrez-la moi, au moins ?

— Nous ne l'avons pas ici. En revanche, nous possédons quelques moyens de délier les langues qui se refusent à l'usage de la vérité...

Sylvie blêmit et sentit ses jambes moins assurées. Dieu tout-puissant, si on lui appliquait la question, jusqu'à quel point l'endurerait-elle sans avouer n'importe quoi pour faire cesser la souffrance ? Elle trouva pourtant le courage de répondre :

— Je n'en doute pas mais, ce dont je doute, c'est que la vérité, la vraie, puisse s'obtenir avec de tels moyens.

— Il est des exemples nombreux et convaincants... Mais répondez d'abord à une dernière question : vous niez avoir jamais reçu du duc César de Vendôme une fiole de poison destinée au Cardinal... ou au Roi ?

Le cœur de Sylvie manqua un battement. Elle avait toujours eu horreur du mensonge mais cette

Une fiole de poison

fois sa vie, celle de César et peut-être d'autres plus chères à son cœur en dépendaient. Elle se dressa, bien droite, regarda le juge dans les yeux et affirma :

— Je le nie formellement.
— Bien !

Le juge fit un signe et deux soldats vinrent prendre la prisonnière chacun par un bras pour la mener dans une salle voisine. Devinant ce qui l'attendait elle s'efforça de résister, mais c'était peine perdue. Elle se trouva en face d'un terrifiant appareillage disposé autour d'un lit en bois grossier garni d'un matelas de cuir taché et roussi par endroits et de deux treuils, l'un à la tête, l'autre au pied, avec les cordes permettant d'étirer les membres du patient. À côté, devant un fauteuil à lanières de cuir, les ais de bois que l'on appelait brodequins, le marteau et les coins que l'on enfonçait entre eux pour faire éclater les genoux et les jambes. Il y avait aussi de longues tiges de fer plongées dans un brasero flambant et, dans les ombres au fond de la pièce, une grande roue armée de pointes de fer. Un homme aux énormes bras nus et musclés sortant d'un justaucorps en cuir taché et roussi comme le matelas veillait sur tout cela comme un génie malfaisant. Au bord de la nausée, la malheureuse sentit ses jambes se dérober sous elle tandis que le juge, avec un luxe de détails, lui expliquait le fonctionnement de ces abominables instruments. Elle ferma les yeux, attendant le moment où on la coucherait sur ce lit, espérant un évanouissement qui ne venait pas et ne viendrait jamais. Sa jeunesse et sa belle santé la privaient de cette échappatoire si fort en honneur chez les dames de la

Un chemin plein d'ornières

bonne société. De toutes ses forces, elle appela le Ciel à son secours dans une prière aussi fervente que désordonnée. Et soudain, elle entendit :

— Maintenant que vous avez compris ce qui vous attend, on va vous ramener chez vous afin que vous puissiez réfléchir ; mais sachez que vous serez entendue à nouveau une nuit prochaine et que si vous vous obstinez dans votre coupable silence, vous ferez connaissance avec les talents de notre bourreau... Vous parlerez, croyez-moi ! Il n'est pas d'exemple...

Plus morte que vive, Sylvie regagna sa chambre. Son cœur cognait dans sa poitrine, si fort qu'elle eut l'impression qu'il allait l'étouffer. Elle se sentait si mal en point qu'elle se laissa tomber sur son lit sans avoir la force d'ôter de nouveau ses vêtements et là, comme au soir de son arrivée, elle éclata en sanglots désespérés qui la secouèrent un long moment, avant de plonger dans un sommeil peuplé de cauchemars.

Le jour revenu et avec lui plus de lucidité, Sylvie s'efforça de chercher une issue à l'horrible situation où elle se trouvait. Certes, le duc César vivait en Angleterre d'où il n'envisageait sans doute pas de revenir et il n'avait rien à craindre des aveux que l'on pourrait arracher à Sylvie, mais elle pensait au reste de la famille : la duchesse, Élisabeth et, surtout, François. Un instant, la prisonnière caressa l'idée d'un échafaud où ils pourraient monter ensemble et mourir en se tenant la main mais elle savait bien que c'était pure folie et qu'elle gravirait seule les degrés fatals. Ainsi, rien ne pouvait la sauver de l'épée du bourreau sinon la mort qu'elle-même se donnerait.

Une fiole de poison

Un moment, elle oublia les murs qui l'enfermaient, revit les rochers de Belle-Isle, la mer de Belle-Isle, l'immense paysage de Belle-Isle habité par les mouettes et les goélands argentés, les petits matins irisés de brume, les soleils glorieux du couchant et la crique où elle avait voulu mourir. Elle découvrait qu'en dehors de la joie de revoir Marie, de retrouver le bon regard tendre de son parrain, tous ces mois passés à essayer de la ramener à une vie normale n'avaient servi qu'à l'enfoncer davantage.

— Non seulement je ne suis pas faite pour le bonheur, pensa-t-elle tout haut, mais je ne suis pas certaine de l'apporter à ceux qui m'aiment...

À présent, l'avenir était bouché par la silhouette sinistre d'un lit de torture préfigurant l'échafaud qui viendrait ensuite, et cela elle n'en voulait à aucun prix. Comme elle le supposait jadis dans son refuge breton, Dieu ne pouvait en vouloir à qui choisissait de quitter la vie d'une manière plus douce que celle choisie par les hommes... Évidemment, à la Bastille ce serait moins facile qu'en face de l'océan car l'endroit lui-même était déjà un tombeau, mais après tout, qu'importait le décor ? Ce qu'il fallait, c'était en finir le plus vite possible...

Elle attendit le passage du geôlier avec le repas de midi dont elle mangea une partie selon son habitude mais, cette fois, elle vida presque le pichet de vin de Bourgogne : même talonnée par la peur, il fallait du courage pour se donner la mort.

Quand l'homme fut venu reprendre le plateau sans cacher sa déconvenue devant le flacon qu'il avait l'habitude de vider lui-même en sortant de la chambre, elle se mit à l'ouvrage, s'empara d'un de ses draps dont elle déchira avec ses dents une bande assez solide pour servir de corde, après quoi elle grimpa sur son escabeau pour l'attacher au bâti de noyer qui supportait les rideaux au-dessus de son lit. Ensuite, elle fit un nœud coulant, s'assura que cet appareil rudimentaire fonctionnerait puis, laissant l'escabeau devant le pied du lit, elle s'agenouilla pour demander pardon à Dieu en regrettant de ne pouvoir écrire le moindre billet tendre à l'adresse de son parrain. Pour François, ce n'était pas la peine : il l'avait déjà oubliée.

— Assez traîné ! murmura-t-elle. Il faut s'y résoudre à présent.

Et, regrimpant sur son escabeau, elle passait sa tête dans le nœud quand éclata le fracas des verrous. Elle eut beau repousser son siège d'un pied furieux, elle n'eut même pas le temps de sentir sur son cou la morsure de la toile tordue. Déjà, l'officier qui était venu la chercher dans la nuit était sur elle et la soulevait dans ses bras.

— À moi, vous autres ! lança-t-il aux soldats. Coupez-moi ça !

Puis, la laissant retomber si brusquement qu'elle s'étala, il gronda :

— Le suicide est interdit ici ! On aurait dû vous mettre dans un cachot ! Là, au moins, on ne trouve rien pour se tuer...

— Ni même pour vivre ! s'écria Sylvie dont la déception se changeait en colère. Qu'est-ce que ça peut bien vous faire que l'on se suicide ? C'est autant de travail en moins pour votre bourreau...

Une fiole de poison

— Justement, vous lui enlevez le pain de la bouche, fit l'homme avec une horrible logique. Venez maintenant, on vous attend !

Elle voulut se débattre mais fut vite maîtrisée :

— Par pitié, laissez-moi ici, laissez-moi mourir ! Je ne veux pas retourner... en bas !

— Vous irez où vous devez aller ! Allons, en route !

La mort dans l'âme à défaut du corps, Sylvie suivit ses gardes dans l'escalier, priant éperdument pour qu'il arrive quelque chose, qu'une marche se détache ou qu'une pierre tombe sur elle de la voûte afin de lui éviter l'univers de souffrance qui se dessinait à son horizon.

Parvenue dans la cour, elle se tournait déjà vers la porte basse qu'elle redoutait tant quand l'officier la prit par le bras :

— Pas cette fois ! Vous allez faire un petit voyage...

Le soulagement fut tellement énorme que Sylvie aurait pu se mettre à rire, mais ses jambes tremblaient encore quand on la fit monter dans un carrosse tout semblable à celui qui l'attendait devant la Visitation, et elle s'affaissa plus qu'elle ne s'assit sur les coussins de drap gris. Elle s'aperçut alors qu'il y avait là un homme vêtu de noir, et elle eut un mouvement de recul en se souvenant de son aventure de Rueil, mais c'était seulement le juge qui l'avait interrogée la nuit précédente et elle se surprit à remercier Dieu qui semblait avoir effacé Laffemas de son chemin. Son épreuve eût été bien pire s'il avait fallu l'endurer sous le regard inhumain de ce misérable.

Un chemin plein d'ornières

— Je sais que vous ne me répondrez pas, mais où allons-nous ?

— Ce n'est pas un secret. Nous allons au Palais-Cardinal.

De nouveau, les ais du pont-levis de la Bastille grondèrent au passage de la voiture...

CHAPITRE 8

DE CHARYBDE EN SCYLLA

En descendant de voiture dans la cour du palais, Sylvie comprit qu'un départ se préparait. Autour d'une étrange machine tendue de pourpre et frappée aux armes du Cardinal qui ressemblait à un énorme lit muni de brancards, une nuée de serviteurs et de gardes s'activaient, les uns entassant coffres et bagages dans des chariots, les autres vérifiant leur équipement et procédant à de minutieux examens de leurs montures et de leurs armes.

— Est-ce que Son Éminence quitte Paris ? murmura Sylvie qui avait retrouvé assez de présence d'esprit pour oser une question.

— Elle va rejoindre le Roi dans le Midi pour participer à la gloire des dernières conquêtes. Prenez garde surtout à ne pas l'irriter davantage ! Le Cardinal est fort malade et entreprend ce voyage au prix d'un terrible effort de volonté.

Fort malade ? Sylvie n'en douta pas quand elle fut introduite dans la chambre où l'on achevait d'habiller Richelieu. Un feu d'enfer luttait victorieusement contre la froidure extérieure. On suffoquait presque, pourtant le Cardinal était aussi pâle que s'il

Un chemin plein d'ornières

était déjà mort. De maigre il était devenu émacié, et sa figure encore allongée par la barbiche presque blanche n'était guère plus épaisse qu'une lame de couteau... Les yeux étaient creux et, sous la longue soutane de moire rouge sur laquelle tranchait le ruban bleu du Saint-Esprit, apparaissaient, au cou et aux poignets, les linges blancs protégeant les ulcères dont on le disait couvert. Pourtant, l'échine restait raide et le regard impérieux. D'un pas d'automate, le Cardinal gagna un fauteuil placé près d'une petite table chargée de fioles et de pots, puis d'un geste autoritaire chassa ses domestiques.

C'était la première fois que Sylvie le voyait sans ses chats, mais sa surprise ne dura guère : un superbe chat des Chartreux à la foisonnante fourrure gris ardoise surgit soudain et sauta sur les genoux maigres qui le reçurent avec un tressaillement douloureux. Aussitôt, la longue main pâle se perdit dans les poils soyeux tandis que la voix profonde, un peu enrouée, s'élevait :

— Ainsi donc vous voici de nouveau, mademoiselle de... Valaines ? C'est bien ça ?

— J'ai déjà eu l'honneur, il y a longtemps, de l'avouer à Votre Éminence...

— C'est vrai. Il y a longtemps mais vous n'avez guère changé. Un peu grandi peut-être ? Et encore ! Quel âge avez-vous ?

— J'aurai bientôt vingt ans, monseigneur.

— Je ne vous demanderai pas ce que vous avez fait durant ces années. D'abord parce que je le sais en partie, ensuite parce que je n'ai pas beaucoup de temps. Chantez-vous toujours ?

De Charybde en Scylla

— À la chapelle de la Visitation j'ai recommencé à chanter après de nombreux mois. Pour bien chanter, il faut avoir le cœur léger...

— ... ou infiniment lourd. On dit que le cygne, au moment où il va mourir, émet d'admirables accents. J'aimerais que vous chantiez pour moi une dernière fois... Cherchez auprès du cabinet florentin, il doit y avoir une guitare !

— Je ne saurais, monseigneur, murmura Sylvie sans bouger.

— Pourquoi ?

— Je ne suis pas un cygne et puis... il se peut que l'approche de la mort améliore la voix, mais la peur l'étrangle...

— Et vous avez peur ? Il me semble pourtant me souvenir vous avoir entendue m'assurer que vous ne me craigniez pas ?

— Les temps ont changé, monseigneur ! J'étais alors auprès de la Reine, libre dans les limites de ses commandements. Aujourd'hui je viens de la Bastille où l'on m'a enfermée sous le prétexte d'avoir voulu empoisonner Votre Éminence...

Une quinte de toux sèche, caverneuse, secoua le corps maigre du Cardinal, mettant deux taches rouges à ses joues blêmes. Il se pencha, prit un verre à demi plein posé sur la table et le but lentement.

— Et... naturellement... vous n'avez... jamais voulu m'enherber ?

— Moi ? Jamais ! affirma Sylvie avec force.

— Vous peut-être, mais d'autres qui vous sont chers ? Le duc César...

— Ne m'a jamais été cher. Sans Mme la duchesse,

Un chemin plein d'ornières

il n'aurait jamais rien fait pour moi. Je lui suis reconnaissante, voilà tout !

— Admettons ! Je veux bien vous croire, mais vous-même possédez les meilleures raisons de vouloir ma mort puisque, tant que je vivrai, votre ami Beaufort devra respecter la personne d'Isaac de Laffemas qui est mon serviteur ! Ne me dites pas que vous ne lui souhaitez pas mille morts à celui-là ?

— Une seule me suffirait, monseigneur. Car les souvenirs abominables que je garde s'effaceraient peut-être un peu et surtout je pourrais revivre sans plus éprouver la terreur de le voir surgir... comme je l'ai redouté chaque jour vécu à la Bastille !

— Ridicule ! Il a l'ordre de ne plus vous importuner...

— Le terme est faible pour un mariage forcé et un viol !

— Je veux bien l'admettre mais quand je donne un ordre, on le respecte !

— Jusques à quand ? Qui dit qu'il n'attend pas, lui aussi, la disparition de Votre Éminence pour en finir avec moi ?

— Ne dites pas de sottises ! Ses ennemis sont innombrables et je suis son seul rempart. Et encore ! Par deux fois, il a failli tomber sous les coups d'un truand, un homme de sac et de corde qui se fait appeler le capitaine Courage et qui a juré sa mort !

— Que ne l'a-t-il abattu ? Je bénirais son nom !

— Ne rêvez pas ! Laffemas se garde trop bien à présent ! L'attaquer serait marcher à une mort certaine... mais, vous voyez bien que vous avez les meilleures raisons de souhaiter mon trépas ?

De Charybde en Scylla

Sylvie garda le silence un moment. Entendre vanter son bourreau était plus qu'elle n'en pouvait supporter et elle lâcha la bride à la colère qui bouillonnait en elle :

— Certes, j'ai les meilleures raisons, mais je n'ai jamais aimé les chemins tortueux... et jamais désespéré de me venger moi-même de cet...

— D'où le poison, cette arme favorite des femmes ! s'écria le Cardinal d'un ton de triomphe qui acheva d'exaspérer sa prisonnière. Le poison que vous a procuré César de Vendôme et que l'on a trouvé dans votre chambre à Saint-Germain...

La surprise coupa net la fureur de la jeune fille.

— À Saint-Germain ? balbutia-t-elle, parfaitement consciente de n'avoir jamais emporté le malencontreux flacon dans la résidence estivale des rois.

— Ne vous l'a-t-on pas dit ?

— On m'a dit qu'on l'avait trouvé dans ma chambre, sans autre indication. J'ai d'ailleurs fait observer que plusieurs filles d'honneur ont habité les mêmes lieux que moi et que je ne voyais pas pourquoi j'étais accusée.

— Peut-être parce que vous seule êtes liée à César de Vendôme, ce maître empoisonneur ? tonna le Cardinal. Oserez-vous jurer que ceci ne vous a jamais appartenu ?

Sur la table encombrée placée auprès de lui, Richelieu prit un petit flacon qu'il offrit sur sa main ouverte et tremblante de colère à Sylvie, voulant ainsi la réduire, mais contrairement à ce qu'il pensait celle-ci crut voir le ciel s'ouvrir et entendre chanter les anges. L'angoisse qui l'étranglait, la peur

Un chemin plein d'ornières

affreuse de compromettre le salut de son âme par un parjure, tout cela s'envola d'un seul coup. Elle tomba à genoux, étendit la main vers la croix orfévrée qui palpitait sur la poitrine du Cardinal :

— Sur le salut de mon âme, sur la mémoire de ma mère, je jure que je n'ai jamais vu ce flacon. Que Dieu m'en soit témoin !

Elle ne savait trop d'où lui venait ce miracle, car c'en était un : le flacon qui brillait sous ses yeux était de verre épais mais bleu, alors que celui de César était vert sombre et enveloppé d'un petit treillis argenté. Cela expliquait peut-être pourquoi on lui parlait de Saint-Germain alors que sa cachette à elle était au Louvre mais, en ce cas, d'où venait cet objet ?

D'abord surpris par l'élan spontané de la jeune fille, le Cardinal ne s'avouait pas vaincu :

— Le duc César ne vous a jamais donné ceci ? Vous le jurez aussi !

— Sur tout ce que j'ai de plus sacré, monseigneur... sur l'amour que je porte à son fils !

Songeur, Richelieu reposa le minuscule flacon. Impossible dans de telles conditions de ne pas croire à la sincérité de cette jeune fille car si jamais regard était vrai et transparent, c'était bien celui-là. D'ailleurs, avec sa connaissance de l'âme humaine, il devait s'avouer qu'il avait eu du mal à la croire coupable. Si elle avait voulu l'empoisonner, il lui en avait donné maintes fois l'occasion.

— Aurait-on osé me tromper ? murmura-t-il, pensant tout haut.

— Quand on veut perdre quelqu'un, on ose tout,

De Charybde en Scylla

monseigneur, dit Sylvie doucement. J'ignore ce qu'il en est de l'accusation portée contre le duc César, mais il était peut-être normal que l'on pense à moi, qui suis son obligée, pour appuyer l'accusation... MM. de Vendôme...

— Ne prononcez plus ce nom devant moi ! gronda-t-il. Vous sauvez votre tête, ma petite, mais la leur est encore fort aventurée...

— Encore ? ne put retenir Sylvie en qui l'angoisse revenait. Mais ils sont en Angleterre.

— Le père est en Angleterre, les fils sont rentrés et le Roi les a exilés dans leurs terres, eu égard aux services rendus sous Arras. Soyez sûre qu'à Vendôme, à Chenonceau ou à Anet, ils ne perdent pas leur temps... Puis, emporté par sa colère et oubliant sa jeune visiteuse il ajouta : « Ils complotent, je le sais, et bientôt j'en aurai la preuve ! Ils complotent avec Monsieur le Grand, qui n'est si grand que parce que je l'ai bien voulu mais qui ne le restera pas longtemps, avec Monsieur, l'éternel conspirateur, avec la Reine... enfin avec l'Espagne ! »

— Beaufort et l'Espagne ? C'est impossible ! Il la combat avec trop de cœur ! Quant à M. de Cinq-Mars...

— Il veut épouser une princesse et je m'y oppose ! Il veut ma place... et bien sûr je m'y oppose ! Mais qu'est-ce que je fais là à discuter avec une gamine !...

Ce devait être l'avis de ceux qui se rassemblaient dans la cour, car un officier fit une timide apparition :

— Monseigneur... Votre Éminence n'oublie-t-elle pas que le temps passe et que...

Un chemin plein d'ornières

Le regard plein d'éclairs s'apaisa, tandis que la toux revenait.

— Oui, vous avez raison !... Mlle de Chémerault attend-elle encore.

— Bien entendu...

— Faites-la venir !

Une bouffée de parfum ambré pénétra avec elle dans la chambre et fit éternuer Sylvie qui détestait cette odeur presque autant que sa propriétaire. Élégante à son habitude, la fille d'honneur de la Reine offrait une symphonie de fourrures et de velours roux impressionnante. Le Cardinal ne lui laissa pas le temps d'achever sa révérence.

— J'ai appris ce que je voulais savoir. Comme nous en sommes convenus, vous allez ramener Mlle de Valaines à la Visitation Sainte-Marie dans la voiture qui vous attend. En sortant, vous direz à Le Doyen de venir me voir avant qu'il retourne à la Bastille.

Puis, se tournant vers Sylvie dont le soulagement de rentrer à la Visitation se trouvait tempéré par la perspective de faire le chemin avec Chémerault :

— Adieu, mademoiselle de Valaines ! Mais, avant de vous quitter, acceptez un conseil : prenez le voile à la Visitation. Là seulement, vous trouverez la paix...

— Je n'en ai pas la vocation, monseigneur.

— Vous ne serez pas la première dans ce cas et, si Dieu vous aime, il vous fera signe...

— Alors, j'attendrai ce signe.

Elle savait qu'un désir du tout-puissant ministre équivalait à un ordre et qu'en répondant ainsi elle

De Charybde en Scylla

le défiait, mais Dieu l'avait libérée du mensonge et elle ne voulait plus y retomber. Toujours aussi limpide, son regard croisa celui du Cardinal encore orageux sous la broussaille grise des sourcils, mais il renonça à sa colère et se contenta d'un haussement d'épaules :

— Restez-y jusqu'à ce que je vous autorise à sortir. Me le promettez-vous ?

— Oui, je promets. Que Dieu garde Votre Éminence !

— Eh bien... voilà un souhait que je n'entends pas souvent...

Dans le carrosse où l'odeur d'ambre emplissait l'atmosphère, les deux femmes gardèrent le silence. Sylvie, qui avait hâte d'arriver, regardait défiler les maisons. Quant à sa compagne, elle tenait ses yeux clos depuis le départ. Pourtant, quand on passa sans s'arrêter devant la chapelle du couvent [1], Sylvie protesta :

— Pourquoi continuons-nous ? Son Éminence a ordonné que l'on me ramène au couvent.

Du fond de ses fourrures, la Belle Gueuse ouvrit ses grands yeux d'un air ennuyé :

— Rien ne presse ! Je voudrais aller embrasser mon frère qui part pour la guerre dans une heure. Il n'était pas prévu à mon programme de m'occuper de vous. Êtes-vous si pressée de me quitter ?

— Nous n'avons jamais été amies et j'avoue mal

1. La chapelle existe toujours. C'est actuellement un temple protestant.

comprendre que vous souhaitiez ma présence pour un moment d'émotion intime ? Il serait préférable de me laisser là...

— Non, ce n'est pas si simple car j'ai des instructions un peu longues pour la mère Marguerite et je risquerais de manquer mon frère. Je n'en aurai pas pour longtemps et l'important est que vous soyez à la Visitation avant le repas du soir.

— Comme vous voudrez !

On franchit donc l'enceinte de Paris. Après la grande abbaye Saint-Antoine, on s'enfonça dans la forêt refermée comme une énorme main verte autour du château de Vincennes avec ses tours quadrangulaires, son gigantesque donjon et tout son appareil guerrier, à peine corrigé par le fin clocher de sa Sainte-Chapelle, sœur quasi jumelle de la merveille dont s'enorgueillissait le palais de la Cité à Paris. Le carrosse longea les fossés du château et Mlle de Chémerault eut un petit rire :

— On conçoit que le duc César ait choisi de mettre la mer entre sa personne et ce donjon. Il y a langui cinq longues années et son frère, le Grand Prieur de Malte, y est mort au bout de deux ans dans d'étranges circonstances. C'est la seule chose intelligente qu'il ait jamais faite, d'ailleurs.

— Que voulez-vous dire ?

— Que si César a voulu empoisonner le Cardinal ces temps derniers, c'est ridicule. Il y a quatre ou cinq ans, oui, mais à présent ! Avant six mois, Richelieu sera mort. Peut-être même plus tôt.

— Je croyais que vous l'aimiez ? Certes, son état n'est pas des meilleurs, mais je vois mal un mourant

De Charybde en Scylla

se lançant sur les routes de France jusqu'aux confins du royaume.

— Pas sur les routes, sur les fleuves. Sa litière va descendre à Lyon puis, de là, sur Tarascon par voie d'eau. Il ne supporte même plus le pas des mules et, quand on le débarque, c'est à dos d'homme que la litière est portée.

— Cette énorme machine ? Mais elle ne peut passer partout.

— On abat ce qui gêne, fût-ce la muraille d'une ville. Cela s'est déjà produit, mais même dans ces conditions le Cardinal endure mille morts à chaque mouvement. Seulement c'est un homme de fer et l'orgueil lui sert de soutien. C'est pourquoi je l'ai toujours admiré.

— Cela se sait. Que ferez-vous quand il ne sera plus là ? Trouverez-vous quelqu'un d'autre à... admirer ?

— Je ne crois pas que cela vous regarde !

Le voyage continua sur une route plus passante qu'on ne pouvait s'y attendre, surtout par ce temps froid. La campagne était belle, vallonnée, soignée, même aux abords de la forêt qui était la moins dangereuse des environs de Paris grâce à la présence de l'importante garnison de Vincennes. Aussi de grandes propriétés composaient-elles la majeure partie des villages semés aux alentours : Conflans, Charenton, Saint-Mandé qui était aux Bérulle, Nogent, la puissante abbaye de Saint-Maur, Créteil et Saint-Maurice.

Trouvant le chemin un peu long, Sylvie demanda :

— Mais enfin, où allons-nous ?

Un chemin plein d'ornières

— À Nogent ! répondit sa compagne d'un ton impatienté.

La nuit commençait à tomber et l'on rencontrait de moins en moins de voitures ou de cavaliers mais, quelques minutes après la question de Sylvie, on passait la grille d'un vaste domaine dont les jardins, prés et potagers descendaient jusqu'à une rivière dont Sylvie ignorait qu'à cet endroit c'était la Seine.

Au bout d'une large allée plantée d'arbres apparut une assez belle maison qui devait dater du siècle précédent. Chose étrange, on n'y voyait aucune lumière, en dépit du crépuscule, ni aucun préparatif de départ. De même, le bruit de la voiture n'attira aucun serviteur.

— On dirait que votre frère ne vous a pas attendue, remarqua Sylvie. Il n'y a personne ici...

Sourcils froncés, Françoise de Chémerault considérait le phénomène d'un œil perplexe.

— C'est étrange, en effet. Pourtant, le billet que j'ai reçu ce matin est formel.

Voyant que personne ne bougeait dans le carrosse, le cocher vint à la portière :

— Me serais-je trompé de propriété, mademoiselle ?

— Non, non ! C'est bien là. Pourtant, je ne vois aucune lumière.

— Il y en a une, mademoiselle. À l'étage. Je l'ai aperçue du haut de mon siège...

— Je vais aller voir mais, ajouta-t-elle avec humeur, on ne peut pas dire que l'on illumine en mon honneur ! Voulez-vous venir avec moi ?

De Charybde en Scylla

demanda-t-elle soudain à Sylvie qui se permit un sourire :

— On dirait que vous avez peur ?

La Chémerault haussa les épaules avec emportement :

— Grotesque ! Je n'ai jamais peur de rien...

Pourtant, ses mains tremblaient en ramassant ses encombrantes fourrures pour descendre de voiture. Du coup, Sylvie eut envie d'en voir plus.

— Moi non plus, dit-elle. Je vous suis !

Il restait assez de lumière au ciel gris pour que l'on pût se diriger dans la maison où l'on avait dû préparer un repas car une agréable odeur de pain chaud, de caramel et de volaille rôtie emplissait l'intérieur. Une table aussi était préparée dans une petite salle sur l'arrière de la maison d'où, par deux hautes fenêtres, on découvrait, en contrebas, la rivière déjà presque cachée sous une écharpe de brume. Un candélabre d'argent garni de bougies allumées mettait une jolie lumière dorée sur la vaisselle de vermeil et les verres de cristal taillé.

— Je ne sais pas, dit Sylvie, si votre frère part pour la guerre mais, si cette table vous attend tous les deux, il est moins pressé que vous l'avez dit. Et s'agit-il vraiment de votre frère ? Ceci ressemble plutôt à un souper galant !

— Cessez donc de dire des bêtises ! gronda la demoiselle. De toute façon, le masque n'est plus de mise à présent... Oh, mon Dieu !

En faisant le tour de la table pour redresser une fleur du surtout, elle venait de buter contre un corps étendu dans une flaque de sang. Un homme était couché là, les yeux clos, avec dans la poitrine une blessure encore saignante. En se penchant sur lui, Sylvie le reconnut avec horreur : c'était Laffemas. Elle comprit tout et, comme elle se redressait, son regard rencontra celui de la Chémerault, plein de fureur et de déception :

— L'imbécile s'est fait assassiner, maugréa-t-elle.

Puis, réagissant d'une manière foudroyante, elle poussa brutalement Sylvie qui tomba en arrière, se cogna la tête au pied d'une chaise et en resta étourdie un instant. Ce fut suffisant pour que sa compagne quitte le lieu du meurtre en courant, referme la porte à clef derrière elle et s'enfuie vers la voiture. Lorsque Sylvie se releva, un peu vacillante, elle entendit le carrosse s'éloigner, l'abandonnant en tête à tête avec un cadavre. Que ce fût celui de son pire ennemi n'était pas vraiment consolant et, les jambes molles, elle se laissa tomber dans un fauteuil pour essayer de mettre un peu d'ordre dans ses idées sur lesquelles surnageait une évidence : la Chémerault l'avait entraînée dans un piège ignoble. Elle voulait la livrer à Laffemas et il n'était pas difficile d'imaginer pourquoi cette table ne comportait que deux couverts. À la pensée de ce qui aurait suivi, Sylvie eut un haut-le-cœur qui amena dans sa bouche un goût amer et lui fit à nouveau tourner la tête. Sur la table, il y avait un flacon de vin. Elle en versa un peu dans un verre et but, croyant bien en reconnaître le goût : c'était ce même vin d'Espagne qu'elle buvait jadis chez le Cardinal. Peut-être celui-ci en offrait-il à son bourreau préféré ?

Toujours est-il qu'elle se sentit mieux et commença

De Charybde en Scylla

à prendre conscience du danger de sa situation. Certes, elle n'avait plus rien à craindre de Laffemas, sinon d'être accusée de son meurtre. Qui pouvait dire si l'infecte Chémerault n'était pas en route pour alerter les premières autorités venues, pourquoi pas même le château de Vincennes ? Si on la trouvait avec ce cadavre, elle aurait toutes les peines du monde à se disculper. Il fallait partir d'ici, et au plus vite !

Tandis qu'elle réfléchissait, la clef tourna dans la serrure, la porte s'ouvrit et un personnage apparut, si étrange que Sylvie poussa un cri d'effroi.

— N'ayez pas peur, mademoiselle ! fit une voix agréable et même cultivée. Je porte un masque et je vous demande la permission de le garder...

C'était, en effet, sous un grand chapeau noir emplumé, une trogne vultueuse au long nez bourgeonnant, aux traits grotesques que l'éclairage des bougies faisait rougeoyer.

— Qui êtes-vous ? souffla-t-elle, pas encore très rassurée.

— On m'appelle le capitaine Courage ! Et vous, qui êtes-vous et que faites-vous ici ?

— On m'appelle Sylvie de Valaines et j'ai été amenée ici, par tromperie, pour être livrée à cet homme ! Je jure pourtant que je ne l'ai pas tué.

— Je le sais bien, puisque c'est moi qui l'ai tué ! Cela dit, je n'ignore pas qui vous êtes et c'est une chance qu'en entendant arriver la voiture je me sois caché pour voir venir ! Ne traînons pas ! L'endroit est malsain, pour vous comme pour moi !

Entraînée par lui, Sylvie retraversa la maison en

courant. Arrivé au perron, le « capitaine » siffla énergiquement dans ses doigts et un cheval tout sellé sortit de l'obscurité :

— C'est Sultan ! expliqua l'étrange personnage. Il m'obéit comme vous voyez au doigt et à l'œil, et plus encore...

Tandis qu'il aidait Sylvie à monter, il siffla de nouveau, mais par trois fois, et plusieurs cavaliers apparurent, tous masqués.

— Où sont les gardes de M. le Lieutenant civil ?

— Ficelés, bâillonnés et répandus dans le bois. Le premier qui ira aux champignons les trouvera. Espérons seulement qu'il ne gèlera pas cette nuit, la récolte serait mauvaise, lança une voix goguenarde. Mais dis donc, capitaine, c'est ça le butin ? fit l'homme en désignant Sylvie.

— Un peu de respect. On ne vole rien ici. La moindre petite cuillère qui aurait appartenu au bourreau du Cardinal nous porterait malheur.

— Tu as vengé Sémiramis ?

— Oui, et maintenant on rentre ! Chacun de son côté comme d'habitude. Moi, je ramène cette jeune fille chez elle. Dispersez-vous !

Les cavaliers disparurent aussi soudainement qu'ils étaient apparus. Le capitaine Courage sauta en selle.

— Tenez bon ! conseilla-t-il. J'aime aller vite !

— Où comptez-vous me ramener ? J'aurais dû rentrer à la Visitation...

— Plus besoin des nonnes ! Je vous ramène chez vous !

— Chez moi ? Mais...

De Charybde en Scylla

— Chez M. de Raguenel si vous préférez. Maintenant, plus un mot ! Inutile d'attirer l'attention en criant comme des sourds. Et je vous ai déjà dit de tenir bon !

Autant pour ne pas tomber que pour avoir plus chaud car la nuit s'annonçait glaciale, Sylvie resserra ses bras autour de son compagnon. Suffisamment pour constater que ce voleur — puisque voleur il y avait ! — fleurait bon la verveine. Un point d'interrogation supplémentaire, ajouté à ceux qui se bousculaient déjà dans la tête de la jeune fille. En tout cas, cette soirée était celle de l'enseignement : elle apprit qu'il était possible de rentrer dans Paris toutes portes closes. En effet, bien avant que la porte Saint-Antoine fût en vue, on obliqua vers l'est pour rejoindre à l'écart d'un village une vieille auberge. Là, l'homme fit descendre Sylvie, conduisit les chevaux à l'écurie et entraîna sa compagne dans une cave où, derrière un tas de fagots, s'ouvrait un souterrain que l'on parcourut sur une certaine distance, avant de remonter un escalier donnant dans une autre auberge d'où l'on sortit au pied même des remparts, mais à l'intérieur. C'était la première fois que Sylvie voyait les vieilles murailles d'aussi près. Elles avaient grand besoin d'être ravalées, bien qu'on les eût consolidées assez sérieusement quand, en 1636, on avait craint de voir les soldats du Cardinal-Infant surgir devant la capitale de son beau-frère.

— Beaucoup de gens connaissent ce chemin ? demanda Sylvie.

— Quelques-uns ! Ceux qui en ont besoin. Il y en a d'autres, mais celui-là est le mieux caché parce qu'il est proche de l'enclos du Temple où l'on n'entre pas comme on veut. C'est aussi le plus commode pour moi...

Quelques instants plus tard, en effet, l'on se retrouvait dans un dédale de rues et ruelles aux maisons plus ou moins branlantes, mais le parcours fut bref : après quelques minutes de marche, on vit se profiler sur le ciel sombre les tours de la Bastille et l'on s'arrêta devant le petit hôtel de la rue des Tournelles que Sylvie connaissait si bien et qu'elle avait tant regretté.

À l'appel de la cloche, un jeune garçon inconnu vint ouvrir, armé d'une lanterne qu'il promena sur les visages des arrivants avec une exclamation de joie avant de les planter là sans préambule pour courir vers la maison :

— Monsieur le chevalier ! clama-t-il dès le vestibule, c'est Mlle de Valaines avec le capitaine Courage.

Une telle annonce emplit aussitôt le vestibule : Perceval dégringola du premier étage, Nicole arriva de sa cuisine et Corentin de la resserre à bois avec un énorme panier de bûches qu'il laissa tomber sur les dalles, mais déjà le chevalier serrait sa filleule dans ses bras :

— Seigneur Jésus ! Où l'avez-vous trouvée, mon ami ?

— À Nogent, chez Laffemas... Ne vous inquiétez pas, rien ne s'est passé pour elle et je vais vous raconter ça dans un lieu moins propice aux courants d'air. Mais dis-moi, ajouta-t-il en se tournant vers

De Charybde en Scylla

Pierrot qui le regardait avec un sourire ravi, qui t'a dit le nom de cette jeune dame ?

— Il y a longtemps que je la connais. Depuis le jour où on a conduit mon père à l'échafaud. Elle a empêché le Laffemas de m'écraser sous les sabots de son cheval. À ce moment-là, elle s'appelait Mlle de L'Isle. Oh non, je ne l'ai jamais oubliée... C'est même à cause d'elle que j'ai voulu servir ici. Vous le savez bien, d'ailleurs. Je vous l'ai dit quand j'ai quitté la bande...

L'œil encore incrédule, Sylvie regardait ce garçon, essayant de le rapprocher de la tragique image qu'il venait de rappeler : un petit garçon qui avait supplié pour la vie de son père que l'on allait rouer et que Laffemas avait jeté dans la boue glacée où il allait le piétiner quand elle s'était lancée à son secours.

— Ainsi, c'était toi ? fit-elle enfin avec un sourire. Et je te retrouve chez mon parrain. Est-ce que tu te souviens aussi que tu m'as volé ma bourse ?

— Fallait bien que je vive ! Elle était pas très lourde, du reste.

Le capitaine Courage éclata d'un énorme rire :

— Ce garnement était déjà très habile aux jeux de doigts ! Je l'ai regretté quand il m'a quitté, mais c'était pour le bon motif.

— Mais tu es de la graine de potence ? rugit Nicole Hardouin, cherchant vainement autour d'elle un ustensile à brandir. Pierrot sauta sur elle et lui immobilisa les bras :

— Allons, dame Nicole, vous ai-je jamais fait tort d'un liard ou même d'un morceau de sucre ? Je ne

Un chemin plein d'ornières

demande qu'à continuer... parce que je vous aime bien !

Et il planta deux baisers sonores sur les joues rouges de colère qui encadrèrent bientôt un sourire.

— Non. J'ai toujours cru que tu étais un bon petit gars... et j'espère que ça durera longtemps. Sinon gare !

— Nicole, coupa Perceval, servez-nous donc du vin chaud aux herbes et quelque chose à manger ! Sylvie est transie de froid et nous la gardons là à palabrer.

On se réunit dans la cuisine. Il y faisait plus chaud que partout ailleurs et Nicole eut tôt fait de couvrir la table d'une tourte aux anguilles, de volaille froide, de fromage, de massepains, de confitures et de quelques flacons autour desquels on s'installa tous ensemble, serviteurs, truand et maîtres fondus dans une estime mutuelle qui ressemblait beaucoup à de l'amitié. Sylvie dont le masque grotesque du capitaine Courage excitait la curiosité le vit enfin l'enlever, découvrant un visage énergique et jeune qui aurait pu être celui de n'importe quel mousquetaire et qui, du coup, changea le sens de sa curiosité... Privé de son attribut de foire, cet homme, avec sa fine moustache brune et la « royale » qui décorait son menton, n'aurait détonné dans aucune compagnie de gentilshommes. Cependant ses yeux sombres, vifs et gais, jouissaient de sa surprise :

— Ne vous y trompez pas, mademoiselle. Je ne suis pas de noble maison. Les miens étaient des robins de province, bien sages, bien austères, bien conventionnels, craignant Dieu, le Diable, le Cardi-

De Charybde en Scylla

nal et le Roi. Ce qui ne les a pas empêchés d'être massacrés lors d'une révolte paysanne dans laquelle ils n'étaient pour rien. Le bourreau du Cardinal est venu ensuite veiller aux exécutions...

— Et il a tué vos parents ?

— Non. Ils étaient déjà morts. Celle qu'il a tuée, de la façon que nous connaissons tous, dit-il en jetant sur la table un regard circulaire, était ma maîtresse : une jolie fille de Bohême qu'on appelait Sémiramis. C'est pour elle que je me suis fait truand, sans toutefois vous cacher que j'y avais d'étonnantes dispositions. Je l'adorais et elle m'aimait. Pas assez cependant pour m'obéir et renoncer à ses habitudes d'indépendance un peu folles... qui lui ont coûté la vie. Tous ici, à part vous, mademoiselle, savent que j'ai juré la mort de Laffemas. Par deux fois je l'ai manqué, alors j'ai changé de tactique et j'ai entrepris de le faire mourir de peur par toutes sortes de moyens qui l'ont obligé à se faire garder jour et nuit mais qui n'empêchaient pas mes billets menaçants, livrés par une flèche dont il ignorait d'où elle était tirée. Par Pierrot qui m'a ouvert la porte un soir, j'ai connu M. de Raguenel. C'est même par lui que j'ai appris qui était le meurtrier de Sémiramis. Depuis, nous avons passé une sorte de pacte et dès que l'on a eu connaissance de votre présence, on a redoublé de surveillance. Disposant de complices nombreux, nous avons découvert la maison de Nogent et, quand on vous a sue à la Bastille, nous avons décidé qu'il fallait en finir une fois pour toutes avec le Lieutenant civil. À la prison vous étiez trop exposée à ses... fantaisies.

— Mais comment avez-vous été informé qu'on me mènerait à lui ce soir ?

Courage écarta les mains — qui étaient belles et fortes — dans un geste d'impuissance :

— Nous l'ignorions. Vous trouver là-bas a été... une divine surprise amenée par un concours de circonstances tout à fait fortuit. Depuis quelques jours, Laffemas, toujours gardé par ses sbires, était parti se mettre au vert. Sans doute ne voulait-il pas avoir l'air d'avoir joué un rôle dans votre arrestation. Et puis, il semblait attendre quelque chose...

Il arrêta son récit pour s'offrir une large rasade, essuya sa moustache et reprit :

— L'un de mes hommes avait réussi à se faire engager chez lui comme aide-cuisinier, mais il y avait toujours du monde aux alentours...

— Par ce froid ? s'étonna Sylvie.

— Nous sommes habitués à tous les temps, mademoiselle, plus que les soldats, même. Dans le monde où je vis, la misère vous trempe les hommes qu'elle ne détruit pas. Il y a deux jours, le Lieutenant civil a reçu la visite d'une belle dame. Celle qui vous accompagnait ce soir.

— La Chémerault ?

— Tout juste. Ils avaient l'air d'être les meilleurs amis du monde, ces deux-là !

— Elle n'a guère de fortune, intervint Perceval. Et lui est riche. Il la paie sans doute.

— Il est vrai qu'elle fait montre d'un grand luxe de toilette. Bien entendu, mon marmiton n'a rien pu saisir de leur conversation qui a eu lieu dans un cabinet fermé, mais quand la belle est partie, il a entendu quelques mots. Elle a dit : « Il la renverra sûrement à la Visitation et je veillerai à être chargée de la commission. Je n'aurai plus qu'à vous l'amener. Pour le reste, le Cardinal quitte Paris après-demain. Vous aurez le champ libre... » Je ne savais pas s'il était vraiment question de vous, alors nous avons surveillé les allées et venues de la Chémerault. Hier elle n'a pas bougé mais, cet après-midi, elle s'est rendue au Palais-Cardinal et j'ai pensé qu'il était inutile de traîner davantage. Avec le plus gros de ma troupe nous avons investi la maison de Nogent, tué ou enlevé les gardes, et enfin j'ai pu me trouver en face de ce monstre que j'ai acculé dans le petit salon où il avait fait préparer le souper galant qu'il vous réservait, mademoiselle. Quand il m'a vu, il s'est liquéfié sous mes insultes. Il demandait grâce, il était immonde et je l'ai percé de mon épée. Ensuite, je suis monté dans la chambre du misérable pour examiner les papiers qui pouvaient s'y trouver et — qui sait ? — rendre peut-être l'espoir ou la liberté à quelque malheureux. J'étais plongé dans ce travail quand j'ai entendu arriver la voiture. La Chémerault en est descendue avec une autre femme trop emmitouflée pour qu'on puisse la reconnaître. Je ne bougeais pas, attendant ce qui allait suivre, quand la Chémerault est ressortie en courant. Elle a sauté dans la voiture en criant au cocher de toucher au plus vite au château de Vincennes. Alors j'ai compris que cette garce voulait faire porter le poids de ma justice par une autre... et je suis venu vous chercher. Vous connaissez la suite.

— Je ne vous remercierai jamais assez, fit Sylvie

Un chemin plein d'ornières

les yeux pleins de larmes. Non seulement vous m'avez sauvé la vie, mais grâce à vous je suis libre, à présent... tout à fait libre puisque Laffemas est mort ! Oh, mon Dieu, comment m'acquitter jamais ?

Le capitaine lui offrit son curieux sourire en coin :

— En m'apportant une mort rapide, poison ou coup de couteau, lorsque l'on étendra sur la roue le voleur et le « meurtrier » que je suis. C'est je crois la seule forme de trépas que je redoute vraiment, parce que l'on risque d'y laisser toute dignité...

Il se levait mais Perceval fut plus rapide et vint prendre entre les siennes les deux mains du jeune homme.

— Si cet horrible jour devait arriver, c'est que d'abord j'aurais échoué à vous sauver et, dans ce cas, c'est moi qui me chargerais de la délivrance. En attendant, souvenez-vous que vous avez ici des amis à qui vous pouvez tout demander. Nous vous serons refuge et soutien en toutes circonstances.

— Oubliez-vous que je suis le prince des voleurs ?

— C'est votre affaire. Je préfère un voleur doué de votre générosité à un bon chrétien du genre de Laffemas.

— Je vous en remercie. À présent, je vous quitte et j'ajoute que je ne reviendrai plus. Je suis un homme trop compromettant et vous avez eu trop à souffrir ces temps derniers. Pourtant, quand vous penserez à moi, essayez de vous souvenir seulement de mon vrai visage et de mon nom : je m'appelle Alain...

— Alain de quoi ? demanda Sylvie.

Le jeune homme rougit furieusement :

De Charybde en Scylla

— Merci, mais je vous ai dit que je n'ai pas droit à la particule.

— Dommage ! sourit-elle. Vous avez tout du chevalier, capitaine Courage !

— Pardonnez-moi, alors, de n'en pas dire plus. La profession que j'ai choisie m'ordonne d'oublier, moi le premier, un nom qui doit rester sans tache. Adieu mes amis...

Il allait reprendre son manteau. Une fois de plus, Perceval l'arrêta :

— Pourquoi adieu ? Pourquoi ne plus revenir ? Je conçois que le capitaine Courage ne souhaite pas s'aventurer ici, mais Alain, nul ne connaît son visage ?

— Il est difficile d'échapper trop souvent au monde que j'ai choisi. Je dois y rester... mais je garderai un œil sur cette maison. Dieu veuille désormais la préserver !

Sentant l'émotion le gagner, il brusqua son départ et Perceval dut courir pour l'accompagner jusqu'à la porte. Quand il revint, Nicole débarrassait la table avec l'aide de Sylvie et Corentin, debout près de la cheminée, tirait sur la pipe qu'il venait d'allumer en regardant les flammes d'un air vague.

— Étrange, ce qui lui arrive, commenta Nicole. Il est tout drôle...

— Eh bien, Corentin ? demanda Raguenel.

— Je sais qui il est, lâcha celui-ci. Il nous a menti en parlant de robins provinciaux. C'est un Breton et il devrait porter un vieux nom de chez nous. Ses parents, il est vrai, ont été massacrés mais il lui reste une parentèle qui touche à la Cour...

Un chemin plein d'ornières

Inutile de dire que ces paroles tombaient dans un profond silence. Tous gestes suspendus, on attendait la suite.

— Comment le sais-tu ? demanda le chevalier.

— Vous vous souvenez des Bénédictins de Jugon chez qui les miens m'avaient placé jadis ?

— Et d'où tu t'es enfui. On n'oublie pas ces choses-là.

— Il y était aussi et dans les mêmes conditions. Dernier d'une famille de plusieurs garçons, on l'avait fourré dans la robe de bure comme dans une oubliette. Il est resté encore moins longtemps que moi, mais je n'ai jamais oublié son visage. Il s'appelait...

— Non ! coupa Perceval. Tais-toi à jamais, même avec moi ! Ce secret n'est pas le tien et tu n'as aucun droit sur lui. Dans nos prières il sera Alain, un point c'est tout !

— Pardon ! murmura Corentin en baissant la tête. J'ai failli commettre une mauvaise action.

— L'important est que tu ne l'aies pas commise ! fit le chevalier en lui assenant une claque sur l'épaule. Maintenant au lit ! Je vais conduire Sylvie chez elle.

Ce fut avec une joie sans mélange que l'errante retrouva enfin sa jolie chambre jaune. Elle toucha de nouveau les menus objets de toilette en argent, le beau miroir de Venise qui, sans doute, lui renvoya une image différente de celle d'autrefois, comme brouillée par la fatigue et les angoisses des derniers jours. Pourtant — et c'était là un miracle de la jeunesse — Sylvie eut l'impression que tout ce qu'elle

De Charybde en Scylla

avait enduré, souffrance et même souillure, se retirait d'elle en même temps qu'elle se déshabillait. Là, dans cette pièce douillette, gardée par la tendresse, elle découvrait qu'en elle le principal était intact : sa vitalité, son goût de la vie et même du combat, et surtout son amour pour François en dépit du fait qu'il l'avait rejetée comme il l'eût fait de n'importe quel importun. À présent que Laffemas avait rendu au Créateur — à moins que ce ne soit à messire Satan ! — sa vilaine âme noire, tout était bien, tout était en ordre et l'ancienne Sylvie d'autrefois pouvait renaître.

Ce bonheur dura deux jours...

Exactement jusqu'à l'arrivée plutôt agitée de Théophraste Renaudot, venu annoncer que Laffemas vivait encore.

— Un messager venu lui porter un pli l'a trouvé au matin, baignant dans son sang mais respirant encore, expliqua-t-il à ses amis accablés. Il a même repris connaissance et trouvé assez de forces pour exiger que l'on cherche, pour le soigner, le fameux Jean-Baptiste Morin de Villeneuve, l'astrologue du Roi dont on dit que lorsqu'il veut bien reprendre son ancien métier de médecin, il accomplit des miracles...

— Et il va le guérir ? demanda Perceval.

— Il en est très loin. Le blessé — il a reçu un coup d'épée dans la poitrine — a beaucoup de fièvre et l'on m'a même affirmé qu'il délirait au point que sa maisonnée a jugé utile de l'isoler : il dit des choses terribles.

Un chemin plein d'ornières

— Sait-on qui a fait le coup ?

— Les domestiques et les gardes qu'on a retrouvés dans un bois ligotés et à moitié morts de froid ont parlé de cavaliers masqués mais, sous le corps, il y avait un morceau de papier portant « Courage l'a fait »... Ce qui ne m'étonne pas le moins du monde, ajouta le gazetier. Vous pourrez lire tout ça dans la *Gazette* de demain...

— N'en dites pas trop, mon ami ! Ainsi, vos lecteurs doivent ignorer jusqu'à nouvel ordre que le capitaine Courage, même s'il a manqué la mort de Laffemas, a sauvé la vie de ma filleule que la Chémerault amenait à son ami le Lieutenant civil...

Il raconta alors par le menu l'aventure de Sylvie qui l'écoutait, les yeux pleins de larmes de rage.

— Vous avez raison, acquiesça Renaudot quand il eut fini, mieux vaut en dire le moins possible. Les lecteurs sauront seulement que Laffemas a été attaqué chez lui et grièvement blessé. On annoncera ensuite des bulletins de santé, et voilà tout ! Une chance que le Cardinal ait quitté Paris pour un long moment ! Les ordres qu'il pourra donner à ce sujet seront sûrement moins bien suivis que s'il était là. D'abord parce que la plupart des gens de police détestent pour ne pas dire haïssent le Lieutenant civil, ensuite parce que chacun sait que le Cardinal ne vivra plus longtemps. Cela freine des initiatives qui pourraient devenir dangereuses par la suite...

— En tout cas, s'écria Sylvie au bord de la crise de nerfs, il va falloir que je retourne au couvent. Finis les doux moments que j'espérais passer ici ! Il est écrit que ce misérable gagnera toujours !

De Charybde en Scylla

Le gazetier posa une main apaisante sur celles de la jeune fille :

— Rien ne presse. Je vous l'ai dit, il est loin de la guérison. Peut-être même ne la trouvera-t-il pas. Si j'ai bien compris, vous êtes en sécurité dans cette maison, au moins autant qu'au couvent. Il y a assez de monde pour vous défendre et rien ne vaut l'affection. Restez ici et attendons la suite des événements !... Il se peut que vous ne soyez pas obligée de repartir.

— Puisse-t-il dire vrai ! soupira Sylvie quand Renaudot les eut quittés après leur avoir déclaré que, tout compte fait, la *Gazette* attendrait la semaine suivante pour parler de Laffemas. Moi qui rêvais de vivre désormais auprès de vous dans cette maison que j'aime, de me consacrer à vous comme une fille aimante doit le faire pour son père !

— Il ne faut pas préjuger de l'avenir, ma petite Sylvie. Je verrais volontiers le vôtre beaucoup plus brillant. Avez-vous oublié votre ami Jean ?

— Comment oublier quelqu'un d'aussi charmant ? Au fait, où est-il en ce moment ? Je serais contente de le voir.

— À l'heure qu'il est, il a dû rejoindre le Roi quelque part entre Lyon et Perpignan.

— Oh ! Il est déjà parti ?

Il y avait, dans sa voix, un regret qui fit sourire Perceval.

— Oui, mais pas pour en découdre avec l'ennemi. Il est allé demander au Roi de tirer de la Bastille la future duchesse de Fontsomme...

De rose, Sylvie devint pourpre.

Un chemin plein d'ornières

— Mais... je ne me souviens pas d'avoir accepté...
— Non. Bien sûr que non et il sera possible par la suite de dire que vous avez repris votre parole, mais songez au poids que vous donnerait un si grand titre ! Un Laffemas n'aurait plus le droit de vous regarder que de loin et jouerait sa tête s'il osait s'approcher de vous avec de mauvaises intentions. Et puis... mon enfant chérie... je crois qu'aucun homme ne vous aimera jamais comme celui-là. Il est tout à vous et ne demande rien...
— Que ma main et ma personne.
— Vous auriez dû me laisser achever ma phrase : que ce que vous voudrez bien lui accorder. Il n'ignore rien de ce que vous avez enduré. Rien, vous m'entendez ? Comme je vous l'ai déjà dit, je lui ai tout raconté.
— Et il veut faire de moi une duchesse ? C'est de la folie. Je ne saurai jamais...

Perceval se mit à rire :

— Cela ne demande aucune connaissance spéciale et vous étiez proche de la Reine. Je suis certain qu'elle serait très heureuse de retrouver son « petit chat », même avec une couronne à huit fleurons sur la tête...

La Reine ! Depuis quelque temps, Sylvie n'y pensait plus. Peut-être parce qu'elle était persuadée que, tout à Mme de Montbazon, François avait enfin cessé de l'aimer.

— Il y a si longtemps que je ne l'ai vue. Comment est-elle à présent ?
— Qui ? La Reine ? Personnellement, je la trouve plus belle que jamais. Sa double maternité l'a épa-

nouie au-delà de tout ce que l'on peut imaginer. En vérité...

— Essayez-vous de me dire qu'il l'aime toujours en dépit de sa... liaison ?

— Ne prenez pas cet air dégoûté, Sylvie ! Oui, je crois qu'il l'aime toujours. Cela tient à une certaine façon d'en parler...

— Vous l'avez donc vu ?

— Oui. Avant de partir rejoindre son père, il est venu me faire certaines recommandations... Sylvie ! Il est grand temps que vous regardiez les choses en face. Je sais bien que vous l'aimez toujours mais vous n'êtes plus une petite fille et vous devez savoir qu'il ne vous appartiendra jamais. Alors, ne gâchez pas votre vie pour un rêve !

— Un rêve !... Justement, il y a des nuits où je rêve que nous sommes ensemble, qu'il est tout à moi et que nous sommes seuls dans un endroit magnifique et que je connais bien : à Belle-Isle ! Depuis que j'en suis partie, quelque chose me dit qu'un jour je l'y attendrai et qu'il viendra...

— Sylvie ! Sylvie !... Il n'est pas rare que l'on transpose dans ses rêves ce que l'on désire le plus ardemment et moi je voudrais tant vous voir heureuse !

— Sans lui, c'est difficile !

— Mais pas impossible ? Pensez qu'un jour je ne serai plus là et que mon rêve, à moi, est de vous laisser entre des mains loyales et tendres sinon... le plus beau paradis me serait un enfer !

Sylvie quitta son siège, vint derrière celui de Perceval et passa ses bras autour de son cou pour

Un chemin plein d'ornières

appuyer sa joue contre la sienne. Il avait l'air si malheureux qu'elle eut honte de son intransigeance. D'autant plus qu'elle estimait qu'il avait raison.

— Je vous promets d'y réfléchir, mon parrain ! En tout cas, je peux au moins vous dire ceci : on m'a, un jour, imposé un époux abominable. Au moment où il me mettait de force un anneau au doigt, c'est à Jean que je pensais. Pas à François ! Alors, je vous fais une promesse : s'il est écrit dans les étoiles que je doive me marier, je n'épouserai jamais aucun autre homme que lui !

Perceval alors se sentit moins triste et tous deux restèrent là un long moment à goûter la chaleur d'une tendresse réaffirmée...

CHAPITRE 9

L'OMBRE DE L'ÉCHAFAUD

Les semaines qui suivirent furent paisibles pour les habitants de la rue des Tournelles. Laffemas balançait entre la vie et la mort, quant au Cardinal, à l'autre bout du royaume il avait d'autres chats à fouetter. Tandis que le Roi, ressuscité, entamait avec brio le siège de Perpignan dont il faisait profiter les Parisiens en envoyant chaque jour un communiqué de sa main à la *Gazette*, Richelieu se tenait en retrait à Narbonne où il luttait contre une recrudescence d'abcès et d'ulcères, mais aussi contre la Reine. Après qu'il eut obtenu pour son fidèle Mazarin le chapeau de cardinal que le Roi remit à l'intéressé éperdu de joie, ses espions lui firent part de bruits étranges touchant un complot dont les têtes étaient Anne d'Autriche, Cinq-Mars, le roi d'Espagne et Monsieur, frère du Roi. Sa réaction fut immédiate : puisque Anne d'Autriche n'avait pas encore compris qu'une reine de France ne conspire pas contre le royaume dont son fils est l'héritier, on allait lui enlever la garde de ses enfants. Le résultat ne se fit pas attendre : face à un péril grave qui pouvait préfigurer la répudiation et l'exil, avec peut-être la perspective de mourir de misère dans quelque coin d'Allemagne comme venait de le faire Marie de Médicis, cependant mère de Louis XIII, Anne s'obligea à tenter un rapprochement avec le Cardinal qui se contenta de lui envoyer Mazarin « pour recevoir ses compliments à l'occasion de son cardinalat ».

Que se dirent alors la Reine en danger et le nouveau prélat ? On l'ignore, mais la puissance de persuasion de cet homme, dont elle ne niait pas la séduction, était grande. Le résultat d'une longue conférence entre eux apparut un beau matin sur la table de travail de Richelieu sous la forme d'un des trois exemplaires du traité secret passé en mars par Fontrailles avec le duc d'Olivarès, traité dont l'exécution devait suivre l'assassinat du Cardinal et rendre à l'Espagne toutes les places conquises dans le nord, l'est et le sud de la France, moyennant quoi la Reine devenue régente — on supposait que Louis XIII ne tarderait pas à suivre son ministre dans la tombe — régnerait avec l'appui efficace de Monsieur et recevrait d'importantes compensations en échange des places rendues... M. de Cinq-Mars devenu Premier ministre épouserait Marie de Gonzague, tous les exilés seraient rappelés et une pluie d'or s'abattrait sur chacun d'eux. C'était la plus énorme conspiration jamais montée contre Richelieu, sans doute, mais surtout contre la France. Mazarin, quand la Reine remit le traité entre ses mains, sentit une sueur froide mouiller son front :

— Je ne remercierai jamais assez Votre Majesté d'avoir compris où était son devoir, murmura-t-il. Si la Reine veut que Mgr le Dauphin règne un jour, il

Un chemin plein d'ornières

est temps, grand temps même qu'elle apprenne à devenir française !... Son Éminence saura ce qu'elle doit à Votre Majesté.

Le Cardinal, pour sa part, n'eut aucune réaction visible. Le siège de Perpignan s'était achevé par une éclatante victoire et le Roi couvert de gloire remontait vers lui. Le lendemain, il serait à Narbonne où il logerait à l'évêché. Richelieu se contenta de remettre l'exemplaire du traité à son fidèle Chavigny :

— Dès son petit lever, vous donnerez cela au Roi. Ensuite, vous vous rendrez chez Monsieur et vous le prierez de vous remettre son propre exemplaire. Cela, au cas où le Roi ne parviendrait pas à croire en la culpabilité de Monsieur le Grand !

Le Roi fut d'autant plus blessé par la noirceur de son favori, de ce beau jeune homme qu'il avait placé si haut, que son entrevue secrète avec Marie de Hautefort s'était mal terminée. Indigné qu'elle eût l'audace d'attaquer Cinq-Mars et persuadé qu'elle agissait par vengeance, il lui avait intimé l'ordre de regagner La Flotte et de n'en plus sortir. Cette fois, l'évidence le déchira. Cependant, il n'eut pas une hésitation : l'ordre d'arrêter Cinq-Mars, de Thou, Fontrailles et les autres conjurés partit sur-le-champ, cependant que Chavigny se rendait auprès de Monsieur auquel il fit entendre de graves vérités.

— La faute de Votre Altesse est si grande que Son Éminence ne peut répondre de rien. Votre vie même est exposée...

Devenu vert, Gaston d'Orléans ne perdit pas un instant pour plaider sa cause.

— Chavigny, il faut me tirer de la peine où je suis.

Un chemin plein d'ornières

Vous l'avez déjà fait par deux fois auprès de Son Éminence, mais ce sera la dernière, je vous le promets.

— Votre seul moyen est de tout avouer...

Toujours aussi lâche, le frère du Roi ne demandait que cela et passa aux aveux, chargeant ceux qui l'avaient suivi, même le duc de Beaufort qui, cependant, avait refusé sa participation. Le second exemplaire du traité s'en alla donc rejoindre le premier sur la table du Roi où il acheva de pulvériser le dernier doute, bien faible, où le malheureux essayait de s'accrocher. Il en eut le cœur déchiré au point de tomber malade, mais il n'empêcherait pas la justice de suivre son cours...

La nouvelle de l'arrestation de Cinq-Mars et de François-Auguste de Thou frappa comme une bombe le château de Vendôme où Beaufort, après une bonne journée de chasse, festoyait joyeusement avec ses gentilshommes et ses amis. L'arrivée du messager — l'un des courriers de la duchesse de Vendôme venu de Paris à francs étriers — fit tomber une douche glacée sur cette jeunesse exubérante : la duchesse, en effet, adjurait son fils de fuir.

« On sait, écrivait-elle, qu'il s'est tenu chez vous une réunion où étaient sinon les chefs mais leurs mandants. Même si vous n'avez pas donné la main à cette conjuration, à cette folie — et cela je le sais ! — vous n'en êtes pas moins compromis. On dit encore que des têtes vont tomber et la vôtre m'est infiniment chère, mon fils. Envoyez prévenir, à tout hasard, votre frère Mercœur qui est à Chenonceau mais je

L'ombre de l'échafaud

vous en supplie, quittez Vendôme avant qu'il ne soit trop tard ! »

Toute sa gaieté envolée, François froissa la lettre maternelle avec fureur :

— Fuir ! Alors que mon honneur ne me reproche rien ? Alors que j'ai refusé de m'acoquiner avec l'Espagne, même pour avoir la peau du Cardinal ? Jamais !

— Monseigneur, plaida Ganseville, il me semble que vous devriez y réfléchir à deux fois. Mme la duchesse votre mère n'est pas femme à s'affoler sans raison et vous savez à quel point le Cardinal hait ceux de votre maison. Une fausse dénonciation risque de vous envoyer à l'échafaud quelles que puissent être vos dénégations. Si le Roi abandonne son favori à la vengeance de son ministre, tout est à craindre... Que vous soyez son neveu n'y changera rien car il ne vous aime pas moitié autant qu'il aime Cinq-Mars. Laissez-moi ordonner votre bagage et commander les chevaux !

Tous ceux qui étaient là se joignirent à cette prière sans que Beaufort se laisse fléchir :

— Fuir, répétait-il, ce serait avouer et je n'ai rien à avouer...

— Le duc votre père a été plus sage, coupa Henri de Campion, ancien gentilhomme du comte de Soissons rallié à la maison de Vendôme. Pourtant il était aussi innocent que vous. Et vous ne pouvez nier avoir reçu ici les émissaires des conjurés...

François, pourtant, s'entêta. Il ne partirait pas et, le lendemain, il s'en allait courre un cerf au sud de sa ville quand il fut rejoint par un cavalier couvert de

Un chemin plein d'ornières

poussière, sous le feutre à plume duquel il reconnut avec stupeur Mme de Montbazon. Qui ne lui laissa pas le temps d'ouvrir la bouche :

— Que faites-vous ici, malheureux ? Êtes-vous insensé ? Je précède de deux heures seulement M. de Neuilly, gentilhomme du Roi, qui vous apporte une lettre de lui. Il faut fuir, et tout de suite !

Beaufort tira de sa poche un mouchoir de dentelle qu'il passa délicatement sur le visage maculé de son amie.

— Quel charmant cavalier ! soupira-t-il avec un sourire. Comment faites-vous pour être aussi belle, même en cet équipage ?

Il voulait prendre sa main pour la baiser, mais elle la lui arracha.

— Êtes-vous en votre bon sens ? Ce que je dis est grave, François, et si je suis là c'est non seulement pour vous prévenir mais parce que je me suis résolue de partir avec vous...

— Quoi ? Vous vous compromettriez à ce point ?

— Compromise, je le suis déjà. Nous ne nous cachons guère, vous et moi. Et puis vous oubliez que j'y étais aussi, moi, à cette fameuse réunion, même si je n'ai pas sonné mot ! Venez, rentrons vite préparer notre départ ! Il nous faut des chevaux frais et...

— Il ne nous faut rien du tout. Je rentre certes... mais pour me mettre au lit.

— Au lit ? Que voulez-vous donc faire ?

— Le malade. M. de Neuilly me trouvera, croyez-moi, dans un état bien triste.

— Vous malade ? Vous êtes-vous regardé ? Vous

L'ombre de l'échafaud

êtes magnifique, vous éclatez de santé ! Même un aveugle ne vous croirait pas...

— Vous verrez bien. Rentrons. Vous avez grand besoin d'un bain et de vêtements frais.

Chemin faisant, il lui expliqua son intention d'user d'un certain élixir que lui avait remis, parmi d'autres, un vieux médecin provençal lorsque, avec son frère, il était allé visiter sa principauté de Martigues. Ce vieil homme, qui prétendait descendre de Michel de Nostre-Dame, lui avait donné des onguents pour guérir les blessures qui s'étaient révélés efficaces, certaine liqueur d'herbes apte à « sustenter les humeurs et à les conforter lorsqu'elles faiblissaient » et enfin un élixir destiné à faire apparaître rapidement sur le corps des taches et plaques rouges « fort propres à donner l'apparence d'une maladie grave sans que la santé en soit affectée ».

— Pourquoi donc vous a-t-il donné cela ? demanda Marie de Montbazon. Cela me paraît un curieux présent...

— Il disait qu'en me donnant l'apparence d'un malade contagieux, cette eau pourrait écarter mes ennemis et me sauver la vie en certaines circonstances. Je crois que le moment est venu.

— Je n'aime pas beaucoup cela. Et si c'était un poison ?

— Pourquoi diable m'en aurait-il donné alors que tous ses autres présents m'ont été si bénéfiques ?

Rien ne put le faire démordre de ce projet, et, quand l'envoyé royal se présenta au château, on lui apprit que monsieur le duc était fort malade, ce qui n'eut pas l'air de l'émouvoir outre mesure :

Un chemin plein d'ornières

— Pas au point de ne pouvoir lire une lettre ? riposta-t-il. Et je dois la lui remettre en mains propres, ajouta-t-il devant la mine confite de Brillet qui avançait une main respectueuse pour la recevoir. Celui-ci s'inclina avec révérence :

— Il vous faudra alors, monsieur, subir un bien affligeant spectacle...

En effet, l'élixir du médecin de Martigues avait produit un effet inespéré. Beaufort, couché dans un lit en désordre, la chemise largement ouverte sur la poitrine, semblait victime d'une furieuse rougeole. Pas un pouce de sa figure, de son cou et de son corps qui ne fût couvert de taches rouges du plus vilain effet. À son chevet, Marie de Montbazon sanglotait, le nez dans son mouchoir.

— Que me veut le Roi ? demanda François d'une voix lasse.

— Cette lettre vous le dira, monseigneur. Il vous mande, je crois, auprès de lui...

— Alors, monsieur, lisez-la-moi car je n'y vois plus !

C'était cela, la cause des larmes désespérées de la duchesse. L'effet de l'eau miraculeuse se révélait plus spectaculaire encore que l'on s'y attendait. Sauf pour le faux malade... plongé dans une cécité totale qui ne laissait pas de le terrifier. Si cet état devait durer, Beaufort avouerait tout ce que l'on voudrait pour être exécuté le plus vite possible.

La chose dut paraître un peu forte à l'envoyé royal car il tira de sa ceinture un couteau et, sans rien dire, l'approcha d'un geste vif des yeux de François qui ne cilla même pas, et pour cause. Aussitôt, Neuilly baissa pavillon :

— Veuillez me pardonner, monseigneur, mais les ordres du Roi sont stricts... Je vais vous lire sa lettre.

Celle-ci, *a priori*, n'avait rien de bien inquiétant : « Nous avons appris, écrivait Louis XIII, que Monsieur le Grand a voulu vous entraîner dans de mauvais desseins et que vous avez refusé d'y entrer. Nous vous promettons donc l'oubli sous condition que vous veniez nous trouver aussitôt pour nous rendre compte de ce que vous savez de cette affaire... » Toutefois, si on lisait entre les lignes, c'était bel et bien une menace sérieuse. Beaufort soupira :

— Comme vous pouvez le constater, monsieur, il m'est impossible de déférer aux ordres de Sa Majesté mais, dès que je me sentirai mieux, si Dieu le veut, je me rendrai auprès du Roi. En attendant, je vous prie, madame la duchesse, de faire en sorte que M. de Neuilly soit traité comme il convient à son rang et à celui qu'il représente...

Fort étonné de tout ce qu'il venait de voir, le messager repartit le lendemain pour Tarascon où se trouvait alors Louis XIII, laissant ceux de Vendôme assiéger Beaufort, sorti de son lit mais au seul bénéfice d'un fauteuil car il était toujours aveugle. Outre Marie, Henri de Campion et Vaumorin ses amis, ses écuyers Ganseville et Brillet, et jusqu'à M. du Bellay, tous le suppliaient de fuir :

— Cet homme va revenir, plaidait la jeune femme, et cette fois peut-être à la tête d'une troupe armée. Il faut fuir, mon ami !

— Fuir alors que je n'y vois goutte ? Ne m'en

Un chemin plein d'ornières

parlez même pas : si je ne recouvre pas la vue, je préfère mourir...

— Ne soyez pas sot ! Je suppose... enfin, je veux croire que la vue vous reviendra quand ce maudit élixir cessera son effet. En attendant, laissez l'un de vos amis aller préparer des relais jusqu'à la Seine où vous pourrez vous embarquer pour rejoindre le duc César.

— Je pars sur l'heure, dit Henri de Campion. J'irai retenir un bateau au Havre et je reviendrai vous attendre à Jumièges mais si j'ose me permettre, madame la duchesse, laissez-le partir seul ! Le scandale serait trop grand si l'on apprenait que vous l'avez suivi et ce supplément de grief pourrait porter tort à notre ami...

— Je n'ai pas encore décidé si je partais, tonna François. Qui donne les ordres ici ?

— Vous, monseigneur... tant que vous en êtes capable, fit Ganseville, mais nous qui vous aimons sommes prêts à vous combattre et à vous sauver malgré vous !

— Mais rien, jusqu'à présent, ne dit que le Roi me veuille du mal ?

— Rien ne disait non plus en 1626, quand le Roi a appelé le duc César à Blois, que c'était pour le jeter en prison avec M. le Grand Prieur, rappela à son tour Vaumorin. Laissez partir Campion et demandez à Mme la duchesse de rentrer chez elle. Personne ne s'étonnera qu'elle séjourne à Montbazon, mais si elle partait avec vous...

— Ils ont raison, mon ami, fit la jeune femme prête à pleurer. Il m'est dur de vous quitter, mais je vous aime trop pour ne pas vouloir avant tout votre bien.

— Ma douce amie, murmura Beaufort ému. Dire que je ne peux même plus vous voir ! Faites comme il vous plaira mais apprenez ceci : je ne partirai que si Dieu m'accorde d'emporter avec moi l'image de ce merveilleux visage...

— Espérons qu'il voudra bien se hâter, car le temps nous est compté !

Henri de Campion partit donc seul tandis que les autres demeuraient là, à guetter en se relayant le moindre signe encourageant. Le reste du temps, on le passait dans la collégiale Saint-Georges à implorer le Ciel de prendre en pitié cet homme que tous aimaient. Les taches rouges commençaient à s'effacer mais la cécité semblait vouloir durer quand, au soir du quatrième jour après le départ d'Henri, Beaufort bondit soudain hors de son fauteuil :

— Je vois ! cria-t-il. Je vois ! Dieu tout-puissant, vous m'avez fait miséricorde alors que j'ai usé de mensonge ! Que votre Saint Nom soit béni !

Il tomba à genoux pour une ardente prière, tandis qu'autour de lui tout semblait renaître. Une heure plus tard, ivre de la joie d'échapper aux ténèbres, de se retrouver au nombre des vrais vivants, François, suivi de Vaumorin, de Ganseville, de Brillet et de son valet de chambre, franchissait au galop la porte de Vendôme pour piquer sur la vallée de la Seine. Des fenêtres du château, Marie le regarda disparaître dans les ombres bleues de ce soir déjà estival. Quand le jour viendrait, elle-même repartirait pour une halte à Montbazon avant de rentrer chez elle. Elle se sentait soulagée de savoir François en route vers la liberté. Pourtant, elle ne pouvait se défendre d'un peu de tristesse : il n'avait pas beaucoup insisté pour la garder auprès de lui. Pas du tout, même, alors qu'elle était prête à braver les scandales, à tout abandonner pour lui consacrer le reste de sa vie, mais elle avait assez d'expérience pour savoir qu'en amour — sauf rares exceptions ! — il y en a toujours un qui aime plus que l'autre. Dans leur couple, c'était elle, même si, aux heures d'intimité, il était le plus fougueux, le plus ardent des amants. Elle l'avait attendu si longtemps, alors que tout Paris les disait l'un à l'autre et qu'il n'en était rien ! Et puis un beau soir, ils s'étaient rejoints et elle avait connu un immense bonheur. Enfin, elle le tenait ! Elle s'était alors juré de ne jamais plus le laisser s'échapper, mais pour cela il fallait que l'accord, magique, de leurs corps puisse perdurer.

— Tant que je serai belle ! murmurait-elle souvent en étudiant dans le miroir son ravissant visage et son corps sans défauts. Tant que je serai belle... mais après ?

Quelques jours plus tard, Beaufort retrouvait enfin la houle et les vastes étendues marines qu'il aimait tant. Ce ne fut pas sans peine. En arrivant au Havre, une déception attendait les fuyards : le navire frété par Campion avait dû fuir devant une tempête qui avait arraché son ancre. Pas question cependant de rester sur place pour préparer un nouveau passage en Angleterre : l'homme qui gouvernait la ville pour le duc de Longueville faisait partie, comme son seigneur, des ennemis de Beaufort. Vaumorin alors proposa de se replier sur Franqueville, près d'Yvetot, où l'on avait un ami en la personne de M. de Mémont. Là on prit de nouvelles dispositions et ce fut à Yport, près de Fécamp, que la petite troupe put enfin s'embarquer avec le soulagement que l'on devine. Accroché à sa position d'innocent, François laissait derrière lui une lettre destinée au Roi son oncle dans laquelle, avec beaucoup de respect, il faisait part de sa position : « En niant l'accusation portée contre moi par Votre Majesté j'eusse perdu le respect que je lui dois et attiré sur moi sa colère ; en l'avouant contre mon su j'eusse fait tort à ma conscience et à mon honneur. Ces respectueuses considérations m'ont fait passer en Angleterre où je suis venu rendre visite à Monsieur mon père... »

Cependant, quand il retrouva César à Londres, il regretta sa fuite. Là, autour de celui-ci, se groupaient tous les mécontents du royaume, vrais et faux conjurés unis par un même regret de ce qu'ils avaient dû abandonner pour sauver leurs vies. Dont Fontrailles, l'homme qui était à l'origine du traité en trois exemplaires qui faisait peser sur tant de gens l'ombre de l'échafaud. Comme les autres, il menait joyeuse vie, gagnant ou perdant ce qu'il possédait au jeu avec une désinvolture qui irrita Beaufort :

— Ne vous avais-je pas laissé entendre que c'était une lourde faute de traiter avec l'Espagne ? Voyez le résultat : Cinq-Mars arrêté, de Thou aussi qui n'y vint que pour l'amour de la Reine, celle-ci même compromise, en danger peut-être, moi et les miens obligés de fuir pour une faute que nous n'avons pas commise.

— Mon cher, c'est le jeu des conspirations. Si elles réussissent, la gloire est à tous, si elles échouent, c'est chacun pour soi. J'avoue que je n'ai pas encore compris comment Richelieu a pu être informé de chaque article du traité. Il faut qu'il ait eu en main l'un des exemplaires... et il n'y en avait que trois. Alors lequel ? Celui de Monsieur, ou celui de la Reine ?

— Je n'ai aucun moyen de répondre à cette question, mais je tremble pour ceux qui sont restés aux mains de Richelieu... et de son bourreau ajouta-t-il, évoquant mentalement l'homme qu'il détestait le plus au monde et dont il ignorait la blessure. Chose curieuse, au même moment une autre image vint chasser celle du Lieutenant civil, et c'était celle de Sylvie.

Tous ces temps derniers, lorsqu'il lui arrivait de penser à elle, il se hâtait de la chasser de son esprit avec la même colère que celle éprouvée à La Flotte en découvrant qu'elle avait rejeté l'asile qu'il lui avait offert pour courir les aventures avec cette folle de Marie de Hautefort. Ce jour-là, il s'était juré de se détacher à jamais de cette petite ingrate, et jusqu'à présent il y réussissait. Pourquoi donc alors surgissait-elle des brouillards de la Tamise avec sa grâce fragile et ses grands yeux dorés toujours pleins d'une si belle lumière lorsqu'ils se posaient sur lui ? Une fois encore, il voulut l'écarter pour évoquer le beau visage de la Reine, son amour de toujours, celui aussi de Marie grâce à la passion de laquelle il pou-

L'ombre de l'échafaud

vait se sentir heureux. Pourtant, elle tint bon et resta maîtresse de la place. Alors il cessa de lutter et s'abandonna au plaisir un peu mélancolique des souvenirs de l'adolescence et des jours heureux qu'il découvrait si proches encore alors qu'il les croyait enfouis pour toujours au plus profond de sa mémoire. Il retrouva même les vers de Théophile de Viau lorsqu'il revécut les jours de Chantilly où il faisait des efforts désespérés pour enlever la Reine :

> En regardant pêcher Sylvie
> Je voyais battre les poissons
> À qui plus tôt perdrait la vie
> En l'honneur de ses hameçons...

François abandonna là ses pensées mélancoliques, se traitant d'imbécile. N'avait-il pas assez de problèmes à résoudre sans se mettre à la recherche de ceux d'une petite idiote ? Et pour être plus sûr d'en finir avec un sujet déprimant, il alla rejoindre la joyeuse bande qui gravitait autour du duc César et s'enivra copieusement, après avoir proposé une série de toasts à la belle duchesse de Montbazon, à laquelle il ne s'était mis à penser qu'en vidant son premier verre. Une façon comme une autre de mettre sa conscience en repos !

Jean de Fontsomme était revenu rue des Tournelles les bras chargés de bonnes nouvelles, et aussi de moins bonnes. Il faillit tout oublier quand, sautant en voltige à bas de son cheval, il vit sur le perron Perceval de Raguenel, venu l'accueillir une main

Un chemin plein d'ornières

appuyée sur l'épaule de Sylvie. Tandis qu'il parcourait la France au galop forcené des chevaux de poste, laissant son écuyer ramener paisiblement ses propres montures, il n'avait pensé qu'à elle. Il craignait que son séjour à la Bastille n'ait laissé de lourdes traces.

Or, il la revoyait non seulement fidèle à son image, mais plus exquise encore qu'il ne l'imaginait. Comme pour mieux effacer le temps, elle portait la même robe qu'autrefois, jaune soleil brodée de fleurettes blanches, et les rubans qui nouaient sa chevelure brillante étaient semblables à celui qu'elle lui avait donné et qu'il portait toujours sur son cœur. Il fut si émerveillé que lorsqu'elle lui tendit la main il mit, comme l'eût fait un chevalier d'autrefois, genou en terre pour la recevoir. Cependant, repris de son ancienne timidité, il réserva aux seules oreilles de Perceval les « bonnes nouvelles » dont il était porteur. En effet, il y avait un monde entre prier le Roi de lui rendre sa « fiancée » et annoncer à Sylvie, à laquelle il n'avait pas demandé son avis, qu'elle se retrouvait promise à lui.

Devinant ce qui se passait dans l'esprit du jeune homme, Raguenel commença par l'inviter à souper, puis dépêcha Sylvie à la cuisine pour qu'elle avertisse Nicole et l'aide à donner à ce repas un air de fête, et enfin entraîna Jean chez lui pour qu'il s'y débarrasse des poussières de la route et s'y rafraîchisse.

— Alors, mon ami, qu'en est-il de votre ambassade ? demanda-t-il quand le jeune homme, rasé, lavé, peigné, brossé et pourvu d'un verre de vin de

Vouvray se retrouva assis en face de lui dans son cabinet. Le Roi vous a-t-il fait bon visage ?

— Au-delà de toutes mes espérances, chevalier. Tenez et lisez !

De son justaucorps, il tirait une lettre portant un petit cachet de cire verte qui était le sceau privé de Louis XIII. Perceval déplia et lut, passant en un ronronnement rapide sur la terminologie officielle du début : « Nous, Louis treizième du nom, par la grâce de Dieu roi de France, etc. » pour arriver plus vite au corps du sujet :

« C'est notre plaisir et notre volonté que noble demoiselle Sylvie de Valaines connue jusqu'à présent sous le nom de Mlle de L'Isle soit extraite de notre fort château de la Bastille et retrouve auprès de Sa Majesté la Reine notre épouse bien-aimée la place qui était autrefois sienne et qu'elle occupera jusqu'à son mariage, etc. »

Sans rien dire mais avec dans l'œil une lueur amusée, Perceval rendit le papier royal à son possesseur qui, au lieu de le ranger, l'abandonna sur la table avec un autre qui était l'ordre de levée d'écrou pour le gouverneur de la Bastille :

— Oh, vous pouvez garder tout ça, maintenant. Cela ne sert plus à rien !

— Parce que Sylvie est sortie de prison sans votre aide ?

— Bien sûr. J'avais imaginé...

— ... que folle de joie d'être libérée, elle tomberait dans vos bras, ce qui serait une bonne amorce pour la seconde partie du programme conçu par le Roi ?

Fontsomme rougit mais ne baissa pas les yeux :

— C'est vrai. En la voyant auprès de vous j'ai été très heureux... et très déçu. Ce qui va vous donner une bien piètre idée de mon amour pour elle puisque, inconsciemment, je voulais qu'elle souffre plus longtemps... Oh, c'est indigne, indigne !

— Mais tellement naturel ! fit Perceval en riant. Vous avez pu constater que Sylvie était ravie de vous revoir. Et ce que vous lui apportez est loin d'être négligeable, ajouta-t-il en redevenant sérieux. La possibilité de reprendre sa place, son rang, de retrouver sa vraie personnalité, et cela avec l'approbation de tous puisque c'est le Cardinal lui-même qui l'a libérée. Et c'est important, car il est arrivé souvent que Richelieu corrige ou parfois même annule un ordre du Roi, quitte à lui fournir des explications détaillées plus tard...

— En effet, mais je ne crois que ce soit le cas. Tandis que le Roi écrivait, j'avais l'impression qu'il mettait une joie maligne à contrecarrer son ministre. Notre maître est très malheureux d'avoir dû ordonner l'arrestation de Cinq-Mars. L'évidence de la trahison était par trop flagrante, mais je ne suis pas certain qu'il se montrerait si sévère pour la seule tentative d'assassinat du Cardinal. D'abord, elles sont fréquentes, et ensuite il est des moments où l'on peut se demander si le Roi ne souhaiterait pas, au profond de son cœur, être libéré d'un homme dont il admire le génie politique mais qui l'étouffe.

— De toute façon, nous allons informer Sylvie des bonnes dispositions du Roi à son égard. Le mieux serait que vous fassiez visite à la Reine pour lui apprendre enfin la vérité sur celle qu'elle appelait son « petit chat »...

— Je ne crois pas que ce soit une bonne idée. Il m'est impossible de poursuivre cette fable de notre prochain mariage. Ce serait une laide façon de la contraindre... Et puis... je ne suis pas certain de souhaiter qu'elle se trouve à nouveau mêlée aux intrigues de cour et à ce bataillon des filles d'honneur où, sans Mlle de Hautefort, elle pourrait être malheureuse.

— Je n'en ai pas envie moi non plus et je jurerais que Sylvie sera de notre sentiment. Jamais elle ne consentira à retourner chez les filles d'honneur. Cependant, je souhaiterais pour son avenir qu'elle retrouve la protection de la Reine.

— Après ce qui lui est arrivé ?

— Oui. Je vais vous expliquer comment elle est revenue ici et à quel piège tendu par Mlle de Chémerault elle a eu la chance d'échapper...

Son récit terminé, Perceval conclut :

— J'avoue avoir péché par égoïsme en ne la renvoyant pas au couvent. J'étais si heureux de la retrouver ! Évidemment, j'aurais pu aussi la remettre à Mme de Vendôme, mais j'ai peur que cette protection-là ne lui soit plus d'une grande utilité...

Jean de Fontsomme, qui avait écouté son hôte en marchant de long en large pour combattre son indignation, arrêta brusquement sa promenade.

— Les mauvaises nouvelles que j'apporte ont justement trait à cette malheureuse maison et, connaissant les sentiments de votre filleule, je souhaitais n'en parler qu'à vous seul.

Un chemin plein d'ornières

Le jeune duc expliqua alors qu'avant de venir chez son ami Raguenel il avait fait halte à l'hôtel de Vendôme pour proposer son aide à la duchesse et à sa fille. Il était présent auprès du Roi quand l'ordre d'arrêter Beaufort était parti, et il venait se mettre au service de ces deux femmes qu'il aimait bien.

— Encore que les ordres royaux ne les menacent en rien, elles ont choisi de se retirer pour un temps aux Capucines où elles reçoivent de fréquentes visites de Mgr de Lisieux, de monsieur Vincent et du nouveau coadjuteur de l'archevêque de Paris, l'abbé de Gondi. Elles sont calmes et sereines. Elles m'ont appris que M. de Beaufort est passé en Angleterre. Quant à Mercœur qui n'est pas concerné, il est toujours à Chenonceau. J'en suis donc sorti rassuré.

— Vous aimez tant que cela le duc François ? fit Raguenel mi-figue, mi-raisin.

— Je sais que Sylvie l'aime et j'avoue que, si elle n'existait pas, j'aimerais être son ami. Il est franc comme l'or, brave, un peu fou peut-être mais tellement loyal ! Que l'on puisse l'accuser de collusion avec l'Espagne est insensé. C'est un homme qui s'est trompé de siècle : au temps des Croisades, il eût conquis la Terre sainte à lui tout seul. J'espère qu'il n'aura pas l'idée de revenir en France tant que Richelieu vivra : sa tête est mise à prix.

— Vous avez eu raison de me parler d'abord. Sylvie s'imagine que son ami d'enfance file le parfait amour à Vendôme avec Mme de Montbazon. Elle en conçoit de l'amertume et c'est très bien ainsi ! Qu'elle le sache proscrit, en danger de mort, rendrait tout son prix à cette affection dont j'aimerais qu'elle la fixe définitivement dans ce rôle.

Le souper qui suivit fut charmant. Sylvie devint toute rose en apprenant que le Roi voulait qu'elle reparaisse à la Cour, mais refusa de retourner aux filles d'honneur.

— Je crains fort d'y compter pas mal d'ennemies et sans Marie de Hautefort, je ne me sentirais plus à l'aise. Mais dites-moi, mon ami : comment avez-vous fait pour obtenir du Roi ce grand intérêt pour ma modeste personne ?

— Vous étiez victime d'une grave injustice et...

— Inutile de vous défendre, coupa Perceval, je lui ai dit à quel titre vous avez réclamé sa libération.

Ce fut au tour du jeune homme de s'empourprer.

— Je voulais mettre tout en œuvre pour arracher votre liberté, mais je vous supplie de croire que vous n'êtes engagée en rien avec moi. Même des fiançailles officielles peuvent se rompre. C'est encore plus facile quand elles n'existent pas. Nous dirons plus tard au Roi que... nous avons changé d'avis. L'important est que vous oubliiez votre cauchemar et que vous puissiez reparaître dans l'entourage de la Reine.

La main de Sylvie vint se poser sur celle du jeune homme :

— Qu'allez-vous chercher là ? Vous savez que je vous aime beaucoup et j'ai pour vous une immense gratitude d'avoir ainsi éclairci ma situation. Ne préjugeons pas de l'avenir. Un jour peut-être je vous tendrai la main, mais c'est encore tôt, j'ai besoin d'essayer de voir clair en moi-même et vous, vous méritez un cœur qui soit tout à vous !

— Une modeste place dans le vôtre, même fort petite, aurait plus de prix à mes yeux que toute autre. Accordez-moi seulement la faveur de veiller sur vous !...

La *Gazette* ne manquait pas de copie en cette fin d'été, et son rédacteur venait presque chaque soir chez son ami Raguenel pour commenter avec lui les nouvelles de la journée. L'exécution à Lyon de Cinq-Mars et de Thou faisait un bruit énorme, couvrant presque la paix à Perpignan qui amarrait définitivement à la couronne de France le Roussillon et une partie de la Catalogne. C'était comme si un gigantesque remous né au pied de l'échafaud de la place des Terreaux ne cessait d'amplifier ses cercles concentriques. Cinq-Mars et son ami de Thou y étaient montés souriants, l'un vêtu de drap brun couvert de dentelles d'or avec des bas de soie verte et un manteau écarlate, l'autre en sévère velours noir, mais ils étaient si jeunes et si beaux qu'une grande émotion s'était emparée de la foule, bientôt en larmes quand les deux garçons s'étaient embrassés avant de poser leurs têtes sur le billot.

— On dit, commenta Renaudot, que le chancelier Séguier dépêché à Lyon pour le procès a tout fait pour sauver le jeune de Thou, agent de la Reine en cette histoire mais dont la culpabilité n'a pu être prouvée.

— Alors pourquoi une condamnation capitale ? demanda Perceval.

L'ombre de l'échafaud

— Parce qu'il a refusé, même sur les Évangiles, de charger le duc de Beaufort, son ami. Au contraire, il a toujours nié qu'il eût participé en quoi que ce soit au grand complot, ayant refusé de s'y associer dès qu'il en eut connaissance. Alors Richelieu a exigé qu'il accompagne Monsieur le Grand dans la mort.

— Le Cardinal veut la mort de F... de M. de Beaufort, gémit Sylvie qui venait de rejoindre les deux hommes et qui avait entendu.

— Hélas oui, mademoiselle. C'est une chance qu'il ait réussi à gagner l'Angleterre, sinon nous déplorerions sans doute l'exécution d'un prince français alors que Monsieur, l'un des principaux conjurés, va s'en tirer avec un exil sur ses terres. La tête de Beaufort tombera, même s'il est innocent, s'il se risque à rentrer.

Le regard de Sylvie, noyé de larmes, chercha celui de son parrain, visiblement mal à l'aise :

— Vous saviez tout cela ?

— Oui, mais comme il a pu s'enfuir en Angleterre, à quoi bon vous en parler ? Vous avez assez souffert comme cela.

— Je souffre encore plus quand je ne sais rien. Ainsi, il est parti rejoindre son père... mais cette fois il ne pourra jamais revenir.

Les deux hommes se regardèrent, puis ce fut Renaudot qui apporta la conclusion.

— Pas tant que le Cardinal vivra... et peut-être même le Roi !

Sylvie baissa la tête sans répondre, puis salua le gazetier et se retira en silence, mais dès que Renaudot fut sorti elle vint retrouver son parrain :

— Voulez-vous, s'il vous plaît, demander à M. de Fontsomme de me mener à la Reine aussitôt que possible ?

Tout de suite inquiet, il essaya de déchiffrer le petit visage fermé.

— Vous voulez retourner chez les filles d'honneur ?

— Non. Je veux seulement la voir et parler avec elle. Je veux qu'elle sache que je n'ai rien oublié. M. de Thou est mort à cause d'elle, parce qu'elle en a fait son représentant dans une conjuration d'hommes d'épée où ce jeune légiste n'avait pas sa place. Ensuite, si j'ai bien compris, elle l'a elle-même dénoncé en livrant le traité, alors je veux lui rappeler que l'homme qu'elle aimait, le père de son fils, est en danger de mort, n'étant pas homme à rester longtemps hors des frontières.

En l'entendant, Perceval se leva de son fauteuil, pâle jusqu'aux lèvres. C'était la première fois que la jeune fille évoquait le terrible secret qu'elle partageait avec Marie de Hautefort, La Porte, et lui-même. Il comprit que le danger couru par Beaufort la bouleversait et l'épouvante le gagna en pensant qu'elle était capable de tout :

— Perdez-vous l'esprit, Sylvie ? Ce secret n'est pas le vôtre mais celui de l'État et vous n'avez pas le droit de vous en servir car il est de ceux qui tuent aussi sûrement que l'épée du bourreau.

— Que m'importe si c'est la seule façon de sauver François ?

— Il n'a pas besoin de vous pour se sauver et je le connais assez pour vous assurer qu'il ne vous par-

L'ombre de l'échafaud

donnerait jamais car, ce faisant, vous signeriez notre arrêt de mort à tous, plus celui de Mlle de Hautefort, de quelques autres et peut-être même de la Reine ! D'ailleurs, là où il est, rien ne le menace, et vous vous couvririez de ridicule en allant plaider pour un homme qui à cette heure doit être en train de chasser le renard ou de faire danser les dames.

Jamais Perceval n'avait employé ce ton cinglant pour l'enfant qu'il aimait, mais sa dureté était à la mesure de son amour. Il souffrait de ce premier différend qui les dressait l'un contre l'autre.

Les lèvres serrées, les yeux fichés dans le tapis, elle ne répondait rien et il la sentit butée. Alors, il reprit, plus doucement :

— En outre, vous voulez faire de Jean de Fontsomme, ce jeune homme qui vous adore, l'instrument de votre vindicte ? Pour vous tirer de la Bastille, il vous a déclarée sa fiancée. Croyez-vous qu'il échappera à la catastrophe que vous voulez déchaîner ? Oh, il vous suivrait à l'échafaud avec joie, trop heureux de mourir avec vous...

Virant brusquement sur ses talons, elle s'enfuit du cabinet en cachant sa figure dans ses mains. En fait, sa colère l'avait entraînée trop loin et, avant d'en venir à contraindre la Reine à préserver son amant, elle voulait surtout retrouver ses coudées franches dans les palais royaux. Elle voulait pouvoir retourner au Louvre sous un prétexte quelconque afin d'y reprendre la fiole de poison remise par le duc César dans le but de sauver François d'un péril alors illusoire et devenu à présent trop réel : si sa tête était mise à prix, n'importe quel traître pourrait la livrer

Un chemin plein d'ornières

pour toucher la récompense. C'est pourquoi Sylvie se sentait prête maintenant à accomplir ce qui lui faisait horreur autrefois : assassiner Richelieu de ses propres mains ! Lui seul était redoutable car, s'il mourait, jamais Louis XIII, quoi qu'en pense Renaudot, ne signerait l'ordre d'exécution de son neveu.

C'était cela, la bonne idée, parce qu'elle ne mettrait en danger qu'elle seule, mais il ne pouvait être question d'en faire confidence à Raguenel. Cependant, regrettant de l'avoir blessé, Sylvie se disposait à le rejoindre pour le rassurer quand le grincement du portail et le claquement précipité des sabots d'un cheval sur les pavés de la cour l'attirèrent à une fenêtre. Elle vit alors Jean de Fontsomme, qui semblait hors de lui, sauter à terre et se ruer à l'intérieur de la maison. Elle lui laissa le temps de faire son entrée, puis se dirigea vers le cabinet de son parrain où elle trouva les deux hommes face à face. Perceval lisait un document que Jean venait de lui remettre, mais tous deux se tournèrent vers elle avec la même expression qui la fit sourire :

— Eh bien ? Que se passe-t-il ? Vous semblez bouleversés tous les deux...

— Il y a, s'exclama le jeune duc, que je suis le dernier des niais et que je vous ai mise dans une situation impossible. Par cette lettre, le secrétaire des commandements de la Reine m'invite à venir présenter Mlle de Valaines, ma fiancée, à Sa Majesté. Nous devrons nous rendre auprès d'elle demain et je ne sais comment...

— Je ne vois là rien de bien terrifiant, sourit

L'ombre de l'échafaud

Sylvie. Je serai très heureuse de vous accompagner, mon cher Jean.

— Non, Sylvie ! Vous ne pouvez pas ! protesta Raguenel. Je ne veux pas que...

Elle alla vers lui et l'embrassa tendrement :

— Allons, mon cher parrain ! Ne vous troublez pas ! Je vous jure que je serai bien sage... et que je ne dirai rien d'inconvenant !

— Qui donc vous imaginerait inconvenante ? fit Jean qui, soulagé, retrouvait sa bonne humeur.

— Mon cher parrain me croit capable des pires méfaits. Il devrait pourtant savoir que si je monte parfois comme une soupe au lait, je retombe assez vite. Ce sera donc pour demain...

C'est toute de velours noir vêtue que Sylvie rejoignit le château de Saint-Germain, après un détour de quatre années et quelque trois cents lieues. La Cour portait alors le deuil de la reine mère, morte à Cologne dans une quasi-misère sans avoir jamais revu la France ni un fils qui ne lui avait pas pardonné d'avoir peut-être trempé dans l'assassinat de son père Henri IV. Le protocole voulait que les visiteurs fussent en accord vestimentaire avec la circonstance, ce qui avait causé une grande perturbation à l'hôtel de Raguenel : la garde-robe de Sylvie était assez réduite et ne comportait aucune toilette noire. Mais Corentin, dépêché à l'hôtel de Vendôme, en avait rapporté une robe appartenant à Élisabeth que Nicole avait passé une partie de la nuit à adapter à la taille plus menue de Sylvie.

Le cœur de celle-ci lui battait un peu fort tandis

que, sa main gantée tenue fermement par Jean, elle montait lentement le Grand Degré menant aux appartements de la Reine. En apparence tout était semblable à ses souvenirs, gardes et courtisans tissant toujours la même tapisserie le long des murs mais, une fois franchie la double porte du Grand Cabinet, les différences sautèrent aux yeux de la jeune fille. Les dames d'abord, avec de nouvelles têtes qu'elle ne connaissait pas, et puis la silhouette familière de Stefanille, la vieille femme de chambre espagnole toujours occupée de quelque couture dans un coin, s'était effacée, emportée par la mort. Dans un autre coin, le bataillon habituel des filles d'honneur, mais tellement calme sous ses habits de deuil qu'on ne le reconnaissait pas. D'ailleurs, là aussi il y avait des têtes nouvelles, d'autres ayant disparu. À commencer par celle de Chémerault, mais celle-ci jugeait peut-être préférable de ne pas être là au moment où son ennemie — quel autre nom lui donner ? — reparaissait. Enfin, il y avait la Reine et Sylvie la trouva changée. Toujours éclatante sans doute et plus que jamais dans ses voiles noirs, elle avait un peu épaissi et les traces des larmes et des soucis commençaient à se marquer sur ce beau visage, lui conférant peut-être plus de sensibilité et le rendant plus émouvant. Mais son accueil fut d'une charmante spontanéité :

— Mon petit chat ! Enfin vous revoilà, s'écria-t-elle en tendant à la revenante une main toujours admirable que celle-ci baisa en s'agenouillant. Mais que d'aventures, mon Dieu ! Et que nous avons de choses à nous dire !... Mon cher duc, je ne vous

L'ombre de l'échafaud

remercierai jamais assez d'avoir su la retrouver pour nous.

C'était bien agréable à entendre, pourtant Sylvie restait sur ses gardes. Comment oublier que cette femme couronnée avait laissé exiler Marie de Hautefort, sa confidente, sa plus fidèle amie ? Il est vrai qu'en d'autres temps, elle n'avait pu défendre Mme de Chevreuse, si chère à son cœur cependant... À présent, il y avait auprès d'elle une jeune femme blonde et plantureuse avec un teint de lait qui semblait avoir pour tâche de la soutenir en toutes choses... comme naguère Marie. Tout cela était assez triste, au fond...

Cependant, Anne d'Autriche poursuivait, après avoir fait asseoir Sylvie auprès d'elle, extraordinaire signe de faveur qui souleva un léger murmure :

— Mesdames, certaines d'entre vous ont connu voici peu d'années Mlle de L'Isle, élevée par Mme de Vendôme sous ce nom afin de la soustraire à de grands dangers. Elle nous revient à présent sous son véritable nom. Mesdames, je vous présente Mlle de Valaines qui est aussi la fiancée de M. le duc de Fontsomme...

Sylvie s'était relevée pour adresser à la ronde une belle révérence. Elle avait l'impression d'être une comédienne sur un tréteau en train de jouer un rôle un peu usé. Pourtant, cette fois, elle ne vit que des sourires sur ces visages féminins qui l'entouraient, et la jeune femme blonde ajouta pour sa part :

— J'espère, Madame, qu'elle nous revient tout à fait ! Nous manquons beaucoup de jolies voix et comme Votre Majesté a fait ranger avec soin la gui-

Un chemin plein d'ornières

tare de mademoiselle ainsi que ses affaires personnelles...

— C'est mon plus vif désir, ma bonne Motteville ! Mon cher duc, vous n'y voyez pas d'inconvénient, n'est-ce pas ?

Le regard inquiet du jeune homme un instant attardé sur le groupe silencieux des filles d'honneur renseigna mieux la Reine sur son embarras qu'un long discours. Elle reprit :

— Non. Pas à son ancien poste, où d'ailleurs Mlle de Valaines n'a jamais été inscrite. J'aimerais la garder... comme lectrice ? En attendant son mariage, bien sûr, où elle sera admise au nombre de mes dames. Peut-être à un rang privilégié, ajouta-t-elle avec un étroit sourire à l'adresse de Mme de Brassac, créature de Richelieu et sa dame d'honneur par force. Qu'en dites-vous, Sylvie ?

— Que je suis aux ordres de Votre Majesté ! répondit celle-ci avec un rayonnant sourire. Puisqu'elle échappait aux filles d'honneur, elle était d'accord pour réintégrer la Cour. Cela convenait à ses plans, surtout pour le peu de temps où elle occuperait la fonction de lectrice. Il lui serait très facile d'aller chercher au Louvre le dépôt d'autrefois. Ensuite, et puisqu'elle allait chanter de nouveau, il fallait espérer que le Cardinal la ferait appeler. Et là...

Quelques jours plus tard, Sylvie, après avoir écrit à Marie de Hautefort pour lui réclamer Jeannette, emménageait au château de Saint-Germain, dans une petite chambre proche de celle de la Reine et

L'ombre de l'échafaud

qu'elle occuperait seule. Cette dernière circonstance était venue à bout des craintes exprimées par Jean et aussi par Perceval, assez surpris l'un et l'autre de l'enthousiasme avec lequel Sylvie s'était rendue au désir de la Reine, mais puisque cela semblait lui plaire, ils n'eurent pas le courage de le lui reprocher. D'ailleurs, en tant que fiancé, le jeune duc aurait toutes les possibilités de veiller sur celle qu'il aimait...

— Après tout, conclut-il en souriant pour effacer les derniers plis du front de son ami, elle finira peut-être par accepter de devenir ma femme.

Cela, Perceval en doutait un peu et son inquiétude, pour être dissimulée, demeura entière. Quelque chose le tourmentait dans cette histoire. Sylvie, il en était certain, poursuivait un but secret caché sous des sourires et un enjouement qu'il sentait factices, mais il fut incapable d'en apprendre davantage. Sylvie était seule quand, sous le prétexte de chercher une médaille perdue, elle se fit ouvrir par le gardien du Louvre qui la connaissait bien son ancienne chambre. La fiole de verre sombre était toujours là. Elle la glissa dans son corsage et, après avoir fait mine de retrouver le menu objet qu'elle avait apporté, elle partit vers le nouveau destin qu'elle s'était tracé.

CHAPITRE 10

LE PLUS HONNÊTE HOMME DE FRANCE

Ce qui n'avait pas changé dans la demeure des rois de France, c'était l'atmosphère. L'ancienne tension y régnait toujours. Depuis le complot de Cinq-Mars, la Reine, en dépit de la naissance de ses deux fils, restait suspecte à son époux. Jadis, la menace qui pesait sur elle était celle de la répudiation. Maintenant, c'était celle de se voir enlever ses enfants par deux hommes, le Roi et son ministre, aussi malades, aussi atrabilaires l'un que l'autre. En réintégrant une cour où le deuil renforçait la morosité, Sylvie en ressentit l'ambiance avec l'acuité que donnent les peines. Selon elle, c'était même pire qu'avant. Non seulement il n'y avait plus de bals, de comédie ni de grandes fêtes sinon religieuses, mais la Reine vivait retirée au milieu d'un cercle sur lequel régnaient les Brassac, mari et femme, et où les visages avenants se faisaient rares parce que l'on avait écarté tous ceux qu'elle aimait : La Porte toujours en exil, la bonne Mme de Senecey renvoyée dans sa famille, Marie de Hautefort bien entendu. Chez les filles d'honneur, il y avait aussi de grands changements, comme chez les dames du cercle habituel : la princesse de Guéménée était entrée au couvent, Mme de Montbazon, toute à Beaufort, se tenait à l'écart, ainsi que la jeune duchesse de Longueville qui jugeait la Cour trop ennuyeuse. En revanche, on voyait beaucoup l'ex-Mme de Combalet devenue duchesse d'Aiguillon par la volonté de son oncle le Cardinal et qui, sûre de sa puissance, ne craignait pas de s'imposer. En résumé, seule la nouvelle venue, Françoise de Motteville, représentait une véritable source de chaleur et Sylvie comprit sans peine que la Reine, dans son désarroi, se soit attachée à cette fraîche Normande paisible, lettrée et douée d'une certaine philosophie dépassant les limites du cercle royal puisque, dans les salons de Paris, on la surnommait Socratine. En outre elle écrivait à merveille et, tenant un journal régulier, elle servait d'historiographe à la Reine qui lui racontait volontiers les événements ayant précédé son installation auprès d'elle.

Mme de Motteville accueillit Mlle de Valaines avec une visible satisfaction. D'abord parce qu'elle lui fut tout de suite sympathique, ensuite à cause de la distraction que sa guitare et ses chansons apportaient à la souveraine. D'autre part, Sylvie, comme elle-même, parlait l'espagnol et il arrivait que les trois femmes, enfermées tard le soir dans la chambre de la Reine, restassent à bavarder pendant des heures dans la langue de celle qui n'était pas encore parvenue à se faire à l'idée qu'elle n'était plus et ne serait plus jamais une infante d'Espagne.

Le Roi, on le voyait peu. Toujours possédé, en dépit de ses maux, par sa passion de la chasse et son besoin d'espaces libres, il ne sortait guère de son

Un chemin plein d'ornières

petit château de Versailles que pour galoper autour de Paris où il s'arrêtait à la Visitation, auprès de sœur Louise-Angélique, pour demander à cet ancien amour la consolation du tragique trépas de son favori. Un jour à Chantilly, il était le lendemain à Verberie, puis à Nanteuil chez les Schomberg, à Claye, à Meaux, à Livry, à Jossigny, à Saint-Maur...

Le Cardinal, lui, cherchait dans les eaux de Bourbon-Lancy un hypothétique soulagement à ses souffrances et le nouveau cardinal Mazarin ne le quittait guère, ce qui aiguisait la curiosité de Sylvie. Bien entendu elle ne l'avait jamais vu encore mais, lorsque la Reine en parlait, elle y mettait une chaleur qui lui rappela le jour, proche de la conception du Dauphin, où Anne d'Autriche avait montré tant de joie en recevant les jolies choses qu'il lui avait envoyées d'Italie. Et aussi la réaction violente de Beaufort. Malheureusement, Marie n'était plus là pour recevoir les confidences royales et celle qui les recueillait à présent ne songeait en aucune façon à les partager avec la nouvelle lectrice. Impossible de savoir ce qui subsistait de la passion d'autrefois.

Durant cette villégiature un peu étouffante de Saint-Germain, Sylvie eut pourtant l'impression de s'être fait un ami. Un jour que, retirée dans sa chambre tandis que la Reine était au jardin, elle changeait une corde à sa guitare, elle vit tout à coup devant elle le Dauphin qui la regardait avec cette gravité dont il se départait rarement. Surprise, elle voulut se lever pour le saluer comme il convenait, mais il l'arrêta :

Le plus honnête homme de France

— Non. Je suis seulement venu vous demander si vous vouliez bien m'apprendre à jouer de la guitare.

Ce n'était pas la première fois qu'elle le voyait et elle retrouva aussitôt l'émotion déjà ressentie en sa présence. C'était un bel enfant de quatre ans qui, pour l'observateur superficiel, ressemblait assez à sa mère dont il avait la bouche ronde mais, sur ce visage enfantin, Sylvie savait lire d'autres traces : la forme du nez, par exemple, et le bleu étincelant du regard. Comme Beaufort lui-même lorsque pour la première fois il s'était trouvé devant le petit prince, elle sentit que son cœur n'aurait aucune peine à aller vers lui et elle eut, pour lui, le plus chaud des sourires.

— Monseigneur, vous pourriez avoir un meilleur maître que moi ?

— Non, fit-il d'un ton net. C'est vous que je veux parce que vous m'apprendrez des chansons, que vous êtes jolie et que vous sentez bon !

Cette dernière précision la fit rire. Contrairement à nombre de ses contemporains, en effet, Sylvie, à l'exemple de François, était convertie aux bienfaits de l'eau, froide de préférence. C'était depuis le jour où, à Vendôme et alors qu'il sortait de se baigner dans le Loir, il lui avait raconté que son aïeule quasi légendaire, Diane de Poitiers, conserva sa beauté jusqu'à un âge avancé en lavant chaque jour son corps, été comme hiver, avec de l'eau froide. À Belle-Isle, dès qu'elle fut remise, elle se baignait quotidiennement dans la mer, et depuis elle s'était efforcée de continuer, ce qui n'était pas toujours facile, surtout à la Visitation...

Un chemin plein d'ornières

— Alors, dit-elle en achevant de fixer sa corde et en égrenant quelques notes, voulez-vous que nous commencions ?

— Oh oui ! approuva-t-il dans un soupir fervent.

Sa mine ravie fit chaud au cœur de Sylvie qui installa l'enfant et commença sa leçon en pensant que la taille de l'instrument poserait peut-être quelques problèmes. Une inquiétude qui ne dura pas, tant le petit Louis mit de farouche volonté à dompter la guitare. Et, dans les jours qui suivirent, elle prit plaisir, la Reine ayant donné son accord, à ces leçons que le petit prince ne trouvait jamais assez longues et qui développèrent entre eux une amitié silencieuse, devenue, chez Sylvie, une véritable tendresse. Louis était un élève idéal : il avait beaucoup d'oreille, un sens profond de la musique, et sa petite voix fraîche était irrésistible quand il chantait.

Naturellement, le jeune Philippe, son cadet de deux ans, voulut participer mais Louis s'y opposa avec une si farouche volonté, jurant qu'il cesserait lui-même ses leçons si son frère les partageait, que l'on n'osa pas le contrarier.

— Plus tard, Monseigneur, quand Votre Altesse sera plus grande, expliqua Sylvie à ce petit bonhomme trop joli pour n'être pas séduisant et un peu énigmatique. La jeune fille n'arrivait pas à comprendre comment, en ressemblant au Roi, Philippe trouvait le moyen d'être aussi ravissant. Il est vrai qu'avec ses boucles épaisses, noires et brillantes, ses grands yeux sombres toujours pétillants et sa frimousse rose, le bébé était irrésistible. La Reine, qui vouait à son fils aîné une sorte d'idolâtrie, raffolait

Le plus honnête homme de France

de ce tout-petit qu'elle appelait sa « petite fille » et s'amusait à le parer comme s'il ne devait jamais porter autre chose que des jupes et des fanfreluches féminines...

Ces nouvelles occupations plaisaient tant à Sylvie qu'elle en oubliait presque ses dramatiques projets. C'était d'autant plus facile que l'on n'avait aucune nouvelle des émigrés de Londres et que le Cardinal était toujours absent. Un jour, cependant, la nouvelle arriva : Richelieu, toujours par la voie des eaux, venait de regagner son château de Rueil où la Reine l'alla voir le 30 octobre.

À son retour, elle fit appeler Sylvie :

— J'ai cru pouvoir promettre à Son Éminence que vous iriez chanter pour elle ce soir. Non, ne dites rien, ajouta-t-elle devant le geste d'instinctif refus de la jeune fille. C'est à présent un homme fort malade et vous ferez là acte de charité...

— Il y a si longtemps qu'on le dit malade, Madame, et même à toute extrémité, que je ne vois pas bien où serait la charité ? En outre, ma dernière visite au château de Rueil m'a laissé un souvenir...

— Affreux, je le sais, mais cette fois vous prendrez l'une de mes voitures et M. de Guitaut en personne vous accompagnera. Il ne peut plus rien vous arriver... Allons, mon petit chat, un bon mouvement ! Songez que c'est moi — et vous savez ce que j'ai souffert de son fait — qui vous demande cet effort. Le ferez-vous ?

Sylvie plongea dans sa révérence : elle avait suffisamment fait preuve de mauvaise volonté.

— Aux ordres de Votre Majesté.

Un chemin plein d'ornières

— C'est bien. Allez vous préparer !

Rentrée chez elle, Sylvie commença par s'asseoir et tira de son corsage la fiole de poison qui ne la quittait plus. Ainsi, le moment qu'elle espérait et redoutait à la fois était venu ! L'occasion lui était peut-être donnée d'en finir avec l'homme qui depuis toujours s'efforçait de détruire les Vendôme et François en particulier à cause de son amour payé de retour pour la Reine ! Mais parviendrait-elle à lui faire absorber le poison ? Il était peu probable que Richelieu, s'il était aussi malade que le disait la Reine, lui demande un verre de vin d'Espagne...

De toute façon, elle n'était guère préparée au spectacle qui l'attendait dans la chambre du Cardinal.

Elle pensait trouver une sorte de gisant exsangue, à peine distinct de la blancheur des draps, or elle vit, tout vêtu de sa pourpre cardinalice sur laquelle tranchait le ruban bleu du Saint-Esprit, un homme étayé par une demi-douzaine de grands oreillers carrés bordés de dentelle. Il se tenait là, les mains croisées sur un chapelet, la tête droite et le visage plus en lame de couteau que jamais. On l'aurait pu croire maquillé, tant le rouge de la fièvre colorait ses pommettes osseuses.

Il observa Sylvie tandis que, sa guitare posée à terre, elle plongeait dans la grande révérence de cour. Puis :

— Nous nous revoyons, mademoiselle de Valaines, et j'en remercie Dieu qui me permet de vous offrir quelques excuses. De mauvais serviteurs semblent prendre l'habitude de vous tendre un piège chaque fois que vous venez chez moi. La Reine m'a

Le plus honnête homme de France

informé du dernier et je tenais à vous dire que je ne l'ai pas voulu.

— Jamais je n'ai cru, monseigneur, que Votre Éminence eût trempé dans de si viles machinations. De toute façon, je n'ai rien à craindre ce soir. M. de Guitaut lui-même m'attend...

— Sur mon conseil, précisa-t-il. Et je suis heureux qu'il me soit donné à nouveau le plaisir de vous entendre. Qu'allez-vous me chanter ?

— Avec la permission de Votre Éminence, je lui demanderai d'abord des nouvelles de sa santé ?

— C'est aimable à vous. Oh, je suis malade... plus peut-être que d'habitude mais avec l'aide de Dieu j'espère sortir bientôt de ce lit. Au moins pour un fauteuil...

— Que souhaite entendre Votre Éminence ?

— Le « Lai du Chèvrefeuille », et aussi « L'Amour de moi »... et puis ce que vous aurez le plus de plaisir à chanter. De toute façon, je sais que j'en retirerai un grand bien...

Sylvie chanta les deux premiers airs demandés. Ensuite, comme si elle réfléchissait à ce qui allait suivre, elle garda le silence quelques instants. Les yeux clos, Richelieu attendait... Ce qu'il entendit était fort loin de ses espérances :

— Monseigneur, murmura Sylvie, Votre Éminence ne permettra-t-elle jamais à M. de Beaufort de rentrer en France ?

Les paupières soudain relevées libérèrent une froide colère :

— Si vous êtes venue pour plaider cette mauvaise cause, vous pouvez vous retirer !

Un chemin plein d'ornières

— Ce n'est pas une mauvaise cause et je supplie Votre Éminence de m'écouter un instant, un seul ! Elle a trop le souci de la justice et de l'honneur pour faire peser sur le fils les fautes du père. Vous ne pouvez reprocher à M. de Beaufort d'être un bon fils, ajouta-t-elle, rejetant avec décision la troisième personne qui lui semblait d'un emploi trop difficile pour une plaidoirie.

— Je lui reproche d'avoir comploté avec l'Espagne contre la sûreté de l'État !

— Vous savez bien qu'il n'en est rien. Dix fois, en dépit de son jeune âge, les armes espagnoles ont versé le sang du duc. Il est fidèle à son roi, loyal...

— Mais il n'en a pas moins tenu à Vendôme une importante réunion où se sont retrouvés les émissaires des conjurés...

— Il a réuni des amis pour une chasse, c'est tout. Ce n'est pas sa faute si certains nourrissaient de mauvaises pensées... Au pied même de l'échafaud et alors même qu'il venait de recevoir la Sainte Communion, M. de Thou proclamait encore que M. de Beaufort n'avait trempé en rien dans la conspiration et qu'au contraire il avait refusé d'y donner la main.

— Dévouement d'un ami fidèle qui n'a plus rien à perdre...

— Non. Vérité d'un homme qui n'a pas le droit de mentir au moment de paraître devant Dieu ! Croyez-moi, monseigneur, François est innocent. Laissez-le revenir et reprendre la place qui lui convient le mieux : à la tête d'une troupe armée...

Le plus honnête homme de France

Du fond de son lit, le Cardinal fit entendre un rire qui ressemblait à des craquements de noix :

— Quel brillant avocat vous feriez, ma petite, mais vous perdez votre temps. Si Beaufort ose poser le pied en France il sera arrêté sur-le-champ... À présent, chantez ou allez-vous-en !

Sylvie reprit sa guitare et plaqua quelques accords. Comment avait-elle pu être assez sotte pour s'imaginer qu'il l'écouterait ? Elle hésitait encore sur ce qu'elle allait chanter quand il dit :

— Un moment !... Il y a dans l'armoire qui est derrière vous un flacon d'élixir des Chartreux... Allez... allez m'en chercher... un peu. Je... je ne me sens pas bien.

La jeune fille sentit son cœur s'arrêter. Cette occasion inespérée, était-ce là le signe du Destin ? Il est aisé de former des projets, même terribles, mais elle découvrait qu'au moment de les exécuter, le cœur manque souvent. Pourtant, il fallait cette fois faire quelque chose. Elle pensa à tous ceux qui croupissaient dans les geôles de cet homme impitoyable, à François qui pourrait revoir le ciel de ce pays qu'il aimait tant. Elle-même y laisserait la vie, mais elle gagnerait dans son cœur une place que nul ne pourrait jamais lui prendre et toujours il penserait à elle avec tendresse...

— Eh bien ? s'impatienta le malade. Qu'attendez-vous ? Je souffre.

Avec, pour se donner l'ultime courage, la pensée consolante que lui aussi serait délivré dans un instant, elle alla vers l'armoire, trouva l'élixir et un verre dans lequel elle fit tomber quelques gouttes de poison avant d'achever de le remplir avec la belle liqueur verte qui dégageait une agréable odeur de plantes, puis revint au lit offrir le breuvage mortel.

— Buvez d'abord ! ordonna Richelieu.

Elle eut un instant d'hésitation et soudain comprit, en rencontrant le terrible regard, qu'il ne l'avait fait venir que pour la mettre à l'épreuve.

— Allons, buvez ! insista-t-il... Auriez-vous quelque chose à craindre ?

Alors, elle se résigna. Après tout c'était aussi bien d'en finir à présent et peut-être que, si le poison ne la foudroyait pas, il en boirait aussi. Elle approcha le verre de ses lèvres mais il s'échappa de ses mains, repoussé involontairement par un geste mécanique du malade que secouait une brutale, une effroyable quinte de toux. La liqueur se répandit sur les draps, mêlée au flot de sang que le Cardinal vomit soudain. Sylvie se précipita vers la porte derrière laquelle attendaient serviteurs et médecins :

— Vite ! Son Éminence n'est pas bien.

— J'ai entendu la quinte de toux, dit Bouvard le médecin du Roi. J'allais entrer... Mon Dieu ! Il a encore rejeté du sang !

— Ce n'est pas la première fois ?

— Non. Les poumons sont gravement atteints...

Les traces de la liqueur verte sur les draps ne parurent pas le surprendre, contrairement à ce que craignait Sylvie. Il se contenta de bougonner en haussant les épaules :

— Il a encore demandé de cette liqueur qui ne lui vaut rien. Je voulais la faire ôter, mais personne n'a jamais été capable de lui interdire quoi que ce soit...

Le plus honnête homme de France

On s'activait autour du malade et Bouvard, prenant Sylvie par le bras, la ramena dans l'antichambre :

— Rentrez au palais à présent, mademoiselle ! Je serais fort étonné si Son Éminence réclamait un concert dans les jours prochains...

Elle ne demandait pas mieux, soulagée de ne pas être devenue une meurtrière. Aussi, en arrivant à Saint-Germain, se rendit-elle tout droit à la chapelle pour remercier Dieu de l'avoir retenue au bord du geste fatal et, en même temps, de l'avoir gardée en vie. Elle avait vu la mort de si près qu'en dépit du temps détestable — il ne cessait de pleuvoir depuis une semaine ! — elle trouvait la terre superbe et le temps radieux...

Le Cardinal ne mourut pas cette nuit-là et, le lendemain, il se faisait ramener à Paris. Il lui semblait qu'il irait mieux au milieu des merveilles rassemblées par lui au Palais-Cardinal. En revanche, le Roi cessa de galoper à travers la région et se fixa à Saint-Germain d'où il ne bougea plus, attendant que lui vienne la nouvelle d'une fin dont il ne doutait plus... et qui lui apporterait une sorte de libération à présent que la victoire, couronnant ses armes, faisait reculer la guerre au-delà des frontières.

Sylvie, elle, vécut dans l'angoisse les jours qui suivirent sa visite à Rueil. Elle craignait à chaque instant d'être rappelée auprès de Richelieu, tout en sachant qu'elle n'aurait plus jamais le courage de renouveler son geste meurtrier. La fiole de poison avait fini sa carrière dans les latrines du château.

Décidément, ce n'était pas facile de se glisser dans la peau d'une héroïne tragique !

Le 3 décembre, le Roi se rendit au chevet du malade, puis, quand il en revint, déclara à son entourage :

— Je ne crois pas que je le reverrai en vie. C'est la fin... mais quelle fin chrétienne !

Depuis son retour à Paris, en effet, le Cardinal ne s'occupait plus que de Dieu et de son âme, endurant ses souffrances plus stoïquement que jamais. En dépit de l'acharnement qu'il mettait à se cramponner à l'existence, il lui fallut bien admettre que le temps lui était compté. Enfin, le 4 décembre 1642, Louis-Armand du Plessis, cardinal-duc de Richelieu, rendait au Créateur son âme impénétrable en murmurant :

— In manus tuas, Domine...

Et un grand silence se fit...

On aurait pu s'attendre à des explosions de joie, à des manifestations d'allégresse puisque le terrible dictateur n'était plus, mais non : le peuple de Paris, qui durant quatre jours défila devant la dépouille mortelle avant qu'elle fût portée à la Sorbonne où elle reposerait quand la chapelle serait achevée, ne soufflait mot, osait à peine respirer ; les regards qu'il jetait au mort enveloppé dans la splendeur de ses moires pourpres qui le faisaient plus pâle, la couronne ducale déposée à ses pieds sur un coussin, étaient empreints d'incrédulité mais aussi de respect.

Chacun éprouvait une sensation bizarre : c'était comme un grand vide et l'on se demandait si, en l'absence de son timonier, le navire France pourrait

Le plus honnête homme de France

continuer sa course glorieuse. C'est quelquefois terrible de voir disparaître quelqu'un que l'on craint, que l'on déteste parfois, mais qu'obscurément on admire. En dépit des pamphlétaires, payés par les anciens conspirateurs, qui se déchaînèrent ensuite, on sentait que le royaume ne serait plus jamais, après lui, ce qu'il avait été auparavant. C'était tout simple : il avait fait trembler l'Europe en même temps que la France parce qu'il la voulait si grande...

Louis XIII ne pleura pas son compagnon de chaîne : il en avait trop souffert dans ses affections. Mais si l'on espérait un changement de régime, on se trompait lourdement : rien ne fut changé. Tout l'appareil mis en place par le Cardinal resta où il était jusqu'au plus modeste fonctionnaire, jusqu'à Isaac de Laffemas qui, après une longue convalescence, pouvait à présent reprendre ses fonctions. La Reine fit bien une tentative pour obtenir qu'il soit renvoyé dans ses foyers, mais le Roi refusa. Il répondit ce que Richelieu avait répondu à Beaufort :

— C'est un homme intègre et, avec lui, l'ordre est assuré dans Paris...

Dès le 5 décembre, le Parlement avait enregistré deux actes importants. Le premier signait la déchéance de Monsieur. L'éternel conspirateur ne devait plus quitter ses terres. Le second acte, surtout, était significatif : le cardinal Mazarin, le meilleur élève du disparu, entrait au Conseil et l'on pouvait lui faire confiance pour continuer la politique de son maître. Rien n'était donc changé...

Dans l'entourage de la Reine, l'atmosphère s'allégeait de façon sensible en dépit du fait que la Cour, à

Un chemin plein d'ornières

peine sortie du deuil de la reine mère, reprenait ses manteaux noirs en l'honneur du Cardinal. Au point même qu'un matin, après avoir entendu la messe, Sylvie vint aux genoux d'Anne d'Autriche pour demander le rappel des exilés. Deux d'entre eux tout au moins : Marie de Hautefort et le duc de Beaufort.

La Reine lui caressa la joue, la releva et l'embrassa :

— Il est trop tôt. Le Roi n'accepterait pas de battre en brèche les volontés du Cardinal. Il... il n'aime pas beaucoup votre ami François. Quant à Marie, je ne sais trop ce qu'il en pense. Je crains que le douloureux souvenir de Cinq-Mars lui ait fait oublier ses anciennes amours. Soyez sûre qu'autant que vous j'ai envie de les revoir... ainsi que ma chère duchesse de Chevreuse qui est éloignée de moi depuis tant d'années. Mais... peut-être ne nous faut-il qu'un peu de patience encore ?...

Le dialogue fut interrompu par l'entrée de Mme de Brassac, venue demander si la Reine voulait bien accorder audience à Son Éminence le cardinal Mazarin.

Le ton de la dame d'honneur avait singulièrement diminué de hauteur depuis la mort de Richelieu. Sa place ne tenait plus qu'à la seule volonté d'Anne d'Autriche. Si celle-ci demandait son renvoi au Roi, elle l'obtiendrait. La Reine se contenta de sourire :

— Je viens dans l'instant... Puis, lorsque Mme de Brassac se fut retirée : « Voilà ! Un cardinal succède à un autre cardinal ! Il semble que la religion, en ce pays, soit fermement ancrée aux commandes de l'État. Est-ce parce que le Roi mon époux a voué la

Le plus honnête homme de France

France à Notre-Dame en remerciement de l'heureuse venue du Dauphin ? »

— N'était-il pas déjà le Roi Très Chrétien ?

— Sans doute, mais je me demande si mon fils, quand il sera en âge de régner, suivra l'exemple de son père. Vous savez, vous qui l'approchez souvent, que, si jeune, il exprime déjà une volonté de fer. Je ne crois pas qu'il s'en laissera imposer par un ministre quel qu'il soit ! En attendant, ajouta-t-elle avec un soupir, je n'ai pas à me plaindre de celui-là qui nous change agréablement. C'est un homme charmant ! Mais, au fait, vous ne le connaissez pas encore ?

— Je n'ai pas eu cet honneur.

— Eh bien, venez ! Vous jugerez...

La Reine avait raison. Avec sa grâce italienne et son regard enjôleur, Mazarin était charmant en ce sens qu'il déployait beaucoup de charme. Pourtant, il ne plut pas à Sylvie. Habituée à la hauteur facilement méprisante de Richelieu, à sa taille élevée qui portait si noblement la simarre, elle eut l'impression de voir une mauvaise copie en réduction. Certes, Mazarin était beaucoup plus beau que son maître et son sourire était séduisant, mais il n'imposait pas le respect comme l'autre. Cela tenait peut-être à ce que, en dépit des diverses fonctions ecclésiastiques occupées, il n'avait jamais reçu la prêtrise et que Sylvie n'admettait pas qu'on pût être cardinal sans être d'Église. Peut-être aussi à ce qu'il gesticulait trop et jouait trop de ses mains — de fort jolies mains soignées et parfumées !

En échange de sa révérence, elle eut droit à un salut, à un beau sourire et à un compliment galamment tourné, mais elle n'était pas Marie de Hautefort et ne chercha pas à s'imposer. Elle se retira vite. Ce que ces deux-là avaient à se dire ne l'intéressait pas. Pourtant, elle ne put s'empêcher de se demander avec une certaine inquiétude ce qui se passerait quand Beaufort reviendrait et trouverait ce « fils de laquais italien » installé à la place du grand Cardinal.

Elle n'allait guère tarder à recevoir une réponse à sa question.

Le 21 février, Louis XIII tomba malade à Saint-Germain. Et si gravement même que l'on installa son lit dans le Grand Cabinet de la Reine, plus confortable et mieux chauffé que ses appartements au confort spartiate. Il ne s'en efforça pas moins de garder fermement en main les affaires de l'État. On aurait dit que l'exemple de Richelieu lui défendait de montrer son épuisement. Et pourtant, que de motifs d'inquiétude ! En Angleterre où règne sa sœur Henriette, la révolution menée par Cromwell, un brasseur de Londres, marche à grands pas. La paix n'est pas encore signée avec l'Espagne à qui la mort de Richelieu a rendu espoir. Le Roi est en proie à une immense faiblesse. La tuberculose le ronge. Les remèdes, saignées et clystères de ses médecins l'achèvent...

Pourtant, dans les jours qui suivent, il se relève encore. Peut-être parce qu'il refuse farouchement les prétendus remèdes de ses médecins et, de fait, un mieux s'est déclaré, mais il est trop profondément atteint et dicte bientôt ses dernières volontés. La Reine apprend qu'elle sera régente mais que le chef

Le plus honnête homme de France

du Conseil sera — et là on peut s'interroger sur les motivations du Roi — son frère, l'indigne Monsieur, duc d'Orléans. Il est vrai qu'à ce Conseil prendront place le prince de Condé, Mazarin, le chancelier Séguier, le surintendant des finances Bouthillier et le sieur de Chavigny. Enfin, il ordonne que l'on procède au baptême du Dauphin dont la marraine sera la princesse de Condé et le parrain Mazarin. C'est, avant les funérailles royales, la dernière belle cérémonie du règne. Le petit prince, vêtu d'une robe de toile d'argent, reçoit le sacrement avec une gravité qui frappe tous les assistants. Et c'est avec la même gravité qu'il répond, un peu plus tard, à la question que formule son père :

— Mon fils, quel est votre nom à présent ?
— Louis XIV, mon papa...
— Pas encore, mais ce sera peut-être bientôt si c'est la volonté de Dieu.

Quelques semaines encore pourtant, faites de lourdes souffrances et de brefs répits, que, par deux fois, monsieur Vincent vient éclairer de sa foi ardente, de son bon sourire et de ses exhortations pleines de bonhomie et de simplicité. À Sylvie qui le remerciera d'avoir bien voulu veiller sur elle, le saint homme dira :

— J'avais tort de vouloir vous mettre au couvent. Mariez-vous petite ! Il vous faut un bon époux.

— Elle l'a déjà trouvé, dit Anne d'Autriche, mais les circonstances sont bien peu favorables à une fête.

Les vifs yeux sombres du vieil homme s'enfoncèrent dans ceux de la jeune fille comme s'il déchiffrait ce qu'il y avait au fond de cette âme.

Un chemin plein d'ornières

— Le plus tôt serait pourtant le mieux...

Ce n'était pas l'avis de Sylvie. Elle n'ignorait pas — la Reine le répétait souvent en sa présence — que, devenue régente, le premier geste d'Anne serait de rappeler sur l'heure tous les exilés. Sylvie n'était pas seule à désirer passionnément revoir François... Toutes deux savaient, à présent, que le retour était proche.

Le 13 mai au matin, Louis XIII ouvrit les yeux et, reconnaissant le prince de Condé parmi ceux qui encombraient la chambre, il lui dit :

— Monsieur, l'ennemi s'est avancé sur notre frontière avec une grosse et puissante armée...

— Sire ! Que pouvons-nous...

— Laissez-moi... parler ! Je sais... que dans huit jours votre fils va le repousser honteusement... et le vaincre !

Étrange prescience des mourants ! Huit jours plus tard, à Rocroi, le jeune duc d'Enghien rejetterait pour longtemps les Espagnols hors de France...

Le lendemain, 14 mai, entre deux et trois heures de l'après-midi, le roi Louis, treizième du nom, exhalait son âme en prononçant le nom de Jésus. Trente-trois ans auparavant, jour pour jour, Ravaillac assassinait son père Henri IV...

Avant que son époux n'expire, la Reine suivie de trois de ses dames dont Mlle de Valaines avait quitté, selon la coutume, l'appartement mortuaire, donc le Château-Neuf, pour se rendre au Château-Vieux où se trouvaient le Dauphin et son frère. Le bruit des prières emplissait l'agréable demeure de plaisance où Anne d'Autriche s'était fixée depuis plusieurs années déjà.

Au moment où le petit cortège atteignait le vestibule, Sylvie reçut un choc si violent qu'elle laissa échapper le missel qu'elle tenait à la main. Somptueusement vêtu de velours noir brodé de jais sur lequel ressortait la blondeur de ses cheveux, un homme se tenait là, avec derrière lui trois de ses gentilshommes, un homme qui vint mettre genou en terre devant la Reine :

— Madame, dit Beaufort, me voici revenu à l'appel de Mgr l'évêque de Lisieux ainsi que Votre Majesté l'a souhaité. Et tout prêt à la servir en toutes choses !

Anne d'Autriche lui tendit sa main à baiser sans pouvoir dissimuler la joie qui brillait dans ses yeux.

— Relevez-vous, monsieur le duc, et accompagnez-nous...

À ce moment, la cloche de la chapelle se mit à sonner le glas. Tout le monde s'agenouilla et, après un instant de recueillement, la Reine acheva sa phrase :

— Nous allons chez le Roi !

Le mot qui sacrait son petit élève fit frissonner Sylvie. Le groupe gagna le vieux palais en silence. François marchait auprès de la Reine, un peu en arrière, et n'avait pas aperçu la jeune fille dont il ignorait le retour à la Cour. Elle ne voyait de lui que ses larges épaules et le dos de sa tête. Le cœur lui battait très fort. Pour la première fois, elle allait voir face à face le Dauphin et son véritable père.

Dans l'appartement des enfants royaux, Anne d'Autriche prit Louis dans ses bras et l'embrassa ten-

Un chemin plein d'ornières

drement puis, reculant, elle fit à l'enfant une profonde révérence avant de baiser sa petite main.

— Sire, dit-elle avec une émotion qui ramenait l'accent espagnol, voyez devant vous votre mère et fidèle sujette...

Ensuite, elle se releva et fit avancer François qui salua profondément :

— Voici M. le duc de Beaufort, votre cousin et notre ami à qui je vous confie ainsi que votre frère. Il veillera bien sur vous : c'est le plus honnête homme du royaume.

L'enfant ne dit rien, mais le sourire qu'il avait eu pour sa mère s'effaça, faisant place à une gravité inattendue. Il tendit sa main sur laquelle François, à genoux, posa ses lèvres. Ses mains à lui tremblaient...

On n'eut guère le temps d'en dire davantage : une cavalcade ébranlait les escaliers et jusqu'aux murs du château. À la suite de Monsieur et du prince de Condé, la Cour tout entière, abandonnant le défunt aux prières des religieux et aux soins des embaumeurs, se ruait comme à chaque changement de règne vers le nouveau souverain, loin d'imaginer que ce petit garçon, qui n'avait pas cinq ans, les brûlerait aux rayons d'un éclatant soleil...

Ce fut une étrange journée, au cours de laquelle l'astre de François monta au zénith. En un instant, ses pouvoirs furent immenses : la Reine s'appuyait sur lui seul pour toutes les décisions à prendre. La première fut que l'on rentrerait à Paris le lendemain même, pour montrer le Roi au peuple et surtout au Parlement par qui Anne d'Autriche entendait faire casser le testament de Louis XIII : elle voulait la régence seule, sans l'aide surtout de son beau-frère et de Condé. Cela sous-entendait que l'aide de Beaufort lui suffirait. Celui-ci, tout en gardant les formes extérieures du deuil, éclatait de bonheur, pensant follement qu'il allait pouvoir enfin vivre ses amours royales au grand jour. Ce fut au point que, le soir même, il eut une altercation avec le prince de Condé.

Toute la Cour s'entassait chez la Reine. Tellement qu'elle se sentit soudain fort lasse. Beaufort prit alors les choses en main :

— Messieurs, retirez-vous ! s'écria-t-il d'une voix de stentor. La Reine veut se reposer.

Le prince de Condé s'en montra offusqué :

— Qui parle et donne des ordres au nom de la Reine là où je suis ?

— C'est moi, répondit François, qui saurai toujours fort bien exécuter ce que Sa Majesté me commandera.

— Vraiment ? Je suis bien aise de savoir que c'est vous pour vous apprendre le respect que vous me devez...

— Devant la Reine, je ne vous dois rien...

— Messieurs, messieurs ! s'écria Anne d'Autriche. Ce n'est pas le jour de se disputer. Puis, comme Condé, après un salut fort sec, quittait la place avec ses gentilshommes, elle soupira : « Seigneur Dieu ! Tout est perdu ! Voilà M. le prince de Condé en colère. »

— Ce n'est pas grave, Madame, et rien n'est perdu ! Demain vous aurez tous les pouvoirs et je saurai vous conseiller.

Ce qui venait de se passer l'enchantait. Il était heu-

Un chemin plein d'ornières

reux d'avoir rabattu la morgue de ce vieux serin qui avait osé, pour ne pas s'attirer la colère du défunt Cardinal, lui refuser la main de sa fille...

La foule s'écoulait et bientôt, il n'y eut plus que les dames de la Reine autour de la souveraine, exception faite des gentilshommes de service. C'est alors seulement que François remarqua Sylvie et, du coup, en oublia tout protocole.

— Vous ? Mais que faites-vous ici ? s'écria-t-il sans s'encombrer d'inutiles préambules.

— Vous le voyez, monsieur le duc, je sers la Reine. Je suis sa lectrice... et je donne des leçons de guitare... au roi Louis XIV !

— Ma parole, vous avez le diable au corps ? La dernière fois, je vous ai trouvée...

— La dernière fois, vous m'avez laissé entendre que ma véritable place était dans un couvent. Malheureusement je ne voulais pas du couvent, qui lui-même ne voulait pas vraiment de moi. Si vous y ajoutez qu'un personnage fort puissant m'en a tirée pour me jeter à la Bastille où je serais peut-être encore sans l'aide de mes vrais amis...

— Dont je ne suis pas, sans doute ?

— Vous savez bien que si, dit Sylvie avec une sorte de lassitude. Vous m'avez sauvée d'un sort pire que la mort et vous m'avez mise là où vous pensiez que je serais le mieux à l'abri. Grâce à vous, j'ai connu Belle-Isle qui est entrée dans mon cœur, mais vous n'avez pas cherché à savoir ce que j'y devenais et tout ce que vous avez trouvé à m'offrir quand j'ai dû la quitter, c'était un couvent. Et vous m'avez traitée comme si j'étais une servante indélicate...

Le plus honnête homme de France

Tous deux s'étaient écartés dans un coin de la vaste pièce mais leurs voix, portées par la colère, percèrent le bruit des conversations. La Reine les rejoignit :

— Eh bien ? Est-ce ainsi que se retrouvent de vieux amis ?

— Mademoiselle se fâche, grogna Beaufort, quand moi je ne fais que m'étonner de voir ici ressuscitée Mlle de L'Isle.

— Il n'est plus question de Mlle de L'Isle mais bien de Sylvie de Valaines... en attendant un autre nom, plus haut, fit Anne d'Autriche en souriant de la surprise qu'elle allait causer.

— Un nom plus haut ?

— Mais oui... notre petit chat sera bientôt Mme la duchesse de Fontsomme qui aura droit au tabouret et sera de mes dames...

— La duchesse de...

Pour être surpris, François l'était, mais pas dans le bon sens. Il ne chercha même pas à dissimuler son mécontentement, ce qui fit rire la Reine, mais elle reprit son sérieux pour compléter :

— Fontsomme ! Le jeune duc est épris d'elle, tellement qu'il a galopé jusqu'à Tarascon pour arracher au Roi l'ordre de libération de celle qu'il aimait, injustement arrêtée comme complice de votre père dans cette sombre histoire de poison. Non seulement il l'a obtenue, mais il m'a ramené Sylvie. Elle est désormais sa fiancée...

Le visage de François se fit de glace. Il s'inclina de façon si raide qu'il eut l'air de se casser en deux :

— Mes compliments, mademoiselle ! J'espère que

Un chemin plein d'ornières

vous avez au moins demandé son autorisation à Mme de Vendôme, ma mère, qui vous a élevée ?

— Inutile de me le rappeler, murmura Sylvie. Jamais je n'oublierai ce que je lui dois...

— C'est moi qui la lui ai demandée le premier jour où elle est venue me visiter après la mort du Cardinal. Elle en a été fort heureuse et votre sœur aussi, coupa la Reine d'un ton sec.

— Eh bien, mais c'est à merveille ! À présent, souffrez que je me retire, Madame ! Je dois faire le tour des différentes gardes du Roi !

Il s'éloigna après un profond salut, sans un regard pour Sylvie dont les yeux se mouillaient de larmes tandis que la Reine, sans en rien voir, revenait vers les dames de service pour son coucher. Une main alors se posa sur l'épaule de la jeune fille, tandis qu'une voix familière chuchotait :

— Il y a toujours eu des moments où je le trouvais stupide, mais là, son attitude est bien amusante...

Avec un cri de joie, Sylvie se retourna pour tomber dans les bras de Marie de Hautefort qui, encore en costume de voyage, lui souriait.

— Marie, enfin ! Depuis la mort du Cardinal, j'espérais chaque jour votre venue...

— Le Roi ne l'aurait pas voulu. J'avoue que je me suis hâtée quand la Reine m'a envoyé une voiture à La Flotte. J'espérais arriver à temps pour un dernier geste de respect et d'affection. Les chemins, malheureusement, ne permettent guère la grande vitesse...

C'était au tour de Marie d'avoir des larmes dans les yeux :

— Vous l'aimiez plus que vous ne le pensiez ?

Le plus honnête homme de France

— Je m'en suis aperçue un peu tard. C'est peut-être parce que je le sentais confusément que je me montrais si dure avec lui... mon pauvre Roi !

À sa manière vive habituelle, Marie rejeta le chagrin comme un manteau élimé :

— Revenons à vous ! Il n'y a aucune raison de vous désoler des rudesses de votre cher François. Elles ressemblent curieusement à de la jalousie.

— De la jalousie, alors qu'il a ici même tout ce qu'il aime ? Mme de Montbazon et la...

— C'est possible, mais il n'empêche qu'il a pris depuis longtemps l'habitude de vous considérer comme sa propriété et je puis vous assurer qu'il n'est pas content du tout. Mais moi, je suis ravie ! Duchesse, vous serez sur le même plan que lui... et Jean de Fontsomme est le garçon le plus charmant que je connaisse...

La colère de François était si réelle qu'il ne s'y retrouvait plus dans ses sentiments. Au moment où il touchait à la gloire suprême, où l'amour de la Reine le portait au pinacle, où il disposait à sa volonté de la plus adorable des maîtresses, cette petite peste, en lui rappelant son existence, venait de lui infliger dans la région du cœur un pincement qu'il ne s'expliquait pas. Le plus insupportable peut-être était que, dans sa candeur naïve de mâle fort peu au fait des méandres de l'esprit féminin, il pensait que l'horrible expérience de La Ferrière aurait à jamais guéri Sylvie de quelque mariage que ce soit...

Pourtant, dès son retour en France et avant même de voir la Reine, c'était de la venger qu'il s'était occupé. En compagnie du seul Gansevillle, il

Un chemin plein d'ornières

s'était précipité, le soir venu, rue Saint-Julien-le-Pauvre. Là, il avait trouvé une maison éventrée, des fenêtres brisées et toutes les apparences d'un désordre complet devant lequel des gens attardés passaient avec des regards en dessous. Seul un homme, assis sur le montoir à chevaux, fumait sa pipe en contemplant le portail arraché de ses gonds.

— Que s'est-il passé ? demanda Beaufort. On dirait qu'un ouragan...

— Le pire de tous : celui de la fureur populaire. Dès qu'on a su la mort de Richelieu, une foule s'est ruée jusqu'ici. J'en sais quelque chose : j'étais bon premier et avec quelque raison. Voici plusieurs mois, j'ai planté mon épée dans la poitrine de Laffemas qui a trouvé moyen d'en réchapper. J'étais venu finir mon ouvrage...

— Oh ! dit Ganseville qui n'ignorait pas grand-chose des faits divers parisiens. Vous seriez le fameux capitaine Courage ? À visage découvert ? Où est donc votre masque ?

— Il ne sort qu'à la nuit close. Et vous, monseigneur, vous êtes le duc de Beaufort, le héros des Parisiens...

— Vous me connaissez ?

— Bien sûr. Tout le monde ici connaît le vrai petit-fils d'Henri IV. Celui que l'on aurait aimé avoir pour roi ! Chercheriez-vous aussi Laffemas, monseigneur ?

— Oui. Un vieux compte à régler. Qu'est-il devenu ?

— Personne n'en sait rien. Il a disparu comme si la terre s'était ouverte pour lui livrer passage.

Le plus honnête homme de France

Croyez-moi, j'ai fouillé partout. Rien ici, rien à Nogent. Il a dû réussir à s'enfuir...

— C'est ce qu'il faudra savoir. S'il vit encore quelque part, il faut que je le retrouve. Il y va de mon honneur !

— Du mien aussi, monseigneur, même s'il vous paraît de peu d'importance. C'est ce que je me disais lorsque vous êtes arrivé...

— En ce cas, faisons part à deux ! Si vous apprenez quelque chose, faites-le-moi savoir à l'hôtel de Vendôme !

— Et si vous avez besoin de moi, sachez qu'en dehors de la grande cour des Miracles où l'on ne pénètre pas sans danger, j'ai mes habitudes, sous le nom de Garec, au cabaret des Deux-Anges. J'y passe tous les jours un moment tel que vous me voyez...

Ayant dit, le truand salua et disparut dans les ombres du soir.

— Curieux homme ! dit Ganseville. Je ne le trouve pas désagréable.

— Moi non plus. De toute façon, ce peut être un allié intéressant...

En attendant que l'on retrouve Laffemas, Beaufort pouvait, l'âme tranquille, se consacrer tout entier au service de la Reine. De lourdes responsabilités incombaient à présent au « plus honnête homme de France ». Il devrait veiller de près sur le dépôt sacré qu'on lui confiait et, de toutes ses forces, il chassa l'image de cette Sylvie qui, d'évidence, n'avait plus besoin de lui. Même si c'était difficile à admettre...

La nuit de la mort du Roi, ses rondes achevées et

Un chemin plein d'ornières

la Reine retirée dans ses appartements avec ses dames pour y prier plus qu'y dormir, François alla s'installer dans l'antichambre du petit roi pour y veiller, armé jusqu'aux dents, sur cet enfant dont il découvrait qu'il lui était infiniment cher. Plus même que ne l'avait été sa mère. Le temps des folles amours était passé. Celui des hommes et de l'honneur commençait avec la prochaine aurore...

Lorsqu'elle parut, et tandis que la dépouille mortelle de Louis XIII allait régner seule sur les châteaux de Saint-Germain désertés par la Cour, une horde de chariots transportant meubles et coffres descendit vers Paris pour réintégrer le vieux Louvre. Le cortège du petit Roi et de sa mère suivit, au milieu d'un grand concours de foule. Beaufort qui orchestra ce véritable spectacle fit grandement les choses, sachant bien de quelle importance ont toujours été pour le peuple les fastes et le déploiement des forces du souverain. Le carrosse royal portant Anne d'Autriche, ses enfants, Monsieur et la princesse de Condé — le prince boudait! — était précédé par les gardes-françaises, les gardes-suisses, les mousquetaires, les chevau-légers du maréchal de Schomberg, les écuyers de la Reine, les gardes du corps et de la porte. Suivaient le Grand Écuyer avec l'épée royale, les filles d'honneur, la Garde écossaise, les cent-suisses et un autre régiment de gardes-françaises autour du carrosse vide du feu roi. Suivaient encore une foule de carrosses, de voitures, de cavaliers et de gens à pied. Parti à midi de Saint-Germain — six heures après le déménagement — le cortège éclatant d'une royauté naissante mit plus de

Le plus honnête homme de France

sept heures à gagner le Louvre au milieu d'un enthousiasme indescriptible. Les Parisiens prêts à adorer leur petit roi avaient longtemps craint que leurs souverains ne veuillent plus jamais habiter leur capitale, lui préférant le charme, la vue dégagée, le bon air et les ombrages de Saint-Germain. Dire que la Reine fut enchantée de retrouver le vieux palais qu'un abandon de cinq années n'avait pas amélioré constituerait une énormité. Elle regarda avec accablement les murs salis, les plafonds fendus et les traces laissées par le gel ou l'humidité.

— Allons-nous vraiment réussir à vivre là ? gémit-elle en tournant lentement sur elle-même pour mieux apprécier les dégâts.

— Personne ne vous y oblige, ma sœur, fit Monsieur qui avait entendu.

— Penseriez-vous nous donner l'hospitalité dans votre somptueux palais du Luxembourg ?

— Certes pas ! Il est tout juste assez grand pour moi. Mais puis-je vous rappeler que le défunt Cardinal a légué au Roi son palais près d'ici ? Vous auriez peine à trouver logis plus magnifique et mieux agencé.

Le visage assombri d'Anne s'éclaira d'un seul coup et elle eut pour son beau-frère un sourire radieux.

— Mais vous avez mille fois raison, mon frère ! Dès demain, j'enverrai examiner les lieux et prendre toutes dispositions pour que l'habitation soit à notre convenance et, plus tard, j'irai voir moi-même.

En attendant, il fallait se loger. Les grands, tous pourvus d'hôtels à Paris, regagnèrent leurs demeures et Sylvie qui n'avait plus sa place chez les filles

Un chemin plein d'ornières

d'honneur et ne pouvait amputer l'appartement de la Reine, déjà exigu, rentra rue des Tournelles où elle fut accueillie avec bonheur. Elle y trouva aussi Jeannette, ramenée par Mlle de Hautefort et qui tomba dans ses bras en pleurant de joie. Pour la première fois depuis cinq ans, la « famille » du chevalier de Raguenel se trouvait recomposée et l'on fêta l'événement tard dans la nuit.

La soudaine, la fulgurante élévation de Beaufort, ne laissa pas de surprendre Perceval :

— Je savais les Vendôme de retour. Le duc César est là depuis quelques jours et emplit le faubourg Saint-Honoré de ses éclats de voix et des amis anglais qu'il a ramenés avec lui. Ce qui était un peu prématuré tant que le Roi vivait encore. Il clame déjà qu'il est venu réclamer le gouvernement de la Bretagne qui lui était si cher. Oh ! je comprends sa joie d'être de retour après dix-sept ans d'exil, mais un peu de discrétion serait plus sage.

— Si Mgr François doit être à la tête des affaires, dit Corentin qui revenait de la cave et avait entendu, il aurait bien tort de se gêner : il aura tout ce qu'il veut ! Mgr François a toujours beaucoup aimé son père. Il a même voulu être embastillé à sa place.

— Les affections particulières et le gouvernement d'un grand royaume ne vont pas ensemble. Et, si vous voulez mon avis, je ne vois pas du tout notre Beaufort Premier ministre. Il n'a rien d'un homme d'études et manque par trop de sagesse...

— Il est encore jeune, plaida Sylvie déjà prête à défendre son héros. Avec les années il changera, il mûrira...

Le plus honnête homme de France

Perceval sourit, lui tapota la joue et alluma sa pipe :

— Cela m'étonnerait. Au surplus, il n'est pas encore nommé et je souhaite qu'il ne le soit jamais ! Qu'on en fasse un amiral, un général des galères ou tout ce que l'on voudra, mais qu'on ne lui confie pas la France : il y ferait du gâchis. D'ailleurs, avant d'accéder à la place de Richelieu, il devra compter avec ses ennemis, les fidèles du défunt Cardinal et, surtout, avec son héritage : le cardinal Mazarin ne s'est pas hissé au premier plan pour céder la place au premier venu et je crains que ce ne soit un fin renard.

— Et vous croyez que cet Italien serait mieux à sa place que lui au gouvernement ? s'indigna Sylvie. Ce n'est rien qu'un comédien !

— Un diplomate ! rectifia Raguenel. Et c'est de cela qu'a besoin un peuple qui veut la paix...

Les jours qui suivirent lui donnèrent raison.

Passé la grande séance au Parlement qui cassa le testament de Louis XIII pour offrir à Anne d'Autriche des pouvoirs pleins et entiers, passé les somptueuses funérailles qui menèrent le feu Roi à la crypte de Saint-Denis, ce fut au Louvre une agréable période de retrouvailles. Après Marie de Hautefort qui reprenait son poste de dame d'atour, le fidèle La Porte, exilé à la suite de l'affaire du Val-de-Grâce, revint tout naturellement à son service de portemanteau de la Reine qui le reçut avec des larmes dans les yeux. Ni l'un ni l'autre n'avaient changé et pas davantage Mme de Senecey, fort heureuse de quitter son château de Conflans pour la charge de gouvernante des Enfants de France en remplacement de la mar-

Un chemin plein d'ornières

quise de Lansac, invitée à visiter ses terres. On revit aussi le maréchal de Bassompierre, tiré de la Bastille après douze ans de geôle employés à écrire ses mémoires. Lui avait bien vieilli, mais il était toujours le même agréable compagnon à qui Perceval de Raguenel se hâta de rendre visite. L'ancien cercle de la Reine se trouva ainsi presque reconstitué, tout comme le chapitre du Val-de-Grâce où la mère de Saint-Étienne retrouvait sa crosse abbatiale. Une absente, cependant, et de taille : la duchesse de Chevreuse, l'amie de vingt ans exilée presque aussi longtemps et que la Reine ne se décidait pas à rappeler. Peut-être sous l'influence de Mazarin : elle connaissait le secret de l'aventure avec Buckingham et ceux, plus dangereux encore, des complots incessants avec l'Espagne dont le sommet avait été celui de Cinq-Mars.

Quand enfin elle reparut, toujours superbe en dépit de ses quarante-trois ans, toujours arrogante et disposée à mordre à belles dents au plus juteux de la riche France, toujours liée aux chancelleries des pays les plus hostiles au royaume, elle s'aperçut que de son influence ancienne il ne demeurait plus que le souvenir des belles heures d'autrefois. La Reine la reçut avec affection, mais les deux femmes ne restèrent pas longtemps seules. Bientôt parut Mazarin, tout sourire : il venait offrir à la revenante une jolie somme d'argent pour remettre en état son château de Dampierre, dans la vallée de Chevreuse. À condition qu'elle s'en occupe elle-même. La duchesse comprit vite : on ne voulait pas d'elle à la Cour et on la payait de ses services. Ce qu'elle ne refusa pas, car elle avait les dents toujours aussi longues, mais lorsqu'elle quitta le palais, elle emportait une rage bien cachée, une haine solide de Mazarin et une rancune contre la Reine. Bien décidée à se venger un jour ou l'autre.

Les yeux vifs de Marie de Hautefort observaient tout cela avec un intérêt passionné et éclairaient pour Sylvie les méandres de ce grand chambardement :

— Ou je me trompe fort, dit-elle un jour à son amie, ou notre François pourrait avoir à souffrir avant qu'il soit longtemps une déception amère. Je n'aime pas du tout les apartés continuels de notre Reine avec ce jocrisse ! (étant entendu que dans son esprit jocrisse s'écrivait Mazarin).

On n'en était pas là. Les Vendôme étaient revenus avec quelque fracas, et singulièrement le duc César, devenu une sorte de curiosité depuis le temps qu'on parlait de lui sans jamais le voir. Il apparut donc avec tout un apparat de gentilshommes pour reprendre sa place à la Cour mais, plus rusé que Beaufort, il fit mille grâces au nouveau cardinal. Ce qui ne manqua pas d'inquiéter les siens qui connaissaient son goût des jolis garçons mais, en fait, César s'intéressait davantage à la Bretagne qu'aux charmes de Mazarin. Il avait trop rêvé, dans son exil, de ce gouvernement qu'il jugeait patrimonial pour ne pas désirer ardemment le récupérer. La mort de Richelieu — qui en portait le titre et en exerçait la charge — le laissait vacant. Hélas, il plaça ses sourires à perte : le cher gouvernement était déjà attribué au maréchal de La Meilleraye que César exécrait. Du coup, il se retira sous sa tente, comme Achille, et s'en alla bouder sous les lambris dorés de son hôtel de Vendôme.

En prédisant une déception à François, Marie de Hautefort ne se trompait pas et, bientôt, père et fils tombèrent d'accord pour jurer au nouveau cardinal une haine solide. En effet, une fois en possession des pleins pouvoirs, la régente laissa passer un délai convenable avant de lancer son coup de tonnerre : Mazarin était désormais son Premier ministre. François de Beaufort crut en mourir de fureur mais se garda bien de protester. Ce qu'il fallait, c'était durcir ses positions et ravaler l'autre au rang de simple exécutant des volontés royales comme des siennes propres.

D'instinct, il haïssait cet homme et il ne comprenait pas pourquoi « sa » Reine se tournait vers cette imitation de prélat jusqu'à ne plus prendre de décision sans son avis. Petit à petit, l'Italien rusé, jaloux peut-être, élevait une barrière entre la régente et l'homme qui l'avait tant aimée. Naturellement, Beaufort n'endura pas cela bien longtemps. Il décida d'affirmer son emprise sur Anne, ses droits d'amant, même si le deuil royal ne l'autorisait guère. Le malheur voulut que, emporté par son caractère bouillant, il le fit avec une maladresse qui confondit Sylvie, présente dans le Grand Cabinet quand il y arriva un matin en clamant qu'il voulait voir la Reine.

— C'est impossible, monseigneur, lui dit La Porte. Sa Majesté est dans sa chambre et ne reçoit pas.

François se contenta de sourire, puis affirma :

Le plus honnête homme de France

— Allons, La Porte, vous savez bien qu'elle me recevra, moi !

— Non, monsieur le duc. La Reine est dans son bain.

— La belle affaire !

Et, repoussant le serviteur, il entra tranquillement dans la chambre sans vouloir entendre le cri de Sylvie à laquelle il n'avait même pas accordé un regard. Il n'y resta pas longtemps : une pluie d'injures espagnoles assaisonnées de l'accent idoine l'obligea à battre en retraite avec une précipitation qui déchaîna le rire de Marie de Hautefort, présente aux côtés de la Reine. Sans demander son reste, François quitta l'appartement royal, avec la seule satisfaction de claquer la porte au nez d'un des Suisses de garde.

La colère de la Reine ne dura guère. Elle aimait encore trop François pour lui en vouloir longtemps, bien que Mazarin eût souligné avec quelque aigreur l'inconvenance de la scène. Un autre incident vint s'ajouter à celui-là et creuser un peu plus le fossé entre les deux amants. La maîtresse de Beaufort, la belle Montbazon qui détestait l'ex-Mlle de Condé devenue duchesse de Longueville parce que François avait longtemps été des prétendants à sa main, tenta d'attaquer sa réputation de jeune mariée. Un sort malin voulut que Mme de Montbazon trouvât dans son salon, après le départ de quelques visiteurs, deux lettres de femme, fort belles et fort tendres, perdues par le marquis de Coligny. Elle décréta aussitôt que Mme de Longueville en était l'auteur, convainquit François de la justesse de son analyse et en fit des

Un chemin plein d'ornières

gorges chaudes, profitant même du grand rassemblement de la Cour et de la haute noblesse autour d'Élisabeth de Vendôme dont on célébrait les noces avec le duc de Nemours.

Le mariage — le premier du règne de Louis XIV — avait été célébré dans l'ancien Palais-Cardinal devenu Palais-Royal où la Reine et ses enfants venaient d'emménager. Cette demeure, vraiment princière, était plus agréable à vivre que le vieux Louvre décrépit et toujours en travaux.

La princesse de Condé, mère de la duchesse de Longueville, jeta feux et flammes, criant à l'insulte publique et à la calomnie... et la Reine lui donna raison : l'imprudente Montbazon dut se rendre à l'hôtel de Condé pour présenter des excuses publiques. Il y avait naturellement un monde fou, mais elle s'exécuta avec une insolence et une désinvolture bien dans le style Beaufort, lisant à la manière d'une mauvaise comédienne et avec un sourire de mépris un petit texte épinglé à son éventail qu'elle jeta ensuite dédaigneusement... Résultat : lors de la réunion suivante où se trouvaient les dames et la princesse de Condé, la régente pria Mme de Montbazon de se retirer. Fou de rage, Beaufort se précipita chez Anne :

— Elle a fait ce que vous ordonniez, s'écria-t-il sans se soucier des personnes présentes. Vous n'aviez pas le droit de l'humilier de nouveau.

Très belle dans ses voiles noirs qui convenaient si bien à son teint de blonde, la Reine tenta de le calmer :

— Il y a façon de faire les choses, mon ami. Vous

Le plus honnête homme de France

le ressentiriez comme moi si votre duchesse ne vous était si chère.

L'amertume qui teintait la voix d'Anne ne trouva même pas le chemin des oreilles du jeune homme qui haussa les épaules. Le malheur voulut que Mazarin, entré depuis un instant, s'approche, armé de son sourire mielleux. Avec fureur, Beaufort lança :

— On dirait que les temps sont révolus, Madame, où vous saviez entendre la voix de vos vrais amis. Celle des nouveaux l'étouffe sans que vous vous rendiez seulement compte de leur peu de valeur...

Et, virant sur ses talons sans même saluer, il se heurta à Sylvie qui arrivait, avec Fontsomme, sur les pas du cardinal. De l'humeur dont il était, François les reçut en pleine figure. Ses yeux étincelants enveloppèrent le couple d'un regard où la colère s'efforçait de chasser la douleur tandis que son visage pâlissait sous le hâle.

— Eh bien, grinça-t-il, voilà qui met un comble à la journée ! On dirait que vous avez choisi votre camp, mademoiselle de Valaines ? Vous arrivez dans les jupes de Mazarin.

Jean allait riposter, mais Sylvie s'y opposa :

— Je ne suis dans les jupes de personne. Je viens seulement prendre mon service auprès de Sa Majesté. Le cardinal arrivait devant nous et nous n'avions aucune raison de vouloir lui prendre le pas. Après tout, c'est le Premier ministre et...

— ... en aucun cas un homme de Dieu ! Oubliez-vous qu'il est l'ennemi de tous ceux qui vous ont aimée jusqu'ici ? Et vous, duc ? Venez-vous aussi prendre votre service ?

— Encore que cela ne vous regarde pas, monseigneur, répondit le jeune homme, j'apporte une lettre à la Reine...

— Venant de qui ? fit Beaufort avec hauteur.

— N'abusez pas de ma patience ! Sachez seulement, ajouta-t-il en remarquant l'expression douloureuse qui remplaçait la colère sur le visage de son adversaire, que nous nous sommes rencontrés, Mlle de Valaines et moi dans...

— Qu'avez-vous besoin d'excuses ! Comme si tout le monde n'était pas informé de vos fiançailles ? L'idée de devenir madame la duchesse doit vous plaire, Sylvie ? Quelle revanche sur le sort !

À son tour, celle-ci perdit patience :

— Je vous croyais plus intelligent, s'écria-t-elle, mais vous ne comprenez jamais que ce qui vous arrange. Et ce qui vous arrange, c'est de faire comme si vous ne me connaissiez pas. Alors apprenez ceci : il n'y avait encore rien de définitif entre M. de Fontsomme et moi. J'étais libre... jusqu'à maintenant.

— Ce qui veut dire ?

— Que je ne le suis plus !

Puis, se tournant vers son compagnon :

— Nous nous marierons quand vous le voudrez, mon cher Jean. Allons sur l'heure demander sa permission à Sa Majesté !

Si elle fut tentée de regretter sa parole hâtive, elle l'oublia devant le bonheur dont s'illumina le visage du jeune duc. Avec une infinie tendresse, il prit la main que l'on venait de lui accorder :

— Vous me rendez infiniment heureux, Sylvie ! Mais êtes-vous bien sûre...

— Tout à fait sûre ! Il est grand temps que mon cœur apprenne à battre sur un autre rythme qu'autrefois.

Le choc de cette décision fit pâlir François encore davantage. Il découvrit qu'il avait toujours aimé Sylvie mais que, pour lui, leur amour était, dans son inconscient, une chose acquise, un jardin secret où ils se retrouveraient toujours. Et voilà qu'elle aussi se détachait de lui. Il sentit que l'image de la jeune fille, telle qu'elle lui apparaissait à cette minute où il la perdait, ne s'effacerait plus jamais. Dieu qu'elle était jolie !

Toute vêtue de satin d'un léger gris fumée traversé d'éclairs d'or avec, dans la masse soyeuse de sa chevelure, d'autres flèches de lumière, elle était plus que ravissante et ce trésor lui échappait pour se donner à un autre ! Et parce que c'était sa nature de réagir avec violence, il fut saisi d'une folle envie de se jeter sur elle, de l'enlever dans ses bras pour l'emporter le plus loin possible de cette cour frelatée et de ses fauves, jusqu'à... jusqu'à Belle-Isle, oui ! Là... Là-bas seulement ils pourraient être heureux, coupés du reste du monde !

Il eut l'impression d'être seul au milieu d'un énorme silence, et c'en était un, en effet, car tous suivaient la scène sans mot dire, et il allait s'élancer quand la voix chantante de Mazarin se fit entendre :

— La Reine vous attend, mademoiselle, et vous aussi, monsieur le duc ! Sa Majesté est dans la hâte

Un chemin plein d'ornières

de vous offrir ses compliments ! Votre mariage la comble de joie...

L'instant magique était passé. François s'enfuit en courant comme si l'enfer était à ses trousses, mais Mazarin avait eu tort de se mêler de ce qui ne le regardait pas. La haine qu'il lui inspirait s'en trouva décuplée. Avec une parfaite injustice, le duc porta à son crédit ce mariage qui le blessait si cruellement. Et ce fut le début d'un engrenage fatal. Décidé à se débarrasser du gêneur par tous les moyens, Beaufort, aidé par les déçus de la régence à peine entamée, monta la conspiration que l'Histoire appellera « des Importants » : le cardinal devait être exécuté au cours d'un voyage à Vincennes...

Mais, comme toutes les conjurations de cette folle époque, celle-là fut éventée. La sanction éclata tel un coup de tonnerre...

Le 1er septembre 1643, dans la chapelle du Palais-Cardinal et en présence du petit Roi, de la Reine régente et de toute la Cour, Jean de Fontsomme épousait Sylvie de Valaines, dame de L'Isle en Vendômois. Deux absents à ce mariage : César de Vendôme qui « prenait les eaux à Conflans » et son fils François qui était allé lui faire visite pour le désennuyer.

Le lendemain, certain de ne pas rencontrer le jeune couple parti dans ses terres vivre sa lune de miel comme l'avait demandé Sylvie, Beaufort vint au palais à l'appel de la Reine. Celle-ci le reçut seule dans son Grand Cabinet avec beaucoup d'amabilité, puis elle passa dans sa chambre, sous le prétexte d'aller chercher un objet qu'elle voulait lui confier. Il ne la vit pas revenir.

Le plus honnête homme de France

Ce qu'il vit, ce fut Guitaut, le capitaine de ses gardes, qui venait l'arrêter au nom du Roi. Le soir même, le duc de Beaufort était incarcéré à Vincennes dans la chambre où son oncle Alexandre, Grand Prieur de France pour l'ordre de Malte, était mort quinze ans plus tôt de façon assez suspecte pour que l'on parle d'assassinat...

Troisième partie

UN VENT DE FRONDE
1648

CHAPITRE 11

L'OISEAU ENVOLÉ...

Par trois fois, le canon de Vincennes tonna.
Le cocher retint ses chevaux et se pencha :
— On dirait qu'il se passe quelque chose au château, madame la duchesse, cria-t-il.
— Eh bien arrêtez-vous, Grégoire, et voyons ce que c'est, dit Mme de Fontsomme soudain saisie d'une étrange émotion.

Comme chaque fois qu'elle allait de sa maison de Conflans à son hôtel parisien ou vice versa, Sylvie faisait un détour pour passer en vue du donjon de Vincennes, alléguant qu'elle préférait emprunter la porte Saint-Antoine. Cela lui donnait l'occasion de contempler la vieille tour et d'autoriser son cœur à battre un peu plus vite, au rythme d'un autrefois doux et amer, souvent douloureux mais qui gardait tant de charme secret. Là-haut, près des nuages et si loin de la terre, gardé comme le plus précieux des trésors, vivait toujours celui qu'elle appelait encore François...

Cinq ans ! Il y aurait bientôt cinq ans qu'il était prisonnier, ce fauve pris au piège d'un rat vêtu de la pourpre cardinalice ! Quand elle y pensait — et

Un vent de fronde

c'était souvent —, la petite duchesse de Fontsomme ne pouvait se défendre d'un remords car, pour elle, ces cinq années avaient été d'une grande douceur auprès d'un époux souvent absent — la guerre faisait rage plus encore peut-être qu'au temps de Richelieu — mais tendre, attentionné et plus amoureux s'il était possible depuis qu'elle lui avait donné, deux ans plus tôt, une petite Marie dont il raffolait et dont l'ex-Mlle de Hautefort, devenue duchesse d'Halluin par son mariage avec le maréchal de Schomberg, était la marraine avec le jeune roi Louis XIV comme parrain.

Il arrivait que son bonheur douillet la leurre sur l'état réel de son cœur, mais dès qu'elle apercevait les murailles de Vincennes, ce cœur si sage manquait un battement. De même quand, dans un salon — elle en fréquentait peu cependant ! — elle rencontrait Mme de Montbazon dont la fidélité au prisonnier passait presque à l'état de proverbe, au point que le peuple l'avait mise en chanson :

> Beaufort est dans le donjon
> Du bois de Vincennes
> Pour supporter sa prison
> Avec moins de peine
> Zeste, zeste,
> Il aura sa Montbazon
> Deux fois la semaine.

Être ainsi mise au rang des filles publiques admises à soulager dans les geôles royales les prisonniers, surtout de quelque importance, n'avait pas

L'oiseau envolé...

l'air d'offenser l'altière duchesse. Bien au contraire ! Avec orgueil et sans se soucier d'un mari hors d'âge que l'affaire ne gênait guère, elle répondait aux questionneurs, donnait des nouvelles dont la primeur était réservée à Mme de Vendôme et à Mme de Nemours, mais qui laissaient toujours à Sylvie l'envie sauvage de l'étrangler...

Elle savait pourtant combien sa bienfaitrice et son amie d'enfance avaient besoin de ce réconfort car, depuis l'arrestation de François, le sort de sa famille n'avait rien d'enviable. Le duc César qui avait dû fuir son château d'Anet « visité » par les gens du Roi avait repris le chemin de l'exil, mais pas en Angleterre, hélas, où les Têtes rondes de Cromwell menaient la révolte contre le roi Charles Ier et la reine Henriette, son beau-frère et sa sœur. Il était parti pour l'Italie où, après Venise et Rome, il s'était fixé à Florence. Avec quelques gentilshommes fidèles et une poignée de jolis garçons, il y menait la vie dissipée qui lui était habituelle, contrastant fort avec celle de son fils aîné, Mercœur, cloîtré à Chenonceau en se demandant sans cesse si une quelconque attaque ne l'obligerait pas à chercher refuge dans la cachette dissimulée dans l'une des piles du pont. Contrastant aussi avec celle de sa femme qui se confinait dans son hôtel du faubourg Saint-Honoré où, soutenue par son vieil ami l'évêque de Lisieux, Philippe de Cospéan, et par la chaude amitié de monsieur Vincent, elle s'efforçait d'obtenir que l'on fît au moins à son François un procès équitable, tant elle était certaine qu'il en sortirait les mains nettes. Sa fille lui était aussi d'un grand secours et puis, fidèle à elle-même, Françoise de Vendôme trouvait toujours du temps pour son œuvre favorite : le secours qu'elle s'efforçait de porter aux filles de joie, libres ou encagées dans les bourdeaux. Naturellement, Sylvie voyait souvent la mère et la fille.

À Vincennes, cependant, la voix de bronze continuait d'entretenir une agitation insolite. Sylvie ordonna que l'on gare sa voiture sous les arbres et envoya l'un de ses deux laquais aux nouvelles mais, quand il revint après quelques minutes interminables, elle fut frappée de sa mine épanouie.

— Eh bien ? demanda-t-elle.

— C'est une grande nouvelle, madame la duchesse ! Mgr le duc de Beaufort vient de s'évader...

Le cœur de Sylvie sauta dans sa poitrine :

— On dirait que cela vous fait plaisir, mon ami ?

— Oh oui ! Ce n'est pas à madame la duchesse que j'apprendrai combien les petites gens aiment M. de Beaufort. Paris va danser de joie quand il saura qu'il a échappé au Mazarin.

La liesse commençait apparemment avec les propres serviteurs de Sylvie qui, très attachés à une jeune maîtresse qu'ils savaient plutôt non conformiste, étaient descendus de leurs sièges pour se congratuler un instant avant de revenir à elle :

— Ce n'est pas la peine de demander à madame la duchesse si elle est contente, elle aussi, dit le vieux Grégoire, le cocher, dernier en titre d'une dynastie attachée au service des Fontsomme depuis le Moyen Âge et qui s'autorisait quelques familiarités.

— C'est vrai, je suis contente, dit Sylvie. Sait-on comment cela s'est passé ?

L'oiseau envolé...

— Pas très bien. Il serait descendu par une corde depuis le couronnement du donjon, une corde trop courte, et il aurait dû sauter. Mais qu'il soit dehors, ça c'est sûr !

— Bien ! Nous allons essayer d'en apprendre davantage. Touchez à l'hôtel de Vendôme !

Les trois hommes ne se le firent pas répéter, grimpèrent chacun à sa place et le carrosse repartit au grand trot, tandis que Sylvie se laissait aller sur les coussins de velours. Ainsi, il était libre ! Ainsi la prédiction s'était réalisée !... En effet, depuis quelques mois, Mazarin vivait des heures difficiles à cause d'un certain Coysel qui avait prophétisé que la Pentecôte verrait Beaufort libre. L'Italien superstitieux s'efforçait de traiter en quantité négligeable un propos qui l'angoissait, mais il avait tout de même fait renforcer la garde du prisonnier. Et voilà qu'aujourd'hui, jour de Pentecôte, tout s'était réalisé ! Oh, Sylvie n'avait pas besoin d'un grand effort d'imagination pour voir, sur l'écran noir de ses paupières closes, François, cheveux au vent, galopant à travers champs et bois dans l'ivresse de la liberté retrouvée avec un bonheur facile à deviner. Mais qui galopait auprès de lui, et où allait-il ?

À ces questions, la jeune femme voyait deux réponses : Mme de Montbazon, venue sans doute l'attendre sous quelque costume de cavalier, et le château de Rochefort-en-Yvelines qui appartenait au mari, toujours gouverneur de Paris, et où Mazarin ne s'aventurerait pas...

En effet, et en admettant qu'il en ait jamais eu, la popularité de Mazarin était à son plus bas niveau. Le

Un vent de fronde

peuple, tenu si longtemps par la poigne de fer du cardinal de Richelieu, ne faisait guère de différence entre le Florentin Concini qui avait tant pesé sur la régence de Marie de Médicis et « Mazarini », Sicilien d'origine dont la robe étendait son ombre pourpre sur celle d'Anne d'Autriche. Pour lui, les deux étaient à mettre dans le même panier : des favoris beaucoup plus occupés des courbes gracieuses de leur bourse que du bien de l'État ! Dans ces conditions, quel que fût le génie de Mazarin, on ne lui en tiendrait jamais compte. Dieu sait pourtant qu'il n'avait pas la tâche facile pour maintenir l'essentiel de la politique du grand Cardinal à l'intérieur, et surtout à l'extérieur où les armes parlaient toujours ! Certes, les victoires de l'ex-duc d'Enghien devenu prince de Condé contenaient l'ennemi hors des frontières mais, depuis bientôt quatre ans, le congrès de Westphalie s'efforçait de trouver un point final à une guerre qui ravageait une partie de l'Europe en mettant aux prises le roi de France, le roi d'Espagne, l'Empereur et le roi puis la reine de Suède.

Dans le royaume, Mazarin devait compter avec Condé, bien assis sur ses victoires et dont l'ambition était démesurée. L'appétit aussi : il ne cessait de réclamer titres et fonctions, ne cachant pas qu'il se verrait très bien Premier ministre.

En fait, la grande victoire de Mazarin à ce moment de l'histoire, c'était sur la régente qu'il l'avait remportée. De cette Espagnole si fermement attachée aux intérêts de sa patrie, il avait fait une vraie reine de France prête à tout balayer pour la gloire future de son fils et qui, faisant table rase de

L'oiseau envolé...

tous ceux qui l'avaient servie, aimée, soutenue, n'écoutait plus que lui. On disait même qu'elle l'aurait épousé secrètement...

Mais le pouvoir du cardinal demeurait fragile. La guerre incessante — quand on attendait la paix ! —, ses pertes en vies humaines et leur corollaire, les augmentations d'impôts renouvelées, exaspéraient les esprits d'autant plus qu'un an plus tôt, le Parlement de Paris avait dû voter en rechignant vingt-sept articles presque exclusivement fiscaux. Depuis, la colère grondait chez les parlementaires au point de les avoir amenés quinze jours plus tôt, le 13 mai 1648, à voter l'arrêt d'Union, acte de désobéissance formelle qui permettait à des députés des quatre Cours souveraines de s'assembler sans l'autorisation du Roi — donc du cardinal — pour réformer l'État. Depuis, les regards des Parisiens se tournaient de plus en plus souvent vers le donjon de Vincennes où leur prince favori, la plus éclatante victime de Mazarin, vivait son injuste captivité.

En tout cas, la nouvelle de l'évasion courut Paris plus vite que les chevaux de Sylvie. Lorsqu'elle atteignit l'hôtel de Vendôme, il lui fallut traverser un véritable attroupement de gens qui, au sortir des vêpres, s'étaient précipités pour témoigner leur enthousiasme à la mère de leur héros. S'en référant à la fête du jour, les bons Parisiens n'étaient pas loin de voir un miracle opéré en leur faveur par le Saint-Esprit. Il fallait au moins une aide divine pour avoir endormi la méfiance des gardes — le prince était gardé « à vue » — et donné des ailes à François de Beaufort... Cependant, l'on fit place au carrosse de Sylvie qui, depuis son mariage, s'était glissée dans les traditions charitables des duchesses de Fontsomme avec l'ardeur qu'elle mettait en toutes choses. Dans son hôtel de la rue Quincampoix comme dans son manoir de Conflans, toute misère recevait secours et réconfort. En outre, flanquée de deux laquais porteurs de grands paniers, elle visitait ceux que la maladie clouait sur leurs grabats et dont monsieur Vincent qui la connaissait depuis l'enfance lui donnait l'adresse. Aussi Grégoire n'eut-il qu'à crier : « Place à Mme la duchesse de Fontsomme ! » pour que l'on s'écarte avec un murmure de sympathie.

Ce fut presque plus difficile dans la chambre de Mme de Vendôme où l'on s'entassait en parlant tous à la fois. Les amis étaient là, et la mère de François, accablée sous les embrassades, passait des bras de l'une aux bras de l'autre, en dépit des efforts de monsieur Vincent et de l'évêque de Lisieux pour la sauver de l'étouffement. Sylvie n'essaya même pas de s'approcher et obliqua sur Mme de Nemours qui veillait à ce que tous pussent boire à la santé de l'évadé.

Élisabeth rayonnait de joie et ne cessait de répéter par quel subterfuge elle avait pu, avec l'aide de quelques amis dévoués, tirer son frère de la geôle royale :

— Un pâté ! Un simple pâté dont j'ai moi-même aidé à composer la farce ! Il y avait dedans une corde en soie bien solide avec un bâton pour s'y tenir à califourchon, deux poignards et une poire d'angoisse destinée à l'exempt La Ramée que M. de Chavigny, le gouverneur de Vincennes, avait spécialement détaché à la surveillance de mon frère.

L'oiseau envolé...

— Il devait être énorme, ce pâté ? dit quelqu'un.

— Énorme, mais François l'avait demandé pour vingt personnes, vu que les dessertes de sa table allaient toujours aux soldats chargés de le surveiller...

— Mais enfin, vous aviez dû vous assurer quelque intelligence dans la place même ? dit une dame à la voix pointue que Sylvie ne connaissait pas. Ce fut d'ailleurs elle qui se chargea de la réponse :

— Ce sont choses que l'on ne saurait confier, madame. Songez qu'il y va de la vie de plusieurs personnes ! Le cardinal Mazarin doit être furieux...

— Oh, vous êtes là aussi, ma chère Sylvie, s'écria Élisabeth qui ne l'avait pas encore vue. Mes amis, souffrez que je dise quelques mots en particulier à Mme la duchesse de Fontsomme ! Je reviens dans l'instant.

Prenant son amie par le bras, elle alla s'enfermer dans le cabinet de bains de sa mère où toutes deux s'assirent sur le rebord de la lourde cuve de bois qui ressemblait à un tonneau.

— J'aimerais que vous me rendiez un service, ma chère, en allant au Palais-Royal afin d'y observer ce qui se passe chez la Reine...

— C'est bien mon intention. J'y allais d'ailleurs quand, en passant devant Vincennes, j'ai appris l'évasion, alors je suis accourue.

— Vous étiez de service aujourd'hui ?

— Non, et je devrais être à Conflans avec ma petite Marie, mais j'ai reçu hier un message de la Reine me demandant de venir passer un moment

Un vent de fronde

auprès de notre jeune Roi qui est souffrant et qui m'a réclamée.

— Vous reviendrez me dire comment, là-bas, on prend l'événement ?

— Si je peux. Cela dépend de l'heure où je sortirai. S'il est trop tard, je vous enverrai un billet dès mon retour rue Quincampoix. Je ne rentrerai pas à Conflans ce soir...

— Vous êtes un amour ! Avez-vous de bonnes nouvelles de votre époux ?

— Il n'écrit guère, ce n'est pas son fort, mais je sais que tout va bien pour lui. Il est toujours entre Arras et Lens avec le prince de Condé. C'est quelquefois pénible d'être l'épouse d'un guerrier : il est si souvent absent !

— Vous l'aimez beaucoup, n'est-ce pas ?

— Beaucoup...

Elle n'ajouta pas qu'elle se reprochait même parfois de ne pas l'aimer davantage à cause de cette partie de son âme murée sur une image, et Mme de Nemours ne posa pas d'autre question. Dans la grande chambre, une voix claironnante venait de se faire entendre et Élisabeth se redressa aussitôt. Un peu, pensa Sylvie peu charitablement, comme un cheval de bataille qui entend la trompette :

— Ah ! L'abbé de Gondi est arrivé ! Je... nous l'espérions plus tôt ! Donnez-nous vite de vos nouvelles, Sylvie !

Et elle disparut dans un tourbillon de taffetas bleu, laissant son amie à la découverte qu'elle venait de faire. Se pouvait-il que, mariée à l'un des hommes les plus charmants de France, Élisabeth fût encore

L'oiseau envolé...

éprise de ce petit prêtre agité, nerveux, plein de tics et d'esprit, dont on disait qu'il avait été son amant ? Il est vrai que Nemours l'avait toujours trompée et qu'après tout il est bien rare que l'on trouve le bonheur dans un mariage princier... Remettant à plus tard d'embrasser la mère de François, Sylvie regagna sa voiture et prit la direction du Palais-Royal où elle était attendue. Mais elle n'éprouvait plus le même plaisir qu'autrefois. Sans le petit Louis qu'elle aimait d'un amour quasi maternel, peut-être eût-elle renoncé à ce poste de dame du palais qu'à son mariage on avait substitué à celui de lectrice, mais qui ne changeait pas grand-chose à ses fonctions auprès des personnes royales : il lui arrivait encore de lire pour la Reine et surtout, elle passait de longs moments auprès du petit Roi avec, entre eux, la guitare en manière de trait d'union.

C'était, pour l'un comme pour l'autre, un des meilleurs moments de la journée. En effet, hormis les solennités auxquelles l'enfant et son petit frère Philippe devaient paraître, Louis, en dépit de l'adoration qu'il portait à sa mère, ne la voyait qu'une fois dans la journée : à son lever qui avait lieu entre dix et onze heures du matin. Anne recevait alors ses dames et les principaux officiers de la Couronne. On lui amenait ses fils et Louis gardait le privilège de lui passer sa chemise. Puis les enfants rentraient chez eux où ils faisaient à peu près ce qu'ils voulaient tandis que leur mère, entre le Conseil, les dévotions, les visites en ville, le cercle, les repas et les réjouissances, menait une vie intense qui l'entraînait régulièrement au-delà de minuit. Elle continuait à

Un vent de fronde

vivre à l'heure espagnole... À ce régime, la Reine épaississait, devenait grasse et perdait en beauté, mais elle gardait une grande fraîcheur de teint. Elle cultivait aussi l'indolence et, si elle aimait profondément ses enfants, elle ne s'occupait guère d'eux, se satisfaisant de les voir beaux et bien parés aux heures officielles sans se soucier de ce qu'ils pouvaient devenir loin de ses yeux.

Or, Louis et Philippe étaient livrés la plupart du temps aux domestiques qui ne se souciaient ni de l'état de leurs vêtements ni des heures de repas. Il n'était pas rare que le roi de France et le duc d'Anjou s'en allassent voler une omelette à la cuisine pour apaiser leur faim. On jouait beaucoup et sans surveillance : le petit Roi faillit se noyer dans un bassin sans que, en dehors d'un brave Suisse accouru à ses cris, personne s'en souciât.

On aurait pu penser qu'avec le passage à huit ans aux mains des hommes — le marquis de Villeroy devenait gouverneur de Sa Majesté et l'abbé Hardouin de Péréfixe précepteur — les choses changeraient. Il n'en fut rien et le fidèle La Porte, nommé premier valet de chambre, s'en désolait fort, souvent au bénéfice de la seule Sylvie :

— M. de Villeroy est un brave homme et l'abbé un grand chrétien, mais ils sont peu instruits et, du moment que le Roi tient bien son rôle dans les circonstances, ils n'en demandent pas plus. Et moi, les domestiques n'écoutent pas ce que je leur dis. Ils répondent que pour traiter le Roi et son frère comme

L'oiseau envolé...

on devrait il faut de l'argent et que le cardinal Mazarin n'en donne pas...

— Il est trop occupé à le garder pour lui ! répondit la jeune femme outrée qui, incapable de se taire, s'en alla tenter d'expliquer à la Reine un état de choses qui lui paraissait incroyable. Elle se heurta à une véritable apathie et ce fut Mazarin qui se chargea de lui laisser entendre que, si elle voulait conserver le privilège musical qu'on lui accordait auprès du Roi, il valait mieux qu'elle ne se mêle pas de la vie intérieure du palais. Son époux lui en dit autant :

— Mazarin est trop fort pour vous, mon cœur. Ne vous engagez pas dans une bataille perdue d'avance. La Reine le soutiendra toujours. Souvenez-vous de ce qu'il est advenu à notre amie Hautefort...

Marie, en effet, peu de temps après l'arrestation de Beaufort, n'avait pu contenir son indignation. Un matin où, dans son rôle de dame d'atour, elle aidait la Reine à choisir des souliers et à les passer, elle avait tenté d'expliquer — doucement, ce qui chez elle était un exploit — que la régente devrait user de plus de retenue dans ses relations avec un ministre dont on commençait à jaser, mais elle n'avait pas été bien loin dans le développement de cette idée : Anne était entrée aussitôt dans une colère « espagnole », elle avait donné un coup de pied à la jeune fille agenouillée devant elle, lui avait enjoint de quitter son service sur l'heure et était sortie sans plus rien vouloir entendre.

Pour la fière Marie, la blessure avait été cruelle. Comme d'autres avant elle, comme Mme de Chevreuse retirée la rage au cœur dans son château

Un vent de fronde

de Couzières, elle venait de découvrir que l'ingratitude faisait partie des défauts d'Anne d'Autriche et que, si elle avait apprécié l'amitié dans les heures difficiles, les joies du pouvoir enfin atteintes, elle trouvait plus commode de se débarrasser de ceux qui en savaient un peu trop. Son brusque accès de colère ressemblait beaucoup à un prétexte.

— Prenez garde qu'un jour ce ne soit votre tour ! conseilla Marie à Sylvie tandis qu'elle faisait ses derniers préparatifs de départ. J'ai bien peur que la Reine ne nourrisse un sentiment un peu trop tendre pour Mazarin. Alors prenez garde...

Grâce à Dieu, perdant une amitié chère Marie rencontra l'amour, le grand, celui qu'elle n'aurait jamais cru possible. Tombé amoureux d'elle, le maréchal de Schomberg obtint non seulement sa main mais son amour. Il avait vingt ans de plus qu'elle mais il était « beau et sombre comme un dieu ». Ils s'aimèrent passionnément, et dès lors, Marie, durant les absences de son époux, ne quitta guère son beau château de Nanteuil-le-Haudouin où Sylvie, bien souvent, allait la voir...

En pénétrant au Palais-Royal, cet après-midi de Pentecôte, Sylvie se demandait comme elle allait être accueillie en dépit de l'ordre reçu. Mais une surprise l'attendait : quand elle entra chez la Reine, Mazarin était là et tous deux riaient de si bon cœur qu'ils ne s'aperçurent même pas de sa présence. Elle s'approcha de Mme de Motteville :

— Qu'est-ce qui les rend si joyeux ? chuchota-t-elle. Ce n'est tout de même pas...

L'oiseau envolé...

— L'évasion du beau François, si ! Son Éminence trouve que c'est une histoire impayable.

— Eh bien, je ne l'imaginais pas à ce point dépourvu de rancune.

À ce moment, le rire de la Reine s'acheva sur une phrase en forme de conclusion tandis que le cardinal s'inclinait avant de se retirer :

— De toute façon, il a bien fait ! Il nous eût été difficile de libérer ce fou sans que quelqu'un trouve à redire. Ah, madame de Fontsomme ! Le Roi vous attend avec impatience...

— Est-ce que Sa Majesté est souffrante ?

— Non. Il va bien mais, depuis hier, il ne cesse de crier qu'il a composé une chanson et qu'il veut la chanter avec vous. J'imagine que vous êtes au fait de la grande nouvelle du jour ? Voilà votre ami Beaufort aux champs. Vous devez être contente ?

Le ton était un peu pincé mais il en fallait plus pour émouvoir Sylvie :

— C'est vrai, Madame, je suis contente. C'est long, cinq années en prison. Surtout pour lui !

— Il ne fallait pas se mettre dans le cas d'y entrer. Cependant s'il croit nous avoir joué un mauvais tour, il se trompe. M. le cardinal, qui aurait dû être sa victime, n'est pas très mécontent.

— Pourtant, après la prédiction de Coysel, il avait fait doubler la garde du prisonnier ?

— Réaction bien naturelle mais, depuis, Son Éminence a trouvé un excellent moyen de ramener dans sa main toute la famille de Vendôme. D'où la tranquillité avec laquelle il a reçu la nouvelle de l'évasion.

Un vent de fronde

Et comme Sylvie, n'osant poursuivre ses questions, la regardait avec une vague inquiétude, la Reine lui tapota le bras du bout de son éventail.

— Vous ne devinerez jamais ! Un mariage, ma chère, un grand et beau mariage de l'aînée de ses nièces avec le duc de Mercœur. Le futur duc de Vendôme deviendra ainsi son neveu et notre pauvre Beaufort ne pourra que se tenir tranquille... Allez voir le Roi, à présent ! Je vous rejoindrai tout à l'heure !

— Seigneur ! pensa Sylvie encore sous le choc de la nouvelle. Ces gens-là sont fous ! Jamais le duc César, tout exilé qu'il est, n'acceptera d'allier le sang d'Henri IV à celui de cet Italien ! Et je n'imagine même pas ce qu'en pourrait dire François... Les Mazarin chez les Vendôme ! On croit rêver !

En effet, Mazarin entreprenait depuis quelques mois de faire partager à sa famille les bienfaits de sa fortune. Le 11 septembre de l'année précédente, trois nièces et un neveu étaient arrivés d'Italie : deux brunettes respectivement âgées de treize et dix ans : Laura et Olympe Mancini, une petite blonde de dix ans elle aussi : Anna-Maria Martinozzi. Quant au garçon, Paul Mancini, il était âgé de douze ans [1]. Le plus étonnant fut l'accueil que leur réserva la Reine. Ces petites filles — jolies ou qui promettaient de l'être — furent d'emblée traitées par elle en véritables princesses. Et, comme le cardinal était proche voisin du Palais, on les y éleva. Mme de Senecey, disponible

---

1. La deuxième vague, avec la fameuse Marie Mancini, n'arrivera que six ans plus tard, avec les deux sœurs du cardinal.

L'oiseau envolé...

puisque le Roi était passé aux mains d'un gouverneur, fut chargée de leur éducation. Ce qui scandalisa beaucoup de monde mais, apparemment, le bon peuple et la noblesse n'avaient pas fini de s'étonner des desseins du cardinal touchant celles que l'on appelait déjà les Mazarinettes. Il entendait les caser aux rangs les plus hauts et, pour y arriver, il ne perdait pas de temps.

Sylvie trouva le jeune Louis XIV à demi étendu sur une chaise longue auprès d'une fenêtre ouverte sur les parterres fleuris des jardins. Il semblait triste et fatigué et, tout de suite, elle s'inquiéta :

— Votre Majesté est souffrante ?

Ce n'était pas une question de convenances. Le précédent mois de novembre, le jeune Roi avait contracté la petite vérole et, très vite, son état fut jugé grave. En fait, l'enfant ne fut malade que durant deux semaines puis la santé revint, ne laissant sur le visage enfantin que de légères marques du terrible mal, mais ces jours-là Sylvie les avait vécus l'un après l'autre, désespérée à l'idée que le fils de François qu'elle considérait un peu comme le sien pût disparaître... D'où l'angoisse qui venait de vibrer dans sa voix.

Le petit Roi qui allait sur ses dix ans lui sourit :

— Très bien, duchesse ! Ne vous tourmentez pas ! Simplement, je suis très mécontent et je vous demande pardon de vous avoir fait venir parce que je n'ai pas du tout envie de chanter ou de jouer sur ma guitare.

— Mécontent, mon Roi ? Oserai-je lui demander pourquoi ?

— Cette évasion de M. de Beaufort ! Tout le monde ici semble considérer que c'est quelque chose de très amusant. Une bonne farce en quelque sorte !

— Et Votre Majesté ne le voit pas de la même façon ?

Souvent grave, le visage du petit garçon se fit sévère :

— Non, madame ! Lorsqu'un homme est mis en prison à cause d'une faute assez grave pour y être maintenu, son évasion ne saurait être trouvée amusante, parce qu'on l'y a envoyé au nom du Roi et que je suis le Roi ! C'est de moi que l'on rit et c'est une chose que je ne tolérerai jamais, vous entendez ? Jamais !

Le regard de l'enfant flambait d'une si auguste colère que Sylvie baissa la tête comme si elle était coupable. En même temps elle se sentait un peu effrayée car, en quelques mots, Louis venait de révéler son caractère profond. Né pour être roi, il en avait pleinement conscience et cela pouvait laisser supposer que, peut-être, il serait un grand roi... à moins qu'il ne devienne le pire des tyrans une fois en possession du pouvoir.

Cependant, Sylvie ne voulut pas laisser passer l'occasion de plaider la cause de François :

— C'est Votre Majesté qui a raison, dit-elle, et j'avoue être la première surprise de la façon dont on a reçu ici la nouvelle de l'évasion mais, Sire, songez qu'elle est le fait d'un homme emprisonné depuis cinq ans sur une simple présomption. Il n'a jamais été prouvé que M. de Beaufort eût voulu attenter à la vie du cardinal.

L'oiseau envolé...

— C'est possible, duchesse, mais il en est tout à fait capable. Je ne vous surprendrai pas en vous confiant que je n'aime guère Son Éminence... mais j'aime encore moins M. de Beaufort !

— Sire, reprocha doucement Sylvie, il est le plus dévoué de tous vos sujets. Son amour pour son Roi ne saurait être mis en doute.

— Peut-être devriez-vous dire : son amour pour sa Reine ? fit l'enfant avec une amertume contenant trop de jalousie cachée pour n'être pas comprise de son interlocutrice. Puis il ajouta, en posant une main sur celles de Sylvie : « Je ne veux pas vous faire de peine, madame. Je sais qu'il est votre ami d'enfance et que vous l'aimez beaucoup, mais que voulez-vous, je ne suis pas plus que vous maître de mes sentiments... Je ne crois pas que j'aimerai un jour M. de Beaufort... »

Bien que d'autres sujets de conversation eussent été abordés dans l'heure qui suivit, c'étaient ces dernières paroles qui hantaient Sylvie tandis qu'elle effectuait le court trajet entre le Palais-Royal et son hôtel de la rue Quincampoix : elle y voyait une menace pour l'avenir quand l'enfant de neuf ans, encore sous la double tutelle de sa mère et de son ministre, accéderait au pouvoir. Elle devinait qu'il serait terrible dans ses inimitiés. Qu'augurer de ses haines ? Qu'adviendrait-il alors du père caché sous les aspects peut-être un peu excessifs d'un sujet turbulent ?... Pauvre François dont les passions tournaient toujours à son désavantage ! Comme il souffrirait s'il apprenait un jour que son fils ne l'aimait pas !

Un vent de fronde

Il était déjà tard quand Sylvie rentra chez elle, mais les rues du Marais connaissaient une agitation inhabituelle et, en arrivant rue Quincampoix, elle vit un grand concours de peuple débordant du cabaret de l'Épée de Bois. Par le plus étrange des hasards, l'hôtel de Beaufort [1] était le voisin immédiat de celui des ducs de Fontsomme. Un voisin silencieux, aveugle et sourd, dont le nom seul touchait la jeune femme car jamais encore François ne l'avait habité.

Il était l'un des présents d'Henri IV à Gabrielle d'Estrées lorsqu'il l'avait faite duchesse de Beaufort. Ses grâces Renaissance convenaient parfaitement à une jolie femme, mais un homme pouvait s'y trouver bien. Cependant, jamais l'actuel détenteur du titre ne l'avait habité et cela pour une simple raison : en butte depuis des années à la vindicte cardinalice ou royale — souvent les deux — les Vendôme, quand ils étaient à Paris, ne souhaitaient pas se séparer. On faisait bloc dans l'hôtel familial et s'il était arrivé que François émette la vague intention de former sa propre maison, cela n'avait jamais été plus loin qu'une pensée fugitive, blessante d'ailleurs pour le côté mère poule de sa mère. Aussi la belle demeure offrait-elle un certain air d'abandon. Personne n'y avait vécu depuis longtemps, pourtant c'était vers elle que le peuple portait d'instinct ses acclamations, comme si la haute silhouette de François allait soudain se dresser sur le balcon. Sylvie en fut touchée : depuis ce matin, l'hôtel était un symbole pour tous

---

1. L'hôtel de Beaufort a été détruit par Haussmann pour le percement de la rue Rambuteau.

L'oiseau envolé...

ces gens comme il l'était pour elle depuis cinq ans, depuis que, jeune mariée, elle avait pénétré dans l'hôtel de Fontsomme et posé pour la première fois les yeux sur les fenêtres ternies et le jardin envahi de ronces et d'herbes folles.

Contrairement à d'autres maisons nobles qui se vidaient aux approches de l'été pour peupler les châteaux, l'hôtel de Fontsomme gardait toujours un personnel suffisant pour le tenir ouvert et prêt à accueillir ses maîtres. De même au manoir de Conflans. La grande fortune des ducs permettait ce luxe, d'autant plus que le château familial, situé entre les sources de la Somme et la petite ville de Bohain, avait eu beaucoup à souffrir en 1634 de l'avancée espagnole et d'une occupation qui, grâce aux troupes de M. de Turenne, n'avait duré qu'un an. Mais les dégâts étaient importants et le château encore inhabitable en dépit des grands travaux entrepris par le maréchal-duc, père de Jean, et par celui-ci. En arrivant rue Quincampoix, Sylvie trouva donc sa maison disposée pour la recevoir comme cela arrivait fréquemment à cause des exigences de son service auprès de la Reine et du petit Roi...

La nuit était complète quand, après avoir passé une robe de chambre et pris un souper léger, elle descendit au jardin pour respirer la douceur de ce dernier soir de mai. Complète mais plus bruyante que d'habitude. Par-dessus les toits lui parvenaient les échos de chansons bâties dans la journée pour le héros du jour sur l'air du « Roi Henry ». De temps en temps, un orateur improvisé se faisait entendre pour appeler les assistants à se lever contre « le Mazarin

Un vent de fronde

affameur du peuple et bourreau de Monseigneur François », puis on entendit les violons s'accorder au milieu de cris de joie. Il y avait gros à parier qu'on allait improviser un bal... et qu'on ne dormirait guère dans le quartier.

Cela ne troublait pas Sylvie. Elle était heureuse de cette espèce de sacre que le petit peuple offrait à François et ce soir, nichée comme un oiseau au milieu des branches et des fleurs, elle décida d'y rester jusqu'à ce que le sommeil la prenne au son des violons. Elle se sentait si bien avec, au cœur, la douce pensée que François était libre enfin et qu'elle n'aurait plus à craindre d'apprendre ce qu'elle craignait depuis cinq ans : qu'il était mort dans sa prison d'une maladie aussi mystérieuse que subite.

À demi étendue sur un banc garni de coussins, elle écoutait la musique en regardant les parterres sous la lune et en respirant l'odeur des roses. Il y en avait partout dans ce jardin, moins vaste et moins foisonnant que celui de Conflans, mais son époux, sachant qu'elle les aimait, avait ordonné à ses jardiniers d'en mettre partout, quitte à se moins conformer à la mode des parterres de broderie que Sylvie n'aimait pas beaucoup...

Elle se laissait aller à une vague rêverie quand soudain, elle tressaillit : là-bas, derrière les fenêtres du premier étage de l'hôtel désert, une lumière se déplaçait : celle d'un flambeau sans doute. Qui était là ? Se pourrait-il que ce soit... ? Oh non, ce serait de la dernière imprudence car il ne fallait pas se fier à la mine riante de Mazarin, arborée pour faire plaisir à la Reine. En réalité, le cardinal devait bouillir de

L'oiseau envolé...

colère et l'on pouvait être sûr que des ordres, dès la nouvelle apprise, avaient lancé tous les argousins du royaume sur les traces du fugitif.

C'était étrange, cette lumière qui traversait l'hôtel sur toute sa largeur. On aurait dit un fantôme, mais Sylvie ne croyait guère aux revenants. Alors ? Un admirateur du propriétaire qui, profitant de la fête au-dehors, s'était introduit dans la maison ? Possible mais peu probable. L'hôtel n'était peut-être pas habité depuis de longues années, mais il n'en était pas moins bien fermé et même gardé. Sylvie elle-même s'en était aperçue quand, poussée par la curiosité, elle avait essayé un jour d'y entrer. Ses liens étroits avec les Vendôme comme son titre de duchesse ne lui avaient servi à rien : le gardien, un vieux soldat qui avait servi sous le roi Henri, s'était montré aussi poli que ferme :

— Tant que le maître ne se fera pas ouvrir la porte, personne n'entrera... et j'en demande bien pardon à madame la duchesse.

Cette scène remontait à deux ans environ, et depuis elle n'avait plus jamais cherché à entrer et ne s'était pas davantage inquiétée du gardien. Était-il seulement encore là ? Il était si vieux, peut-être était-il mort ? Là-haut, le bouquet de chandelles se promenait toujours et Sylvie décida qu'elle en aurait le cœur net. En priant le bon Dieu que personne ne se mette à sa recherche, elle se dirigea vers le fond du jardin, là où elle savait que le mur mitoyen, couvert de lierre sur une grande partie, était un peu écroulé, et elle entreprit de franchir l'obstacle.

Non sans peine : une ample robe de chambre en

damas jaune n'était pas le vêtement idéal pour caracoler dans des éboulis et moins encore les petites pantoufles de velours, mais, fidèle à ses anciennes habitudes, Sylvie ne se laissait détourner par aucune difficulté lorsqu'elle voulait quelque chose et ce qu'elle voulait, c'était voir qui errait dans la maison déserte de la belle Gabrielle...

Le mur franchi sans trop de dégâts, elle s'avança le long de ce qui avait été une allée et que l'on distinguait encore en dépit des broussailles. Pour ne pas tomber, elle était obligée de regarder où elle posait les pieds, sans guère surveiller la lumière. Aussi, quand elle arriva au perron qui devait donner accès à des salons, la façade était-elle redevenue obscure. Pourtant elle ne renonça pas, monta les marches larges et basses pour accéder à une porte qui, à sa surprise, s'ouvrit avec un grincement. Là il fallut bien s'arrêter, parce qu'à l'intérieur on n'y voyait goutte. Il fallait attendre que ses yeux s'accoutument à l'obscurité. Cela sentait le moisi, mais aussi la cire chaude. Le flambeau avait dû être allumé par ici.

Enfin, elle distingua un départ d'escalier et se dirigeait vers lui, quand une lueur jaune glissa des hauteurs sur les marches de pierre poussiéreuses. Un pas précautionneux se fit entendre qui, tout à coup, se précipita et, avant que Sylvie interdite eût le temps de se dissimuler, elle était en face de Mme de Montbazon qui, devant cette ombre claire sortant des ténèbres, eut un mouvement de recul puis se mit à rire :

— Vous ne pouvez pas être le fantôme de Gabrielle d'Estrées puisque c'est moi qui joue ce

L'oiseau envolé...

rôle, dit-elle en élevant son chandelier, ce qui lui permit de reconnaître la nouvelle venue. Oh ! Mme de Fontsomme ! Vous vous êtes trompée de porte ?

— Non. Je prenais le frais dans mon jardin quand j'ai aperçu votre lumière. Sachant la maison inhabitée depuis longtemps, je me suis sentie intriguée et j'ai franchi le mur qui s'écroule un peu au fond des deux jardins. Mais vous-même, comment êtes-vous entrée ? Si vous aviez traversé tout ce peuple qui danse là-bas, je l'aurais entendu aux acclamations...

La duchesse posa son flambeau sur une marche de l'escalier et s'assit à côté en faisant signe à Sylvie d'en faire autant.

— Bien observé ! dit-elle. En fait, je suis venue par le souterrain qui fait communiquer cet hôtel avec les caves d'une maison voisine, qui m'appartient. Deux sorties possibles donc ! Ainsi l'avait voulu le roi Henri IV qui connaissait bien les peuples et savait avec quelle facilité on peut les dresser contre une favorite. Cela n'a pas empêché la pauvre Gabrielle d'Estrées de mourir empoisonnée chez le banquier Zamet...

— Empoisonnée ? Elle est morte de convulsions après un accouchement horrible...

— Ça, c'est la version officielle qui n'a pas convaincu grand-monde. Songez un peu ! Encore quelques jours et elle devenait reine de France. Ce que personne ou presque n'acceptait. Il fallait qu'elle meure...

— Et Zamet aurait osé ?

— Pas lui — le roi d'ailleurs ne lui en a pas voulu — mais d'autres à son service. Vous rendez-

Un vent de fronde

vous compte de ce que cela signifierait pour nos amis si Gabrielle avait été couronnée ? César de Vendôme serait roi à l'heure actuelle et Mercœur dauphin de France. Quant à notre cher François, il serait duc d'Orléans. Cela donne à rêver, n'est-ce pas ?

— Plus encore que vous ne pensez ! soupira Sylvie. Savez-vous que Mazarin songe à marier l'aînée de ses nièces à Mercœur ? Ce pourrait être même un mariage d'amour...

Mme de Montbazon regarda Sylvie comme si elle devenait folle, puis elle éclata de rire :

— Mercœur neveu de Mazarin ? Sang du Christ ! Beaufort est capable de tuer son frère pour empêcher ce scandale !

Et voilà ! La grande silhouette de François venait de se dresser devant ces deux femmes assises sur leur escalier comme des oiseaux sur une branche.

— Où est-il ? demanda Sylvie, incapable de retenir plus longtemps la question qui lui brûlait la langue. Mazarin feint de rire du bon tour qu'il lui a joué, mais je suis sûre qu'il le fait rechercher activement.

— Bien entendu ! Mais... rassurez-vous, il est en sûreté. Seulement vous le connaissez : le problème avec lui, c'est qu'il refuse d'aller se tapir dans quelque château provincial : il veut rentrer dans Paris... et c'est pourquoi je suis ici ce soir. Je suis venue visiter, voir ce qu'il faut faire pour que cette bâtisse soit habitable...

— Rentrer dans Paris ? Ce n'est pas raisonnable...

— Il n'est jamais raisonnable, vous le savez. Et je

L'oiseau envolé...

suis accoutumée depuis longtemps à faire ses volontés, ce qui me permet d'arranger les choses autant qu'il m'est possible...

— Puis-je vous aider ?

Marie de Montbazon ne répondit pas tout de suite. Elle employa ce temps à scruter le visage de sa jeune voisine d'un air méditatif. Finalement, elle demanda :

— Quel âge avez-vous ?

— Vingt-cinq ans. J'ai six ans de moins que François.

— Et moi quatre de plus... Naturellement vous l'aimez... sinon vous ne seriez pas ici.

Sylvie détourna les yeux pour échapper au regard vert qui semblait vouloir fouiller son âme, mais elle se redressa et prit un joli air de dignité :

— Je l'ai aimé, dit-elle un peu sèchement. Il a été le héros de mon enfance, mais à présent j'aime mon mari !

— N'est-ce pas une demi-vérité ? Disons que vous l'aimez bien et que d'ailleurs il le mérite amplement, mais au fond, tout au fond de votre cœur, qu'y a-t-il ?

— Pourquoi donc irais-je voir si loin ? De toute façon, c'est vous qu'il aime... murmura Sylvie avec un brin d'amertume qu'elle ne put retenir.

— Non, plus maintenant et j'avoue regretter le temps de Vincennes où j'étais bien sûre d'être la seule, par force ! Mais depuis qu'il est sorti, je suis certaine qu'il aime ailleurs...

— Toujours sa vieille passion pour la Reine !

— Elle a près de cinquante ans ! Non... il y a autre chose. Moi il m'aime avec son corps, mais dans son cœur je jurerais qu'il y a quelqu'un d'autre...

Un vent de fronde

— Qui ? questionna Sylvie si brutalement que ce fut presque un cri d'angoisse. La duchesse haussa les épaules :

— Ce n'est pas à moi qu'il en ferait confidence car il craint ma jalousie et, en vérité, je n'en ai pas la moindre idée. À présent, quittons-nous ! ajouta-t-elle en se relevant. J'ai vu ce que je voulais voir et il est temps que je reparte. Vous aussi, j'imagine ?

— En effet. Cependant, je répète mon offre : avez-vous besoin de l'aide... d'une voisine ?

— Pour l'instant non, mais je vous remercie...

Elle allait rentrer dans les profondeurs de la maison, emportant son flambeau, quand elle se ravisa :

— Ah !... Encore un mot, s'il vous plaît.

— Mais je vous en prie.

— Ne faites pas refaire le mur de votre jardin, au cas où d'autres issues seraient interdites. Quoiqu'un mur en bon état ne lui ait jamais fait peur. Ceux de Vincennes en savent quelque chose.

— À propos de l'évasion... Il ne s'est pas blessé ?

— En tombant ? Si, au bras : l'échelle était un peu courte. Mais un rebouteux de Charenton le lui a remis en place. À vous revoir, ma chère !

— À vous revoir ! Et soyez tranquille pour le mur : il restera comme il est.

La fin de la nuit, Sylvie la passa au jardin, goûtant aussi bien le ciel étoilé que le bruit de la bacchanale en l'honneur de François qui contrastait si fort avec le silence et l'obscurité du vieil hôtel de la favorite... Le jour venu, elle repartit pour Conflans en dépit de l'envie qu'elle avait de rester. La pensée que François

L'oiseau envolé...

serait peut-être bientôt là, dans la maison voisine de la sienne, si près d'elle, mettait un grand trouble dans son cœur mais, en songeant à Jean qui se battait avec M. de Condé, elle jugea que ce ne serait ni convenable ni honnête envers lui. Et puis, elle n'aimait pas être longtemps éloignée de sa petite Marie, si adorable avec ses boucles folles et sa frimousse rose toujours si souriante que tout le monde en raffolait. Surtout Jeannette, promue au rang de gouvernante et que les autres servantes appelaient Mlle Déan car, en dépit des supplications de Corentin, elle ne l'avait pas encore épousé.

— Tu ne peux pas quitter M. le chevalier de Raguenel et moi je ne veux pas quitter Mlle Sylvie... enfin Mme la duchesse. Pour se marier, il faudrait décider d'aller chez l'un ou chez l'autre. Or, tu admettras que c'est impossible... pour le moment tout au moins !

— Tu crois qu'un jour viendra ?...

— Je l'espère parce qu'on s'aime. Je vais te dire une chose : on aurait dû se marier quand on était à Belle-Isle...

— Sans doute, mais maintenant on serait tout aussi embarrassés. Eh bien, conclut Corentin, on patientera encore un peu...

À dire le vrai, depuis la naissance de Marie, Jeannette « patientait » avec plus d'agrément. Folle du bébé, elle pouponnait avec ardeur, au point parfois de faire sourire Sylvie :

— Si je n'étais certaine de l'avoir mise au monde, disait-elle, je me demanderais si je n'ai pas rêvé et si ce n'est pas toi la vraie mère ?

Un vent de fronde

— Doux Jésus ! Ne dites pas de ces choses devant M. le duc. Il serait en colère après moi !

— Comme s'il pouvait te reprocher un trop grand amour ? C'est le contraire qui lui déplairait...

Et de rire. Ainsi les jours coulaient doucement dans le manoir des bords de Seine que le maréchal de Fontsomme avait fait construire peu après l'incendie de son château picard afin d'avoir, pour les beaux jours, une agréable maison des champs. Le domaine des Carrières s'encastrait entre le château de Conflans qui était à Mme de Senecey et un autre domaine empiétant sur Charenton, appartenant à la marquise du Plessis-Bellière et composant avec le premier un aimable voisinage. Sylvie connaissait depuis longtemps l'ex-dame d'honneur d'Anne d'Autriche devenue gouvernante des Enfants de France et elle sympathisa vite avec son autre voisine.

Née Suzanne de Bruc, d'une très noble famille bretonne remontant aux Croisades, la marquise, plus âgée que Sylvie d'une dizaine d'années, vivait en permanence dans son domaine de Charenton où elle recevait la fine fleur du monde des lettres : les deux Scudéry, Benserade, Scarron, Corneille, Loret, l'abbé de Boisrobert, tous amis de son frère, M. de Montplaisir, qui était lui-même poète. À longueur d'année, ces gens un peu fous emplissaient la maison et les jardins de leurs tirades, poèmes ou autres envolées lyriques dont le sujet était souvent la maîtresse de maison, femme d'une grande beauté mais sage, fidèle à un époux guerrier qui était absent aussi souvent que Jean de Fontsomme. On menait chez elle une vie amusante à laquelle Sylvie se mêlait

L'oiseau envolé...

d'autant plus volontiers qu'elle y retrouvait des amitiés nouées au temps où elle était réfugiée au couvent de la Visitation Sainte-Marie. Et d'abord Nicolas Fouquet.

Devenu veuf et intendant de la généralité de Paris, le jeune magistrat occupait un important poste parlementaire, sans pour autant manquer à sa fidélité au Roi. Il entretenait avec Perceval de Raguenel d'excellentes relations.

Fort séduisant, traînant après lui maint cœur de femme, Nicolas partageait alors ses soupirs entre son hôtesse et la jeune Mme de Sévigné, un plaisant bas-bleu qui écrivait les plus jolies lettres du monde. Toutes deux lui tenaient la dragée haute, la première par amour pour son époux, la seconde par vertu pure et simple. Quant à Sylvie, et bien qu'elle lui plût infiniment, il savait qu'il n'avait à en attendre qu'une amitié et il était assez fin psychologue pour ne pas essayer de la dépasser. Ayant remarqué l'admiration passionnée que la petite Marie de Fontsomme portait au perroquet de Mme du Plessis-Bellière, il vint un beau jour à Conflans lui en apporter un tout aussi beau et tout aussi braillard qui plongea la petite dans le ravissement et Sylvie dans la perplexité lorsqu'elle apprit que l'oiseau, bleu comme un ciel d'été et vaniteux comme un paon, répondait au nom de Mazarin.

— J'ai essayé de lui donner un autre nom, expliqua Fouquet à la jeune femme, mais si on l'appelle autrement il se ferme comme une huître. Sans cela il est extrêmement prolixe et je l'ai trouvé à la fois si amusant et si beau que je n'ai pas résisté. Après tout, si vous recevez un jour le cardinal, vous n'aurez qu'à l'enfermer... Vous n'êtes pas fâchée, au moins ?

— Regardez la figure de Marie ! Elle vous répondra pour moi, mais c'est trop généreux mon ami. Une si petite fille !

— Si elle devient aussi ravissante que sa mère elle en recevra bien d'autres ! conclut le jeune parlementaire en lui baisant la main.

De ce jour, « Zarin » devint le compagnon indispensable de la petite fille qu'il suivait même en promenade, porté par un valet attaché à son service. L'ensemble donnait un groupe fort pittoresque qui ne manquait pas de couleur et amusait les jardiniers. Ce fut sur lui que Sylvie tomba à son retour de Paris, tournant gravement autour d'un bassin où un jet d'eau laissait retomber des gouttes brillantes.

En apercevant sa mère, Marie cessa d'arroser Zarin qu'elle prétendait baptiser à sa façon et accourut vers elle aussi vite qu'elle le pouvait, gloussant de joie quand Sylvie l'enleva dans ses bras pour couvrir de baisers sa frimousse ronde et, pendant un instant, ce fut un échange, parfaitement incompréhensible pour les non-initiés, de gazouillements, de mots doux et de gros baisers. Marie ronronnait comme un chaton en serrant ses bras autour du cou de sa mère.

— Elle est toute mouillée, protesta Jeannette, et nous allions rentrer. Vous allez l'être aussi, madame la duchesse !

— C'est sans importance, Jeannette. Cela me rappelle le temps des canards dans les bassins d'Anet. Tu te souviens comme nous nous amusions ? De toute façon, il fallait que je me change. Rien de nouveau depuis mon départ ?

— Une lettre de M. le duc ! Elle est dans votre chambre.

C'était, comme d'habitude, une lettre fort tendre dans laquelle Jean annonçait son espoir d'une prochaine victoire mais mettait sa femme en garde contre des troubles éventuels :

« Il n'est bruit ici que du mauvais vouloir des Cours souveraines envers la politique du Cardinal et surtout envers les impôts. Cela n'est guère rassurant et, pour moi qui suis si loin de vous, c'est une véritable angoisse. Aussi je vous supplie de quitter Conflans le moins possible. Paris est une ville tellement imprévisible et si j'en crois les rapports que nous recevons ici, il suffirait de peu de chose pour qu'elle prenne feu. Alors ayez pitié de moi, ma Sylvie bien-aimée, et ne vous exposez pas ! La Reine devrait pouvoir se passer de vous pour quelque temps... »

Cher Jean ! Il y avait trois pages ainsi, toutes pleines de son amour et de son souci de ses deux « femmes ». C'était bien de lui, cela : penser aux autres alors qu'il ne cessait d'affronter la mort ou, pis encore, l'invalidation, mais Sylvie savait ce que représentaient pour lui son foyer et celles qui le faisaient vivre. De son côté, la jeune femme remerciait chaque jour le Ciel de lui avoir donné un tel époux. On ne pouvait trouver au monde homme plus délicat, et sa conduite des premiers temps de leur mariage l'avait prouvé, dès la nuit de noces.

Alors que Sylvie, se souvenant d'un autre soir, tremblait dans le grand lit où ses femmes l'avaient accommodée, il était venu simplement s'asseoir auprès d'elle en prenant ses mains glacées dans les siennes :

— Vous ne devez pas avoir peur, Sylvie. Vous allez dormir sagement dans ce grand lit et moi je vais m'installer sur la chaise longue...

Et, comme elle le regardait sans comprendre mais soulagée, il avait ajouté :

— L'amour, celui des corps tout au moins, vous a montré jusqu'à présent une face grimaçante, affreuse, une face qui n'est pas la vraie. Vous avez été blessée et je suis certain qu'à cette heure vous mourez de peur. Ces petites mains froides en témoignent. Seulement, Sylvie, moi je vous aime assez pour attendre...

— Vous n'allez pas ?...

— Non. Vous dormirez seule et je veillerai sur votre sommeil. Plus tard... mais quand vous le souhaiterez uniquement, je viendrai à vous...

Et pendant plusieurs nuits il avait dormi sur la chaise longue, jusqu'à ce soir où un froid précoce avait incité Sylvie à lui conseiller de venir la rejoindre. Il avait accepté avec joie, mais s'était tenu à une distance que la largeur du lit autorisait. Tant d'amour touchait profondément la jeune femme et c'est elle, une belle nuit, qui le chercha. L'approche de Jean fut si douce, si retenue et si habile en même temps, qu'elle se laissa emporter par la vague du plaisir et, si elle accueillit l'accomplissement final avec un cri, ce fut un cri de joie qui s'acheva en soupir heureux... La maternité vint plus tard : Jean voulait qu'elle pût goûter pleinement la joie d'être femme avant de plonger dans l'univers de nausées et de malaises qui prélude souvent au plus grand bonheur...

— Quand il reviendra, il faudra que j'essaie de lui donner un fils, pensa Sylvie en repliant la lettre qu'elle alla ranger dans un petit secrétaire marqueté de cuivre et d'écaille. En même temps, elle se promit de ne mettre pied à Paris que si c'était nécessaire. Encore s'arrangerait-elle pour rentrer le soir à Conflans. Auprès de la petite Marie, elle serait bien protégée de la tentation de franchir une nouvelle fois le mur écroulé...

S'étant déclarée souffrante, elle y réussit durant plusieurs semaines, mais l'éclatante victoire de Condé sur les Impériaux, à Lens, l'obligea à sortir de sa retraite. Un *Te Deum* devait être chanté à Notre-Dame où le maréchal de Châtillon apportait des drapeaux ennemis par brassées. Le Roi, la Reine et la Cour devaient s'y rendre en cortège et Sylvie fut obligée d'aller y tenir sa place.

C'était un dimanche et il faisait un temps radieux. Les Parisiens, ravis du spectacle qui allait s'offrir à eux, arboraient leurs plus beaux habits pour se presser sur le passage du cortège royal. Toutes les cloches de la capitale sonnaient en même temps sur un mode allègre et tout le monde se sentait joyeux, sauf peut-être ces Messieurs du Parlement pour qui cette victoire représentait un démenti désagréable puisque, depuis des mois, ils prétendaient se libérer de toute contrainte royale sous le prétexte que

Un vent de fronde

l'impôt servait à conduire des guerres interminables que l'on ne gagnait pas.

À dix heures, le canon du Louvre tonna pour annoncer la sortie du Roi. Somptueusement vêtu d'azur et d'or, il apparut dans un carrosse doré auprès de l'imposante silhouette de sa mère en noir. Une énorme ovation l'escorta, s'allumant à mesure de la progression des chevaux blancs derrière les mousquets immobiles des gardes. Ensuite venaient les carrosses des dames et des officiers de la maison royale. Sylvie partageait celui de Mme de Senecey et de Mme de Motteville, toutes deux en grande toilette. Elle-même s'était vêtue de moire blanche bordée de fine dentelle noire avec des gants et des petits souliers de satin rouge clair. À travers la mantille blanche et noire qui enveloppait sa tête, étincelait le magnifique collier de rubis et de diamants que son époux lui avait offert pour la naissance de Marie, avec les girandoles assorties tremblant le long de ses joues. Elle se sentait détendue, presque heureuse. Comment croire que ce peuple si joyeux pouvait nourrir de sombres desseins ? Et puis, si la guerre s'achevait, Jean allait bientôt rentrer. Enfin, plus personne ne semblait s'intéresser à Beaufort et une chose était sûre : on ne l'avait pas rattrapé !

La cérémonie fut ce qu'elle devait être : grandiose à souhait. L'archevêque de Paris, Mgr de Gondi, et son neveu — et coadjuteur — l'abbé de Gondi y déployèrent toute la gravité et la pompe idoines. Ce fut le neveu qui prononça le prône, avec beaucoup de talent d'ailleurs, mais Sylvie ne comprit pas bien pourquoi, tout en remerciant Dieu d'avoir couronné

L'oiseau envolé...

les armes du roi de France, il jugeait bon de mettre le même roi en garde contre les excès de l'autosatisfaction et lui rappelait que, le peuple payant les guerres de son sang, il était injuste de le faire payer deux fois. Résultat : en quittant la cathédrale, la Reine était furieuse et Mazarin, qui avait recueilli sur son chemin plus de huées que de bénédictions, faisait une drôle de tête. Le jeune Roi, lui, semblait franchement agacé :

— M. le coadjuteur, souffla-t-il à sa mère, me semble un peu trop ami de Messieurs du Parlement pour être jamais des miens...

— C'est un homme dangereux dont il convient de se méfier, répondit Anne d'Autriche.

Le solennel service de remerciement à Dieu s'acheva sans autre incident et l'on regagna le Palais-Royal comme on en était venu, au milieu d'un enthousiasme populaire toujours aussi grand, mais le jeune souverain restait distrait, pour ne pas dire sombre. S'autorisant de l'amitié qu'il lui montrait, Sylvie s'en inquiéta :

— En vérité, je l'ignore, répondit-il, mais je sens que quelque chose se prépare. Avez-vous remarqué le sourire menaçant qu'arborait M. le cardinal en rentrant au palais ?

— Si fait, Sire, mais, Votre Majesté le sait, la politique m'est assez étrangère.

— Et c'est très bien ainsi. Toutes les femmes devraient se contenter d'être belles et, ajouta-t-il en changeant de ton et en prenant la main de la jeune femme, vous l'êtes à miracle aujourd'hui, madame...

Sous ce regard d'enfant où pointait déjà celui de

Un vent de fronde

l'homme en devenir, Sylvie rougit. Du coup, Louis retrouva sa bonne humeur :

— C'est un privilège de faire rougir une jolie femme et c'est la première fois que cela m'arrive. Merci, ma chère Sylvie. À présent, un conseil : vous devriez rentrer bien vite à Conflans auprès de votre petite Marie. Pendant la messe, j'ai surpris quelques mots propres à me faire croire que la ville pourrait s'agiter aujourd'hui...

— Un jour de fête, c'est assez normal.

— J'aimerais mieux vous savoir chez vous. Soyez tranquille, je dirai à ma mère que je vous ai trouvée pâlote — n'étiez-vous pas souffrante ces derniers temps ? — et que je vous ai renvoyée aux champs...

Sylvie accepta volontiers, touchée de la sollicitude de cet enfant vraiment hors du commun et qui, de plus, possédait d'excellentes oreilles. Une rumeur inhabituelle montait en effet dans le ciel de Paris, des cris, des coups de feu même, et ce grondement sourd que produit une foule qui s'assemble. En outre, quand elle quitta le Palais-Royal, la voiture du coadjuteur, Paul de Gondi, y entrait, escortée du maréchal de La Meilleraye qui paraissait avoir été molesté et du nouveau Lieutenant civil Dreux d'Aubray[1] qui avait l'air affolé. Gondi sauta de sa voiture, en rochet et camail, adressa à Sylvie un sourire et une vague bénédiction avant de s'engouffrer dans le palais avec ses deux acolytes improvisés. Les bruits semblaient se rapprocher et Sylvie hésita.

1. Il est le père de la marquise de Brinvilliers.

L'oiseau envolé...

— Que faisons-nous, madame la duchesse ? demanda Grégoire.

— Si un peu d'agitation ne vous fait pas peur, nous partons, mon ami...

Pour toute réponse, le vieil homme fit claquer son fouet, enleva ses chevaux et l'on partit. Pas pour aller bien loin : aux abords de la Croix-du-Trahoir, on se trouva pris dans un rassemblement de gens, endimanchés sans doute, mais qui n'en réclamaient pas moins avec conviction la tête de Mazarin. D'autres criaient « Vive Broussel ! » ou « Liberté ! ». Grégoire tenta de parlementer pour obtenir le passage, mais on lui intima l'ordre de rebrousser chemin en lui signifiant que les portes de Paris étaient closes et que plus vite il viderait les lieux, mieux ce serait pour lui. Sylvie, alors, passa la tête à la portière :

— Faites place, s'il vous plaît ! Il faut que je rentre à Conflans.

— Hou ! Qu'elle est jolie ! clama alors un grand garçon débraillé qui devait être boulanger si l'on en croyait ses traces de farine.

Du coup, Grégoire se fâcha et agita son fouet d'une manière menaçante :

— En voilà une façon de parler à une dame ! C'est à Mme la duchesse de Fontsomme que tu t'adresses, malappris !

— J'ai rien dit de mal, fit l'autre. Seulement qu'elle est jolie. C'est pas une injure, ça !

— Peut-être, mais tu ferais mieux de nous dire le pourquoi de tout ce bruit.

Une solide commère, fraîche comme un panier de

Un vent de fronde

roses et portant le joli costume de fête des dames de la Halle, s'en mêla :

— C'est rapport à M. le conseiller Broussel que le Mazarin vient de faire prendre chez lui par M. d'Comminges et conduire en prison. Un si brave homme ! Le père du pauvre peuple ! En prison ? Non mais alors ! Et tout ça parc'qu'il essaie d'empêcher l'Mazarin d'nous arracher encore des sous. Alors on va s'en occuper et vous feriez mieux d'rentrer rue Quincampoix, m'dame la duchesse.

— Vous me connaissez ?

— Non, mais comme c'est chez moi qu'vos gens prennent les légumes je sais où vous habitez, expliqua-t-elle en pliant le genou en manière de révérence... On me dit dame Paquette, pour vous servir !

— Très honorée, sourit Sylvie, mais à cette saison j'habite surtout Conflans où j'aimerais bien aller rejoindre ma petite fille.

Du coup, dame Paquette vint s'accouder familièrement à la portière du carrosse :

— Faut pas compter y aller c'soir, m'dame la duchesse. Ça commence à bouillir ici et, dans une heure, Paris aura pris feu. On a envoyé aux portes pour essayer d'arrêter les voitures des prisonniers : Broussel qu'on emmène à Saint-Germain et Blancmesnil qui va à Vincennes. Aussi on va s'arranger pour que le Mazarin nous les rende, et vite ! Alors, croyez-moi et rentrez sagement rue Quincampoix ! Si vous voulez, j'vais vous faire escorter pour qu'y vous arrive point de mécompte.

— Peste ! goguenarda Grégoire. On est une puissance !

L'oiseau envolé...

— Voui, mon gros, et j'ai des amis placés plus haut que toi sur ton perchoir, pour sûr ! T'as déjà entendu parler d'monseigneur l'duc de Beaufort ? Eh bien j'obéis guère qu'à lui ! Faut dire qu'c'est un si bel homme ! ajouta-t-elle avec âme.

L'admirateur de Sylvie lui allongea un coup de coude dans les côtes.

— Vous parlez trop, dame Paquette ! Comme si vous saviez pas qu'on sait pas où il est ? Et puis c'est jamais bon d'lancer un nom en l'air ! On sait jamais sur qui ça retombe.

— N'empêche que...

Sylvie brûlait d'envie d'en savoir plus sur les relations de François avec la marchande de légumes, mais le boulanger prenait décidément les choses en main :

— Alors, on y va, rue Quincampoix ?

— Non. On va rue des Tournelles, si ça ne vous contrarie pas.

— Pas du tout !

Et, se plaçant entre les chevaux de tête qu'il prit chacun par une bride, il entreprit de guider la voiture à travers la foule. Arrivé à destination, il fit un beau salut qui lui mit presque le nez sur les genoux mais, en se relevant, il envoya un baiser du bout des doigts :

— Vous voilà rendue, m'dame la duchesse. À bientôt j'espère, parc'que j'ai encore jamais vu une duchesse aussi mignonne que vous !

Ayant dit, il s'enfuit à toutes jambes tandis que Sylvie, flattée, se mettait à rire. Malheureusement, chez son parrain, elle trouva visage de bois ou à peu près, car il lui fallut longtemps pour se faire ouvrir et apprendre que seule Nicole Hardouin était au logis. M. le chevalier et Corentin étaient partis le matin même pour Anet à la demande de Mme de Vendôme. Aussi Nicole en profitait-elle pour faire un grand ménage, aidée par Pierrot qu'elle venait d'envoyer en course. En dépit de l'accueil aimable, Sylvie comprit sans peine qu'elle serait encombrante.

— Quand il sera de retour, recommanda-t-elle, dites à mon parrain que j'aimerais le recevoir quelques jours à Conflans. Il y a longtemps qu'il me le promet, et il ne vient jamais.

C'était une constatation un peu triste et non un reproche. Elle savait, en effet, que depuis l'emprisonnement de François, Perceval se dévouait beaucoup aux Vendôme persécutés et qu'en outre il avait encore resserré les liens qui l'unissaient à son ami Théophraste Renaudot, malmené lui aussi par le nouveau régime comme par ses fils qui prétendaient lui ôter la direction de la *Gazette*...

— Il viendra... Je vous promets qu'il viendra ! assura Nicole sur une révérence qui mettait fin à l'entretien.

Il fallut bien, enfin, se résigner à rentrer rue Quincampoix...

CHAPITRE 12

DES PAS DANS LE JARDIN

Une fois rentrée chez elle, Sylvie s'y trouva mieux qu'elle ne le craignait. C'était comme un havre de paix, une île insensible à la mer en train de grossir, encore qu'une certaine nervosité se fît sentir chez les domestiques, mais la solennité un brin pontifiante de Berquin le maître d'hôtel et de dame Javotte, la gouvernante qui était aussi son épouse, en imposait suffisamment au petit peuple des laquais et des chambrières pour maintenir l'ordre. Ils s'étaient contentés de détacher un laquais et un marmiton pour aller aux nouvelles et ne pas être pris de court en cas d'émeute véritable.

Il avait fait chaud tout le jour et, depuis le crépuscule, des nuages d'orage passaient sur la ville qu'ils parcouraient sur sa largeur. Aussi la jeune femme changea-t-elle avec plaisir ses atours pour une ample robe de batiste blanche garnie de dentelles et fraîchement repassée, après s'être délassée un moment dans un cuveau d'eau froide. N'ayant guère faim, elle ne prit qu'un repas léger puis libéra ses femmes en disant qu'elle n'avait plus besoin de leurs services et se coucherait seule. Enfin, elle descendit au jardin

Un vent de fronde

dans l'intention d'y rester le plus longtemps possible. À moins que l'orage ne l'en chasse...

Mais il ne semblait pas disposé à éclater et les bruits inhabituels qu'on entendait ne venaient pas du ciel : ils sortaient du sol de Paris, comme si son peuple y était occupé à quelque gigantesque construction, ce qui donnait à la nuit d'étranges résonances. À l'exception des bruits habituels du cabaret voisin, la rue était silencieuse. Pas de bal ce soir et, quand Sylvie atteignit le fond du jardin, elle trouva la maison voisine tout aussi silencieuse et complètement obscure mais c'était mieux ainsi : l'impression d'être en faute s'en trouva diminuée et, nichée sous la tonnelle de roses qu'elle affectionnait, elle put jouir sans remords de la fraîcheur du jardin que l'on avait pris soin d'arroser au coucher du soleil. C'était bon, cette solitude à l'écart du train de la maison où l'on procédait aux rangements du soir. Si bon même qu'elle s'endormit tandis qu'à l'église Saint-Gilles voisine, l'horloge sonnait dix heures...

Un bruit de pas la réveilla en sursaut. En dépit des précautions que l'on prenait — car les pas étaient légers — quelqu'un venait de l'autre côté du mur.

Figée d'abord sur place, elle se redressa, se leva, écouta et pensa à Mme Montbazon, mais aucun bruit de soierie froissée n'accompagnait les pas qui d'ailleurs s'arrêtèrent un moment. Elle comprit alors qu'il s'agissait d'un homme et qu'il devait être près du mur car elle perçut un bruit de succion, vite suivi par l'odeur du tabac : il avait dû s'arrêter pour allumer sa pipe. Sylvie imagina que c'était peut-être le gardien de l'hôtel qui s'accordait la détente d'une

Des pas dans le jardin

promenade nocturne et reprit sa place sur son banc. Pas pour longtemps : on escaladait à présent l'éboulis du mur, après quoi l'on reprit tranquillement sa marche comme si l'on n'était pas sur une propriété étrangère. Le visiteur se comportait comme s'il était chez lui. Elle l'entendit siffloter. C'était un peu fort, et elle quitta sa tonnelle au moment précis où François se disposait à y entrer.

La surprise fut totale pour l'un comme pour l'autre. Ce fut lui qui se reprit le premier : l'émotion de le voir soudain devant elle serrait la gorge de la jeune femme.

— Sylvie ?... Mais que faites-vous là ?

L'incongruité de la question rendit aussitôt à Sylvie ses esprits :

— Ne pourriez-vous varier votre façon de m'aborder ? Chaque fois que vous me rencontrez, vous me demandez ce que je fais là. Puis-je suggérer que ce soir, ce serait plutôt à moi de vous demander ce que vous faites chez moi ?

Il eut un rire silencieux qui découvrit ses dents blanches.

— C'est vrai. Pardonnez-moi ! Mon excuse est que j'ignorais votre présence. Je vous croyais à Conflans pour l'été.

— Votre excuse n'en est pas une. Vous avez un jardin, il me semble. Que n'y restez-vous ?

— Le vôtre est tellement plus joli ! Le mien a l'air d'une savane et, partant du principe que je vis caché, je me vois mal y installer des jardiniers. Alors, j'ai pris l'habitude de venir passer un moment, chaque soir, pour respirer vos roses. Est-ce une faute si grave ?

Sylvie se sentit vexée. Ainsi, il ne cherchait chez elle qu'un plaisir, une commodité supplémentaire ? Le son de sa voix se durcit :

— Non, à condition que l'on en use ainsi avec des amis... et je n'ai pas remarqué que ce soit notre cas. La dernière fois que nous nous sommes rencontrés...

— Parlons-en ! Vous m'avez flanqué votre mariage en pleine figure et, qui plus est, vous vous êtes mariée le jour même où l'on m'arrêtait...

— Non. La veille, précisa Sylvie. Et j'ignorais que vous alliez tomber dans un piège.

— Cela aurait-il changé quelque chose ?

— Non. On ne reprend pas sa parole quand on la donne à un homme tel que mon époux...

— Et vous êtes heureuse, paraît-il ? lança-t-il sarcastique. Vous formez le couple idéal... et vous avez une petite fille ?

— Me le reprocheriez-vous ?

S'écartant d'elle, il alla s'asseoir sur le banc et resta là à la regarder sans répondre.

— Eh bien ? insista-t-elle. Me le reprochez-vous ?

Il haussa les épaules :

— De quel droit ? Je n'en ai aucun sur vous, et soyez sûre que j'ai eu tout le temps d'y penser à Vincennes entre les promenades sur le couronnement du donjon, les parties d'échecs avec La Ramée, les prières à Dieu...

— Et les visites de Mme de Montbazon ?

— Elles ont été moins fréquentes qu'on ne l'a dit, mais c'est vrai qu'elle m'a donné cette preuve, qu'elle

Des pas dans le jardin

a lancé ce défi à la Cour... Je crois que c'est ce que l'on appelle aimer...

— Parce que vous n'en êtes pas sûr ? Il est vrai que je me suis souvent demandé si vous saviez ce que c'est. Et si je n'avais été le témoin de votre folle passion pour la Reine...

— Bien mal payée de retour, avouez-le ! À chaque instant j'étais prêt à mourir pour elle, je la voulais grande, glorieuse, et voyez le résultat ! Un faquin d'Italien arrive, s'insinue entre nous, détruit tout ce qui nous unissait au moment même où notre amour allait éclater à la face de tous, et moi elle m'a jeté en prison sans la moindre intention de m'en sortir un jour. D'ailleurs, ce n'est qu'une ingrate. Voyez un peu comme le Mazarin a écarté les amis d'autrefois ! Mme de Chevreuse tenue loin de la Cour, Marie de Hautefort...

— Reviendrait si cela lui plaisait mais elle n'en a pas la moindre envie et je la comprends. Elle n'a jamais été fille à quémander une amitié qu'on lui a refusée. Elle est la maréchale de Schomberg, elle est duchesse d'Halluin et cela lui suffit. Elle n'a plus que mépris pour la Cour...

— Et vous ? Pourquoi donc restez-vous ? Le Mazarin vous a séduite, je suppose ?... à moins que vous ne suiviez les directives de votre époux ?

Blessée par le ton méprisant, Sylvie se dressa, poings serrés.

— Mon époux sert le Roi, le Roi avant tout, vous m'entendez ? Nous n'aimons Mazarin ni l'un ni l'autre mais je suis comme lui, moi ! Je sers le Roi

Un vent de fronde

parce que je l'aime, figurez-vous, comme s'il était mon enfant...

— Et il vous le rend à ce que j'ai entendu dire. Quelle chance vous avez ! Moi il me déteste... et cependant il est...

Sylvie appliqua sa main sur la bouche de François pour que la mortelle parole ne la franchisse pas. Sa colère était tombée et maintenant elle avait pitié de lui, touchée par cette douleur qui venait de percer à travers l'amertume.

— Il ne vous connaît pas assez ! Oubliez Mazarin ! Servez cet enfant que vous aimez et qui, je crois, sera un grand roi s'il vient à l'âge adulte. Alors, il vous aimera...

— Un amour intéressé autrement dit ? Comme sa mère...

Brusquement, François s'approcha de Sylvie et la saisit dans ses bras :

— Et vous ? En dehors de ce gamin, qui aimez-vous, Sylvie ? Ce benêt à qui vous vous êtes donnée ?...

— Naturellement je l'aime, s'écria-t-elle en essayant de le repousser, et je vous interdis d'en parler avec ce mépris. Qu'êtes-vous donc de plus que lui ?

La défense que livrait Sylvie parut amuser Beaufort. Elle l'entendit rire tandis qu'il resserrait son étreinte.

— Un imbécile sans doute, puisqu'il a réussi à vous prendre à moi...

— Je n'ai jamais été à vous...

— Oh que si ! Vous étiez à moi puisque vous n'aimiez que moi ! Sylvie, Sylvie ! Revenez à nous !

Des pas dans le jardin

Et cessez donc de vous débattre ! Plus que jamais vous avez l'air d'un chat en colère et moi je veux seulement vous embrasser...

— Et moi je ne le veux pas... Laissez-moi !

De toutes les forces de ses mains appuyées sur sa poitrine elle tentait de le repousser, mais elle n'était pas de taille contre un homme qui pouvait plier un fer à cheval entre ses mains. D'ailleurs, il la rapprocha suffisamment pour qu'elle pût sentir son souffle sur sa bouche :

— Non !... non, mon petit oiseau chanteur, je ne te laisserai pas ! Je ne te laisserai jamais plus... Ne peux-tu comprendre enfin que je t'aime ?

Les mots qu'elle avait tant désiré entendre mais qu'elle n'attendait plus l'atteignirent à travers la colère qu'elle s'efforçait de ressentir pour se mieux protéger contre le coupable plaisir qu'elle éprouvait à être dans ses bras. Cependant, elle refusa de rendre les armes...

— Comment voulez-vous que je vous croie ? Vous avez dit cela à tant de femmes !

— Je ne l'ai dit qu'à une seule : la Reine...

— Et à Mme de Montbazon...

— Non. Elle a de moi des compliments, des mots tendres, mais je ne lui ai jamais dit que je l'aimais...

— Et à moi vous le dites ?

— Tu veux que je répète ? C'est facile, j'ai tant crié ces mots au fond de moi-même quand j'étais dans ma prison. J'espérais... follement que tu les entendrais, que tu viendrais comme elle venait, elle Marie, que tu saurais enfin combien je regrettais, combien j'étais malheureux ! J'avais perdu ma liberté mais toi aussi je t'avais perdue... Alors, mon amour, maintenant que je te tiens, ne me demande pas de te lâcher...

Et soudain, Sylvie sentit ses lèvres contre les siennes... et cessa de lutter. À quoi bon ? Son cœur chantait tandis que, oubliant tout ce qui n'était pas l'instant présent, elle s'abandonnait enfin sous ce baiser qui la dévorait, la faisait défaillir, cherchait son cou, sa gorge qu'il parcourut avant de revenir aux lèvres qui répondirent, cette fois, avec une ardeur qui bouleversa François... Il sentit que cette nuit serait sienne, qu'elle serait inoubliable et le paierait de toutes celles vécues dans la solitude de Vincennes, dévoré par le vautour de la jalousie comme Prométhée enchaîné à son rocher... Se penchant un peu, il enleva la jeune femme dans ses bras pour la porter sur l'herbe étendue comme un tapis sous un saule, quand une petite toux sèche se fit entendre :

— Hum !... hum !

L'enchantement cassa net. François reposa machinalement à terre Sylvie qui, encore grisée, vacilla et dut se raccrocher à son épaule pour ne pas tomber. Puis il se retourna, furieux, vers l'importun :

— Qui diable êtes-vous et que voulez-vous ?

— Moi, mon ami, moi Gondi !... Oh, je suis désespéré d'être à ce point fâcheux, mais voilà une heure que je vous cherche et votre valet m'a dit que vous étiez au jardin... Mille pardons, madame la duchesse ! Voyez en moi le plus désespéré de vos obéissants valets...

Des pas dans le jardin

— On vous a dit dans « mon » jardin. Pas dans ceux des voisins !

— Je sais, je sais, mais j'ai entendu des voix... et l'heure est si importante. Il faut que vous me suiviez...

Sous le ton plaintif et hypocrite perçait une impérieuse volonté.

— Tâchez que ce soit vrai, gronda Beaufort, sinon je ne vous pardonnerai de ma vie votre indiscrétion !

— Quelle indiscrétion, mon ami ? Oh... avoir franchi ce mur écroulé ?... Ce n'est pas bien grave et puis j'ai vu deux personnes, deux ombres plutôt, qui se promenaient.

— Vous n'avez rien vu du tout ! Et tâchez de tenir en laisse cette vipère qui vous sert de langue ! À présent, qu'y a-t-il ?

Le ton du coadjuteur, tour à tour geignard ou innocent, changea complètement et devint ferme :

— De tous côtés, autour du Palais-Royal, on dresse des barricades. Le peuple de Paris est à l'ouvrage ! On arrache les pavés, on entasse des charrettes, on prépare des armes. Ceux qui en ont en portent à ceux qui n'en ont pas. Le clergé des quartiers est derrière moi et m'attend, mais il y en a d'autres qui vous attendent, vous !

— Et qui donc ?

— Le reste des Parisiens : les artisans, les ouvriers, les gens de commerce, les portefaix, tous ceux des Halles surtout qui veulent savoir si vous êtes avec eux...

— J'y suis de cœur, mais pourquoi me montrer ? Je n'ai aucune envie qu'une compagnie de gardes ou de mousquetaires me tombe dessus pour me ramener à Vincennes...

— Si je viens vous chercher, c'est que vous n'avez rien à redouter. Le peuple veut obliger Mazarin à libérer Broussel et Blancmesnil, ce n'est pas pour permettre que l'on vous emprisonne. D'autant que vous êtes la plus auguste victime de l'Italien. Venez, vous dis-je ! Le Parlement vous saura gré de ce signe de solidarité. N'oubliez pas qu'on ne vous a jamais traduit devant lui pour un jugement quelconque. Il peut rendre un arrêt qui vous libère...

Encore indécis mais tenté, François se tourna vers Sylvie et emprisonna ses deux mains dans les siennes :

— Le cœur me manque de vous quitter en cet instant, mon aimée ! Cependant, la nuit n'est pas finie. Avant le jour, je reviendrai vers vous...

Un baiser sur les doigts soudain glacés, et François s'écartait sans vouloir remarquer les larmes montées aux yeux de la jeune femme.

— Je vous suis ! dit-il à Gondi avec rudesse. Mais faisons vite !

Le coadjuteur offrit à Sylvie un beau sourire et un grand salut, puis les deux hommes franchirent le mur écroulé et se perdirent dans les broussailles du jardin inculte. Sylvie, alors, revint vers son banc où elle s'assit dans l'espoir de calmer les battements désordonnés de son cœur et d'essayer de reprendre le contrôle d'elle-même. Jamais pareille émotion ne l'avait bouleversée ! À cent lieues de s'imaginer si proche d'une victoire trop longtemps désirée, elle avait peine à croire qu'elle n'avait pas rêvé. Pourtant, c'était bien François qui la tenait dans ses bras, c'étaient sa voix, sa bouche qui avaient dit « je t'aime », et Sylvie en écoutait encore la musique avec un délicieux frisson. Elle n'essayait pas de comprendre pourquoi cet amour semblait être éclos brusquement, dans la prison de Vincennes, au moment où elle venait d'épouser Jean. Elle ne voulait pas croire que son mariage, excitant une jalousie larvée, avait agi comme un révélateur sur un homme trop ardent qui ne savait résister à aucune de ses impulsions, à aucune de ses passions. Elle voulait seulement savourer le bonheur d'être aimée enfin par celui qu'elle adorait depuis tant d'années. Que la nuit d'été était donc douce et odorante, dans ce jardin où elle avait tant rêvé en regardant des fenêtres obscures ! Et, tout à l'heure, François reviendrait et l'enchantement recommencerait...

— Que vas-tu faire ? chuchota soudain en elle une voix secrète. Il va revenir, oui, et vous reprendrez le duo à l'instant précis où Gondi est venu l'interrompre. Il t'emportait déjà et tu t'abandonnais à ton bonheur sans penser qu'il allait mettre entre ton époux et toi l'irréparable. Quand il reviendra ce sera pour te prendre, faire de toi sa maîtresse... comme la Montbazon. Et n'espère pas l'en empêcher : il est le vent et la tempête, il n'aime pas attendre et tu t'abandonneras sans autre résistance — tu n'en auras pas la force ! — simplement parce qu'il aura dit je t'aime...

— Non !... non ! s'écria Sylvie en se dressant.

— Tu sais très bien que si. Tu as envie de lui

Un vent de fronde

autant qu'il a envie de toi... Dans une heure peut-être il n'aura plus rien à espérer...

Une immense acclamation venue du voisinage vint couper le discours de la petite voix de la raison. C'était lui que l'on applaudissait à grands cris, lui déjà vainqueur de cette foule comme il le serait bientôt de l'épouse de Jean de Fontsomme. Avec une soudaine frayeur, Sylvie aperçut l'abîme ouvert sous ses pas. Elle n'était plus libre de faire d'elle-même ce qu'il lui plaisait quand il lui plaisait. Le couple qu'elle formait avec Jean n'avait rien à voir avec celui d'une Montbazon ou d'une Longueville, devenue la maîtresse du prince de Marcillac après que celui-ci eut tué en duel son précédent amant Coligny sans que le mari y voie le moindre inconvénient... C'était un couple uni, solide, sanctifié par l'échange d'un amour profond et d'une immense tendresse, scellé par la présence de la petite Marie... Une brève vision montra soudain à la jeune femme son époux et François face à face, l'épée à la main, sous une lanterne de la place Royale. Jean n'hésiterait pas à provoquer l'homme qui lui ravirait celle qu'il idolâtrait... Pourtant, Sylvie savait que lorsque François reviendrait, elle serait sans force contre lui...

Alors il fallait fuir ! Quitter ce jardin complice jouant de ses parfums de rose, de jasmin et d'herbe fraîche. Ne pas attendre François surtout !... Mais pour aller où, puisque la rue des Tournelles était indisponible ? Le couvent de la Visitation, où elle se rendait souvent pour bavarder avec sœur Louise-Angélique ou ses amies Fouquet ? À minuit, cela demanderait une explication... et pourquoi pas la

Des pas dans le jardin

vérité ? Elle demanderait refuge pour ne pas succomber à l'amour d'un homme... Et, sans chercher plus loin, sa décision fut arrêtée. Retournant en courant vers la maison, elle ordonna à Berquin de faire atteler tandis qu'elle allait s'habiller mais, à sa grande surprise, il ne bougea pas.

— Eh bien qu'attendez-vous, allez !

— Nous sommes désolé, madame la duchesse, mais c'est impossible, répondit cet homme toujours si solennel qu'il parlait de lui-même à la première personne du pluriel.

— Nous ne pouvons pas ? fit Sylvie acide. D'ordinaire, cette manie l'amusait, mais pas cette nuit.

— Nous ne pouvons pas... pour l'excellente raison qu'il y a une barricade déjà très avancée à un bout de la rue et une autre qui commence à prendre tournure à l'autre bout. Impossible de faire passer un carrosse et pour un cheval il n'y a pas assez d'élan... sans compter la largeur !

— Pourquoi, diable, barrer la rue Quincampoix ?

— Il semblerait que cette nuit, on ait entrepris de barrer les rues, celles tout au moins qui n'ont pas de chaînes. Pouvons-nous demander à madame la duchesse où elle souhaite se rendre ?

— Au couvent de la Visitation. Avez-vous quelque chose contre ?

— N... on ! Non, pas du tout, madame la duchesse, sinon que la seule façon de s'y rendre, c'est à pied... même la chaise ne passera pas !

— Nous irons donc à pied ! Faites préparer un porteur de torches et deux valets pour m'escorter.

Berquin, la mine offensée, se redressa de toute sa taille, ce qui faisait très haut :

— Par une nuit pareille, nous accompagnerons nous-même madame la duchesse ! Les ordres vont être donnés...

Quand, un moment plus tard, Sylvie, vêtue d'une robe de taffetas gorge-de-pigeon sous une mante légère à capuchon assortie, quitta sa demeure, elle fut frappée par l'aspect inhabituel de la rue et de ses voisines. L'atmosphère était étrange, pleine d'ombres mouvantes et inquiétantes, avec par instants la flamme d'une torche arrachant des éclats aux armes, pleine d'une vague rumeur où l'on distinguait parfois les paroles d'une chanson, des cris de mort ou des éclats de rire : le réveil d'un peuple en train de se lever et de prendre conscience de sa force en se découvrant uni pour la liberté de deux hommes. Plus de corporatisme, plus de privilèges, plus d'interdictions ! Sur la barricade, chacun apportait ce qu'il avait et les femmes n'étaient pas les dernières.

D'habitude, seuls les ivrognes et les imprudents s'aventuraient sans escorte dans les rues de Paris quand le jour avait disparu. Cette nuit, chacun vaquait à l'œuvre commune sans prendre garde à la qualité de son voisin. Ainsi se côtoyaient le petit-maître, le porteur d'eau, la harengère, le jésuite en bonnet carré — les gens d'Église répondaient tous à l'appel du petit coadjuteur ! — le portefaix, le bourgeois ayant pignon sur rue. Même les gueux de toute espèce sortaient de leur trou comme autant de rats avec les faux estropiés, les tire-laine, les vrais et faux mendiants. Pourtant, Sylvie et sa petite troupe ne

Des pas dans le jardin

rencontrèrent aucune rudesse. On souriait à cette jeune dame élégante qui demandait si poliment qu'on la laisse passer, sans paraître impressionné par le titre de duchesse proclamé par Berquin. Même, au grand scandale de celui-ci, un gindre enfariné à la poitrine nue la prit par la taille pour l'aider à franchir une barricade. On était entre soi, on riait, on plaisantait, mais l'air sentait la poudre...

Quand on fut rue Sainte-Croix-de-la-Bretonnerie, on vit venir un cortège à peu près semblable à celui de Sylvie : une dame, toute vêtue de satin bleu et de toile d'argent, accompagnée de porteurs de torches et de deux valets, qui marchait aussi tranquillement que si elle passait ses nuits à courir les rues, en se servant de son masque à long manche pour s'éventer. Les yeux vifs de Sylvie eurent tôt fait d'identifier le visage découvert et, avec un cri de joie, elle s'élança vers l'arrivante :

— Marie !... Marie ! Quelle joie de vous rencontrer !

Joie partagée. L'ex-Mlle de Hautefort s'élança à son tour les bras ouverts et les deux jeunes femmes s'embrassèrent avec un enthousiasme qui souleva des applaudissements : il était bien rare que de grandes dames en usent comme de simples boutiquières. En outre, leur langage n'empruntait rien à celui, tellement obscur, des Précieuses : tout le monde pouvait les comprendre.

— Sylvie ? Mais où allez-vous en pareil équipage ?

— À la Visitation Sainte-Marie... et je peux vous retourner la question.

— Au couvent ? Que vous arrive-t-il encore ?

Un vent de fronde

— J'ai l'intention d'y achever la nuit. Vous-même, que faites-vous dehors à cette heure... et à pied comme moi ?

— Je rentre chez moi. J'ai dû laisser mon carrosse rue Saint-Louis, chez Mme la duchesse de Bouillon qui donnait à souper aux violons. Nous sommes assez liées depuis mon mariage. C'est une bonne fille d'Allemande [1] qui cousine avec mon seigneur époux mais, ce soir, il régnait chez elle un tel vacarme que l'on n'entendait pas la musique et que l'on en oubliait de manger : Mme de Longueville et le prince de Marcillac [2] faisaient à eux deux un bruit de tous les diables pour convaincre l'assemblée d'aller se joindre au peuple pour assiéger Mazarin dans son palais. J'ai préféré partir !

— Cela devrait pourtant vous plaire ? Vous détestez Mazarin encore plus que moi...

— Certes, mais le maréchal n'aimerait pas que je me donne ainsi en spectacle. Il est je ne sais où en ce moment et, quand il n'est pas là, je me sens toujours un peu perdue. Comme lui sans moi !

— Heureuse femme qui avez su trouver le grand amour dans le mariage ! sourit Sylvie.

— Vous-même n'êtes pas si à plaindre, il me semble ? Mais... au fait : quelle idée d'aller coucher au couvent ? Vous avez besoin d'un refuge ?

— En quelque sorte.

— Eh bien, venez avec moi ! Il est tout trouvé

1. Née Léonore de Berg.
2. François de La Rochefoucauld, dans l'avenir célèbre auteur de Maximes.

Des pas dans le jardin

votre refuge puisque je suis là. Et d'ailleurs, je ne vous lâche plus !

— Je n'ai pas non plus envie de vous quitter. C'est une telle joie de vous avoir rencontrée quand je vous croyais à Nanteuil.

Elle n'ajouta pas qu'elle se sentait soulagée d'un grand poids. Il serait tellement plus facile d'expliquer la raison de sa recherche d'un abri à Marie plutôt qu'à la supérieure de la Visitation ! Et l'on repartit bras dessus, bras dessous, en bavardant gaiement, franchissant les barricades — cette nuit-là, il s'en construisit douze cents à Paris — et le plus souvent acclamées par les défenseurs flattés de voir d'aussi jolies dames les encourager de leurs sourires.

Chose bizarre, ce fut la barricade la plus proche de l'hôtel de Schomberg qui fut la plus difficile à passer. Et cela pour deux raisons : voisin de l'Oratoire, rue Saint-Honoré, l'hôtel était proche du Palais-Royal. En outre, on savait l'absolu dévouement du maréchal à son Roi. Même si, vice-roi de Catalogne, il se trouvait alors à l'autre bout de la France, il ne faisait doute pour personne que, présent à Paris, il eût taillé en pièces Messieurs du Parlement et leurs amis sans bouger un sourcil. Mais il avait, en Marie de Hautefort, une épouse à sa mesure.

— Quelques laquais et deux dames, voilà en vérité un ennemi digne de vous, braves que vous êtes ! déclara-t-elle au rôtisseur armé d'une lardoire qui prétendait l'empêcher de passer. Souhaitez-vous me déclarer la guerre ?

— C'est selon. Êtes-vous pour ou contre Mazarin ?

— Qui, étant dans son bon sens, s'aviserait d'être pour ce faquin ? Assez ri, mon ami : Mme la duchesse de Fontsomme et moi-même sommes fort lasses et souhaitons prendre quelque repos.

— Alors, criez : « À bas Mazarin ! »

— S'il n'y a que cela pour vous faire plaisir nous allons même tous crier en chœur. Allons, messieurs les laquais ! Votre plus belle voix !

Les deux femmes et leur petite troupe lancèrent vers le ciel un « À bas Mazarin ! » si bien orchestré et si enthousiaste qu'on les acclama et que l'on tint à les accompagner jusqu'à la porte de l'hôtel avec toutes les marques du plus affectueux respect. Là, on les salua :

— S'il vous arrivait aventure dans les jours à venir qui seront difficiles, mesdames, réclamez-vous de moi : je m'appelle Dulaurier et je suis épicier rue des Lombards... dit un fervent admirateur.

Et il retourna à sa barricade.

— Ouf ! soupira Marie en se laissant tomber sur son lit tendu de brocatelle bleu et argent, on dirait que nous allons avoir une petite guerre parisienne ? J'avoue que cela m'amuse assez ! Pas vous ?

— Dans une guerre il y a des morts... et j'avoue que je me soucie beaucoup de notre petit Roi.

— Vous avez bien tort ! Tous ces gens se jetteraient dans la Seine plutôt que d'oser porter la main sur lui. Vous avez entendu ? C'est à Mazarin qu'ils en ont...

D'un sec mouvement des chevilles, elle se débar-

Des pas dans le jardin

rassa de ses petits souliers de satin prune, fort abîmés à vrai dire par le parcours inhabituel qu'ils venaient d'accomplir, puis sourit à son amie qui en faisait autant :

— Vous l'aimez vraiment, le petit Louis, n'est-ce pas ?

— Je l'avoue. Il m'est presque aussi cher que ma fille...

— Celui que le bon La Porte appelle en secret « l'enfant de mon silence » ! Vous avez toutes les raisons pour cela... Mais, au fait, pourquoi jugiez-vous indispensable d'aller coucher à la Visitation ?

— Pour fuir le plus grave des dangers. Celui que, cependant, j'ai tant rêvé de rencontrer...

Son regard se fixa sur les chambrières qui entraient afin d'accommoder leur maîtresse pour la nuit.

— Vous allez partager mon lit, dit Marie. Ainsi, nous causerons le plus commodément du monde.

Les femmes s'activèrent et bientôt Marie et Sylvie se retrouvèrent étendues côte à côte au milieu des vastes oreillers de fine toile garnie de dentelles, et la seconde rapporta fidèlement à son amie ce qui s'était passé dans son jardin, et comment l'arrivée inopinée de Gondi l'avait sauvée de l'irréparable...

— Il ne me restait d'autre ressource que de fuir, murmura-t-elle. Dieu m'est témoin pourtant que j'ai dû me faire violence et que je n'en avais pas la moindre envie...

— Mais vous avez eu raison, dit Marie avec gravité. À toute autre que vous, je dirais qu'il est stupide de laisser passer l'éblouissant amour lorsqu'il se présente et qu'il n'est pas bien grave d'avoir un amant.

Un vent de fronde

Une bonne part des femmes que nous connaissons en sont pourvues et les maris ne s'en portent pas plus mal, mais vous et Fontsomme n'avez rien à voir avec une Longueville, une Montbazon ou une La Meilleraye. Vous formez un véritable couple et je crois que vous aimez votre époux ?

— De tout mon cœur, Marie.

— Il faut croire que vous en avez deux, puisque l'un appartient, et depuis longtemps, à Beaufort. Mon pauvre petit chat ! Vous avez raison de penser qu'une trahison blesserait cruellement votre époux, mais aurez-vous toujours la force de repousser l'amour de François ? Pour avoir vécu à mes côtés sa passion pour la Reine, vous savez jusqu'à quels excès il est capable de se laisser porter. Et j'ai bien peur qu'il vous aime de la même façon. Dites-vous qu'il saura vous retrouver où que vous soyez... et que vous l'aimez toujours puisque sans ce touche-à-tout de Gondi vous vous abandonniez.

— Vous venez de répondre vous-même à cette question. Oh, Marie ! que dois-je faire ?

— Quel conseil pourrais-je vous donner, moi qui ai la chance d'aimer Charles comme vous aimez à la fois Jean et François ? Je sais ce que sont les élans de la passion et je serais mal venue de faire la prude avec vous.

— Alors ?

— Alors, rien ! Tout ce que nous pouvons faire — car les miennes vous sont acquises ! — ce sont des prières... et puis laisser agir le Destin contre lequel nous ne pouvons pas grand-chose. Le seul avis que je puisse vous donner c'est, je crois, celui-ci : s'il adve-

Des pas dans le jardin

naît, ma Sylvie, que vous succombiez, faites en sorte que Fontsomme ne l'apprenne pas...

Épuisées par une soirée si fertile en événements, les deux jeunes femmes ne résistèrent pas longtemps au sommeil et dormirent jusqu'à une heure avancée de la matinée. Ce fut pour découvrir un étrange paysage : il y avait des barricades partout, fermant toutes les rues pouvant donner accès au Palais-Royal. Sur ces entassements hétéroclites de chariots, de futailles, de pavés, d'échelles et de meubles, des hommes veillaient, le mousquet à l'épaule, l'œil aux aguets. Seules, des patrouilles allaient et venaient, arrêtant tous ceux qui voulaient passer. Quand il s'agissait de gentilshommes, ils devaient crier « À bas Mazarin » comme les promeneuses de la nuit, mais aussi « Vive Broussel ! ». Le premier cri ne soulevait guère de problème, la noblesse de France détestant le ministre de la Reine. L'autre entraînait moins de conviction, d'abord parce que beaucoup ignoraient de qui il s'agissait. Comme il était inutile de se faire couper la gorge pour un parfait inconnu, on se laissait facilement convaincre. Quoi qu'il en soit, tous ceux qui prétendaient se rendre au Palais-Royal devaient rebrousser chemin : la résidence royale était doublement gardée, par les barricades mais aussi par ses grilles fermées et ses propres gardes disposés autour des bâtiments par M. de Guitaut dont on apercevait souvent les plumes rouges tandis qu'il vérifiait les postes.

Cependant, à mesure que le temps passait, les choses se gâtaient. De partout, laissant les barricades aux soins de quelques hommes sûrs, le peuple se rassemblait devant le palais, réclamant Broussel avec une colère grandissante. Déjà, on avait molesté le chancelier Séguier, et deux ou trois bandes incontrôlées commençaient à forcer les portes de quelques hôtels — vides heureusement — pour les piller. Dans la chaleur lourde de cette journée d'août, l'angoisse montait. Avec une anxiété croissante, Marie et Sylvie voyaient enfler l'émeute. Sylvie craignait pour l'enfant-roi, sa mère et son entourage. Elle voulut même se rendre auprès d'eux en déclarant que sa place était là-bas.

— Êtes-vous folle ? gronda Marie. Si vous ne me donnez votre parole de rester tranquille, je vous attache et je vous enferme. Votre époux ne me pardonnerait jamais de vous laisser plonger dans cette violence, vous y seriez broyée.

Il fallut bien lui obéir mais le cœur de Sylvie se serrait à chaque cri de mort qui lui parvenait car, au milieu de tant de menaces contre Mazarin, quelques-unes visaient la Reine, sous le nom de l'Espagnole. Allait-on assister à l'assaut du Palais-Royal ? Il était à peine défendable et elle pensa qu'Anne d'Autriche devait regretter les rudes murailles de ce vieux Louvre voisin, si fort dédaigné, qu'elle laissait à des réfugiés, la reine Henriette d'Angleterre et ses enfants.

Dans la journée, cependant, un calme provisoire intervint. La foule même s'écarta devant une procession : celle des membres, en longues robes rouges, du Parlement, avec en tête le président de Mesme et le président Molé venus tenter de faire comprendre

Des pas dans le jardin

au cardinal qu'en enfermant Broussel il avait fait un mauvais calcul : jamais les Cours souveraines ne plieraient pour récupérer l'un des leurs. C'est le ministre qui, s'il voulait éviter une révolution, devrait céder à la volonté du peuple.

— Ce n'est pas un brave, dit Marie en riant. Il doit être mort de peur !

— Je crains qu'il ne puisse faire céder la Reine. Elle est vaillante, elle, et si fière ! Quels que soient les sentiments qu'il lui inspire, elle ne cédera pas !

En effet, un moment plus tard, les deux présidents ressortaient bredouilles. Avec courage, ils tentèrent de calmer ce peuple qui bouillait autour d'eux, les accusait de trahison et les menaçait de mort. Peine perdue ! Une vague furieuse les repoussa contre les grilles du palais qu'il fallut bien entrouvrir devant eux pour leur éviter d'être écrasés.

— Retournez ! cria quelqu'un. Et ne revenez qu'avec l'ordre d'élargissement de Broussel et de Blancmesnil si vous voulez voir se lever la prochaine aurore !

— C'est la voix de Gondi ! souffla Marie. Ce fou a perdu toute retenue. Il se croit déjà le maître du royaume !

— J'ai peur qu'il ne soit déjà le maître de Paris. Mais, pour Dieu, dans tout cela où peut être François ?

— C'est vrai. Il est parti avec lui la nuit dernière...

Les deux femmes se regardèrent en silence, habitées par une même crainte. Courir les barricades, causer à Mazarin la terreur de sa vie, courtiser quelque peu le Parlement pour obtenir une libération officielle, c'était une chose, mais se dresser contre la Reine, même s'il ne s'agissait plus que d'un ancien amour, et surtout contre le Roi, le Roi de son sang, jamais personne n'obtiendrait de Beaufort qu'il aille jusque-là...

Durant tout le jour, Sylvie redouta et espéra à la fois de voir apparaître Beaufort, avec une légère préférence pour l'absence, mais elle n'avait rien à craindre : Gondi le renard était trop malin pour hasarder dans la première échauffourée celui dont il entendait faire le symbole absolu de l'antimazarinisme. Il savait bien que, s'il laissait François se mêler aux braillards qui assiégeaient le Palais-Royal, celui-ci ne supporterait pas les cris de mort contre sa Reine et qu'il serait capable d'affronter seul une foule déchaînée, quitte à se faire massacrer sur place. Aussi le petit homme aux jambes torses avait-il, dès le matin, pris la précaution de l'enfermer à l'archevêché avec toute une cour de chanoines et de jésuites, sous prétexte qu'il était trop voyant et que son apparition au milieu des manifestants risquait de compromettre l'avenir en cristallisant sur lui les ressentiments de la Cour.

— Arracher deux robins aux griffes de Mazarin n'est pas votre affaire, lui dit-il. Sachez que moins Mazarin vous verra et plus il aura peur de vous.

Lui-même ne se ménagea pas et l'on put le voir, vers le milieu de la journée, venir en grand apparat ecclésiastique distribuer des paroles d'encouragement et de compassion parfaitement hypocrites tout en bénissant à tour de bras. La Reine qui l'observait derrière les vitres de son palais en grinça des dents.

Des pas dans le jardin

Elle n'aimait déjà pas l'abbé de Gondi ; à partir de cet instant, elle l'exécra... D'autant plus qu'elle dut céder aux nouvelles instances des deux parlementaires...

Aux approches du soir, une énorme acclamation fit vibrer les carreaux du palais et ceux des hôtels environnants : la Reine promettait la libération des deux prisonniers. La foule n'en campa pas moins sur place : elle ne bougerait que lorsque Broussel, incarcéré à Saint-Germain, lui serait remis. Ce qui fut fait le lendemain au milieu d'un enthousiasme indescriptible.

— Que de bruit pour si peu ! dit Marie avec dédain quand le carrosse de la Cour transportant le vieil homme passa devant sa demeure, porté par un fleuve humain. Regardez-le donc saluer et sourire à tous ces énergumènes ! Ma parole, il se prend pour le Roi !

— Cela ne durera pas, dit Sylvie. Dès l'instant où il cesse d'être une victime, il cesse aussi d'être important... Quant à moi, j'espère pouvoir rentrer chez moi à présent. Grâce à vous, ces deux jours n'ont pas été trop pénibles.

— Sauf qu'avec tous ces gens autour de nous, la chaleur était plus insupportable que jamais. Pour ma part, je vais retourner à Nanteuil. M'accompagnerez-vous ?

— Ce serait avec joie si Marie était avec moi, mais j'ai hâte de la retrouver. Au fait, pourquoi ne viendriez-vous pas à Conflans ? Elle adore sa marraine, vous savez ?

Bien que Marie eût répondu qu'elle aussi adorait

la petite fille, Sylvie n'insista pas. Elle savait quelle tristesse éprouvait son amie à n'avoir pas d'enfant. D'autant qu'il était peu probable qu'elle en ait un jour, le vice-roi de Catalogne n'en ayant pas eu de son premier mariage avec la duchesse d'Halluin dont il gardait le titre.

— Tant de gloire et personne à qui la léguer ! avait dit un jour Mme de Schomberg dans un des moments de mélancolie qui s'emparaient d'elle lorsqu'elle était séparée de son époux. Aussi, avant de monter dans la voiture qui la ramènerait rue Quincampoix, Sylvie embrassa-t-elle son amie plus chaudement que de coutume :

— Pourquoi, dit-elle, n'iriez-vous pas rejoindre le maréchal à Perpignan ? Vous devez lui manquer autant qu'il vous manque.

— Plus que vous ne croyez. Il serait heureux sans doute, mais fort mécontent. Il a tellement peur qu'il m'arrive quelque chose en route ! Et il faut avouer que le chemin est long. Je me contenterai de Nanteuil où je suis plus près de lui que n'importe où...

En regagnant l'hôtel de Fontsomme, Sylvie ne s'attarda pas. Saisie d'une hâte fébrile de s'éloigner de la maison voisine qu'elle évita soigneusement de regarder, elle pressa les préparatifs du départ.

— Presque toutes les barricades sont encore en place, tenta d'expliquer Berquin. Nous ne sommes pas certain que madame la duchesse pourra atteindre la porte Saint-Antoine ?

— J'ai l'intention de franchir la Seine : d'abord au Pont-Neuf puis au pont de Charenton. Ce sera plus

Des pas dans le jardin

long mais plus sûr. La rive gauche n'est pas aussi... animée que celle-ci ! Dites à Grégoire d'avancer la voiture.

— C'est que, la ville n'a pas encore retrouvé tout son calme...

— Ne soyez pas si pusillanime, Berquin ! Je suis sûre que sortis de ce quartier, tout ira bien.

Ses prévisions se vérifièrent. L'animation sur le grand pont, centre de la vie populaire parisienne, était à peine plus grande que de coutume et il était certain qu'on gagnait en tranquillité en s'éloignant du Palais-Royal, toujours refermé sur lui-même et gardé, cette fois, par deux régiments de chevau-légers armés jusqu'aux dents.

Le temps était magnifique. Une pluie nocturne avait rafraîchi l'atmosphère si lourde des derniers jours. En passant le fleuve, Sylvie remarqua que le trafic y était nul. Durant la nuit de l'insurrection, on avait retendu les vieilles chaînes médiévales qui le barraient en amont et en aval de la Cité, et des gardes veillaient toujours dessus.

Pourtant, quand on atteignit le quai de la porte Saint-Bernard, on tomba sur un grand concours de peuple, assez excité mais plutôt joyeux, qui enveloppa bientôt le carrosse, vite réduit à l'immobilité. Une situation que Grégoire ne supportait jamais longtemps. Il commença par crier « Gare ! », sans le moindre résultat, puis « Place ! Allons, faites place ! ». On n'avait même pas l'air de l'entendre. Tous ces gens, surtout des femmes, riaient et criaient des vivats qui avaient l'air de s'adresser à quelque événement se déroulant sur la Seine. Sylvie mit le nez à la portière et aperçut des chevaux tenus en main sur la berge, mais il y avait trop de monde pour qu'elle vît ce qui se passait dans l'eau. Elle tendit le bras et toucha le haut bonnet d'une dame de la Halle. Elles étaient nombreuses, en effet, ayant unanimement décidé de ne pas travailler ce jour-là. Il y avait aussi quelques filles de joie et des femmes du peuple sans spécificité. Les hommes étaient leurs compagnons habituels, portefaix, crocheteurs ou maraîchers.

— S'il vous plaît, dit Sylvie, ne peut-on me laisser passer ?

La femme se retourna et se mit à rire :

— Où est-ce que vous voulez aller pour être si pressée ?

— Chez moi, à Conflans ! De toute façon, je ne vois pas en quoi cela vous regarde ?

Le ton était sec, pourtant la femme n'en perdit pas sa bonne humeur et rit de plus belle.

— À Conflans vous ne trouverez rien de pareil à ce qui se voit ici, ma belle dame ! Donnez-vous donc le temps d'admirer le spectacle ! Croyez-moi, il en vaut la peine...

— Qu'est-ce donc ?

— C'est Mgr le duc de Beaufort qui se baigne avec ses gentilshommes. Il est l'homme le mieux fait du monde. Mettez-vous debout sur votre marchepied, vous verrez mieux !

Soudain tremblante comme à l'approche d'un danger, Sylvie obéit machinalement mais dut retenir d'une main le grand chapeau de velours noir qui la coiffait avec une cavalière élégance. Et elle vit, en

Des pas dans le jardin

effet ! Dans l'eau claire, une dizaine d'hommes barbotaient, nageaient ou, comme des gamins, faisaient mine de se battre en se jetant de l'eau, à la grande joie de l'assistance. Elle eut vite fait de reconnaître François, à sa longue chevelure claire comme à sa haute taille. Il se tenait debout avec de l'eau jusqu'à la taille et riait des folies de ses amis. Soudain, on l'entendit crier :

— C'est assez, messieurs ! Il est temps de rentrer.

Il se mit en marche vers la grève et le délire fut à son comble. Il était nu et, comme il s'avançait dans la lumière du matin, désinvolte et souriant tel un dieu sortant de l'onde, Sylvie, la gorge serrée, pensa qu'elle n'avait jamais rien vu de plus beau que ce corps harmonieux. Les hommes criaient leur enthousiasme en termes crus et en grosses plaisanteries, les femmes tombaient à ses pieds qu'elles caressaient en bénissant la mère qui l'avait porté. L'une d'elles, une belle fille plus hardie que les autres, lui jeta ses bras autour du cou et le baisa longuement sur les lèvres, encouragée par la main vigoureuse qu'il appuyait sur ses fesses pour la serrer contre lui.

C'en fut plus que Sylvie ne pouvait supporter.

— Grégoire ! Dégagez-nous de là ! cria-t-elle en reprenant place dans sa voiture.

Le résultat fut incroyable. Ce fut comme si elle venait de commettre un sacrilège. Réveillés de leur extase, tous ces gens se retournèrent contre elle avec des cris de rage tandis que le cocher levait son fouet, prêt à toute éventualité. On hurlait :

— Qu'est-ce qu'elle vient faire ici ?... Empêchonslà de bouger ! C'est une espionne de Mazarin !... Oui, c'est une « Mazarine »... On va la flanquer à l'eau !

Puis vint ce cri qui allait devenir trop fréquent dans les mois à suivre :

— À mort, la Mazarine !

Mais Beaufort avait entendu. Repoussant la femme qui s'accrochait à lui, il vit ce qui se passait, et surtout reconnut Sylvie qu'en dépit des efforts de Grégoire et des deux laquais on était en train de sortir de son carrosse. Alors, arrachant des mains de Ganseville une serviette qu'il se noua autour du corps tout en courant, il se fraya un passage à coups d'épaules et de poings, arracha Sylvie des mains des furieux, la remit dans la voiture puis, sautant sur le siège :

— Arrière vous autres ! C'est une amie. Quiconque l'attaque m'attaque !...

— Oh, on savait pas ! grogna l'un des meneurs. Mais c'qu'on sait bien c'est qu'le Mazarin, il a des espions partout.

— Difficile à croire quand le peuple entier se dresse contre lui ! Quant à cette dame, c'est la duchesse de Fontsomme. Tâchez de vous en souvenir. Et maintenant qu'on ouvre cette sacrée porte Saint-Bernard, qu'elle puisse sortir !

Debout sur le siège tel l'aurige romain, François fit claquer le fouet qu'il avait pris à Grégoire plus mort que vif, enleva les chevaux qu'il lança au galop. On eut tout juste le temps d'ouvrir devant lui la lourde porte qu'il franchit en lançant un cri sauvage. Derrière le carrosse, Ganseville s'engouffra avec le cheval et les vêtements de son maître. Les moines de

Des pas dans le jardin

l'abbaye Saint-Victor qu'il dépassa en trombe ne surent jamais si l'homme aux trois quarts nu qui menait cette voiture à un train d'enfer était l'archange saint Michel en personne ou quelque démon.

Au bout d'un moment, Grégoire qui avait repris ses esprits s'enhardit jusqu'à demander à ce collègue inattendu de vouloir bien diminuer l'allure, sous le prétexte que « Mme la duchesse devait être secouée comme prunes en panier là-dedans », ce qui fit rire François.

— Elle en a vu d'autres !

— Peut-être, mais j'oserai aussi suggérer à monseigneur de vouloir bien s'arrêter... au moins pour s'habiller. Je crains que si monseigneur nous conduit ainsi jusqu'à Conflans, l'effet ne soit désastreux sur les voisins !

— Si tu veux que je m'habille, il va falloir me prêter tes vêtements, mon brave !

— Je ne crois pas que ce soit utile. L'écuyer de monseigneur est juste derrière nous.

La voiture s'arrêta. François sauta à terre, alla rejoindre Ganseville et ses habits, puis revint vers Sylvie qui lui souriait de tout son cœur.

— Maintenant que je suis convenable, dit-il en prenant sa main pour la baiser, m'autoriserez-vous à vous accompagner jusqu'à Conflans ? Il me semble que je l'ai bien mérité.

— Montez ! Vous l'avez plus que mérité, puisqu'une fois de plus je vous dois la vie.

Tandis que la voiture repartait à une allure moins échevelée, ses deux occupants restèrent un moment

Un vent de fronde

sans parler, goûtant le miracle de cet instant d'intimité. Enfin, François murmura :

— Vous souvenez-vous de notre premier voyage ensemble, quand nous avons quitté Anet pour chercher refuge à Vendôme ?

— Comment l'oublier ? C'est l'un de mes plus doux souvenirs...

— Pour moi aussi. Je tenais votre petite main dans la mienne et vous avez fini par vous endormir contre moi...

Tout en parlant, il s'était emparé de la main de Sylvie. Encore secouée par ce qu'elle venait de vivre, mais toute au bonheur d'être auprès de lui, elle la lui laissa mais remarqua :

— Je n'ai pas du tout envie de dormir.

— Tant pis !...

Il porta le mince poignet à ses lèvres pour l'en caresser doucement, puis demanda à voix basse :

— Pourquoi es-tu partie l'autre nuit ?... Quand je suis revenu vers toi, brûlant d'amour, le jardin était abandonné et mon bel oiseau envolé. Alors je suis passé par le portail pour te demander et au moins te parler, mais on m'a dit que tu étais partie... Où étais-tu ?

— À l'hôtel de Schomberg où je suis restée jusqu'à ce matin.

— Tu avais si peur de moi ?

— Oh non, mon cher amour, ce n'est pas de vous que j'ai peur mais bien de moi. Si j'étais restée, j'aurais sans doute connu un immense bonheur... vite suivi d'affreux remords...

Des pas dans le jardin

Il voulut la prendre dans ses bras mais elle le tint à distance. Il soupira :

— Répète ce que tu viens de dire !... Appelle-moi encore ton cher amour.

— Dans mes rêves je vous ai toujours appelé ainsi, mais je n'ai plus le droit de rêver. Songez à qui je suis mariée !

— Au diable votre époux, madame ! Que venez-vous toujours le jeter entre nous ? Nous nous aimons... avec passion ! Moi tout au moins ! N'est-ce pas la seule chose qui devrait compter ?

— Non. Vous qui faites si grand cas de l'honneur, soyez un peu plus soucieux du mien.

— Allez-vous jouer les prudes ? Je vous parle d'amour et l'amour doit passer avant tout. Je ne serai heureux, Sylvie, que lorsque vous serez mienne... et je suis sûr que vous le serez aussi.

— Quel fat vous faites !... Vous venez trop tard, mon ami. Pas parce que je vous aime moins qu'autrefois — Dieu m'est témoin que je n'aimerai jamais que vous au sens de la passion — mais que n'êtes-vous venu me prier plus tôt ! Que ne m'avez-vous aimée plus tôt... À présent, il y a entre vous et moi un homme droit, bon et plein d'amour que pour rien au monde je ne veux blesser...

— Quel heureux mortel ! fit Beaufort avec amertume. Il y a vraiment des gens qui ont de la chance ! Celui-là n'a eu qu'à se baisser pour tout récolter : physique agréable, fortune, titre et enfin la seule femme que j'aime ! Ce n'est pas juste !

— C'est vous qui ne l'êtes pas. Me direz-vous ce que vous avez à lui envier : vous êtes prince — et même prince du sang ! — pas vraiment affreux, suffisamment riche pour les tripots que vous fréquentez — ne protestez pas, je le sais ! — enfin vous avez eu toutes les femmes que vous avez voulues.

— Sauf la seule qui ait de l'importance !

— Ne reniez pas celles que vous avez aimées, ce n'est pas digne de vous.

— Vous ne m'empêcherez pas de garder l'espoir !

— Je n'ai aucun moyen de vous en empêcher... mais ne comptez pas sur moi pour vous encourager !

On arrivait et il était grand temps pour Sylvie. Enfermée dans cet espace clos avec un homme dont elle sentait l'ardeur l'envelopper comme une flamme, elle mourait d'envie de se jeter dans ses bras et d'oublier tous les beaux principes qu'elle venait d'énoncer au seul profit d'une divine étreinte mais, après avoir franchi le pont de Charenton, le carrosse s'était engagé sur une petite route aboutissant au château de Conflans.

Sylvie eut à peine le temps de mettre pied à terre que Jeannette et la petite Marie étaient déjà là.

— On dit qu'il y a eu du bruit dans Paris ! s'écria la première après avoir salué Beaufort. Nous étions en peine de madame...

— Il ne fallait pas. Je n'ai couru aucun danger. Mon Dieu !...

La dernière exclamation était suscitée par Marie qui, tendant ses petits bras, s'efforçait de passer de ceux de Jeannette à ceux de François. Il lui sourit et l'enleva en la tenant en l'air où pieds et mains s'agitèrent joyeusement tandis que l'enfant riait.

— En voilà une qui sait reconnaître ses amis ! dit

Des pas dans le jardin

le jeune duc. Dieu qu'elle est mignonne !... Elle ressemble à sa mère !

— C'est tout à fait ça ! fit Jeannette avec satisfaction. C'est le même petit diable qui pique les mêmes colères... et, on dirait, monseigneur, qu'elle vous a aussi adopté... comme sa mère !

En regardant sa fille appliquer de gros baisers sonores sur la joue de François qui la serrait contre lui, Sylvie éprouva une vive émotion. Elle aussi s'était, autrefois, blottie contre celui qu'elle appelait « Monsieur Ange ». Ce jour-là elle avait peur, froid, et elle tremblait dans sa chemise tachée de sang. Grâce à Dieu, ce n'était pas le cas de Marie, vêtue d'une jolie robe de toile rose sur des jupons bien blancs d'où dépassaient ses pieds minuscules chaussés de petites pantoufles de velours. Son attrait pour François n'en était que plus significatif, d'autant que, toujours comme elle-même autrefois, elle refusait de s'en séparer.

— Je vais la porter dans la maison, dit celui-ci en riant. Peut-être votre hospitalité ira-t-elle jusqu'à m'offrir un peu de vin frais ? Je meurs de soif...

Le moyen de refuser ? Sylvie d'ailleurs n'en avait pas envie et, au fond, elle n'était pas mécontente de montrer sa jolie maison des champs. On s'installa dans un salon dont les hautes fenêtres ouvraient sur les terrasses fleuries de roses et la Seine étincelante. Tenant toujours Marie, François s'en approcha :

— C'est ravissant... La maison de Sylvie ? ajouta-t-il en tournant son sourire vers la jeune femme. Elle m'en rappelle une autre qui n'était pas plus jolie...

Un vent de fronde

L'entrée du majordome apportant une lettre sur un plateau vint rompre le charme :

— M. le comte de Laigues l'a portée lui-même il y a une heure en se rendant à Saint-Maur pour le service de Mgr le prince de Condé. C'est une lettre de Monsieur le Prince... et il n'y a pas de réponse.

Saisie d'une vague inquiétude, Sylvie prit la lettre en regardant François qui, sourcils soudain froncés, reposait à terre la petite fille. Elle en fit sauter le cachet et la parcourut rapidement, ce qui était une sorte d'exploit, l'écriture du vainqueur de Rocroi étant aussi extravagante que peu lisible. Enfin, elle exhala un léger soupir :

— Monsieur le Prince m'écrit de Chantilly [1]. Il dit qu'étant blessé devant Furnes, il a été secouru et dégagé par mon époux. Cette action... héroïque lui a valu d'être lui-même atteint et même capturé... Cependant, le gouverneur espagnol de la ville assiégée a fait savoir que sa vie n'était pas en danger et qu'il serait traité selon sa qualité de gentilhomme... et de monnaie d'échange... Monsieur le Prince ajoute que je ne dois pas me tourmenter et qu'il fait son affaire de la délivrance du meilleur de ses officiers...

— Depuis Chantilly ? ironisa Beaufort. Monsieur le Prince est sans doute un grand capitaine mais il lui arrive de raisonner comme un tambour crevé !

— Vous avez mieux à proposer ? fit Sylvie acerbe.

— Oui, madame la duchesse ! Moi proscrit, moi prisonnier en fuite, je vais aller à Furnes voir si je

---

1. Depuis la mort de Louis XIII, Chantilly avait été rendu à la princesse de Condé, née Charlotte de Montmorency.

Des pas dans le jardin

peux m'employer à vous rendre un époux si précieux !

Il salua jusqu'à terre puis sortit en courant.
— François ! appela la jeune femme.
Mais il était déjà parti.

CHAPITRE 13

DES VIVRES POUR PARIS !

Des semaines s'écoulèrent sans ramener Beaufort ni Fontsomme et personne ne pouvait dire ce qu'ils devenaient. Le prince de Condé prenait les eaux à Bourbon pour hâter la guérison de sa blessure à la hanche. Paris était à peu près calme, de ce calme fragile apporté par l'expectative. Encouragé par son récent succès, le Parlement campait sur ses positions, sans renoncer à obtenir les « réformes » qu'il jugeait indispensables. Cependant, il était impossible de recommencer les barricades : il avait bien fallu laisser la petite Cour émigrer à Rueil. En effet, le sort, venant au secours de Mazarin, avait permis que le prince Philippe, duc d'Anjou, contracte à son tour la petite vérole. Merveilleux prétexte pour éloigner le Roi et sa mère ! Il eût relevé du régicide d'empêcher Louis de fuir la contagion. La contrepartie, douloureuse au petit malade et au cœur de sa mère, fut que l'enfant resta au Palais-Royal, pitoyable otage de la politique mais suffisant pour apaiser la méfiance des Cours souveraines... pour quelques jours au moins. La Reine supportant difficilement son anxiété, son premier écuyer, M. de

Des vivres pour Paris !

Beringhen, revint discrètement à Paris, enleva dans un nid de couvertures le petit garçon qu'il fourra, tout fiévreux, encore, dans le coffre de son carrosse, et le ramena triomphalement à sa mère. Le Parlement grinça des dents, mais quelques jours plus tard s'ouvraient les conférences de Saint-Germain où l'on tenta une sorte d'accommodement. Ce n'était d'ailleurs pas le moment d'entamer une autre révolution : à quelques centaines de kilomètres de là, en Allemagne, les représentants de la France, de la Suède et de l'Empire discutaient les derniers articles des traités de Westphalie qui allaient mettre fin à la guerre de Trente Ans. Le 24 octobre ce fut chose faite, consacrant les pleins droits de la France sur l'Alsace, les Trois-Évêchés (Metz, Toul et Verdun) et, sur la rive droite du Rhin, Philippsburg et Brisach. Quelques centaines de princes allemands y trouvaient leur autonomie sous l'aile théorique de l'Empereur. Un seul absent, mais de taille : l'Espagne avec laquelle il semblait que l'on ne finirait jamais d'en découdre... La Cour rentra à Paris pour un autre *Te Deum*.

À Conflans, Sylvie entendit sonner les cloches de toutes les églises, annonçant la paix si longtemps attendue, et s'en réjouit car elle y voyait la promesse du retour de Jean. Ces deux mois, elle les avait vécus dans le calme, passant de longues heures avec sa petite Marie et regardant jaunir les feuilles de son jardin. La Reine, eu égard à la santé de l'enfant, ne lui avait pas permis de la rejoindre à Rueil et elle lui en était reconnaissante, mais elle savait que le joyeux carillon marquait aussi la fin des beaux jours et que

Un vent de fronde

le retour rue Quincampoix, qu'elle retardait de jour en jour, devenait inéluctable.

Sa réticence à regagner sa maison de ville n'avait pas échappé à Perceval de Raguenel, venu passer un mois avec elle.

— Je sais que vous aimez la campagne, mon cœur, mais ne l'aimez-vous pas un peu trop ? Cette belle vallée est fort humide à la mauvaise saison et l'hôtel de Fontsomme si agréable ?

— Je ne sais pas pourquoi mais, cette année, je n'ai guère envie de rentrer.

— Il le faut bien, pourtant, si vous ne voulez pas que la Reine vous rappelle à l'ordre ? Songez aussi au petit Roi qui vous aime si fort.

— Et que j'aime infiniment moi aussi...

— Eh bien alors ?

Comme Sylvie ne répondait rien, Perceval reposa sur la table du souper le verre qu'il venait de vider, s'adossa à son fauteuil, poussa un soupir et dit, tout doucement :

— Pourquoi ne viendriez-vous pas attendre le retour de votre époux chez moi ? Ce serait une joie pour ma maisonnée et vous vous y sentiriez peut-être... moins solitaire que rue Quincampoix. Donc moins exposée.

Le dernier mot fit tressaillir Sylvie :

— Moins exposée ? Comment l'entendez-vous ?

— Je pense au voisinage et, à vous dire le vrai, mon ange, je crains qu'il ne soit trop bruyant pour vous... Notez que la rue des Tournelles a perdu beaucoup de son calme depuis que la ravissante Ninon de

Des vivres pour Paris !

Lenclos y a établi ses pénates, mais vos voisins n'y fréquentent pas.

Cette fois, Sylvie avait compris. Appuyant ses coudes sur la table, elle sourit en regardant son parrain dans les yeux.

— Qu'est-ce qui peut vous faire supposer que le voisinage m'y soit contraire ?

— Contraire n'est pas le mot que j'emploierais. Préférerons-nous troublant... ou attirant ? De toute façon, des bruits pourraient courir...

— Quels bruits ? fit Sylvie déjà sur la défensive.

À travers la table, Perceval tendit la main pour saisir celle de sa filleule :

— Allons ! Ne vous fâchez pas, mais comprenez que lorsque l'on se fait autant dire enlever sur les bords de Seine par un prince vêtu seulement d'une serviette, cela fait image... et donne à parler. Il se trouve qu'une mauvaise langue, appartenant hélas aux gens de qualité, a été témoin de la scène dont elle a fait des gorges chaudes...

La bouche soudain séchée, Sylvie déglutit avec quelque peine avant de demander :

— Qui ?

— Mme de la Bazinière. Si j'ai bien compris, sa voiture arrivait au moment où vous partiez vous-même.

— La Chémerault[1] ! Encore elle ! Mais que lui ai-je fait ? Maintenant qu'elle est mariée, elle devrait se tenir tranquille ?

1. Disgraciée à la mort de Richelieu, elle avait épousé en 1644 Claude de la Bazinière

Un vent de fronde

— Elle est même veuve, et l'on prétend qu'elle se console avec ce banquier italien si riche, Particelli d'Emery. Il n'empêche qu'elle se remarierait volontiers au cas où vous viendriez à disparaître.

— Moi ?

— Oui, vous ! Sans doute êtes-vous la seule à ignorer qu'elle est éprise de votre époux depuis l'adolescence... Cependant, ne vous affolez pas : le mal n'est pas encore bien grand. Il n'empêche que je préférerais vous garder près de moi jusqu'au retour de Jean...

— Oui... oui, vous avez raison ! Merci de m'avoir prévenue ! À vos côtés, je ne risquerai rien... Mon Dieu ! Que le monde est donc méchant !

— C'est maintenant seulement que vous vous en apercevez, mon cœur ? On vous a pourtant donné, jusqu'à votre mariage, toutes raisons pour le savoir.

C'est ainsi que Sylvie, Jeannette et la petite Marie vinrent s'installer rue des Tournelles...

La Reine et les siens rentrèrent à Paris pour la Toussaint après que l'on eut conclu, avec le Parlement, une sorte de compromis que la fière Espagnole avait signé en pleurant, le jugeant offensant. Elle ne rêvait que de prendre une revanche éclatante, et son humeur s'en ressentait.

Lorsqu'elle retourna au Palais-Royal, Sylvie ne reçut pas d'Anne d'Autriche l'accueil enjoué et familier auquel elle était habituée. Sur un ton aigre, on lui demanda des nouvelles de M. de Beaufort comme si elle était en contact quotidien avec lui.

— Comment pourrais-je en donner à la Reine ?

répondit la jeune femme du fond de sa révérence. Il y a plus de deux mois que je ne l'ai vu et j'ignore tout à fait où il se trouve. Ce qui m'est de peu d'intérêt...

— Vraiment ? J'aurais cru le contraire : on vous dit fort liés...

— Comme le sont des amis d'enfance, Madame. Il a sa vie, j'ai la mienne et si je n'approuve pas toujours celles de ses actions qui me viennent aux oreilles, je ne peux oublier que, par deux fois, il m'a sauvée.

— Je sais, je sais ! Vieilles histoires que tout cela ! On change d'ailleurs à mesure que passent les années. L'amitié peut trouver d'autres noms.

Sous le ton toujours aussi acerbe, Sylvie sentit pointer une sorte de jalousie bien féminine. Les ragots de l'ancienne Chémerault avaient dû venir jusqu'à la Reine. Alors, elle osa regarder au fond des yeux cette femme couronnée qui pouvait la briser d'un signe :

— Je n'ai pas changé. Et Mgr de Beaufort non plus, Madame. Il est toujours fidèle, toujours prêt à mourir pour la Reine.

Sous le reproche latent, Anne d'Autriche rougit, puis se détourna pour appeler :

— Me donnez un éventail, ma chère Cateau. Il fait ici une chaleur de four...

La première femme de chambre s'empressa avec un sourire, devenu moqueur en se posant sur la petite duchesse qui détestait cordialement cette Catherine Beauvais : mariée à un ancien marchand de rubans enrichi, elle avait su se glisser dans les bonnes grâces de la Reine par la douceur de ses mains et son habileté à donner les soins les plus intimes tels que les clystères. Elle était laide, impudente et, comme elle portait sur l'œil un bandeau de taffetas noir, on l'appelait Cateau la Borgnesse. En dépit de sa disgrâce et de sa laideur, elle collectionnait les amants. Comme elle partageait avec Mme de Motteville les confidences de la Reine, inutile de préciser que les deux femmes ne s'aimaient pas.

Sylvie fit comme si elle ne l'avait pas vue. D'ailleurs, l'entrée soudaine de Mazarin vint sauver l'assemblée de la gêne qui s'installait et la jeune femme rééditait sa révérence.

À son habitude, le cardinal fut tout sucre, tout miel et toute amabilité. Il avait vieilli. Il est vrai que les soucis ne devaient pas lui manquer. Les pamphlets les plus insultants neigeaient jour après jour sur Paris, le traitant de tyran, d'oppresseur et de « Sicilien de très sordide naissance », ce qui était faux. Il y avait alors, sur le Pont-Neuf, un poteau où chaque matin on clouait un nouveau libelle, toujours insultant pour Mazarin mais parfois aussi pour la Reine. Quant au Parlement, mal satisfait des quelques dispositions financières obtenues, il n'y allait pas par quatre chemins et réclamait le retour du ministre dans son Italie natale.

Celui-ci trouva néanmoins un beau sourire pour demander à Sylvie des nouvelles de son époux, et force fut à la jeune femme de reconnaître que depuis la lettre du prince de Condé dont elle rapporta la

Des vivres pour Paris !

teneur, elle ignorait tout de son sort, ce qui ne laissait pas de l'inquiéter.

— C'est étrange, mais il ne faut pas craindre le pire : vous en seriez déjà prévenue. Cependant, si j'étais vous, j'irais faire visite à Monsieur le Prince.

— Est-il toujours à Chantilly ?

— Non. Il vient de rentrer à Paris où je l'ai appelé. Il serait tout naturel que vous alliez vous enquérir auprès de lui...

— Je n'y manquerai pas, monseigneur. Merci de ce précieux avis... dit-elle avec une vraie reconnaissance.

Saisie d'une hâte soudaine, elle ne s'attarda pas au Palais-Royal où, d'ailleurs, la Reine n'avait pas l'air de tenir à sa présence. En effet, quand La Porte vint demander, de la part du Roi, que Mme de Fontsomme vienne le rejoindre dans son cabinet de jeux, Anne d'Autriche s'interposa :

— Dites à mon fils qu'il n'a de temps ni pour les visites ni pour la guitare : il doit se préparer pour la présentation de ce soir...

On ne pouvait être plus claire : la Reine ne voulait pas que Sylvie voie son fils. Le cœur soudain serré, Mme de Fontsomme demanda la permission de prendre congé, la reçut d'un geste désinvolte qui enchanta celles qui ne l'aimaient pas et quitta le Grand Cabinet avec la nette impression d'être en disgrâce. Aussi la jeune femme se promit-elle de ne revenir à la Cour que si on l'en priait...

En attendant, elle donna à Grégoire l'ordre de la conduire à l'hôtel de Condé.

Un vent de fronde

Situé près du Luxembourg où il occupait un vaste quadrilatère [1] l'ancien hôtel de Ventadour, qui devait une partie de ses bâtiments disparates à l'un des inévitables Gondi, n'était pas un modèle d'architecture mais il possédait, outre une fabuleuse décoration intérieure, d'admirables jardins comptant parmi les plus beaux de Paris. L'un affichant toute la rigueur solennelle d'un jardin de broderies, l'autre, en terrasses, formé surtout de boulingrins [2] entourés de massifs et de rangées d'arbres. C'est dans cette partie que Sylvie trouva le héros de Rocroi et de Lens occupé à fustiger de sa canne les feuilles mortes qui tombaient des arbres. Quand un valet vint lui annoncer la visiteuse, il cessa son jeu et accourut vers elle :

— Madame de Fontsomme ! Mon Dieu quelle joie... et quel remords !

— Remords, monseigneur ? Le vilain mot !

— Mais tellement bien choisi ! J'aurais dû me précipiter chez vous dès mon arrivée ici, mais une foule de soucis me sont tombés sur le dos et comme cette pluie maléfique ne cesse pas, j'avouerai que vous avez bien fait de venir à moi. Vous voulez des nouvelles de votre époux ?

— Depuis votre lettre, je n'en ai pas eu.

— Moi non plus... ou très peu, mais que je vous rassure ! Sa blessure est guérie et il n'est plus aux

---

1. Délimité à peu près, de nos jours, par la rue de Condé, la rue Monsieur-le-Prince et la rue de Vaugirard.
2. Destiné jadis aux jeux de boule sur gazon, le boulingrin est un peu l'ancêtre des pelouses.

Des vivres pour Paris !

mains de l'ennemi. Ce n'est pas par la grâce de ce fou de Beaufort qui est arrivé comme la foudre, un beau jour, devant Furnes qu'il prétendait, à ce que l'on m'a dit, prendre à lui tout seul. Manque de chance, c'était déjà fait... mais nous devrions rentrer et nous faire porter quelque boisson chaude. Vous êtes toute transie et je vous tiens dans un affreux courant d'air...

Il lui prit la main pour l'entraîner vers l'hôtel à une telle allure qu'elle demanda grâce pour ses petits souliers. Il s'arrêta, se mit à rire et repartit plus calmement. C'était la première fois que Sylvie le voyait en son privé, et elle pensa qu'il était décidément laid, avec son visage taillé à coups de serpe et l'immense nez qui en occupait la majeure partie, mais que cette laideur puissante possédait davantage de charme que certaines belles figures plus mièvres. Et quelle vitalité ! Il n'avait qu'un an de plus qu'elle-même, mais il était aussi pétulant qu'un gamin de dix ans...

Dans un somptueux salon surdoré où s'étalaient d'admirables tableaux anciens, il l'assit dans un fauteuil, hurla pour se faire apporter du vin chaud, l'obligea à en boire et finalement s'installa en face d'elle, lui sourit et déclara, reprenant le sujet là où il l'avait laissé :

— Je ne m'attends pas à avoir des nouvelles de Fontsomme avant un moment et vous n'en aurez pas davantage : ce serait dangereux. Plus ou moins à sa demande, je l'ai chargé d'une mission qui touche à la politique et dont je ne peux rien vous dire. Sachez seulement qu'elle l'emmène assez loin et peut durer... quelques mois.

Un vent de fronde

— Une mission importante et lointaine à un convalescent ?

— Sa blessure n'était pas grave et il était, croyez-moi, tout à fait remis quand nous nous sommes quittés à Chantilly...

— Il est venu si près et je ne l'ai pas vu ?

— Une douzaine de lieues sont encore trop en certains cas. Cessez de vous tourmenter, ma chère, et accordez-moi un peu de confiance : il vous reviendra bientôt...

Que faire après de si belles assurances, sinon remercier et prendre congé ? Sylvie s'en acquitta avec grâce, raccompagnée jusqu'à sa voiture par un homme qui semblait la trouver de plus en plus à son gré et ne prenait guère la peine de le cacher. Ce qui, à la fin, lui déplut : quand on confie à l'époux d'une dame une mission secrète et sans doute dangereuse, il est du dernier mauvais goût de faire la cour à ladite dame, mais ce n'était pas la première fois qu'elle constatait la fâcheuse tendance des princes à cultiver le mauvais goût. C'est ce qu'elle rapporta à Perceval et qui le fit bien rire :

— Ne prenez pas le prince pour le roi Salomon et notre cher duc pour le capitaine Urie ! Je pense au contraire que ce doigt de cour que l'on vous a fait est la meilleure preuve du repos où vous devez être au sujet de votre époux. Il n'est pas le genre d'homme à qui l'on pourrait jouer ce tour et même un Condé ne s'en aviserait pas.

Rassurée sur ce point, Sylvie accorda alors une pensée amusée à François de Beaufort. C'était bien de lui, de vouloir prendre une ville à lui tout seul

Des vivres pour Paris !

pour en extraire un prisonnier. Une vraie folie, mais puisqu'il voulait l'accomplir pour l'amour d'elle, cela lui donnait grand prix...

Cependant, si elle croyait en avoir fini avec le Palais-Royal, elle se trompait. Un matin de janvier, elle reçut un message de Mme de Motteville : la Reine s'inquiétait de son absence et craignait qu'elle fût malade. S'il n'en était rien, elle souhaitait la voir ce tantôt qui était celui de l'Épiphanie : le jeune Roi la réclamait pour qu'elle participe à son souper où l'on tirerait les Rois...

Il faisait froid ce jour-là et Sylvie n'avait guère envie de quitter la douillette maison de son parrain. Gardant sur le cœur le souvenir de sa dernière visite, elle eût peut-être répondu qu'elle était souffrante, mais Mme de Motteville disait que son « ami » Louis la réclamait et elle était incapable de refuser à cet enfant qu'elle aimait un plaisir dont elle prendrait sa part.

Tandis que son carrosse l'emportait vers la Cour, elle ne pouvait s'empêcher d'évoquer ce jour — il y aurait bientôt douze ans ! — où Mme de Vendôme conduisait une petite Sylvie de quinze ans à un poste de fille d'honneur d'une grande reine. Le temps d'hiver était presque semblable mais la ville que l'on traversait ne l'était plus guère. Même les fêtes de la Nativité et de la nouvelle année que l'on célébrait encore semblaient impuissantes à rendre à Paris sa physionomie d'autrefois, alors que régnait l'ordre impitoyable de Richelieu. À présent, on ne rencontrait plus de gens sereins mais beaucoup trop d'hommes et de femmes de mauvaise mine que

Un vent de fronde

l'apaisement relatif intervenu après les barricades d'août n'avait pas encore convaincus de regagner leurs bas-fonds. Des conciliabules se tenaient à voix basse en dépit du froid et les cabarets débordaient de braillards ivrognes qui accostaient les passants pour leur faire crier « À bas Mazarin ! ». On ne se faisait guère prier !

Grégoire, pour sa part, maintenait ses chevaux fermement, sachant qu'un simple effleurement pouvait déclencher un incident grave. La veille, la voiture de Mme d'Elbeuf dont l'attelage avait bousculé un clerc de notaire s'était vue prise d'assaut, renversée, et seule l'intervention d'un peloton de mousquetaires qui passait par là avait sauvé les occupants. Au Palais-Royal, gardé désormais comme une forteresse, l'atmosphère était plus lourde que d'habitude et surtout moins frivole. On s'entretenait, avec une vague angoisse, des dernières nouvelles d'Angleterre où le roi Charles Ier venait d'être traduit en jugement par ses sujets révoltés. Celle que l'on écoutait surtout, c'était la nièce de la Reine, Marie-Louise de Montpensier, fille de Monsieur et que l'on appelait Mademoiselle. Une sorte d'amazone de vingt et un ans, pas très belle, plutôt forte, dont les ambitions, à la mesure de son énorme dot, rêvaient d'empire. Le verbe haut et la langue bien pendue, elle n'épargnait personne de ses insolences, même pas la Reine.

Pour l'instant, elle racontait la visite qu'elle avait rendue au Louvre, dans la journée, à la reine Henriette d'Angleterre qui était aussi sa tante et dont elle décrivait l'état misérable :

— Le cher Mazarin la laisse manquer de tout. Il

Des vivres pour Paris !

fait si froid chez elle que la petite Henriette, sa fille, ne quitte pas son lit pour garder un peu de chaleur ! On ne lui paie plus la pension qu'on lui servait depuis son arrivée. Sans doute le cardinal veut-il acheter quelques diamants supplémentaires ?...

— Paix, ma nièce ! intervint la Reine. Si vous ne venez ici que pour mal parler de notre ministre, vous n'y serez pas longtemps la bienvenue.

— Je serais bien la seule dans Paris à n'en point mal parler, Madame ! Et la triste situation où il laisse ces pauvres femmes...

— Que ne vous en occupez-vous, vous qui êtes si riche ?

— C'est ce que j'ai fait ! J'ai donné à mylord Jermyn qui veille sur elles de quoi acheter du bois, mais l'hiver est loin d'être fini...

L'entrée de Sylvie dans le Grand Cabinet apporta une diversion. En la voyant paraître, le petit Roi qui jouait aux soldats avec son frère et deux enfants d'honneur sous l'œil attendri de leur mère abandonna son jeu pour s'élancer vers elle, mais il s'arrêta à quelques pas tandis qu'elle plongeait dans sa révérence :

— Vous voilà enfin ! Pourquoi ne vous voit-on plus, duchesse ? Voulez-vous donc m'abandonner ?

— Qui oserait abandonner son roi serait un traître méritant la mort, Sire, dit-elle en souriant. Et mon roi sait que je l'aime...

Il la regarda sans rien dire, sans la relever non plus. Ce regard intense semblait vouloir aller jusqu'au fond de son cœur. Puis il lui tendit la main :

Un vent de fronde

— Souvenez-vous toujours de ce que vous venez de dire, madame, car moi je ne l'oublierai jamais.

Sylvie alors s'avança vers Anne d'Autriche et vit que les deux dames assises auprès d'elle étaient Mme de Vendôme et Mme de Nemours. Toutes trois lui firent un accueil chaleureux, la Reine semblait avoir oublié sa mauvaise humeur passée. Laissant sa nièce continuer à pérorer, elle ordonna que l'on apporte les galettes pour tirer les Rois. Elle eut la fève, commanda de l'hypocras [1] et en but aux applaudissements de la Cour qui criait « La Reine boit ! ». Ensuite, les enfants furent reconduits dans leurs appartements et l'on prépara le souper de la Reine et de ses dames, tandis que la plus grande partie de l'assistance se retirait pour aller au festin que donnait ce soir-là le maréchal de Gramont. Mazarin lui-même devait s'y rendre. Pendant tous ces mouvements, Sylvie et Élisabeth de Nemours s'isolèrent.

— Savez-vous où est votre frère François ? demanda la première.

— C'est exactement la question que l'on nous a posée, à ma mère et à moi. La Reine semble très désireuse de le revoir mais, même si je savais où il est, je ne le lui dirais pas. Je crois que c'est Mazarin surtout qui aimerait mettre la main dessus. De toute façon, je n'en ai pas la moindre idée...

— C'est aussi bien ainsi...

Il était tard lorsque les invitées de la Reine se retirèrent. La plupart avaient sommeil et, dans la cour du Palais-Royal, le ballet des carrosses et des por-

1. Vin sucré où l'on a fait infuser de la cannelle et du girofle.

Des vivres pour Paris !

teurs de torches fut mené rondement. Tout le monde avait hâte de rentrer chez soi, Sylvie comme les autres.

Naturellement, elle trouva Perceval dans sa librairie, mais il n'était pas assis dans un fauteuil avec un livre, il marchait de long en large, tellement préoccupé qu'il n'avait pas entendu l'arrivée de la voiture.

— Grâce à Dieu, vous voilà ! Je commençais à craindre de ne vous revoir que dans des semaines...

Sylvie ouvrit de grands yeux :

— Dans des semaines ? Mais pour quelle raison ?

— Avez-vous remarqué quelque chose de bizarre dans le comportement de la Reine ou de Mazarin ? Quelque chose d'inhabituel ?

— Mon Dieu non ! La Reine a été charmante et nous avons passé une excellente soirée. Sans Mazarin qui soupait à l'hôtel de Gramont. Mais pourquoi ces questions ?

— Théophraste Renaudot sort d'ici. Il est persuadé que la famille royale et le cardinal vont quitter Paris cette nuit avec leurs plus fidèles soutiens. D'où ma crainte qu'ils ne vous emmènent. Notre ami pense qu'ils vont se réfugier à Saint-Germain ou ailleurs pour que Condé puisse isoler Paris et le réduire par la faim. Il y a, paraît-il, aux environs de curieux mouvements de troupes...

— Cela n'a pas de sens ! Il faudrait pour cela qu'ils s'enfuient sans rien emporter et en plein hiver c'est difficile à croire. En outre, la Reine ne partirait pas sans sa chère Motteville, ajouta Sylvie un rien acerbe. Et Motteville a quitté le Palais-Royal en même temps que moi.

Un vent de fronde

Pourtant, l'homme de la *Gazette* avait raison. Dans la matinée, Mme de Motteville débarqua rue des Tournelles dans tous ses états : elle voulait savoir si la duchesse de Fontsomme était partie avec les autres.

— Vous voyez bien que non, dit Sylvie en l'installant au coin du feu avant de lui faire porter du lait au miel et des petits gâteaux pour la réchauffer. D'ailleurs, rappelez-vous, nous avons quitté le Palais-Royal ensemble ?

— Sans doute, mais vous auriez pu revenir si l'on vous avait donné le mot ?

C'était un brin de jalousie rétrospective, la confidente d'Anne d'Autriche était soulagée de la trouver au logis.

— On vous l'aurait donné avant moi, dit-elle gentiment. Et c'est cela le plus étonnant : que « vous » n'ayez pas été prévenue... Sait-on comment le départ s'est fait et qui est parti au juste ?

— Cette affreuse Mme Beauvais ! gronda Mme de Motteville outrée. Quand je suis arrivée pour prendre mon service, on m'a dit, en gros, ce qui s'était passé : à deux heures du matin, la Reine a fait réveiller ses fils. Un carrosse attendait dans le jardin, à la petite porte. La famille y est montée avec cette femme et le gouverneur du Roi, M. de Villeroy. MM. de Villequier, de Guitaut et de Comminges les accompagnaient. C'est tout ce que j'ai appris.

— Voilà M. Renaudot qui va nous renseigner davantage, dit Raguenel qui rejoignait les deux femmes avec le publiciste. Il vient de trouver chez lui l'ordre de rejoindre le cardinal à Saint-Germain afin

Des vivres pour Paris !

de pouvoir communiquer à ses fils les nouvelles que l'on souhaite faire imprimer dans la *Gazette*.

— Je peux ajouter, dit Renaudot, que le Luxembourg est vide. Monsieur, Mademoiselle et le reste de la famille sont partis, ainsi que les habitants de l'hôtel de Condé. Monsieur le Prince a emmené sa mère, sa femme, son fils, son frère Conti et son beau-frère Longueville qui gouverne la Normandie et revêt de ce fait une importance extrême...

— Et la duchesse ? demanda Mme de Motteville. Est-elle aussi partie, alors qu'elle est grosse, et même près de mettre au monde l'enfant de son amant La Rochefoucauld ?

— Non. Elle est toujours là. À présent, j'achève mon message : si vous voulez quitter la ville pour vous mettre à l'abri à Conflans, partez maintenant, madame la duchesse, comme je le fais moi-même ! Les portes seront fermées dans une heure et plus personne ne pourra sortir. Faites vite ! la colère monte dans le peuple...

— Ma foi non, dit Sylvie, je reste ici. Il arrive qu'en hiver l'inondation gagne à Conflans et je ne veux pas exposer ma petite Marie. Mais vous, Mme de Motteville, vous devriez aller rejoindre la Reine à Saint-Germain.

— Non. Je fais comme vous : je reste. Si la Reine avait voulu que je parte, elle m'aurait avertie...

Théophraste Renaudot était décidément bien renseigné. La fuite à Saint-Germain entrait dans un plan longuement mûri par Mazarin pour mater enfin la ville et le Parlement rebelles. La seule chose à laquelle le ministre n'avait pas pensé, c'était de faire

Un vent de fronde

remeubler Saint-Germain où les fuyards ne trouvèrent pour dormir, dans les grandes salles désertes et glacées, que trois lits de camp et quelques bottes de paille. Cependant, un cercle de fer se refermait déjà sur la capitale. À l'ouest, du côté de Saint-Cloud, les troupes de Monsieur prenaient position. Au nord, c'étaient celles du maréchal de Gramont. Au sud, le maréchal de La Meilleraye et le comte d'Harcourt. Enfin, le prince de Condé lui-même, avec dix mille hommes, occupait son fief de Saint-Maur et, fermant le passage de la Marne et de la Seine, coupait ainsi Paris de ses principaux villages nourriciers. Tous étaient à leur poste lorsque, dès six heures du matin, Paris découvrit la fuite royale et explosa une nouvelle fois de fureur et de rage. On se porta en masse au Palais-Royal en sachant bien qu'un déménagement allait s'y produire et, de fait, quand les chariots portant le mobilier du Roi et de la régente voulurent sortir, on les prit d'assaut et on les pilla joyeusement. De même, et avec encore plus d'enthousiasme, ceux de Mazarin.

D'abord très ennuyé, avec la vague impression d'avoir été un peu trop loin, le Parlement envoya à la régente une délégation chargée de s'enquérir des motifs de son départ. Elle ne fut même pas reçue, Anne d'Autriche se contentant de donner au Parlement l'ordre de quitter Paris et d'aller siéger à Montargis. Du coup et dès le retour de leurs envoyés, les Cours souveraines prirent contre Mazarin un édit de bannissement. Ce qui équivalait à le déclarer ennemi public et à autoriser de le poursuivre en tous lieux et toutes circonstances. Puis on organisa la

Des vivres pour Paris [1]

résistance. Il fallait des troupes : on leva une armée de volontaires. Il fallait des chefs, on en trouva plus qu'il n'en fallait mais le véritable chef d'orchestre de cette folie héroïque dont se grisait Paris était le petit coadjuteur aux jambes torses et à la langue agile qui se voyait très bien jouer en France un rôle à la Cromwell... et qui n'hésita pas à demander de l'argent à l'Espagne.

La Fronde — c'est ainsi qu'on appelait désormais la révolte — eut donc une âme ; elle eut aussi son ange maléfique, en la personne de celle qui était peut-être la plus jolie femme de France : la duchesse de Longueville, entrée en rébellion ouverte par fureur d'avoir vu son frère bien-aimé Condé embrasser le parti royal et mener la guerre contre Paris. Afin qu'il n'y eût pas de doute sur le camp qu'elle choisissait, elle alla, en compagnie de la duchesse de Bouillon et de leurs enfants, s'installer solennellement à l'Hôtel de Ville. Ce fut un grand moment : la place de Grève débordait jusque par-dessus les toits, les hommes clamaient leur enthousiasme, les femmes pleuraient d'attendrissement. De là, elle et Gondi allaient réunir les chefs de guerre dont ils avaient besoin. Le général en chef fut le duc d'Elbeuf, oncle de Beaufort, un incapable ; il y avait aussi le duc de Bouillon qui espérait récupérer sa principauté de Sedan, le prince de Conti, revenu précipitamment de Saint-Germain à l'appel de sa sœur Longueville qu'il aimait d'un amour trouble, et encore l'amant de la dame : François de La Rochefoucauld, prince de Marcillac. Enfin, deux jours après l'installation à l'Hôtel de Ville, les portes

Un vent de fronde

de Paris s'ouvraient devant François de Beaufort dont nul ne pouvait dire d'où il sortait. Là, ce fut du délire. La ville l'accueillit avec des cris d'amour et une chanson :

> Il est hardi, plein de valeur
> Et plus vaillant que son épée
> Heureux soit son arrivée
> Qui sera pour notre bonheur...

La vague passionnée le porta jusqu'à l'Hôtel de Ville où Gondi, fort mécontent de se voir souffler la première place, fut bien obligé de le recevoir et de le mener à Mme de Longueville qui réserva ses plus beaux sourires à cet ancien soupirant. En dépit du froid vif, de la neige et des glaçons que charriait la Seine, ce fut un jour de fête, après lequel il fallut s'atteler aux réalités de la vie et à leur première exigence : Paris commençait à manquer de vivres. Les convois étant interceptés, le prix du pain monta en flèche, augmentant la nervosité ambiante.

En fait, c'était surtout le petit peuple qui souffrait. Les hôtels aristocratiques et les riches demeures possédaient des réserves. On commença par prendre la Bastille que son gouverneur du Tremblay eut la sagesse de rendre sans trop se faire prier. Cela donnait une bonne assise au cas où les troupes royales passeraient à l'assaut, mais on savait très bien que le plan de Mazarin était fort simple : affamer Paris et ses Cours souveraines pour les amener à composition.

La Bastille dûment pillée, on se tourna vers les maisons « royalistes », celles tout au moins qui

Des vivres pour Paris !

n'avaient pas le bon esprit de faire aumône de façon suffisante. Le duc de Beaufort, alors, prit la situation en main et y gagna un surcroît d'adoration. Il commença par envoyer à la fonte sa vaisselle d'argent et ses objets précieux, grâce auxquels il put acheter ce pain devenu si cher pour le distribuer aux pauvres. Il ouvrit grande sa maison pour y abriter les enfants, il acheta même une autre maison qu'il confia au curé de Saint-Nicolas-des-Champs, un saint homme un peu simplet mais de cœur généreux. L'hôtel de Vendôme, bien sûr, fut aussi mis à contribution et donna largement, tandis qu'à Saint-Lazare monsieur Vincent semblait se multiplier par cent pour aller au secours des malheureux.

Sylvie ne sortait pas de chez elle, mais chaque jour Perceval et Corentin couraient la ville pour en prendre le pouls. C'est par eux que Sylvie apprenait les exploits charitables de celui que l'on appelait à présent le Roi des Halles, tant il s'identifiait à ce ventre nourricier de la capitale. Toujours flanqué de ses plus chaudes admiratrices, dame Alison et dame Paquette, il était partout à la fois, cherchant, fouillant les maisons pour en tirer de quoi nourrir ses protégés.

— J'ai le regret de vous apprendre que votre hôtel a été pillé, ma chère Sylvie, dit un soir Perceval. Votre époux a été taxé de « mazarinisme » et je dois dire que le duc François n'a rien fait pour empêcher le saccage. Il s'est contenté de protéger vos serviteurs qui sont chez lui sains et saufs.

— Dieu soit loué ! Mais... vous l'avez vu ?

— Oui. Je lui ai même fait remarquer qu'il s'agissait là de votre maison. Il m'a répondu que puisque vous n'y étiez pas, pour l'excellente raison que vous étiez chez moi, et qu'en tout état de cause, la fortune des Fontsomme n'en souffrirait pas beaucoup, il pouvait se servir. Le tout dans un langage à faire rougir un lansquenet !

— Un langage ?

— Oui. Le pire argot des portefaix. Sans doute souhaitait-il plaire à la foule dépenaillée et misérable accrochée à ses basques, mais il aurait passé toute sa vie aux Halles qu'il ne s'exprimerait pas autrement. En l'écoutant, M. de Gansevile riait de bon cœur en voyant ma tête. Malgré tout, il m'a tiré à part pour me glisser, sur un autre ton, qu'il protégerait toujours ma maison fût-ce au prix de sa vie... et pour me charger de vous dire qu'il est toujours tout à vous !

— Et vous osez me le répéter ?

— Oui. Parce que j'ai l'impression que vous en serez heureuse. Je n'ai pas le droit de vous priver d'une petite joie, vous qui en avez si peu.

Cependant, l'armée des Parisiens — si l'on pouvait appeler ainsi un ensemble aussi disparate ! — essayait de faire honneur à ses armes ainsi qu'à ses chefs. Tandis que, en pleine salle du Conseil, Mme de Longueville accouchait d'un fils devant les échevins effarés et les dames de la Halle enthousiastes, tandis que le prévôt des marchands s'improvisait parrain et que le coadjuteur baptisait solennellement l'enfant de l'adultère public du nom étrange de Charles-Paris, on tentait des sorties visant à rapporter des choux, des raves et des animaux de boucherie, mais aucune ne fut couronnée de succès. Le coadjuteur, alors,

Des vivres pour Paris !

insinua perfidement que les choses iraient peut-être mieux si l'universel Beaufort voulait bien s'en occuper au lieu de courir les bas-fonds. Il fut, bien sûr, entendu.

— Excellente idée ! déclara le duc. Je vais mettre sur pied une expédition sérieuse pour ramener des vivres avant que l'on en vienne à manger les chevaux, puis les chiens, les chats et... le reste !

Le lendemain, Sylvie reçut une lettre de son époux [1]. Une lettre qui la bouleversa.

« Arrivant, ce jourd'hui à Saint-Maur, j'apprends de Monsieur le Prince, ma chère Sylvie, l'inquiétude où vous êtes de moi, qui m'est bien douce mais tout à fait sans objet car je n'ai pas couru de grands périls. Celle où je suis de vous m'est en revanche infiniment cruelle puisque vous et notre enfant, vous trouvez dans une ville assiégée où tant de dangers vous guettent sans qu'il me soit possible de les partager avec vous. Cependant, je veux espérer que M. de Beaufort qui commande dans Paris aura à cœur de veiller à votre sauvegarde sans vous compromettre plus qu'il ne l'a fait jusqu'à présent. Ce qui est déjà trop pour un époux aimant comme je le suis.

« Je vous sais femme d'honneur et de courage. Je sais aussi que vous l'avez toujours aimé. N'ajoutez pas, je vous en supplie, au tourment qui me ronge... »

Incrédule, Sylvie dut s'asseoir pour relire cette

---

1. Les troupes royales étant insuffisantes pour encercler Paris, le courrier passait assez bien dans les deux sens. Ainsi, Mme de Sévigné correspondait avec son cousin Bussy-Rabutin qui campait à Saint-Denis avec les hommes du maréchal de Gramont.

lettre qui l'épouvantait, mais ses yeux brouillés de larmes ne purent en déchiffrer de nouveau les caractères. D'une main tremblante, elle la tendit à Perceval qui l'observait avec une inquiétude croissante.

— Mon Dieu ! Il croit que je lui suis infidèle ! Mais qui a pu lui mettre cette idée en tête ? Monsieur le Prince n'a tout de même pas pu m'accuser ? Quand je l'ai vu, il ne m'a parlé de rien...

— Mais il s'est montré un peu trop galant, comme s'il pensait que cela puisse réussir... Calmez-vous, mon petit ! Je croirais plus volontiers à une main féminine. L'ex-Mlle de Chémerault ferait n'importe quoi pour vous perdre dans l'esprit de votre époux. Elle a pu... en écrire à quelqu'un de ses amis aux armées... et Monsieur le Prince n'a peut-être pas assez démenti. C'est un homme sans scrupules et qui ne supporte pas qu'on lui résiste...

— Mais que vais-je faire ? Que vais-je devenir ?

— Vous allez rester tranquille et je vais, moi, écrire à votre époux pour lui dire la vérité sur toute cette agitation. Moi, il me croira !

— Il sait votre tendresse... et c'est à moi de comparaître devant mon juge puisque, apparemment, c'est ce qu'il est devenu...

Elle s'était levée et se pendait à un cordon de sonnette. Pierrot apparut.

— J'ai besoin de voir le capitaine Courage ! Va me le chercher ! Il faut que je lui parle...

— Sylvie, vous allez faire une sottise, je le sens ! Ne décidez rien sous le coup de l'émotion. Qu'avez-vous dans l'esprit ?

Des vivres pour Paris !

— Je vais voir mon époux là où il se trouve !

— À Saint-Maur ? Il est impossible de sortir de Paris !

— Le capitaine Courage m'y a fait entrer, une nuit, sans passer par les portes. Il saura bien m'indiquer le chemin...

— Et vous vous imaginez que je vais vous laisser faire ?

— Ne m'en empêchez pas ! Je pourrais ne jamais vous le pardonner !

— Mais vous ne pouvez pas vous jeter comme cela au milieu d'une armée ? Vous ne savez pas ce que sont les hommes quand la fièvre de la guerre les tient.

— Je m'en doute et d'ailleurs je ne compte aller qu'à Conflans, chez moi. De là, j'écrirai à Jean pour lui dire que je l'attends !

— Bien. Dans ce cas, je vais avec vous !

— Non. Vous restez ici et vous veillez sur Marie !... Mais je veux bien que vous me prêtiez Corentin. Il a toujours su me protéger. Une fois hors les murs, il pourra nous trouver des chevaux... Allons, mon parrain, ajouta-t-elle, vous devez vous faire à l'idée que je ne suis plus une petite fille mais une femme... que vous ne ferez pas changer d'avis...

— Il faut bien que je vous croie... mais il y a des mois que nous n'avons vu le capitaine. Peut-être n'est-il même plus à Paris ?

— Oh si ! Vous n'avez pas remarqué que Pierrot est parti comme une flèche quand il a reçu mon ordre ? Il sait sûrement où il est.

En effet, à la tombée du jour, Pierrot reparaissait

avec le chef de bande qui écouta sans soulever d'objection ce que l'on attendait de lui et accepta de conduire Sylvie hors des murs.

— N'ayez crainte ! dit-il à Perceval. Entre Corentin et moi, Mme de Fontsomme sera en sûreté. Je sais où trouver des chevaux et je la conduirai jusqu'aux abords de Conflans.

Il eut le curieux sourire en coin qui lui donnait un certain charme :

— Souvenez-vous ! Il y a longtemps déjà que nous avons passé ensemble un contrat. S'il tient toujours, vous pouvez me demander ce que vous voulez contre l'assurance de ne pas agoniser un jour pendant des heures avec tous mes os brisés... Si vous êtes prête, nous partons, ajouta-t-il en se tournant vers Sylvie qui, pour la circonstance, avait emprunté à Jeannette des vêtements simples, confortables et commodes, lui donnant l'air d'une petite bourgeoise.

Quelques instants plus tard, elle et ses compagnons se fondaient dans les rues obscures. La nuit, une ville assiégée est pleine de respirations retenues, d'écoutes solitaires, de craintes diffuses. À l'ordinaire, on ne rencontrait, en dehors des voleurs et des truands de tout poil, que les imprudents attardés dont ils faisaient leur pâture. Cette fois, l'écho renvoyait le bruit des pas lourds d'une patrouille, d'un chant religieux provenant de quelque couvent où l'on priait sans relâche. À trois reprises le petit groupe fut arrêté, mais chaque fois le barrage tomba sans un mot après que le capitaine Courage eut parlé à l'oreille d'un des hommes. Enfin, on atteignit le rempart où rougeoyaient, de loin en loin, les feux de

Des vivres pour Paris !

bivouac, et la porte de la maison que Sylvie eût été incapable de reconnaître s'ouvrit sans bruit dès qu'un signal convenu eut été frappé. Quelques minutes plus tard on ressortait, muraille franchie, dans les éboulis peuplés d'arbrisseaux sauvages.

— Au village de Charonne, on trouvera des chevaux, dit Courage. Le patron de l'auberge de La Chasse royale, près de l'abbaye des Dames, en a toujours à la disposition des amis...

Il en avait, et l'on put s'enfoncer dans les taillis de Vincennes dont le guide possédait une connaissance parfaite. Il ne pouvait être question de galoper, les chevaux étant surtout destinés à ménager les jambes de la jeune femme et à permettre une fuite rapide en cas de mauvaise rencontre. En outre, il fallait éviter les postes avancés de la forteresse royale. Aussi mit-on près de deux heures à atteindre Conflans et trois heures sonnaient au clocher du village quand, d'une main vigoureuse, Corentin agita la cloche du domaine.

— Vous voilà rendus, dit le capitaine. Descendez à présent ! Je reprends les chevaux et je repars...

— Vous ne voulez pas entrer, prendre un peu de repos et vous réconforter ?

— Non, madame la duchesse, on ne doit pas vous voir en compagnie de ceci, dit-il en désignant son masque. Et moi, je dois avoir regagné Paris avant le lever du jour. Que Dieu vous protège !

Un beau salut, une souple volte pour sauter en selle, un claquement de langue et il avait disparu tandis que Corentin continuait à agiter la cloche. Il fallut un certain temps pour obtenir de Jérôme qu'il

Un vent de fronde

ouvrît au beau milieu de cette nuit glaciale. Le majordome ne parvenait pas à admettre qu'une duchesse pût errer sur les chemins par un temps pareil. Il fallut que Sylvie se mette à crier pour qu'il consente au moins à venir jusqu'au portail. Il était temps : Corentin était en train de l'escalader. De là-haut, il cria :

— Tu te dépêches un peu, oui ? Si ta maîtresse tombe malade à cause de toi, je t'étripe... Ouvre et vite ! Elle est transie.

La lumière jaune de la lanterne dont Jérôme s'était muni découvrit l'effarement de son visage :

— Madame la duchesse, ici... à pied... et habillée comme une servante ! Ce n'est pas croyable...

— Il faut pourtant le croire mon ami, dit Sylvie. Je vais aller me réchauffer à la cuisine. Pendant ce temps-là, vous direz à votre femme de mettre des draps à mon lit et de faire du feu dans ma chambre... Ah, j'y pense : avez-vous des nouvelles de M. le duc ?

Tout en couvrant le malheureux de ce feu roulant, Sylvie courait à travers le jardin. Elle ne s'arrêta que devant l'énorme cheminée où Mathurine, la femme de Jérôme, activait les braises dégagées de la cendre à l'aide d'un soufflet de cuir. Là, elle se laissa tomber sur un escabeau, tendit ses mains à la petite flamme qui venait de jaillir et renouvela sa dernière question :

— Avez-vous eu des nouvelles de M. le duc ? Il doit être à Saint-Maur avec le prince de Condé.

Tout en disposant une brassée de menu bois sec puis de petites bûches, Mathurine tourna vers elle un regard encore lourd de sommeil.

Des vivres pour Paris !

— Des nouvelles ? Comment on en aurait ? Personne ne peut venir jusqu'ici depuis Saint-Maur. Tout est gardé par les troupes de M. de Condé...

— Mais mon époux est avec M. de Condé, il peut passer comme il veut ?...

— Faudrait pouvoir causer avec ces gens-là, émit Jérôme qui arrivait. Parlent pas français... Ils nous laissent même pas entrer dans Charenton...

— Ce doit être des reîtres allemands, dit Corentin. Monsieur le Prince en avait enrôlés après les traités. S'il en a mis ici, cela doit effrayer les gens de la région. Y a-t-il du monde au château de Conflans et dans les maisons d'alentour ?

— Non, personne. Mme la marquise de Senecey...

— ... est à Saint-Germain avec le Roi, coupa Sylvie. Et Mme du Plessis-Bellière ?

— Elle est partie dans sa famille, en province, répondit le majordome. Elle a emmené ses gens. Les gardiens seuls sont restés. Comme nous...

— Comme vous ? Comment cela ? dit Sylvie. Où sont les valets et les chambrières ?

— Des soldats sont venus fourrager ici, comme chez Mme du Plessis d'ailleurs. Ils ont pris peur et se sont sauvés... C'est pour ça que j'ai mis si longtemps à ouvrir, murmura le pauvre homme en baissant la tête. La nuit... par ce temps d'hiver et aux heures noires, on ne sait jamais ce qu'on va trouver au bout de la chaîne de la cloche.

— Et vous êtes restés là, tout seuls ? fit Sylvie apitoyée. Vous auriez dû partir ?

Ce fut Mathurine qui répondit :

— À nos âges ? et pour aller où ?

Un vent de fronde

— Mais... à Paris, rue Quincampoix. J'aurais très bien compris...

Le visage replet où s'inscrivaient des rides se plissa pour un sourire mélancolique mais non dépourvu de fierté :

— Abandonner la maison ? Oh non, madame la duchesse ! Sauf votre respect, Jérôme et moi on la considère un peu comme la nôtre ; on y est depuis si longtemps ! Et s'il doit nous arriver malheur, on préfère que ce soit ici.

Avec sa spontanéité habituelle, Sylvie se leva et la prit dans ses bras pour poser un baiser sur sa joue.

— Pardonnez-moi ! C'est vous qui avez raison. Voyez-vous, quand on a un trop grand train de maison on ne prend pas toujours la peine de bien connaître ceux qui le composent. Ni moi ni mon époux n'oublierons votre conduite pendant ces terribles jours...

— En attendant, coupa Corentin, trouvez-nous quelque chose à manger et du lait chaud pour Mme la duchesse ! Ensuite, nous irons tous dormir. Demain il fera jour et nous verrons ce que l'on peut faire...

— C'est tout vu Corentin ! Je suis venue ici pour essayer d'atteindre mon époux et rien ne m'empêchera d'aller jusqu'à lui.

— Si... moi ! Parce que ce serait une folie et que j'ai promis à M. le chevalier d'y aller avant vous !... Allons, soyez raisonnable et tâchons de prendre un peu de repos. Tout le monde ici en a besoin...

Sylvie était trop lasse pour discuter. Après avoir bu un peu de lait, elle monta dans sa chambre où

Des vivres pour Paris !

Jérôme avait allumé du feu et se coucha. La tête à peine sur l'oreiller, elle s'endormit comme une masse...

Lorsque Sylvie s'éveilla, la matinée était déjà avancée et la campagne toute blanche. Au lever du jour, une neige légère était tombée. Son délicat manteau ne parvenait pas à cacher les dégâts subis par le domaine à la suite de la visite des fourrageurs. Cependant, la jeune châtelaine avait d'autres soucis plus graves. Il faisait moins froid. Les brouillards matinaux s'étaient dissipés et, de l'autre côté de la Seine, les toits du village d'Alfort étaient visibles, ainsi que les cantonnements éparpillés autour. Les fumées des cheminées et des feux de camp s'élevaient dans l'air calme du matin.

En descendant à la cuisine pour y prendre son déjeuner — elle avait interdit d'ouvrir le moindre salon : deux chambres et la cuisine suffiraient pour un séjour qu'elle espérait bref et discret — elle n'y trouva pas Corentin, parti à l'aube pour tenter d'approcher Saint-Maur et d'en ramener Fontsomme, ce qui lui semblait une solution bien meilleure que guider Sylvie à travers les embûches et les périls d'une armée en guerre. Elle fut déçue : risquer sa vie pour rejoindre Jean lui paraissait une suffisante preuve d'amour pour apaiser des soupçons nettement exprimés et qui l'offensaient. Comment, sur de simples ragots, un époux si épris avait-il pu mettre en doute sa fidélité à la foi jurée ?

Voyant sa mine assombrie, Mathurine essaya de l'encourager :

Un vent de fronde

— Je sens bien que madame voulait aller avec lui, mais ça n'aurait pas été sage et je suis sûre que monsieur le duc aurait été très fâché.

— Vous avez peut-être raison, Mathurine. Vous pensez que je dois me contenter d'attendre ?

— Oui. Corentin, il est fin comme l'ambre et brave comme un lion. Il trouvera sûrement le moyen de passer.

La journée n'en fut pas moins longue. Sylvie se rongeait d'impatience mais, quand la nuit tomba, Corentin n'était pas revenu. Elle essaya de se remonter le moral en pensant que l'obscurité vient tôt en hiver et que son messager pouvait avoir rencontré quelques difficultés. Enveloppée dans son manteau et chaussée de socques, elle ne se décidait pas à rentrer, arpentant nerveusement le jardin entre le portail et la maison, écoutant l'horloge de l'église égrener les quarts d'heure.

Soudain, un tumulte éclata sur le pont de Charenton proche : coups de feu, cris, roulements de chariots lourdement chargés, le tout mêlé de grognements furieux comme s'il s'agissait d'une armée de cochons en colère. De son côté, Charenton s'éveillait et réagissait. Jérôme accourut rejoindre sa maîtresse :

— Rentrez, madame la duchesse, ce sera plus prudent ! Moi, je vais aux nouvelles.

Il revint peu après annoncer qu'on se battait sur le pont autour d'un convoi de porcs et de raves mené par des cavaliers dont ce n'était certainement pas le métier ordinaire.

— Ils ont réussi à franchir les postes d'Alfort et

Des vivres pour Paris !

pour l'instant ils culbutent les gens d'ici qui prétendent les empêcher de passer.

— Vous pensez que ce convoi est destiné à Paris ?

— Faut que ce soit ça pour que les gens de M. de Condé leur courent après. Seulement ils ne sont pas encore rendus. En fait, ils n'ont que deux routes possibles : celle sous le feu des murs de Charenton où ils se feraient hacher, ou alors les berges. Cependant, il y a aussi du monde à Bercy et ils risquent d'être pris en tenaille.

Ce furent les berges, et Sylvie se précipita dans l'un des salons pour voir ce qui allait se passer. Le vacarme approchait et soudain, il éclata devant les jardins des Fontsomme que bornait, près du fleuve, un petit mur reliant une grille ornementale large et basse à deux pavillons d'encoignure, le tout très facile à ouvrir ou à franchir. En un moment, une marée remonta à travers allées et plates-bandes dont la neige disparut instantanément. Une voix autoritaire cria :

— Des tireurs dans les deux pavillons ! Et faites-moi des barricades avec des bateaux, des chariots et ce que vous trouverez pour que l'on puisse se retrancher dans cette maison. Ganseville et Brillet ! Occupez-vous de la défense ! Moi je vais voir s'il est possible de se faire un chemin pour atteindre la route de Charenton qui est parallèle au fleuve... Des hommes aussi pour venir garder le portail arrière !

Dès les premiers mots, Sylvie avait reconnu cette voix. Elle l'eût reconnue au milieu du fracas d'une bataille, c'était celle de François. D'ailleurs, il surgit de la nuit avec ses cheveux clairs, si reconnaissables et qu'aucun chapeau ne couvrait. Cette apparition qui l'eût ravie en d'autres temps la terrifia et, ouvrant une des portes-fenêtres, elle saisit la lanterne que Jérôme avait posée près d'elle et sortit sur le perron de trois marches qui courait tout le long de la maison :

— Où prétendez-vous aller, monsieur le duc de Beaufort ? Je vous défends d'envahir ma maison...

— Sylvie ! s'exclama-t-il comme s'il n'en croyait pas ses yeux. Vous êtes ici ?

— Et, une fois de plus, vous allez me demander ce que j'y fais ? Eh bien, mon cher, j'y attends mon époux.

— C'est votre affaire ! Moi, j'ai besoin de traverser votre domaine. Les autres demeures sont défendues par des murs qu'il faudrait détruire pour engager nos chariots et il paraît qu'il y a un poste dans le parc de Mme de Senecey. Vous êtes notre seul recours. Cela va nous permettre de souffler un peu et de nous frayer un chemin qui, soit par les vieilles carrières soit par la forêt, nous mènera à la route où l'on nous attend...

— Trouvez votre chemin ailleurs ! Cette maison n'est pas celle d'un ami et je n'ai pas le droit de vous y recevoir !

— Oh, je sais ! ricana Beaufort. Votre époux est à Mazarin comme Condé et vous-même.

— Nous sommes au Roi ! Au Roi que vous combattez, ce que je n'aurais jamais cru. Êtes-vous trop bête pour faire la différence ?

— Quand le Roi régnera, je plierai le genou devant lui, mais aujourd'hui, c'est l'Italien qui

Des vivres pour Paris !

occupe le trône ! Quant à la régente, elle lui mange dans la main. On dit même qu'elle est sa maîtresse !

Et, pour mieux marquer en quelle estime il tenait le couple, Beaufort cracha majestueusement par terre.

— Encore une fois, allez-vous-en, pria Sylvie. Vous risquez de me faire beaucoup de mal.

— Non. Nous sommes en guerre, ma chère, et c'est en vertu de ses lois que je réquisitionne votre domaine. D'ailleurs, je n'ai pas le choix et il m'est impossible de revenir en arrière.

En effet, les lourds véhicules transportant une centaine de cochons installés dans de la paille pour qu'ils n'aient pas trop à souffrir des cahots du voyage ni du froid remontaient lentement ce qui avait été jusque-là de belles allées sablées.

— Mettez-les dans les remises ! cria le duc. Quant à vous, ma chère, vous feriez bien de rentrer ! Je crois qu'on a besoin de moi en bas. Si cela peut vous rassurer, ajouta-t-il, je serai fort courtois avec votre précieux époux s'il montre le bout de son nez ! Mais s'il essaie de me chasser d'ici, ce sera à ses risques et périls !

Les dernières paroles se perdirent dans le vent aigre qui commençait à souffler, gelant les mains et les oreilles. Sylvie regarda s'éloigner la haute silhouette vêtue de daim noir, sans chapeau ni manteau, comme si l'hiver ne pouvait avoir de prise sur cet homme en qui semblaient se réincarner les anciens guerriers venus du nord. Elle l'entendit encore hurler dans le vent :

— Rentrez ! Une balle perdue pourrait vous atteindre...

Elle obéit, passa dans la cuisine où Mathurine était en prières tandis que Jérôme surveillait les événements, puis choisit de remonter dans sa chambre d'où, au moins, elle pourrait voir ce qui se passait. Son cœur, plein de chagrin et d'angoisse, n'avait plus de place pour la colère, elle avait l'impression que sa vie allait s'arrêter là. Elle était en effet dans une situation affreuse : si Jean arrivait et trouvait Beaufort installé chez lui, sa colère serait sans pardon, et s'il ne le trouvait point parce que, peut-être, il aurait été abattu dans le combat, Sylvie savait que sa mort la briserait...

Elle alla s'asseoir près de la cheminée qui lui offrirait au moins un peu de chaleur. Blottie dans un fauteuil, elle regardait les flammes, essayant de ne plus entendre le crépitement des mousquets qui, du reste, ralentissait, et petit à petit, comme un chat lové sur son coussin qui se laisse engourdir par le bien-être de son corps, elle ferma les yeux et s'endormit...

Un cri furieux la réveilla :

— Puis-je au moins espérer de vous un peu d'aide ? Votre vieille servante s'est enfuie comme si j'étais le diable quand je suis entré dans sa cuisine...

Appuyé au chambranle de la porte et comprimant d'une main son bras d'où coulait le sang, François restait là, au seuil de la porte qu'il venait d'ouvrir. Retrouvant d'un coup ses esprits, Sylvie courut à lui.

— Mon Dieu ! Vous êtes blessé !

— C'est l'évidence, sourit-il. Et c'est bien ma faute. Le tir avait cessé des deux côtés, surtout parce

Des vivres pour Paris !

qu'on n'y voit goutte. Le vent charrie de la pluie maintenant et il éteint même les torches. Pour observer les positions de nos adversaires, je me suis avancé sur la barricade et l'un de ces enragés m'a allongé un coup de baïonnette. Je vais finir par me couper les cheveux : ils sont aussi visibles que le panache blanc de mon aïeul Henri IV !

— Je vais vous soigner. J'ai ce qu'il faut ici. Allez vous asseoir près du feu ! dit-elle en se dirigeant vers son cabinet de bains où elle prit de la charpie, des bandes et un flacon d'eau-de-vie pour nettoyer la plaie.

Quand elle revint, il s'était assis sur le pied du lit.

— Allez vous mettre près de la cheminée ! J'y verrai plus clair.

— Vous y verrez assez avec votre chandelle... et la tête me tourne un peu : je n'ai rien avalé depuis des heures.

Elle l'aida à ôter son épais justaucorps, sa chemise, et entreprit de nettoyer la blessure avec des mains qui tremblaient tellement qu'il jura sous la morsure de l'alcool :

— Seriez-vous devenue maladroite ? Et donnez-moi un peu de ce flacon. Ça sent bon la prune et cela me fera plus de bien à l'intérieur qu'à l'extérieur.

Elle lui offrit la fiole dont il but une bonne rasade après laquelle il poussa un soupir de béatitude :

— Dieu que ça fait du bien ! Si vous pouviez aussi me trouver quelque chose à manger, vous me feriez entrer au paradis...

— Je vais d'abord finir ce pansement, dit-elle sans le regarder. Ses mains tremblaient peut-être un peu moins, mais elle se défendait de son mieux contre l'émoi qui s'emparait d'elle alors qu'ils étaient tous deux seuls dans cette chambre. Consciente de ce qu'il ne la quittait pas des yeux, elle dit pour meubler un silence qu'elle savait dangereux :

— Où en sont vos affaires ?

— Il semble que nos adversaires soient las de tirer à l'aveuglette. Vous n'avez pas entendu de coups de feu depuis un moment, n'est-ce pas ?

— En effet. Se sont-ils retirés ?

— Non. Ils attendent que le jour se lève, sans doute en se regroupant, mais nous leur aurons échappé avant. Quelques-uns de mes hommes sont en train d'abattre un mur au fond de votre propriété pour permettre aux chariots d'atteindre la forêt et la route de Charenton. Croyez que je suis désolé ! ajouta-t-il avec l'un de ses sourires moqueurs qui, depuis toujours, donnaient à Sylvie l'envie de le gifler... ou de l'embrasser.

— Le jardin est ravagé. Nous n'en sommes plus à un mur près. Je vais vous chercher un peu de nourriture. Rhabillez-vous !

Mais quand elle revint, non seulement il n'avait pas remis ses vêtements — sa chemise tachée de sang séchait devant le feu — mais il s'était étendu sur le lit.

— Vous permettez, n'est-ce pas ? Je suis si las !

— Vous, l'indestructible, vous êtes las ? C'est bien la première fois que je vous entends dire cela...

— Quoi que vous en pensiez je ne suis pas en fer, et si vous voulez tout savoir c'est surtout mon cœur qui est las. C'est dur de nous découvrir adversaires.

Des vivres pour Paris !

Tant que vous étiez dans Paris je ne m'en souciais pas, mais on dirait qu'à présent vous avez choisi votre camp...

— Je n'ai pas eu à choisir : c'est celui du droit et du Roi. En outre, c'est celui qu'a choisi mon époux...

— Venez vous asseoir près de moi et donnez-moi cette tranche de pain et de jambon que vous portez comme le Saint-Sacrement !

Elle déposa le petit plateau près de lui avec précaution à cause du verre de vin qui s'y trouvait. Assise de l'autre côté, elle le regarda déchirer pain et viande à belles dents. Quelle force de la nature il représentait ! Il était là, blessé, ayant perdu du sang, à manger et à boire avec autant d'insouciance et de plaisir que s'il s'agissait d'un repas sur l'herbe dans le verger de Vendôme ou les jardins de Chenonceau, alors que dans deux heures peut-être il serait mort.

Quand il eut fini, il ôta le plateau puis saisit la main de Sylvie qui voulait se lever.

— Non, restez encore un peu !...

— Je voudrais voir où en sont vos travaux. Profitez-en pour vous reposer...

— Je suis reposé... Sylvie, j'ignore comment nous sortirons de cette aventure dont je mesure parfaitement les dangers. Il se peut que je laisse mes os sur vos terres, mais puisqu'en ce moment, les mousquets font trêve, ne pouvons-nous en faire autant ?

— Que voulez-vous dire ?

Il quitta sa position allongée pour s'asseoir près d'elle et la retint quand elle voulut s'écarter :

— Que vous n'essayiez pas encore de fuir et que vous m'écoutiez ! Voilà des mois que nous nous fai-

Un vent de fronde

sons beaucoup de mal, que nous nous déchirons presque à chaque rencontre alors que nous nous aimons... Ne protestez pas ! C'est aussi bête que l'autruche qui croit se cacher en dissimulant sa tête... Souvenez-vous du jardin, Sylvie... du jardin où sans cet imbécile de Gondi nous aurions été si heureux parce que nous aurions été l'un à l'autre...

Il avait murmuré ces derniers mots tout près de son oreille et elle se sentit frémir mais se reprit :

— C'est vrai, dit-elle d'une voix qu'elle espérait calme. L'abbé de Gondi m'a sauvée.

— C'est un sauvetage qui lui coûtera la vie, à cet imbécile, gronda François qui, soudain furieux, l'enveloppa de ses bras. Il ne m'a pas laissé le temps de te dire à quel point je t'aime...

— Lâchez-moi ! Lâchez-moi ou je crie !

— Tant pis, j'en prends le risque. Il faut que tu m'écoutes, Sylvie, parce que c'est peut-être la dernière fois... Sylvie, Sylvie, entends-moi, je t'en prie ! Essaie d'oublier qui nous sommes pour te souvenir seulement des jours heureux d'autrefois...

— Où vous ne m'aimiez pas ! fit-elle en essayant de se dégager. En vain, car il la tenait bien.

— Où je ne savais pas que je t'aimais, corrigea-t-il, car je crois que je t'ai toujours aimée, depuis le premier jour où j'ai trouvé une mignonne petite fille qui errait pieds nus dans la forêt d'Anet. Souviens-toi... je t'ai prise dans mes bras pour te rapporter au château et tu ne te débattais pas. Au contraire, tu avais passé ton bras autour de mon cou et tu te serrais contre moi...

Oh, ce délicieux souvenir ! Cet éblouissement de

Des vivres pour Paris !

leur première rencontre ! Sylvie ferma les yeux pour les revivre mieux tandis que contre sa joue, les paroles de François se faisaient souffle. Elle eut conscience de l'infinie douceur qui l'envahissait. Pourtant, elle essaya encore de lutter, de desserrer le tendre étau qui la maintenait captive :

— Taisez-vous !... par pitié ! Je vais crier...

— Crie, mon amour !

Mais déjà il emprisonnait ses lèvres en un baiser si ardent, si passionné que Sylvie crut en mourir. Tout disparut d'un seul coup : le lieu, l'heure, la conscience de ce qu'elle était et la conscience tout court. Dans les minutes qui suivirent, elle chassa enfin de son esprit tout ce qui n'était pas cet homme, adoré depuis trop longtemps. Peut-être eût-elle tenté de lutter encore s'il s'était montré brutal, pressé, mais bien que François fût un maître en amour, il avait si peur de briser l'instant fragile qu'il enveloppa sa bien-aimée de caresses si douces, si tendres, qu'elle ne songea même plus à défendre ses derniers remparts de lingerie. Leur union totale et simultanée fut un instant d'éternité où ils crurent quitter la terre pour voler dans un ciel de lumière, un de ces moments que peuvent seuls connaître les êtres créés de tout temps l'un pour l'autre. Quand la vague éblouissante les reposa sur le lit en désordre, ils se blottirent l'un contre l'autre pour reprendre le duo des mots d'amour chuchotés bouche contre bouche et le temps eut l'air de les oublier, comme s'ils étaient sur une île déserte...

Jusqu'à ce que, derrière la porte, éclate la voix de Pierre de Ganseville :

— Tout est prêt, monseigneur. Il faut partir... et vite ! La nuit commence à céder et il y a une troupe qui se masse au portail...

— Fais-les partir ! Je vous rejoins !

Beaufort bondit sur ses vêtements qu'il enfila tant bien que mal avec la gêne de son bras blessé. Machinalement, Sylvie, les yeux agrandis d'effroi, fit de même sans qu'ils prononcent une seule parole. Mais quand ils furent prêts ensemble, le même mouvement les jeta dans les bras l'un de l'autre pour un dernier baiser, puis François s'arracha et partit en courant. À l'extérieur, on entendait le vacarme d'un bélier lancé contre le portail de chêne... Elle descendit derrière lui tandis que le roulement des chariots s'éloignait.

Ce fut au moment où ils arrivaient au perron que la porte s'effondra, précipitant à terre les soldats qui maniaient la lourde poutre. Un homme surgit, les enjamba, et Sylvie, avec un cri d'horreur, reconnut son époux, ou plutôt devina que c'était son époux, bien qu'une folle colère convulsât son visage au point de le défigurer lorsqu'il vit Beaufort sortir de chez lui. Il brandit son épée et fonça sur l'intrus la lame haute :

— Pour cette fois je vais te tuer, larron d'honneur !

Sans répondre, François dégaina et repoussa brutalement derrière lui Sylvie qui voulait se jeter entre les deux hommes. Corentin, qui arrivait derrière Fontsomme, arrêta un nouvel élan et la maintint fermement.

Des vivres pour Paris !

— C'est affaire à eux, madame Sylvie ! Vous ne devez pas vous en mêler.

Les soldats qui avaient enfoncé la porte devaient penser la même chose car ils s'étaient arrêtés, fascinés par ce spectacle de choix pour des gens de guerre : un beau duel.

Car ce fut un beau duel. Les deux combattants étaient de force à peu près égale. Sans se dire un mot, ils concentraient leur fureur dans la mince lame d'acier qui prolongeait leur bras. Feintes, esquives, bottes hardies, assauts fougueux, toute la gamme du mortel jeu d'escrime y passa, si brillante que l'on entendit même quelques applaudissements. À genoux sur le perron, Sylvie priait éperdument, sans trop savoir de quel côté diriger sa prière. Et soudain, ce fut le drame. Il y eut un cri étouffé tandis que l'épée de Beaufort s'enfonçait dans la poitrine de son adversaire. Fontsomme s'abattit comme une masse.

Le cri de Sylvie fit écho à celui de son époux. Vivement relevée, elle courut vers lui et s'effondra sur son corps :

— Jean !... Ce n'est pas possible !... Il faut que vous viviez... pour moi... qui vous aime et pour notre Marie... Jean, répondez-moi !

Les yeux déjà clos se rouvrirent et le mourant eut un sourire :

— Mon cœur... Je vais vous aimer... ailleurs !

La tête, redressée dans un ultime effort, retomba...

Resté debout mais comme frappé par sa propre foudre, François se pencha, toucha l'épaule de

Un vent de fronde

Sylvie. Elle tressaillit, se redressa, et il vit son regard flamber de colère à travers ses larmes :

— Je ne vous reverrai de ma vie ! gronda-t-elle avant de retomber sur le corps sans vie de son époux.

Ganseville, revenu sur ses pas pendant le combat avec les chevaux, saisit son maître par la manche et l'entraîna presque de force tandis que, près du portail, les soldats réveillés de leur fascination s'élançaient avec des cris sauvages...

Ce jour-là, Paris fut ravitaillé.

Neuf mois plus tard, Sylvie donnait le jour à un petit garçon.

Saint-Mandé, 5 novembre 1997
jour de la Sainte-Sylvie !

Cette histoire trouvera son achèvement
dans un troisième tome : *L'Homme au masque*.

TABLE

Première Partie : La maison sur la mer............... 7

Chapitre 1 : Trois hommes de Dieu 9
Chapitre 2 : Le port du Secours 44
Chapitre 3 : Un si grand amour… 78
Chapitre 4 : … et une si grande amitié 110

Deuxième Partie : Un chemin plein d'ornières .. 137

Chapitre 5 : Le pays des poètes....................... 139
Chapitre 6 : Les larmes d'un roi...................... 177
Chapitre 7 : Une fiole de poison....................... 219
Chapitre 8 : De Charybde en Scylla 255
Chapitre 9 : L'ombre de l'échafaud 287
Chapitre 10 : Le plus honnête homme de France 318

Troisième Partie : Un vent de fronde 361

Chapitre 11 : L'oiseau envolé… 363
Chapitre 12 : Des pas dans le jardin 405
Chapitre 13 : Des vivres pour Paris ! 442

Imprimé en France par

à Saint-Amand-Montrond (Cher)
en octobre 2012

POCKET – 12, avenue d'Italie – 75627 Paris Cedex 13

N° d'impression : 123205
Dépôt légal : octobre 1998
Suite du premier tirage : octobre 2012
S11464/08